HEYNE BÜCHER

SCIENCE FICTION

Ein Verzeichnis aller BATTLETECH®-Romane finden Sie am Schluß des Buches.

Loren C. Coleman

Gezeiten der Macht

Neunundvierzigster Roman im
BATTLETECH®-Zyklus

Deutsche Erstausgabe

WILHELM HEYNE VERLAG
MÜNCHEN

HEYNE SCIENCE FICTION & FANTASY
Band 06/6249

Titel der amerikanischen Originalausgabe
PATRIOTS AND TYRANTS
Deutsche Übersetzung von REINHOLD H. MAI

Umwelthinweis:
Dieses Buch wurde auf chlor- und säurefreiem Papier gedruckt

Redaktion: Joern Rauser

http://www.heyne.de
Printed in Germany 2001
Umschlagbild: FASA Corporation
Umschlaggestaltung: Nele Schütz Design, München
Technische Betreuung: M. Spinola
Satz: Schaber Satz- und Datentechnik, Wels
Druck und Bindung: Elsnerdruck, Berlin

ISBN 3-453-17116-0

Die einzige Widmung, die für dieses Buch denkbar ist, gilt den Legionen treuer BattleTech-Fans, die dieses Universum generell und insbesondere die hiermit erfolgte Wachablösung unterstützt haben.

Michael A. Stackpole, der so vielen wunderbaren Charakteren und Ereignissen im BattleTech-Universum Leben eingehaucht hat, kann ich gar nicht hoch genug loben. Seine Arbeit hatte großen Einfluss auf mich – und sein Abschied aus der BattleTech-Serie war ein schwerer Schlag. Zugleich bin ich aber auch stolz darauf, die Leitposition, die er so lange innehatte, übernehmen zu dürfen. *Gezeiten der Macht* basiert, mit Mikes ausdrücklicher Erlaubnis, in weiten Teilen auf seinem letztem Exposé für FASA. Ich hoffe, den Erfolg dieses Romans mit ihm teilen zu können. Für alle Fehler trage ich allein die Verantwortung.

Ich möchte mich auch bei Jordan Weisman, Ross Babcock, Mort Weisman und Donna Ippolito bedanken, die ebenfalls wichtige Hilfestellung geboten haben.

Weitere Botschaften an FASA-Mitarbeiter: Randall Bills (Meinen Glückwunsch zu *Der Weg des Ruhms*), Bryan Nystul (Adieu, mein Freund), Sharon Turner-Mulvihill (Danke), Christoffer Trossen (Willkommen an Bord), Annalise Raziq (Anerkennung!) und Chris Hartford (Ebenfalls danke).

Dank gebührt weiterhin meinem Agenten Don Maass,

der wieder einmal eine Umorganisation meiner Projekte mitgemacht hat.

Mit Liebe für meine Familie, Heather, Talon, Conner und Alexia. Und die Katzen – Rumor, Ranger und Chaos – die, davon bin ich überzeugt, diese Seite lesen werden, wenn ich gerade einmal nicht hinschaue.

Vorspiel

GESPENSTISCHE FEIERTAGE

1

ComStar-Gelände
Tukayyid, Freie Republik Rasalhaag

25. Dezember 3061

Im breiten Kamin tanzte fröhlich das Feuer und wärmte die Suite, die Victor Steiner-Davion sich mit Omi Kurita teilte. Als er näher herantrat, zuckte Victor unter der plötzlich sengenden Hitze zusammen. Er beugte sich mit stark geröteter Haut vor und warf eine Handvoll Kristalle ins Feuer. Die rotorangenen Flammen wurden zufriedenstellend violett, grün und blau. Er zog sich hastig wieder zurück.

Die Hitze des Kaminfeuers machte es unmöglich, die Sessel näher heranzuschieben oder einen Fellteppich davor auszubreiten, aber sie konnten die Wärme von einem entsprechend entfernten Divan genießen. Omi erwartete ihn auf dem Sofa, die Beine in einer beiläufig sinnlichen Eleganz unter den Körper gezogen, die Victor unwillkürlich bewunderte.

Ihr dunkelgrüner Seidenkimono ergänzte das grüne Flannelhemd unter dem grauen Wollpullover – sein Tribut an die Feiertage. Um ihre schlanke Taille schmiegte sich ein Obi aus glänzend schimmerndem Goldstoff. Ihr rabenschwarzes Haar war zu einem komplizierten Knoten im Nacken hochgebunden, nur ein paar vereinzelte Strähnen lockerten die Frisur etwas auf.

»Wunderschön«, stellte Victor fest, setzte sich wieder auf die breite, niedrige Couch und legte den Arm um seine Gefährtin. Die Seide des Kimonos flüsterte unter seiner Hand. Ihr sparsam aufgelegtes Parfüm mischte die Andeutung von Jasmin in den süßen Zederndruft des Feuers.

Omi blinzelte ihn mit übertriebener Unschuldsmiene an. »Ja, das Feuer ist sehr hübsch.«

Er schüttelte den Kopf. »Ich meinte die Gesellschaft. Das Feuer verblasst im Vergleich.«

Das ließ sie lächeln. »Es soll dir niemand nachsagen, in deiner Brust schlummere nicht die Seele eines Poeten, auch wenn du trotz allem das Herz eines Kriegers besitzt.« Sie schmiegte sich mit angenehmer Leichtigkeit in seine Umarmung, die in den neun Monaten seit Victors Rückkehr aus dem Clan-Raum gewachsen war.

Er hatte nicht erwartet, seine Zeit in Omis Armen oder im Draconis-Kombinat zu verbringen, auch wenn niemand sich mehr darüber gefreut hätte als er – hätte der Sieg über die Clan-Invasoren seiner Zeit als Krieger doch ein Ende gemacht. Er hatte in seinem Leben interstellare Kriege erlebt, die über Territorien, Ideologien, Vergeltung und Unabhängigkeit geführt wurden. Er hatte sogar miterleben müssen, wie das gewaltige Vereinigte Commonwealth – eine durch die Hochzeit seiner Eltern geschaffene Union – zerbrach, als seine Schwester Katherine die lyranische Hälfte des Reiches in die Autonomie führte.

Aber zugleich hatte Victor auch mitansehen dürfen, wie sich zumindest ein Traum seiner Eltern erfüllte: die Wiedergeburt des Sternenbunds. Nach über drei Jahrhunderten erbitterter Kriege hatten die Großen Häuser der Inneren Sphäre gemeinsam mit anderen wichtigen Nationen zueinander gefunden und hatten angesichts der Bedrohung durch die Clans ihre Differenzen beigelegt. Victor hatte die Sternenbund-Streitkräfte zum Sieg geführt und war in dem Glauben zurückgekehrt, seinem Volk damit einen dauerhaften Frieden zu bringen.

Nur hatte Katherine während seiner Abwesenheit den Thron New Avalons an sich gerissen und mit ihm das gesamte Vereinigte Commonwealth. Victor war als Held heimgekehrt, das schon, aber auch als

Prinz im Exil, dem die Rückkehr in seine wahre Heimat verwehrt war. Statt sein Reich in einen blutigen Bürgerkrieg zu stürzen, hatte er die Position des Präzentors Martialum ComStars und kommandierenden Generals der Sternenbund-Verteidigungsstreitkräfte akzeptiert.

Was er in seinem Leben nicht schon alles erlebt hatte. Und dabei war er gerade erst einunddreißig.

»Nun«, sagte er, »der Poet in mir freut sich riesig, dass du diesen Tag hier mit mir teilst.«

»So wie ich, Geliebter.« Omi sah zu ihm auf. Ihre porzellanglatte Haut war von der Wärme des Kaminfeuers gerötet. »Obwohl wir vielleicht kein ganz so großes Feuer gebraucht hätten. Es ist nicht wirklich kalt heute.«

»Tradition«, verteidigte Victor sich. »Du solltest von allen Menschen als Erster verstehen, was das bedeutet.« Tatsächlich war Winter hier auf Tukayyids Nordhalbkugel. Wie es der Zufall wollte, fiel der Dezember des Terranormjahrs diesmal in die entsprechende Jahreszeit der mehr als zweihundert Lichtjahre von der Geburtsstätte der Menschheit entfernten Welt, nur lag das ComStar-Gelände, auf dem Victor eine neue Heimat gefunden hatte, nicht in Breitengraden, in denen mit Schnee und Frost zu rechnen war.

Omi strich eine imaginäre Falte ihres Kimonos glatt und schien sehr interessiert an dem schimmernden Seidenstoff. »Ah, so desu, Victor. Tatsächlich? Und heute Morgen? War das auch Teil der Tradition?«

Victor stieg brennende Schamröte ins Gesicht. Der Form halber besaß Omi eine eigene Wohnung in der Anlage, die sie jedoch nur selten benutzte. »Ich hätte nichts dagegen, daraus eine Weihnachtstradition zu machen«, bemerkte er beinahe verlegen. »Und eine Neujahrstradition. Geburtstagstradition. Eine generelle Feiertagstradition. Dienstagstradition.«

»Dienstags?« Omi sah ihn fragend an. »Was ist so besonders an Dienstagen?«

»Wir würden sie besonders machen.« Victor grinste, als jetzt sie verlegen errötete. »A propos besondere Anlässe…« Er streckte den Arm zum Würzholztisch hinter dem Divan aus und zog das kleine Päckchen hervor, das er hinter dem Schwertständer versteckt hatte. Er reichte es ihr mit eleganter Geste. Die schmale Dose war sorgfältig in rot-gold-gestreiftes Papier gepackt, über das an den Seiten die gelockten Enden einer Goldbandschleife fielen.

Omi nahm das Geschenk mit beiden Händen entgegen. »Es ist sehr hübsch«, stellte sie fest und bewunderte die Verpackung. »Aber ich dachte, wir tauschen die Geschenke nach dem Essen. Mit den anderen.«

Victors Schwester Yvonne hatte Omi und ihn nach Tukayyid begleitet. Sie hatte Katherines ohnehin nicht ernst gemeinte Einladung abgelehnt und verbrachte die Weihnachtstage bei ihrem Bruder. Tancred Sandoval, der Baron von Robinson, hatte einen Abstecher von der Rückreise in die Mark Draconis des Vereinigten Commonwealth mit ihr gemacht, und Anastasius Focht, ComStars früherer Präzentor Martialum, leistete ihnen ebenfalls Gesellschaft. Es war eine kleine Auswahl der Menschen, die er besonders schätzte.

»Das hier wollte ich dir schon vorher geben«, erklärte er. »Bitte, mach es auf.«

Die Dose war so eingepackt, dass sie sich öffnen ließ, ohne das Papier zu zerreißen. Der Deckel ließ sich ohne Schwierigkeiten abnehmen.

»Es gehörte meiner Mutter«, sagte Victor. Er hob das Armband aus Brillanten und geradezu vollkommen wirkenden Perlen aus der Schachtel und legte es um Omis Handgelenk. Es war von subtiler Eleganz, ohne protzig zu wirken. Melissa Steiner-Davion hatte es nie nötig gehabt, sich mit übergroßen Schmucksteinen zu behängen, um die Schönheit zu unterstreichen, die sie sich bis an ihr Ende erhalten hatte. Ihr Armband stand Omi ausgezeichnet.

»Es ist wunderschön«, flüsterte sie. Sie strich mit dem Finger über die weiche Samtverkleidung der Schachtel und zögerte an einer leeren Vertiefung. Victor wusste, sie würde niemals zur Sprache bringen, dass in diesem Schmuckkästchen offensichtlich etwas fehlte.

»Der Ring«, beantwortete er die unangesprochene Frage. »Sie hat ihn an dem Tag getragen.«

Er brauchte nicht zu erklären, welchen Tag er meinte. Melissa Steiner-Davion war eine der geliebtesten Herrscherinnen im Steiner- und im Davion-Raum gewesen, eine Frau, die sich hingebungsvoll ihrer Familie und dem Bemühen gewidmet hatte, der Inneren Sphäre Frieden zu bringen. Und doch hatte ihr Leben bei einem Bombenattentat ein äußerst gewaltsames Ende gefunden.

Es hatte einige Anstrengung erfordert, die Beweise zu sammeln, aber inzwischen hatte Victor bis auf die sprichwörtliche qualmende Pistole alles Nötige beisammen, um zu wissen, dass Katherine eine der Drahtzieherinnen hinter der Ermordung ihrer Mutter gewesen war. Seine Leute arbeiteten daran, ihm auch den letzten Beweis zu verschaffen. Sobald er den in Händen hatte…

Die Stille dehnte sich, unterbrochen nur vom lauten Knacken der brennenden Holzscheite. Schließlich fragte Omi: »Deine Schwester… Hat sie dir das geschickt? Zusammen mit deiner persönlichen Habe?«

Er nickte. »Für Katherine ist der fehlende Ring ein nicht wieder gutzumachender Makel. Einen ihrer eigenen Ringe an seine Stelle zu setzen, käme für sie nicht in Frage. Außerdem schätze ich, dass sie hofft, mich damit ständig an Mutters Tod zu erinnern. Sie wollte das Messer in meinem Herzen drehen.«

Victor schloss das Armband um Omis schlankes Gelenk. »Indem ich es dir schenke, verwandele ich es in einen Schatz. Und ich glaube, meiner Mutter würde gefallen, dass du es trägst.«

»Du ehrst uns beide, Victor.« In Omis blauen Augen glänzten Tränen. »Deine Eltern können stolz auf dich sein.«

Die Untertöne waren ihr nicht entgangen. Der fehlende Ring war mehr als nur eine Erinnerung an Victors Mutter, er symbolisierte auch das eine Geschenk, das er Omi nie würde machen können. Sie hatten es weit gebracht, aber er blieb der Sohn Hanse Davions und rechtmässige Archon-Prinz des Vereinigten Commonwealth, und Omi die Tochter des Koordinators des Draconis-Kombinats. Trotz Victors Exil und der Freundschaft mit Theodore Kurita blockierten Jahrhunderte der Angst und Feindschaft zwischen beiden Reichen ihren Weg. Auf beiden Seiten der Grenze gab es unversöhnliche Fraktionen, die eine formelle Verbindung niemals anerkannt hätten, und sie waren sich beide ihrer Verpflichtungen zu bewusst, um diese Verantwortung zu ignorieren.

Omi nickte, als hätte sie seine Gedanken gelesen. Dank ihrer draconischen Erziehung sah sie häufig die tiefere Bedeutung der Dinge, wo Victors Wahrnehmung an der Oberfläche blieb. »Ich werde es heute Abend tragen. Ich hoffe, Yvonne hat nichts dagegen.«

»Sicher nicht. Ich wünschte nur, Peter und Arthur könnten auch hier sein. Sie werden mir fehlen.« Das war die Wahrheit. Aber es war weniger die Nähe seiner beiden Brüder, die er vermisste, als die fehlende Nähe, die ihn schmerzte. Arthur hatte sich in der Mark Draconis niedergelassen, und Peter… Omi war nur bereit, ihm zu sagen, dass es Peter gut ging und er seine selbstgewählte Abgeschiedenheit noch nicht aufgeben wollte.

»Aber Baron Sandoval leistet uns Gesellschaft«, bemerkte Omi. »Und er steht für die Zukunft der Menschen in deiner Mark Draconis.« Die Mark war eine politische Untereinheit des Vereinigten Commonwealth und erstreckte sich entlang der Grenze zwischen den alten Vereinigten Sonnen und dem Draconis-Kombinat. Herzog James Sandoval, Tancreds Vater, regierte die Mark im Namen der Steiner-Davions. Seine Untertanen lehnten jede wie auch immer geartete Allianz mit Haus Kurita strikt ab und zählten zu den unversöhnlichsten Gegnern der Beziehung zwischen Victor und Omi. »Die Dinge ändern sich«, fügte sie leise hinzu.

»Ja, aber nicht zu unseren Lebzeiten«, antwortete Victor. »Vielleicht werden unsere Kinder es erleben.« Omi senkte den Blick und wandte den Kopf zur Seite.

»Verzeihung«, entschuldigte er sich sofort. »Ich wollte sagen: die nächste Generation.« Kinder waren für Omi und ihn noch ausgeschlossener als eine Heirat.

Sie legte ihm die Hand auf die Wange. »Dies ist nicht die Zeit für Trauer, Victor.« Sie zog ihre Hand fort und ein feiner Duft von Jasmin blieb zurück. Mit leisem Seidenrascheln stand sie auf und schwebte auf die andere Seite des Zimmers. Aus einer kleinen Holztruhe holte sie ein bunt verpacktes Geschenk und brachte es zurück zum Sofa.

»Es ist nur gerecht«, stellte sie fest, als sie Victor die Schachtel in die Hand drückte. »Ich habe noch etwas für dich, aber das kann bis nach dem Essen mit den anderen warten.«

Victor wog die Schachtel in der linken Hand. Sie war quadratisch, mit einer Seitenlänge von gut zwölf Zentimetern, aber bemerkenswert schwer. Er sah, dass die Verpackung ein Meisterwerk der Faltkunst war und ganz ohne Band oder Klebestreifen auskam. Das mattrote Papier war mit silbernen Drachen verziert, die im Feuerschein glänzten. Er faltete es vorsichtig auf, um das Papier nicht einzureißen, dann öffnete er die Schachtel.

»Ein Steinbrocken?«, fragte Victor, hob den faustgroßen Stein heraus und musterte ihn nachdenklich.

Omi nickte. »Ein Stein.« Ihre Augen wurden schmal, als wäre sie sich unsicher, ob Victor die Bedeutung tatsächlich nicht verstand. Aber dann konnte er das Grinsen nicht länger zurückhalten, das schon an seinen Mundwinkeln zupfte.

»Du!«, stieß sie mit gespielter Empörung aus. »Du hast zu viel Zeit mit meinem Bruder Minoru verbracht, um seine Bedeutung nicht zu erkennen. Ich habe ihn auf dem Tharkad gefunden. Er hat nach dir gerufen. Ich fand, er sei eine angemessene Erinnerung an deine Annahme des Bushido.«

Sie hatte den Stein nach ihm rufen hören? Jetzt war es Victor, der sich nicht sicher war, ob sie es ernst meinte. »Ich komme mir ziemlich töricht vor, Omichan, die Auslegung deiner eigenen Sitten korrigieren zu wollen, aber ist Bushido nicht ein Weg, und kein Ziel?«

»Eine Erinnerung an deine Reise den Weg entlang«, erwiderte sie mit einem kaum hörbarem Seufzer, der zeigte, dass sie die ermüdenden Fragen detailbesessener Männer nur zu gewohnt war. Sie nickte zum Kredenztisch und darauf stehenden Schwertständer hinüber. »Mein Vater tat das Richtige, als er dir die Schwerter gab und dich zum Samurai machte.«

Victor sah sich zu seinem Katana und Wakizashi auf dem schwarz lackierten Ständer um. Er hatte diesen Ständer selbst gezimmert, seine erste Holzarbeit überhaupt. Die Füße waren nicht gleichmäßig, die Kanten nicht so glatt, wie er es gerne gehabt hätte. Und wenn man ihm mehr als einen flüchtigen Blick widmete, sah man schnell, dass der Lack an manchen Stellen verlaufen war und dunklere Streifen zog. Er lächelte. Er wusste, wenn er Omi auf all diese Fehler hinwies, würde sie ihm antworten, dass es die Unvollkommenheiten waren, die einem Gegenstand seinen Charakter gaben.

»Wohin wirst du ihn legen?«, fragte sie.

Er hielt den Stein mit drei Fingern und studierte seine unebene, pockennarbige Oberfläche. Die Tradition verlangte, dass er ihn in einem Garten platzierte und ihm einen Namen gab.

Der von rötlich blauen Quarzadern durchzogene und an einer Seite fleckig grüne Stein hatte ohne Zweifel Charakter. In Gedanken stellte er sich vor, wie er im Schatten von Rosen zwischen Kapuzinerkresse überwinterte, in eine Ecke gedrückt, in der ihn nur selten ein Sonnenstrahl entdeckte. Aber wenn das Licht ihn traf, würde das Funkeln des Quarzes die Aufmerksamkeit auf sich ziehen… ein gelegentlicher Aufschrei in einer sonst friedlichen Umgebung.

»In deinem Palastgarten auf Luthien«, stellte er geistesabwesend fest. »In dem Beet, das ich angelegt und gepflegt habe, während ich mich von den Feldzügen erholte. Das ist der richtige Ort für ihn. Bis dahin wird er ebenso heimatlos bleiben müssen wie ich. Vielleicht finde ich hier auf dem Gelände einen zeitweiligen Platz für ihn.«

Er starrte den Stein weiter an. Victor hatte in der Gesellschaft Minoru Kuritas einige Zeit damit verbracht, über die Unendlichkeit zu meditieren, die sich in so einfachen Dingen wie einer Feder, einer Blume oder einem Stein offenbarte. Jetzt wanderten diese Lektionen zurück in sein Bewusstsein. Hier entdeckte er eine dünne Quarzader, die wie ein Fluss aussah, der durch graue Hügel schnitt. Dort formten über einer öden

Ebene Kristallfacetten einen Weg aus leuchtenden Stufen… oder einen Pfad der Tränen. Ja, der Stein sprach zu ihm.

»I will fight no more, forever.«

Omi, die still neben ihm gesessen hatte, warf ihm einen schrägen Blick zu. »Was sagst du, Liebling?«

Victor lächelte ein wenig traurig und legte den Bushido-Stein auf den Tisch. »Ich werde nicht mehr kämpfen, nie mehr. Ein alter Spruch aus der Zeit, bevor die Menschheit Terra verließ. Das Versprechen eines besiegten Anführers.« Er drückte sie zum Dank für ihr Geschenk. »Meine närrische Hoffnung.«

»Hoffnung ist niemals närrisch, Victor. Wo wären wir ohne Hoffnung, du und ich?« Sie nahm seine schwieligen Hände in ihre weichen, schlanken Finger. »Als wir uns vor Jahren auf Outreach begegneten, wer hätte sich da träumen lassen, dass wir jemals zusammen sein könnten? Unsere beiden Nationen? Mein Vater, dein Vater…«

»Dein Bruder«, erinnerte Victor sie und musste fast lachen, als er sich an den stolzen MechKrieger und Samurai Hohiro erinnerte. »Er hätte mich fast niedergeschlagen, damals. Ich finde immer noch, dass er derjenige war, den zu überzeugen die meiste Mühe gekostet hat, auch wenn dein Vater uns wahrlich genug Steine in den Weg gelegt hat.« Er verzichtete auf die Feststellung, dass sein eigener Vater, Hanse Davion, sich dieser Beziehung ohne Zweifel ebenso entschieden widersetzt hätte, hätte er sie noch erlebt.

Sie nickte. »Dass du Hohiro vor den Clans und mich auf Luthien vor den Attentätern gerettet hast, hat ihre Befürchtungen weitgehend zerstreut. Auf die Bevölkerung des Kombinats hast du ganz entschieden Eindruck gemacht.«

Victor löste eine Hand aus ihrem Griff und rieb sich unbewusst die alte Wunde in seiner Brust, wo das Katana eines Attentäters ihn an den Fußboden genagelt hatte. »Bei mir hat es auch einen bleibenden Eindruck hinterlassen.«

Omi hielt seine andere Hand weiter fest. Ihre Haut war warm. Sie lehnte sich an ihn an. »Worauf ich hinaus will, Victor, ist: Die Dinge verändern sich. Wir verändern uns. Wir alle. Wir können darauf hoffen, dass unsere Völker es eines Tages verstehen werden.«

»Wir haben ja auch wirklich bescheidene Wünsche, nicht wahr? Wir hoffen doch nur auf ein Wunder.«

In Omis Augen blitzte der Schalk, als sie den Knoten löste, der ihren Obi schloss. »Ich komme mir ziemlich töricht vor, Geliebter, die Auslegung deiner eigenen Sitten korrigieren zu wollen, aber ist Weihnachten nicht die Zeit der Wunder?«

2

Königlicher Hof, Triade, Tharkad City, Tharkad Provinz Donegal, Lyranische Allianz

25. Dezember 3061

Katrina Steiner-Davion wanderte durch ein Reich glitzernder Edelsteine, dicker Pelze, prachtvoller Kunstwerke und exotischer Objekte. Eine Spielbox, die sie gerade aufgezogen hatte, klimperte in hellen, kristallklaren Noten ihre Lieblingsmelodie. Parfümproben schwängerten die Luft mit Blumenduft, während sie an ihrer schmalen Sektflöte nippte.

Der Saal war Teil der ausgedehnten Bibliothek des Königlichen Hofes und war der Geschichte der Lyranischen Allianz in der Nachfolge des Lyranischen Commonwealth gewidmet. Diese Woche beherbergte er darüber hinaus die zahlreichen Geschenke, die der Archon von den lyranischen Adligen erhalten hatte. Geschenke bedeckten die Lesetische und wandhohen Bücherregale oder waren an den getäfelten Wänden gestapelt. Selbst der dank der guten Heizung des Palastes nicht benötigte offene Kamin bot Raum für weitere Geschenke.

Katrina bewegte sich – wegen ihres engen Kleides – mit langsamen Schritten durch die Schatzkammer. Der weiße Stoff war von glitzernden Silberfäden durchzogen, und der schmale Schnitt ließ sie größer erscheinen, als sie mit ein Meter siebenundsechzig tatsächlich war. Eine Schulter blieb frei, was für ihr Image in der Allianz, in der sie immer noch als ›der jungfräuliche Archon‹ galt, gewagt genug erschien. Das Mieder des Kleides war hoch genug, um züchtig zu wirken und bestand aus zartem Brokat mit schillernden Opalen. Ihr blondes Haar fiel frei auf die Schultern und formte einen Rahmen um ihr herzförmiges Gesicht. Es war ein neuer Look für sie, weicher, aber keineswegs wild. Er würde sie am kommenden Abend zur Sensation auf dem Winterball machen.

Und so gehörte es sich auch. Katrina blieb vor einem an der Wand lehnenden bodenlangen Spiegel stehen und bewunderte sich. Der Spiegel war ein weiteres Geschenk. Er war makellos und in einen Goldteakrahmen von Novara eingefasst. Er hätte ein Prunkstück sein können, wäre der Rahmen nicht mit silbernen Fäusten verziert gewesen, dem Symbol der Lyranischen Allianz. Kitsch, entschied Katrina, und verwarf ihn zusammen mit der Welt, die ihn geschickt hatte.

Das Auspacken und die Aufstellung der Geschenke hatte sie den Dienern und dem Lyranischen Nachrichtencorps überlassen. Das sparte Zeit und bewahrte sie davor, zwischen den übrigen Weihnachtsgaben das ›Geschenk‹ eines Attentäters zu finden. An jedem Objekt war ein kleiner Anhänger befestigt, damit Katrina, falls sie später entschied, dass ein Geschenk eine persönliche Dankesnote verdiente, wusste, an wen sie die Botschaft adressierte.

Hunderte prachtvoller Objekte buhlten um ihre Aufmerksamkeit. Den meisten würde sie einen, vielleicht zwei Blicke gönnen und sie danach nie wieder sehen. Aber was erwarteten die Menschen denn anderes? Wenn man Lyranische Allianz und Vereinigtes Commonwealth zusammen nahm, regierte sie über fast neunhundert bewohnte Sonnensysteme und Milliarden von Menschen. Selbst ein Formschreiben an alle lyranischen Adligen zu unterschreiben, hätte Stunden, nein, Tage gekostet! Und in diesem Raum waren fast alle bewohnten Welten der Allianz vertreten, von Barcelona bis Solaris VII, von Lambrecht bis Langhome, ein Testament der Verehrung des Volkes für seine Archon-Prinzessin. Und die wenigen Welten, die ihr kein Geschenk geschickt hatten…

Gab es eine einfachere Möglichkeit, eine Liste der Unzufriedenen und Abtrünnigen zu erstellen?

Trotz der allgegenwärtigen Propaganda, die ihre starke Hand am Ruder des Staatsschiffes und die Unterstützung des ganzen Volkes feierte, machte Katrina sich keine Illusionen, was ihre Kontrolle über das Reich betraf. In der Allianz war ihr Thron sicher, hier wurde sie tatsächlich verehrt und von vielen ihrer Untertanen geradezu angebetet, auch wenn es ihren Gegnern in letzter Zeit gelungen war, ihre Popularität etwas anzukratzen. Möglicherweise handelte es sich um Anhänger ihres Bruders, oder vielleicht auch nur um eine lautstarke Minderheit, die ein widerwärtiges Vergnügen daran empfand, Vollkommenheit zu zerstören.

Aber im Vereinigten Commonwealth…

Katrina verzog das Gesicht, etwas, was sie auf private Gelegenheiten zu beschränken versuchte. Es passte ihr im Augenblick ganz und gar nicht, New Avalon und das Vereinigte Commonwealth zu verlassen. Viele der crucischen Adligen waren verbohrte Davionisten, die in Victor dessen wiedergeborenen Vater sahen, wenn auch eine Nummer kleiner. Dieselben Adligen hatten gegen Yvonne Front gemacht. Einige von ihnen in der Mark Draconis hatten offen angeboten, ihren Bruder Arthur bei einem Kampf um den Thron New Avalons zu unterstützen. Andere hielten einfach mit der Forderung nach Victors Rückkehr den Druck aufrecht. Es spielte keine Rolle, dass Victor den Thron praktisch aufgegeben und sich auf Tukayyid in seiner neuen Funktion als Präzentor Martialum eingerichtet hatte.

Victor.

Katrina verspürte einen Hauch von Verachtung für ihren Bruder. Der kleine Victor, der weiter Soldat spielen musste und das nur noch mit der Duldung ComStars schaffte. Tukayyid – im kümmerlichen Rest der Freien Republik Rasalhaag – passte zu ihm. Dort war er flankiert von Erbfeinden, deren von den Clans besetztes Territorium wie ein Damoklesschwert über seinem Kopf hing. Er hätte niemals der Erstgeborene sein dürfen. Er hatte das Zeug zum Heerführer, das wohl, aber nicht zum Herrscher. Hätten ihre Eltern das nur erkannt, wäre sie nie zu so drastischen Maßnahmen gezwungen gewesen.

»Und du hättest dich damit abfinden sollen, Victor«, stellte sie mit lauter Stimme fest. »Jetzt wirst du für deine ständige Einmischung bezahlen.«

Auf der Sternenbundkonferenz auf Tharkad im vergangenen Monat war es Victor in seiner neuen Rolle als Präzentor Martialum gewesen, der bei der Neuwahl des Ersten Lords die entscheidende Stimme gegen sie abgegeben hatte. Seit der Neugründung des Sternenbunds hatte sie versucht, den Posten zu ergattern, aber sie konnte warten. In drei Jahren würde Theodore Kuritas Amtszeit ablaufen, und dann würde endlich sie zur Ersten Lady gewählt werden… und wehe, wenn nicht! In der Zwischenzeit war ihre Rache bereits angelaufen. Sie würde ihrem Bruder erlauben weiterzuleben, aber nicht ungestraft.

Katrina fing sich wieder und wanderte weiter durch die Geschenksammlung. Eine Parfümampulle von Timbiqui erregte ihre Aufmerksamkeit. Sie rieb ein wenig davon auf die Handgelenke und tupfte sich je einen Tropfen hinters Ohr. Eine Elfenbeinschnitzerei von New Capetown? Schon vergessen. Eine Reproduktion von Antelli Bagruetts Gemälde *Winter auf Coventry*? Natürlich wunderschön, aber eine Kopie? Was für ein armseliges Geschenk. Sie prägte sich den Namen der Geberin ein: Baronesse Trembeau von Crimond, einer Welt mit bekannten Sympathien für ihren

Bruder. Crimond brauchte offensichtlich eine Erinnerung, dass Victor nicht zurückkehren würde. Vielleicht würde ein Mangel an Luxusgütern, der die Stimmung der planetaren Oberschicht gegen die Baronesse kehrte, die gewünschte Wirkung erzielen. Verspätungen im Frachtverkehr waren Gang und Gäbe.

Um genau zu sein, waren sie Katrinas nützlichste Strategie, und sie setzte sie großzügig ein. Fehlende Luxusgüter waren eine Lehre für den Adel, während Nahrungsmangel und Arbeitslosigkeit das einfache Volk gegen ihn aufbrachte. Und die von ihren Agenten kontrollierten Medien platzierten die Schuld für diese Schwierigkeiten natürlich immer genau da, wo sie es brauchte. Nur wenn Maßnahmen dieser Art versagten, griff sie zu kruderen Mitteln wie Besatzungstruppen. Früher oder später würde sie das Commonwealth an die Kandarre nehmen.

Es war nur eine Frage der Zeit.

Eine Stola aus silbernem Drosendorfnerz, lederweich und mit innerem Feuer leuchtend, verdiente Beachtung. Sie strich über das Fell. Ihre langen, eisblau lackierten Nägel versanken in seiner Tiefe. Es war herrlich weich. Sie nahm die Stola auf, verglich ihren Farbton mit dem des Kleides und beschloss, sie umzulegen. Jeriah Maltz, der Herzog von Drosendorf, war ein überzeugter Anhänger Katrinas und Verfechter der Rückbesinnung auf die Steiner-Traditionen. Für Leute wie ihn hatte sie den Namen ihrer berühmten Großmutter angenommen. Sie würde ihm die Ehre erweisen, sein Geschenk auf dem Ball zu tragen, wo alle es sehen konnten, um sich ein Beispiel an ihm zu nehmen.

Die Kiste Glengarry Reserve ließ sie kalt, aber sie nahm sich trotzdem vor, Grayson Carlyle ein persönliches Dankeschön zukommen zu lassen. Seine Gray Death Legion hielt eine strategisch wichtige Welt in einem der rebellischeren Raumsektoren. Daneben standen ein geschnitztes Totem von Loric, eine Tiara von Landgraf Cavanaugh, der immer noch versuchte, ihr Interesse zu erregen, eine Marmorstatue von einem Marquis auf Venaria und…

Und seit wann hat Lady Hamilton einen so exquisiten Geschmack? Katrina hob das Kleid von der Rückenlehne eines antiken Sessels. Es war smaragdgrün, mit einem breiten Streifen gestickter Sterne, der sich von der linken Brust zur rechten Hüfte und weiter den Rock hinab zog. Das Kleid war zu gewagt geschnitten, als dass Katrina es in der Allianz hätte tragen können, aber für den Empfang, den sie bei der Rückkehr nach New Avalon plante, eignete es sich ganz ausgezeichnet.

»Ich muss herausfinden, wer deine Einkäufe erledigt, Marguerite«, murmelte sie. »Wer immer es ist, du hast sie nicht verd…«

Die Worte blieben ihr im Hals stecken, als Katrinas Blick auf die aus Glas geblasene Mycosiablüte fiel, die zart und zerbrechlich auf einem Geschenkstapel unmittelbar vor ihr lag. Das Glas brach das Licht in einem Prisma schillernder Farben, das einen kleinen Regenbogen durch die beiden breiten, dünnen Blätter warf, die das zarte Blütengefäß beschützten. Die Mycosia war die Lieblingsblume ihrer Mutter gewesen und das Instrument ihres Todes. Der Attentäter hatte Blumentöpfe aus Sprengstoff geformt, sie mit Mycosia bepflanzt und für einen Wohltätigkeitsempfang abgeliefert, auf dem Melissa Steiner-Davion sprechen sollte.

»Wer…«, fragte Katrina den leeren Saal. »Wer wagt es, mir so ein Geschenk zu schicken?« Sie streckte die Hand aus, um den winzigen Anhänger umzudrehen, der am Ende eines der Blätter hing, und achtete sorgfältig darauf, die empfindliche Blume nicht zu berühren. Die Schrift war winzig, damit der komplette

Titel auf eine Seite des Anhängers passte: Ehrenkommandant, Baron von Arc-Royal, Großherzog des Arc-Royal-Defensivkordons.

Morgan Kell.

Der pensionierte Kommandeur der Kell-Hounds-Söldnereinheit und Vetter der Steiners war nach Victor vermutlich der schmerzhafteste Stachel in Katrinas Fleisch. Er zögerte zwar, seinen Archon formell herauszufordern, aber in einem ihrer seltenen Momente der Schwäche hatte Kell die Gelegenheit ergriffen, sich aus Katrinas Allianz einen eigenen Kleinstaat herauszuschneiden. Jetzt besaß er in einer Art Militärischem Schutzgebiet, das alle Anweisungen vom Tharkad ignorierte, die absolute Kontrolle über einen sechzehn Systeme umfassenden Grenzdistrikt. Sein öffentlich vorgeschobenes Ziel war der Schutz eines breiten Streifens der Grenze zwischen der Lyranischen Allianz und der vom Jadefalkenclan besetzten Raumzone. Privat klagte er Katrina an, den Tod ihrer Mutter befohlen zu haben – bei dem er selbst, ein Begleitschaden des Attentats, einen Arm und seine Frau verloren hatte.

Katrina hob die Blume vorsichtig auf. Sie war so zart, dass die Archon-Prinzessin das Gewicht auf ihrer Handfläche kaum wahrnahm. Inmitten der fünf hauchzarten Blütenblätter saß ein Hologramm ihrer Mutter. Melissa Steiner-Davion schaute ihre Tochter mit derselben ruhigen Sicherheit und Liebe an, die sie ihren Kindern immer gezeigt hatte.

Katrinas Hände bebten vor Wut. »Nein«, befahl sie sich selbst im Flüsterton. »Lass das!« Langsam, aber sicher, gewann sie die Gewalt über sich zurück.

»Kannst du es nicht erwarten, Morgan?«, fragte sie den leeren Saal. »Hoffst du, mich zum ersten Zug reizen zu können? Vergiss es.«

Morgan Kell und Victor mochten glauben, etwas zu

wissen, aber sie konnten ihr nichts beweisen. Es gab niemanden, der ihr gefährlich werden konnte. Diese Attacke war im Grunde sogar ausgesprochen hübsch und passte damit gar nicht zu Morgan. Nun, wenn die Drohungen ihres Vetters auf derartige Gesten herabgesunken waren, hatte Katrina nichts zu befürchten. Sie schob den Gedanken beiseite, dass Morgan Kell nicht im Ruf stand, leere Gesten zu machen.

Katrinas Augen wurden schmal. *Was glaubst du zu wissen, Morgan?*

Sie brauchte kaum einen weiteren Grund, sich um das Problem Arc-Royal-Defensivkordon zu kümmern, aber jetzt entschied sie, es sofort nach Abschluss des Balls in Angriff zu nehmen. Oder vielleicht sogar währenddessen. Ein paar ausgesuchte Worte ins richtige Ohr. Vielleicht ein geneigter Landgraf im ARD? Wenn sie sich recht erinnerte, stand auf der Cordonwelt Atocongo die jährliche Grippewelle bevor. Falls die Medikamentenlieferungen sich verzögerten oder sogar verloren gingen, wäre das wirklich eine Schande, und eine ziemliche finanzielle Belastung für Morgan. Eine Belastung, die man früher oder später auf all seinen Welten spüren würde.

Sie ließ die Glasblüte fallen, aber der dicke Teppichboden federte den Sturz ab, so dass sie unbeschädigt blieb. Katrina hob den Fuß ein Stück, dann trat sie zu und zerschmetterte den zarten Glasgegenstand in winzige Scherben.

Ja, entschied sie, eine Grippewelle würde Morgan Kell ablenken. Und auch Victor würde bald genug zu tun haben, womit er sich befassen konnte. Dann würde sie endlich sicher sein. Sie gestattete sich ein dünnes Lächeln bei der Vorstellung von den beiden in einer nahen Zukunft, wie sie das Schicksal verfluchten und unter dem Wissen zerbrachen, dass Katrina sie beide besiegt hatte, sie beide so leicht hatte treffen können, indem sie ihnen nahm, was sie liebten. Morgan seinen unbedeutenden Defensivkordon und Victor… Victor erwartete eine besondere Qual, deren Vorbereitungen bereits angelaufen waren.

Katrina sah hinab auf die Scherben zu ihren Füßen und wusste: Irgendwo dort draußen zwischen den Sternen war derselbe Attentäter unterwegs, der den Tod ihrer Mutter inszeniert hatte, um Omi Kurita dasselbe Schicksal zu bereiten.

3

Burg Sandoval, Granite Falls, Robinson
Mark Draconis, Vereinigtes Commonwealth

25. Dezember 3061

Das Weihnachtsessen in der Sandovalfestung fand in würdevoller Atmosphäre statt und ließ reichlich Zeit, die einzelnen Gänge und die Tischgesellschaft zu genießen. Auf exotische Früchte folgte eine einfache und trotzdem köstliche Auswahl an Gemüsen. Danach Wildgeflügel, gefüllt mit Kräutern und serviert auf einem würzigen Reisbett. Ein interessanter Salat aus hellem Gemüse und getrockneten Nüssen, angemacht mit einem Hauch von Erdbeervinaigrette. Würziger Schinken und gebratener Fisch. Zwischen den Gängen wurde eigens ein leichter Aperitif serviert, um den Gaumen zu säubern, und zu jeder Speise reichte man den entsprechenden Wein. Ein kleines Heer hervorragend ausgebildeter Dienstboten kümmerte sich um die zahlreichen Gäste und sorgte für einen reibungslosen Ablauf, so dass die Adligen sich ganz ihrem Vergnügen widmen konnten.

Drei Plätze links von Herzog James Sandoval genoss Arthur Steiner-Davion gerade eine sämige Käsesuppe und die Vielseitigkeit der Konversation. Die Sandovals und ihre Gäste füllten alle Plätze des neun Meter langen Esstischs aus polierter Lexingtoneiche unter der schweren Brokatdecke, und um das Gespräch zu fördern, waren sie so platziert, dass Ehegatten sich schräg gegenüber saßen. Neben den zwölf Familienmitgliedern des Herzogs, darunter seine Schwester, die Countess Jessica Sandoval-Gröll, zählte Arthur eine Marquesa, vier Counts und zwei Barone im Ritterstand. Die Mark Draconis war an diesem Tisch gut vertreten. Die Gespräche drehten sich um die verschiedensten Themen von der planetaren Wirtschaft Robinsons über die neuesten Gerüchte von Truppenbewegungen im nahen Draconis-Kombinat bis zur hohen Politik. Und alle versuchten sich in Prognosen über das bevorstehende Jahr.

Arthur fand die Gesellschaft so mächtiger Würdenträger ausgesprochen anregend. Und er genoss auch die Tatsache, dass ständig ein Diener bereitstand, um sein Glas mit dem ausgezeichneten Wein aufzufüllen.

»Sie lächeln, Arthur«, stellte James Sandoval fest, und unterbrach sein Gespräch mit Daffyd Owens, dem Count Cartago. Er hob das Weinglas in Richtung des jungen Mannes. »Sehen Sie sich vor. Wenn die Skandalvids eine Kamera hier eingeschmuggelt haben, könnten sie berichten, dass Sie aufgehört haben zu leiden und gelernt, die Mark Draconis zu mögen.«

Arthurs Lächeln wurde breiter, als er sich dem Herzog zuwandte. Sandoval hatte sich auch mit siebenundsechzig noch die Kraft und Eleganz eines früheren MechKriegers bewahrt, und er unternahm keinen Versuch, die von einem Kranz eisengrauen Haars umringte Glatze zu verbergen.

Ebensowenig, wie sein lockerer Gesprächston die Wahrheit hinter seinem Scherz verbarg. Arthur hatte offen seine Meinung ausgedrückt, dass die Mark Draconis vernachlässigt worden war, erst von Victor in seinem Kampf gegen die Clans und später von Katrina, die weit mehr am Sternenbund interessiert war. Angesichts der weiter bestehenden Bedrohung durch das Draconis-Kombinat hatten diese Äußerungen den jungen Mann in den letzten drei Jahren an der Gefechtsakademie Robinson sehr beliebt gemacht.

»Das liegt daran, dass es mir hier gefällt«, erwiderte Arthur und verneigte sich leicht, ohne aufzustehen. »Und noch einmal Danke für die Einladung.«

»Nichts zu danken, mein Junge«, antwortete der

Herzog mit einem Lächeln. »Es ist nur angemessen. Yvonne hat meinen Sohn Tancred zu Weihnachten eingeladen und wir erwidern diese Geste.«

Arthur war durch seine Geburt selbst Herzog, aber er wusste wohl, dass James Sandoval mit dem familiären Ton einem Mitglied der Herrscherfamilie gegenüber keine beleidigende Absicht verband. Wenn auch adlig, war Arthur doch erst vierundzwanzig und besaß noch keinen wirklichen politischen Einfluss. Noch nicht.

Schwungvoll riss er das Weinglas empor. »Auf den guten Willen und die Höflichkeit der Mark Draconis.«

Der Trinkspruch setzte sich entlang der Tafel fort, bis alle Anwesenden das Glas erhoben hatten, um Arthur und sich gegenseitig zuzuprosten. Er stieß mit seinen Nachbarn an und genehmigte sich einen kräftigen Schluck des gewürzten Syrahs.

»Besser unsere Höflichkeit als die Behandlung Tancreds und Yvonnes«, murmelte eine der Kusinen des Grafen in verhalten bitterem Ton. »Nach Tukayyid geschleppt, wo sie an einem Tisch mit einer von Kuritas Töchtern sitzen müssen. Das ist eine Beleidigung der Mark.« Ihre Bemerkung wurde entlang des Tisches von mehr als nur ein paar Gästen mit zustimmendem Nicken quittiert.

Dorann Sandoval, eine der Nichten des Herzogs, lehnte sich herüber und stieß ihn mit der Schulter an. »Finden Sie nicht auch, Arthur?«

In vielerlei Hinsicht besaßen die Sandoval alles, was Arthur Steiner-Davion in seiner Kindheit und Jugend vermisst hatte. Sein Vater war kurz nach seinem fünfzehnten Geburtstag gestorben, und seine Mutter hatte die Regierung des Vereinigten Commonwealth übernommen. Und durch die Entscheidung seiner Eltern, die Kinder in verschiedenen Teilen des Reiches aufzuziehen, um ihre Bindung an das gesamte Commonwealth zu stärken, hatte er auch seine Geschwister kaum gesehen.

Auf Robinson dahingegen verbanden die Sandovals Familienleben und Hofpolitik. Tanten, Brüder, Kinder, Vettern – alle lebten in enger Verbindung miteinander. Und der gegenseitige Meinungsaustausch wurde ermutigt und respektiert. Der warme Empfang in der Familie des Herzogs hatte einiges aufgewogen, was Arthur in jüngeren Jahren gefehlt hatte, aber zugleich machte es diesen Verlust schwerer zu ertragen.

Mehrere Gespräche an seinem Ende der Tafel verstummten in Erwartung einer Antwort.

»Eine Beleidigung?«, sagte Arthur. »Ich bin sicher, mein Bruder Victor hat keine Beleidigung beabsichtigt, als er Yvonne und Tancred nach Abschluss der Whitting-Konferenz nach Tukayyid einlud. Es ist viel wahrscheinlicher, dass er die Implikationen einfach nur übersehen hat.« Er kannte seinen Bruder gut genug, um zu wissen, dass er selbst etwas so Wichtiges leicht vergessen konnte, wenn es um – in seinen Augen – Wichtigeres ging.

James Sandoval beugte sich vor. Der Blick seiner dunkelbernsteingelben Augen war stechend. »Unglücklicherweise, Duke Arthur, hat dieser Fehler Auswirkungen auf die öffentliche Meinung einiger Welten der Mark. Ich finde die lauter werdenden Rufe nach einer Rückkehr Prinz Victors, oder – das soll keine Beleidigung sein – Sie an die Stelle Ihrer Schwester Katrina zu heben, bemerkenswert kurzsichtig. Warum versteifen wir uns dermaßen darauf, das Große Haus Kurita weiter zu übergehen?« Sein Tonfall behandelte Victor und das Kombinat gleichermaßen herablassend.

»Ich habe es auch nicht als Beleidigung empfunden, Duke Sandoval«, antwortete er. Es stimmte, Victor unterstützte eine Politik der guten Nachbarschaft zu

Haus Kurita. Und obwohl Arthur sich von der Welle der Unterstützung in der Mark Draconis für seine Thronbesteigung auf New Avalon geschmeichelt fühlte, betrachtete er das doch als weit jenseits seiner Möglichkeiten. »Auch wenn ich mir sicher bin, dass keine Markwelt das Kombinat jemals ignorieren würde.«

»Es sei denn«, bemerkte Jessica Sandoval-Gröll mit leiser Stimme, »sie betrachtet den Drachen nicht länger als Bedrohung.«

James Sandovals Schwester, die Arthur direkt gegenüber saß, war während des gesamten bisherigen Diners schweigsam geblieben und hatte selbst auf Arthurs Trinkspruch nur zögernd reagiert. Er hatte es ihrem hohen Alter zugeschrieben, aber als er sie jetzt ansah, ihre königliche Haltung und sorgsam bewahrte Kraft bemerkte, erkannte er, dass ihre schiefergrauen Augen so klar wie die einer Zwanzigjährigen wirkten. Aber deutete sie damit an, dass einige Planeten eine sehr reale Gefahr nicht beachteten, oder vielmehr, dass es keine Gefahr gab, vor der sie sich hätten hüten müssen? So unbestimmt die Aussage war, sie war das Nächste an einer widersprüchlichen Meinung, was er an diesem Abend gehört hatte.

»Hältst du unser Militär wirklich für so stark, Großmutter?«, fragte Dorann plötzlich neben ihm und lieferte eine mögliche Deutung für die Bemerkung der alten Dame. Diese schaute streng zurück. Dorann senkte den Blick, dann sah sie zu Arthur auf. »Was meinen Sie?«

Als Seniorkadett der Gefechtsakademie fühlte Arthur sich qualifiziert, diese Frage zu beantworten. »Ich habe zwar keine Zweifel, dass wir Haus Kurita im Falle einer Invasion zurückschlagen könnten, aber es ist keineswegs so schwach, wie manch einer glauben mag. Allen Berichten nach hat seit der Clan-Invasion ein Wiederaufbau der VSDK stattgefunden, und im

Sternenbund-Feldzug gegen Clan Nebelparder haben sie unglaubliche Stärke gezeigt.« Er schüttelte den Kopf. »Ich würde es vorziehen, im Augenblick nicht gegen den Drachen antreten zu müssen. Wir sind nicht so bereit, wie wir sein könnten.«

»Der Drache!«, lachte Marquesa Isabelle Rein. »Die gewaltige Schlange. Der alte Shiro Kurita musste wohl ein gewisses Minderwertigkeitsgefühl ausgleichen.«

Gelächter wogte durch den Saal, als die Beleidigung die Tafel hinab die Runde zu Herzog James' zweiter Frau machte. Arthur bemerkte, wie sogar einige der Diener verhalten schmunzelten. Neben ihm errötete Dorann Sandoval verlegen, und er drückte sanft ihren Arm. Sie war wirklich bezaubernd, und der Abend war noch jung…

Aber Doranns Großmutter lachte weder, noch wurde sie rot. Sie lächelte dünn, nickte einmal kurz, wie in Anerkennung einer gelungenen Parade, dann stand sie auf. Augenblicklich war Herzog James ebenfalls auf den Beinen, schnell gefolgt von den übrigen männlichen Sandovals, und dann von Arthur und den anderen Gästen.

»Willst du uns schon verlassen, Jess?«, fragte James, als ein Dienstbote herantrat, um den Stuhl der Gräfin zurückzuziehen. »Der Nachtisch wird gleich aufgetragen. Bleib doch noch.«

»Danke, James.« Sie trat zum Kopf der Tafel und legte die Hände in seine. »Aber noch mehr Süßes wäre mir heute Abend zu viel.« Herzog Sandoval errötete bis hinauf zur Glatze und drückte seiner Schwester einen Kuss auf die Wange. Nachdem er sich wieder gesetzt hatte, folgten die anderen Männer seinem Beispiel.

In der Zwischenzeit hatten die Diener sich daran gemacht, das Geschirr des letzten Ganges abzutragen und einen trockenen Aperitif in Kristallgläsern mit so dünnem Stiel zu servieren, dass Arthur Angst bekam, ihn abzubrechen.

»Die Tatsache bleibt bestehen«, stellte Sandoval nach kurzer Pause fest und nahm das unterbrochene Gespräch wieder auf, »dass einige Welten der Mark sich von den jüngsten politischen Ereignissen haben einwickeln lassen und den Blick für den wahren Feind verloren haben. Dafydd, lass hören, worüber wir uns gerade unterhalten haben.«

Count Cartago drehte seinen schweren Stuhl, um besser zur oberen Hälfte der Tafel sprechen zu können, mit dem Ergebnis, dass er Arthur gezielt ansah. »Es stimmt. Ich bin über Kentares gekommen, und Duke Eric Dresari konnte gar nicht genug von unserer Pflicht Victor gegenüber reden. Kentares!« Dafydd Owens schüttelte ungläubig den Kopf. »Ist das Kentares-Massaker vergessen? Wenn es eine Welt gibt, die Grund hat, das Kombinat zu hassen…« Er verstummte. Die Erinnerung an die mehr als zweihundert Jahre zurückliegende Greueltat, die trotzdem bis heute einer der blutigsten Momente in der Geschichte der Inneren Sphäre blieb, drückte die Stimmung der Abendgesellschaft schlagartig. Damals hatten die Draconier als Vergeltung für den Tod ihres Koordinators mehr als zweiundfünfzig Millionen Zivilisten niedergemetzelt.

Der Herzog schlug mit der Faust auf den Tisch und schnitt alle Gespräche so plötzlich ab, als hätte er einen Schalter umgeworfen. »Genau davon rede ich. Kurzsichtigkeit.« Er hob sein kleines Glas, prostete Arthur zu und kippte den Inhalt mit einer geübten Drehung des Handgelenks. Arthur tat es ihm nach, dann musste er einen Tropfen aus dem Mundwinkel tupfen. Der schwere Wein brannte sich seinen Weg die Kehle hinab.

»Wie dem auch sei, Duke Kentares hat jetzt eine lyranische Garnisonseinheit vor der Nase«, fuhr Sandoval fort. »Katrina hat sie aus der Allianz geholt, um ihm Zügel anzulegen. Eric Dresari bat mich um Unterstützung, aber die werde ich ihm natürlich nicht geben. Bei all ihren Fehlern mischt Katrina sich zumindest nicht in unsere Anstrengungen ein, uns gegen draconische Heimtücke zu schützen, und ich habe schon genug Schwierigkeiten mit den Transportproblemen hier in der Mark.« Er schnaubte. »Auf Robinson hungern die Menschen, und Dresari will mich in seinen Streit mit der Archon-Prinzessin hineinziehen.«

Für Arthur war all das neu. Eine lyranische Garnison auf Kentares? Nahrungsmangel? Er blickte auf das riesige Stück dampfend warmen Kuchen hinab, das ein Diener gerade vor ihm abgesetzt hatte. Der Duft von Äpfeln und Zimt ließ ihm das Wasser im Mund zusammenlaufen, doch der Gedanke, andere könnten in diesem Augenblick hungern, beunruhigte ihn. Die Wärme, die der Wein in ihm hatte aufsteigen lassen, verblasste. »Ich habe keine Anzeichen von Hunger bemerkt, Duke Sandoval«, stellte er fest. »Ich hoffe, die Lage ist nicht ernst?«

Der Herzog lächelte dünn. »Wir sind nicht mittellos, Arthur«, antwortete er, und sein Blick wanderte über den Tisch. »Da ist zum Beispiel die Marquesa. Sie regiert nahe der Peripherie über mehrere Planeten, die Nahrung im Überschuss produzieren, und ihre rechtzeitige Ankunft in Begleitung mehrerer Frachtschiffe hat es mir ermöglicht, viele der Probleme schon im Ansatz unter Kontrolle zu bringen.« Er breitete die Arme aus. »Wir tun, was wir können.«

Arthur knüllte die Leinenserviette zusammen und ließ sie neben dem Teller auf den Tisch fallen. »Was kann ich tun, Sir?« Er sah den Herzog zögern. In seinem Gesicht kämpfte Zurückhaltung mit dem Wunsch, seinem Volk zu helfen. »Ernsthaft, ich möchte helfen«, hakte der junge Steiner-Davion nach.

Der alte Herzog ließ sich zurücksinken und dachte eine Weile angestrengt nach. Am entfernten Ende der Tafel wurde wieder leichte Konversation laut, aber viele Blicke in Arthurs und James Sandovals Richtung zeigten, dass ein großer Teil der Anwesenden bemüht war, dem Gespräch zu folgen.

»Vielleicht«, gab der Herzog schließlich nach. »Vielleicht, ja.« Er beugte sich wieder vor. »Nächsten Monat findet hier auf Robinson eine Kundgebung statt. Im Rahmen der Kulturerbefeiern. Ich hoffe darauf, dass es mir gelingt, dem Volk der Mark in Erinnerung zu rufen, dass unsere Feinde sich nicht zurückgezogen haben, dass wir wachsamer denn je sein müssen. Wenn Sie als Mitglied des Herrscherhauses diese Kundgebung irgendwie unterstützen könnten...« Er verstummte und wartete.

Arthur nickte heftig. »Das werde ich, und noch mehr. Es wäre mir eine Freude, eine Rede für die Kundgebung auszuarbeiten, sofern die Kommandeurin der Akademie das erlaubt.« Eine der Gaben, die er von beiden seiner Eltern geerbt hatte, war ein Rednertalent, auch wenn er bisher noch keine passende Gelegenheit oder Sache gefunden hatte, um es einzusetzen. »Vielleicht gelingt es mir sogar, die Aufmerksamkeit meiner Schwester auf die Probleme zu ziehen, denen Sie... wir... uns gegenübersehen.«

»Mein Junge«, antwortete James Sandoval sichtlich erfreut. »Dieses Angebot nehme ich an. Es könnte genau das sein, was wir brauchen.« Er sah sich um und bemerkte das Schweigen, das sich über die Tafel gelegt hatte. »Ich dachte, das hier ist ein feierlicher Anlass! Esst! Vergnügt euch!« An Arthur gewandt, fügte er mit gedämpfter Stimme hinzu: »Machen Sie sich keine Sorgen um Ihre Kommandeurin. Commander General Fortuna ist nicht nur meine beste Offizierin, sie ist auch meine Kusine. Sie wird Ihnen die Genehmigung erteilen.« Er zwinkerte ihm zu. »Wir werden Ihre Rede nächste Woche ausarbeiten. Ich habe da schon ein paar Ideen... ja, eine ganze Reihe.«

Überall entlang der Tafel wurde Arthurs Vorstoß mit Nicken und strahlenden Gesichtern aufgenommen. Dorann klatschte leise, drückte Arthur und konzentrierte sich dann, über ihre eigene Reaktion verlegen, schnell auf ihren Nachtisch. Aber unter dem Tisch suchte sie seine Hand und drückte sie.

Arthur hatte sich noch nie so gut gefühlt. Endlich konnte er hier in der Mark Draconis etwas leisten, etwas Wichtiges bewegen. Entschlossen, trotz seiner Verpflichtungen an der Akademie weiter am Ball zu bleiben, widmete er sich dem Rest des Essens.

Der Kuchen war ausgezeichnet.

Teil I

DISSONANZEN

4

ComGuard-Ausbildungslager, Distrikt Ridgick, Tukayyid
Freie Republik Rasalhaag

13. Februar 3062

Tancred Sandoval blinzelte heftig, um den Schweiß zu vertreiben, der ihm in den Augen brannte und die Sicht behinderte, während er versuchte, den humpelnden *Nachtstern* hinter einen flachen Hügel zu bringen. Ein ausgebrannter Beinaktivator ließ den BattleMech heftig schwanken und reduzierte seine Höchstgeschwindigkeit um volle zwanzig Prozent. Alarmsirenen gellten in seinen Ohren und verlangten Beachtung. Eine drohte mit automatischer Stilllegung wegen Überhitzung durch schwere Schäden an der Reaktorabschirmung des überschweren Mechs. Eine andere warnte vor der Zielerfassung durch den *Daishi* seines Verfolgers. Der Schubhebel war schon bis zum Anschlag durchgedrückt, und er hatte keine Chance, noch rechtzeitig die Deckung zu erreichen. Tancred brauchte eine Möglichkeit, Zeit zu schinden.

Er riss den Steuerknüppel des *Nachtstern* nach links, um die obere Hälfte des Mechrumpfs entlang seines Rückzugwegs zu drehen, und zog das Fadenkreuz über den Sichtschirm. Das lasergeführte Zielsymbol tanzte unsicher über das Gelände. Das Bild auf den Taktikanzeigen des BattleMechs wurde von Störungen zerfasert, und die Sensoren hatten Mühe, eine halbwegs brauchbare Zielerfassung zu liefern, als der *Daishi* in Sicht kam. Aber auf etwas Besseres konnte er nicht hoffen – und das wusste er auch. Tancred presste den Daumen auf den Hauptfeuerknopf und brachte schräg vor dem Rumpf der Maschine vorbei eine Nickeleisenkugel aus dem noch funktionierenden Gaussgeschütz im rechten Arm des Kampfkolosses auf den Weg, der er eine Kaskade lodernder Energie aus der Partikelprojektorkanone in der rechten Brustpartie des *Nachtstern* folgen ließ. Ihm blieb keine Zeit, sich zu vergewissern, wieviel Schaden er dem hundert Tonnen schweren Omni-Mech-Monster zugefügt hatte. Er schlug auf den Vetoschalter und sandte ein Stoßgebet zum Himmel, dass ihm noch eine Salve blieb.

Den Vetoschalter hatte er zwar rechtzeitig betätigt und die automatische Stillegung des Fusionsreaktors verhindert, der tief im Innern des BattleMechs die nötige Energie erzeugte, aber die Hitzewelle, die durch die Abschirmung in sein Cockpit flutete, ließ sich damit nicht aufhalten. Heizkörper, die bewusst darauf ausgelegt waren, die sengenden Temperaturen der Schlacht zu simulieren, bliesen glutheiße Luft über seinen Schoß und Nacken, bis er kaum noch Atem bekam. Dünner Qualm stieg von angeblich beschädigten Sensoren auf. Der Ozongeruch schmelzender Schaltkreise stach ihm in die Nase und brannte in seinen Lungen – eine neue Funktion der Com-Guard-Mechsimulatoren, auf die Tancred gerne verzichtet hätte.

Gefechtsrealismus hatte Victor Steiner-Davion es vor Beginn der Übung genannt und ein halbes Dutzend derartiger Neuerungen aufgezählt, zu denen täglich weitere hinzukamen. Es war wirklich beeindruckend, das musste Tancred zugeben. Das knirschende Geräusch des linken Mecharms, der immer noch versuchte, das festgefressene Schultergelenk zu drehen. Die erratischen Vibrationen, durch den Schaden am Kreiselstabilisator verursacht. Das hörbare Knallen, wenn Myomermuskelstränge unter Überlastung oder Feindtreffern rissen. Nur sein Verstand erinnerte ihn noch daran, dass dies ein Simulatorgefecht zwischen Freunden war.

Aber Simulation oder nicht, es wirkte real. Und Tancred hasste es, zu verlieren.

Der auf rückwärts abgeknickten Beinen hockende *Nachtstern* gehörte nicht gerade zu den größten Kampfkolossen, auch wenn er mit fünfundneunzig Tonnen Gewicht einer der Schwersten war und eine beachtliche Feuerkraft barg. Er war Victors mit Clantechnologie gebautem *Daishi* fast ebenbürtig… aber eben doch nicht ganz. Victor hatte für dieses Duell auf zwei seiner schweren Impulslaser verzichtet. Das hätte die beiden Kontrahenten auf mittlere Distanz ebenbürtig machen können.

»Aber ich Idiot habe ihn in meine Nähe gelassen!«, flüsterte Tancred frustriert, achtete jedoch darauf, leise genug zu bleiben, um das Mikro nicht zu aktivieren. Die Kaliber-12-cm-Autokanone des OmniMechs hatte mit Urangranaten auf seinen *Nachtstern* eingehämmert, das rechte Bein beschädigt und tiefe Krater in die Torsopanzerung geschlagen. Jetzt war an ein Entkommen nicht mehr zu denken.

»He, Victor! Wenn du noch näher kommst, werden die Computer umherfliegende Trümmer auf deinen Omni hageln lassen. Oder hast du das noch nicht eingebaut?« *Komm schon,* flehte er in Gedanken, *verschwende deine Zeit mit Reden.* Das gehörte nicht zu Tancreds üblichen Taktiken, aber falls Victor darauf hereinfiel, störte ihn das nicht.

Seine Antwort erhielt er in Gestalt eines gnadenlosen Angriffs. Die Autokanone des *Daishi* jagte glühendes Metall in den schon zertrümmerten linken Arm des *Nachtstern.* Dann folgten die rubinroten Lichtlanzen der Laser und schälten Panzerung von der ganzen Flanke. Die Energie des Angriffs drang in geplatzte Schweißnähte und – von vorhergegangenen Attacken geschlagene – Löcher in der Schutzpanzerung des Mechs, brannte Narben in das Titanstahlskelett der Maschine, brachte es stellenweise zum Schmelzen. Trotzdem gab es an diesem Angriff nichts, was er nicht hätte wegstecken können… bis auf die smaragdgrünen Laserpfeile, die an der Panzerung des linken Mechbeins vorbeizuckten und in die schützenden Metallkeramiklagen über dem rechten Hüftgelenk schnitten.

Der *Nachtstern* schüttelte sich heftig unter der Folter dieses Angriffs, und es war Tancreds Entschlossenheit, sich nicht geschlagen zu geben, die ihn aufrecht hielt – mehr als alles andere. Dann blockierte das rechte Hüftgelenk, als geschmolzenes Metall in die Pfanne floss und im Abkühlen wieder erstarrte. Die Kampfmaschine stolperte nach vorne, kurz davor, über die eigenen Riesenfüße zu stürzen. Tancreds Neurohelm, dessen Sensortaster eine direkte Verbindung zwischen dem Bordcomputer und seinem natürlichen Gleichgewicht herstellten, erzeugte eine Rückkopplungsschleife, die normalerweise das gigantische Gyroskop im Rumpfinnern steuerte und mithalf, die fünfundneunzig Tonnen bewegtes Metall senkrecht zu halten. Aber auch seine Kapazität war nicht unendlich und unter dieser Belastung musste er versagen.

Tancred war klar, dass ihn die Schwerkraft in den Fängen hatte. Er wusste es und kämpfte reflexartig dagegen an, warf sich mit zum Hohlkreuz gebeugtem Rücken nach hinten in die Polster der Pilotenliege, zog die Arme des *Nachtstern* an den Rumpf, um ihr Gewicht mit einzusetzen. Ein vorsichtiger MechKrieger hätte auch das rechte Bein aufgepflanzt, um sich zu stabilisieren, ohne das beschädigte linke Mechbein zu stark zu belasten, aber mit Vorsicht war dieser Kampf nicht zu gewinnen.

Mit vorerst zurückgewonnenem Gleichgewicht hielt

er den Mech in der Vorwärtsbewegung und auf Kurs zu dem flachen Hügel, hinter dem er Deckung suchen wollte. Das starre Bein knallte hart auf, und die Simulatorkanzel bockte so stark, dass Tancreds Zähne aufeinander schlugen. Ein stechender Schmerz zuckte durch seine Zungenspitze, und er schmeckte Blut. Innerlich die Effizienz der ComStar-Techs verfluchend, schwang er den rechten Mecharm zur Balance weit zur Seite und humpelte mit einem letzten Satz in die relative Sicherheit der windabgewandten Hügelseite.

»Letzte Chance, Victor«, rief er, drehte sich von dem anrückenden *Daishi* weg und rotierte den Mechtorso wieder nach vorne. »Sollen wir eine Münze werfen?«

Er machte sich keine großen Hoffnungen, dass er seinen jüngeren Gegner mit diesem Geplauder ablenken konnte, eher schon mit der offensichtlichen Drehung fort von dessen OmniMech. Er brauchte nur Sekunden. Gerade lange genug, um dem *Daishi* den Rücken zuzukehren, dessen Panzerung noch unbeschädigt war. Lange genug, um den rechten Mecharm zurück ins Schultergelenk zu rammen und direkt hinter sich zu feuern. Lange genug, um abzudrücken... Zum Zielen fehlte ihm die Zeit.

Aber wenn es um den Kampf ging, hatte Victor alle Macho-Allüren abgelegt. Von übertriebenem Wagemut war keine Spur mehr geblieben. Tancred hatte die Veränderung an seinem jungen Gegner bemerkt, als er ihre gelegentlichen Gespräche und Duelle Revue passieren ließ – vor Victors Gegenangriff auf die Clans und danach. Er hätte wissen müssen, dass Victor jetzt ein hundertprozentiger Profi war.

Victors *Prometheus* und Tancreds *Nachtstern* feuerten fast gleichzeitig und beharkten einander mit Granaten und tödlichen Lichtspeeren schillernder Energie. Auf dem Sichtschirm beobachtete Tancred Sandoval durch immer wieder einbrechende Störungen, wie die Gausskugel seines Mechs knapp unter dem vorstehenden Cockpit in den Rumpf des *Daishi* schlug und einen tödlichen Treffer nur um einen halben Meter verfehlte. Panzerung regnete in großen Brocken zu Boden. Der im selben Arm platzierte mittelschwere Impulslaser jagte einen Schwarm smaragdgrüner Energiewespen in ein paar von Victors Panzerbreschen, erzielte jedoch keinen entscheidenden Treffer.

Prometheus stand direkt vor den Rückenkameras des *Nachtstern*. Seine wuchtige, breitschultrige Silhouette verdunkelte den Horizont, als er die Arme vorstreckte und rubinrote Zwillingsbahnen tödlicher Energie abfeuerte. Einer der schweren Lichtwerfer traf die Kamera, dann schlug die Simulatorkanzel nach vorne, als wäre sie mit etwa zwanzig Stundenkilometern gerammt worden. Die Sicherheitsgurte schnitten in Tancreds Schultern und verhinderten eine Verletzung – dem geschockten Adligen war sofort klar, was geschehen war.

Als er zurück in die Polster fiel und auf eine abgeschaltete Instrumentenkonsole und tote Bildschirme in der nur noch von einer einzigen, trüben roten Lampe beleuchteten Kanzel blickte, war das lediglich die Bestätigung für das, was er bereits wusste:

Er war tot.

* * *

Tancred blieb auf dem Weg den Seitengang der Haupt-ComGuards-Ausbildungsanlage hinab an Victor Steiner-Davions Seite, obwohl er gute zwanzig Zentimeter größer war als der Präzentor Martialum, und normalerweise einen entsprechend längeren Schritt hatte. Und die Körpergröße war keineswegs der einzige offensichtliche Unterschied zwischen den beiden. Victors sandblondes Haar wirkte ausgebleicht neben Tancreds glänzend schwarzer Haarpracht, die er bis auf einen Knoten in der Mitte der Schädeldecke rasiert hatte, wie es beim Adel Robinsons derzeit Mode war. Allerdings hatte Tancred die übrigen Haare nicht wie üblich zu einem Dutt geknotet, sondern zu einem Zopf geflochten. Seine leuchtend gelben Augen wirkten äußerst anziehend, oder zumindest hatten ihm das schon genügend Frauen gesagt, während die einzige Andeutung von Farbe in Victors grauen Augen ein paar blaue Sprenkel waren. Aber wenigstens hatte Victor die gesunde Gesichtsfarbe seines Vaters geerbt. Tancreds Familie neigte eher zu einem bleichen Teint. Er bräunte nicht einmal gut.

Den Altersunterschied zwischen ihnen beachtete Tancred nicht weiter. Mit zweiundvierzig Jahren war er nahe genug an Victors einunddreißig, um sich zur selben Generation zu zählen, so wie ihre Väter, Prinz Hanse Davion und Herzog James Sandoval, es gewesen waren. Aber waren sie auch Freunde gewesen? Das war eher unwahrscheinlich. Als Minister für die Mark Draconis hatte James Sandoval dem Prinzen häufig im Ohr liegen und ihm ›falls das nichts half, einen Tritt in den Arsch geben‹ müssen, wie sein Vater es ausdrückte. Tancred hatte sich ebenso gegen die anfänglichen Bemühungen Victors gestellt, insbesondere was die neutrale Haltung des Prinzen zu Haus Kurita betraf.

Sicher keine Grundlage für eine dicke Freundschaft, und doch hatte sich eben dies zwischen ihnen entwickelt. Natürlich hatte diese Freundschaft Victor nicht daran gehindert, ihn ins simulierte Jenseits zu befördern.

Anastasius Focht wartete im Nachbesprechungszimmer auf die beiden MechKrieger, einem privaten Büro, in dem die ComGuards-Offiziere ihre simulierten Gefechte im Nachhinein begutachteten. In der grauen Wand saßen zwei große Monitore, vor denen marineblau gepolsterte Stühle standen. Der Raum hatte dasselbe spartanische Ambiente wie die meisten ComStar-Anlagen. Das schien eines der wenigen Elemente zu sein, das sich im Schisma zwischen ComStar und Blakes Wort nicht geändert hatte. Irgendwie schien den Ordensmitgliedern die Humorlosigkeit im Blut zu liegen. Focht wartete, während die beiden sich, von der Zeit in den Cockpitsaunen ausgedörrt, mit Vitamindrinks versorgten, dann suchten sie sich alle einen Platz am runden Tisch in der Mitte des Zimmers.

»Ich hätte den Hügel links liegen lassen sollen«, brach Tancred das Schweigen, das er und Victor während des Duschens und auf dem Weg hierher beibehalten hatten. »Ich habe mir gewaltige Sorgen um mein Bein gemacht und stattdessen hast du mir einen Kopfschuss verpasst.«

Victor grinste. »Ehrlich gesagt fand ich den Zug erstklassig. Deine Frontpanzerung war praktisch zerblasen, und dein Bein hätte ich mit einem leichten Laser erledigen können. Damit hast du mir mit einem Schlag frische Panzerung vor die Rohre gedreht, in dem ich keine Lücken fand, die ich hätte ausnützen können. Nur hatte ich deinen Kopf schon vorher erwischt, und als der Laser traf…« Er brach ab.

Tancred kippte den Kopf nach vorne und grinste. »Licht aus. Und dabei hatte ich für einen Augenblick geglaubt, ich würde dich noch vorher aus dem Rennen werfen.« Er nahm einen langen Zug aus der Flasche und wusch den klebrigen Geschmack ausgetrockneter Schleimhaut mit kalter Orangenlimonade weg.

»Du hast mir einen guten Kampf geliefert, mein Freund. Lass uns keine Haare spalten, wer wen zuerst erledigt hat.«

Bis jetzt hatte Focht schweigend zugehört. Als pensionierter MechKrieger und einer der fähigsten Generäle, die es in der Inneren Sphäre je gegeben hatte, schien der ehemalige Präzentor Martialum ComStars zufrieden gewesen zu sein, die beiden Krieger das Duell unter sich besprechen zu lassen. Aber jetzt beugte er sich vor und sah Victor mit seinem einen gesunden Auge scharf an. »Sie haben es ihm nicht gesagt?«

»Ich war gerade dabei«, protestierte Victor ärgerlich.

»Was gesagt?«, fragte Tancred.

Plötzlich wurde Victors Grinsen verlegen. »Deine letzte Gausskugel ist durchgeschlagen und hat mein Gyroskop zermalmt. *Prometheus* ist zu Boden gegangen, vermutlich gleich nachdem dein Sichtschirm ausfiel. Du hast ein Unentschieden geschafft.«

Tancred runzelte die Stirn. »Und wann genau wolltest du mir das verraten?«

Ein wenig des alten Victor kam wieder zum Vorschein, als er Focht einen verschämten Blick zuwarf. »Ich dachte mir, wenn du die Gefechts-ROM-Aufzeichnungen siehst, wirst du es schon merken.«

Focht schüttelte in gespielter Strenge den Kopf. »Was ist aus der Inneren Sphäre geworden, wenn man dem Präzentor Martialum ComStars nicht trauen kann?«

Ertappt oder nicht, Victor war nicht der Typ, der sich leicht geschlagen gab. »Ich würde sagen, dass ComStar sich in dem Fall in den üblichen Bahnen bewegt«, schoss er mit verschmitztem Grinsen zurück.

Tancred zuckte zusammen. Es stimmte schon, dass man ComStar kaum als leuchtendes Vorbild an Offenheit hochhalten konnte. Die Adepten des Ordens, selbsternannte Wächter der Hochtechnologie, hatten sich hinter der Fassade einer künstlichen Religion versteckt, während sie die HPG-Stationen der Inneren

Sphäre instand gehalten und das Kommunikationsnetz für seine interstellaren Reiche unterhalten hatten. Aber längst nicht alle seine Aktivitäten waren derart wohltätig gewesen. In dieser Hinsicht war nicht zuletzt das Auftauchen der ComGuards anzuführen, einer Geheimarmee aus über siebzig Regimentern kombinierter Waffen, die nach dem Ende des 4. Nachfolgekriegs auf der Bildfläche erschienen war. Zwar hatte ComStar diese Armee schließlich mobilisiert, um die Clan-Invasion zu stoppen, aber die Erleichterung darüber wurde von dem Wissen geschmälert, dass der Orden anfänglich mit den Clans zusammengearbeitet hatte.

Und auch wenn Focht weitgehend verantwortlich für die Säkularisierung ComStars gewesen war, die zur Abspaltung von Blakes Wort geführt hatte, konnte niemand ernsthaft daran zweifeln, dass er weit mehr wusste, als er sagte. Focht versuchte nicht einmal zu leugnen, dass Victors Spitze gesessen hatte, sondern zwinkerte vielsagend, was ihnen beiden ein Lachen entlockte. Anscheinend gab es doch Ausnahmen von ComStars Humorlosigkeit.

»Okay«, stellte Tancred fest, als wieder Ernst eingekehrt war. Er nahm noch einen Schluck und war sich sehr bewusst, dass er wirklich Durst haben musste, wenn ihm Vita-Orange tatsächlich schmeckte. Das Zeug war hervorragend, wenn es darum ging, verlorene Flüssigkeitsreserven wiederaufzubauen, aber der Geschmack erinnerte ihn sonst unangenehm an verwässerten Hustensaft. »Was hast du vor, Victor?«

»Vor?«

Tancred lächelte dünn. Victor wurde immer zurückhaltend, wenn er etwas von einem wollte. Auf dem Schlachtfeld war er sehr offen, ein beeindruckender Kommandeur und ein würdiger Nachfolger Fochts als Präzentor Martialum. Im direkten Gespräch wirkte er entspannter. Er wusste zwar auch dann genau, was er wollte, aber er versuchte zumindest, das Thema allmählich anzuschneiden. »Du brauchst kein Simulatortraining. Ich wäre sehr überrascht, wenn du seit der Rückkehr aus dem Clanraum auch nur minimal abgebaut hättest.« Tancred deutete mit dem Kopf in Fochts Richtung. »Und ganz sicher würdest du Anastasius nicht bitten, ein Standardsimulatorduell zu überwachen. Wenn ich mich recht entsinne, hat er sich in Klausur zurückgezogen, um ein Buch über die Innere Sphäre zu schreiben.«

Focht nickte. »Und ich stecke bis über beide Ohren in Zahlen, Fakten und Finanzen. Ich kann nur hoffen, das hier ist wichtig. Ich möchte diese Sache irgendwann nächstes Jahr abschließen.«

»Na schön«, kapitulierte Victor. »Ich brauche euren Rat. Habt Ihr die Rede gehört, die Arthur letzte Woche auf Robinson hielt?«

Beide Männer nickten. »Aber sicher«, bestätigte Tancred. »Meine Lieblingspassage war: ›Auch wenn mancher behaupten mag, den Schwanz des Drachen im Griff zu haben und am Boden zu halten, bleibt sein Kopf doch frei und es ist die Mark Draconis, die seinen Biss spüren wird.‹« Er schüttelte den Kopf. »War es je so schlimm?«

»Arthur neigt vielleicht etwas zu Dramatik«, bemerkte Victor diplomatisch. »Aber die Botschaft ist dieselbe wie immer: Das Kombinat wird angreifen, und die Mark ist nicht vorbereitet.«

Focht strich mit einer Hand über die glatte Tischplatte und wischte imaginären Staub beiseite. »Um die Wahrheit zu sagen, ist sie es auch wirklich nicht.«

»Nicht Sie auch noch, Anastasius.« Victor klammerte sich mit weiß hervortretenden Knöcheln an die Tischkante. Seine Frustration war unübersehbar. »Sie können nicht ernsthaft glauben, dass Theodore Kurita jetzt, da wir endlich einen sicheren Waffenstillstand mit den Clans zustande gebracht haben, eine Kehrtwendung vollziehen und das Vereinigte Commonwealth angreifen wird.«

»Also, ich zumindest glaube das nicht«, stellte Tancred fest. Er rieb sich das Gesicht und sammelte seine Gedanken. »Ich bin mir nicht einmal sicher, dass mein Vater es wirklich glaubt, aber du darfst nicht vergessen, dass es die Pflicht der Sandovals ist, die Mark auf das Schlimmste vorzubereiten, Victor. Das letzte Mal hat uns der 1. Nachfolgekrieg unvorbereitet erwischt, und es hat das Kentares-Massaker gebraucht, uns genügend Kampfgeist einzuflößen, um die Draconier schließlich doch noch zurückzuschlagen. Mit dieser Lehre werden wir Sandovals groß.«

»Im übrigen, Victor, liegt das inzwischen etwas außerhalb Ihrer Zuständigkeit«, erinnerte Focht den Exilprinzen. »ComStar sollte sich nicht in interne Staatsgeschäfte einmischen. Falls Theodore Kurita nicht die Sternenbund-Verteidigungsstreitkräfte mobilisiert...«

»Das käme wirklich gut «, bemerkte Tancred mit einem trockenen Glucksen. »Nach Sun-Tzus Amtsmissbrauch mit seinen ›Friedenstruppen‹ im letzten Jahr, kann ich mir lebhaft vorstellen, wie mein Vater auf das Auftauchen des ersten SBVS-Regiments in der Mark reagieren würde.«

Victor nickte beiden zu. »Ihr habt Recht, aber ihr betrachtet die Angelegenheit aus einem anderen Blickwinkel als ich. Was treibt Arthur da?«

»Er versucht, seine Rolle zu finden«, antwortete Focht. »Und falls er sich entscheidet, die Mark Draconis zum Gegenstand seines privaten Feldzugs zu machen, ist das allein seine Entscheidung. Ich halte es für einen Fehler, das allerdings, aber ich glaube nicht, dass er echten Schaden anrichten kann.« Focht rieb sich die

Augenklappe, als schmerze die leere Höhle. »Arthur hat meiner Meinung nach das Zeug zu einem Staatsmann, falls es ihm je gelingt, erwachsen genug zu werden.«

Tancred hatte Mühe Victor zu verstehen, als der leise fragte: »Und wie, glauben Sie, wird meine Schwester auf seine Agitation reagieren?«

Focht dachte kurz nach. »Politik war noch nie meine Stärke«, gab er schließlich zu, und sein Mund verzog sich wie bei einem unangenehm bitteren Geschmack. »Aber ich verstehe, worauf Sie hinauswollen. Katherine ist eine Meisterin des Öffentlichkeitscoups. Sie wird Arthur gewähren lassen, bis er die Massen zu einem blutrünstigen Mob angestachelt hat, und dann wird sie diesen Mob in eine Richtung drehen, die ihr genehm ist.«

Tancred hatte von Yvonne und Victor genug über Katherine Steiner-Davion erfahren, um keinen Zweifel daran zu hegen, dass sie eine machthungrige Ränkeschmiedin war. Die Art, wie sie Yvonne und damit indirekt Victor den Thron gestohlen hatte, erforderte machiavellische Planung und Intrigen. Aber zugleich erahnte er einen weiteren Unterton in Victors und Fochts Kommentaren. »Ihr glaubt, Katherine hat etwas vor?« fragte er.

»Alles, was ich von ComStar erfahre, deutet darauf hin, dass das Commonwealth ihr entgleitet«, erklärte Victor. »Sie hat Frachtverzögerungen und Medienkampagnen eingesetzt, um einzelne Welten je nach Bedarf zu disziplinieren oder zu belohnen, aber ich habe die jüngsten Berichte über Truppenbewegungen gesehen, und inzwischen ist sie gezwungen, auf gezielte militärische Kontrolle zurückzugreifen. Kentares ist besetzt und der Widerstand gegen diesen Druck wächst. Letzte Woche hat sie die Davion Heavy Guards von New Avalon abgezogen, angeblich, um die Garnison der Galax-Raumschiffswerften zu verstärken.«

Fochts Augen wurden schmal, und sein Mund war nur noch ein Strich. »Soweit ich mich an den Bericht erinnere, den Jerrard Cranston Ihnen erteilt hat, bedeutet das, sie hat nur noch die Regimenter auf der Zentralwelt behalten, deren Loyalität ihr sicher ist.«

»Fast. Die 1. Davion Guards stehen noch auf New Avalon. Ich vermute allerdings, die würden eher revoltieren als einer Verlegung zustimmen.«

Tancred räusperte sich, um die Aufmerksamkeit der beiden ComStar-Offiziere zu erregen. Er wollte das Gespräch zurück auf die Mark Draconis bringen, um herauszufinden, welche Auswirkungen die Entwicklung für seine Familie hatte. »Ich wüsste nicht, wie sie das auf Robinson versuchen könnte. Mein Vater hat die letztendliche Autorität über die meisten Garnisonsregimenter dort.«

»Stimmt«, gab Victor ihm Recht. »Aber du hast die öffentlichen Aufrufe an Arthur gehört, sich gegen meine Schwester zu stellen. Wenn er genug Unruhe stiftet, selbst gegen das Draconis-Kombinat, könnte sie den Aufruhr als Vorwand benutzen, einzugreifen und sich einen potenziellen Rivalen vom Hals zu schaffen.«

»Das wäre ein gefährliches Spiel«, stellte Tancred zögernd fest, als er sich diese Möglichkeit durch den Kopf gehen ließ. Es basierte auf einer sehr spekulativen Voraussetzung: dass Katherine einen ihrer direkten Blutsverwandten als Werkzeug benutzen und ohne Skrupel aus dem Weg räumen würde, sobald er ihr nicht mehr von Nutzen war. »Ich weiss noch immer nicht, ob du Ärger suchst, Victor, oder versuchst, ihn zu verhindern.« Und er wusste auch immer noch nicht, was Victor von ihm erwartete. Er leerte mit einem tiefen Schluck die Flasche Vita-Orange und verzog das Gesicht über den eklig faden Nachgeschmack.

»Ich will sichergehen, dass Arthur sich nicht übernimmt. Tancred, ich möchte, dass du sofort zurück nach Robinson aufbrichst. Rede mit Arthur. Sieh zu, ob du ihn in konstruktivere Bahnen lenken kannst… oder wenigstens in weniger gefährliche.«

»Mit anderen Worten, ich soll verhindern, dass er Katherine in die Hände spielt«, antwortete Tancred. »Geht in Ordnung. Yvonne und ich können in ein paar Tagen aufbrechen.«

»Eigentlich«, unterbrach Victor, »möchte ich, dass Yvonne nach Tharkad fliegt. Das Volk muss sehen, dass es Alternativen zu Katherine gibt. Außerdem ist sie eine Erinnerung daran, dass Katherine die Macht im Handstreich ergriffen hat – ein Gegenargument zu ihrem ständigen Anspruch auf Legitimität.«

Tancred nickte zustimmend, wenn auch ohne merkliche Begeisterung. Yvonne war ein willkommener Teil seines Lebens geworden. »Na schön, dann eben allein.« Er stockte und überlegte. »Ich hoffe, ich kann eine Art Befehlsstrecke einrichten, um die Reisezeit zu verkürzen.«

Interstellare Reisen verlangten den Einsatz von Sprungschiffen, die mit ihren Triebwerken ein Loch in das Raum-Zeit-Gefüge rissen, durch das sie bis zu dreißig Lichtjahre in Nullzeit überwanden. Nach einer solchen Transition dauerte es jedoch eine Woche oder noch länger, bis der Antrieb über riesige Solarsegel wieder aufgeladen war. Befehlsstrecken waren aus mehreren Sprungschiffen aufgebaute Stafetten, bei denen ein Landungsschiff, während das Sprungschiff, mit dem es gekommen war, sein Triebwerk auflud, zu einem zweiten, sprungbereit wartenden Schiff wechselte, um die Reise fortzusetzen. Da Sprungschiffe grundsätzlich eine heißbegehrte Mangelware waren, fiel es alles andere als leicht, eine Befehlsstrecke aufzubauen – aber ein hoher Rang hatte durchaus seine Privilegien.

»Ich werde sehen, was sich machen lässt«, erklärte Victor. »ComStar arbeitet mit Theodore Kurita daran, das Gerüst für eine ständige Befehlsstrecke zwischen Tukayyid und Luthien aufrecht zu erhalten. Wenn wir die benutzen, können wir dir möglicherweise einen Flug nach Benjamin einrichten. Von da aus bist du schlimmstenfalls acht oder neun Sprünge von Robinson entfernt, wo du...«

Tancred richtete sich stocksteif auf, als Victor Luthien und Haus Kurita erwähnte. »Ich werde das Kombinat umfliegen, Victor«, stellte er knapp fest. »Kernwärts durchs Freedom-Theater und dann durch die Chaos-Marken nach Hause.«

»Ich dachte, diese Dummheiten hätten wir hinter uns.«

»Es liegt nicht an mir, Victor.« *Jedenfalls nicht ganz.* »Aber ich kann unmöglich auf draconischen Schiffen in die Mark einfliegen. Was glaubst du wohl, wie das meiner Glaubwürdigkeit bei der Bevölkerung dienen würde? Oder bei Arthur?«

Victor stieß einen wütenden Seufzer aus. »Die andere Route dauert Wochen. Wenn nicht Monate.«

»Victor«, ermahnte Focht seinen Nachfolger und legte ihm die Hand auf den Arm. »Tancred hat Recht. Er kämpft gegen fast tausend Jahre alte Vorurteile an, nicht nur seine eigenen, auch die seiner Familie und seines Volkes. Erinnern Sie sich, welche Schwierigkeiten Sie selbst mit Hohiro Kurita hatten – und Sie beide hatten ausgezeichnete Gründe zusammenzuarbeiten.« Er machte eine kurze Pause. »Kleine Schritte, Victor. Kleine Schritte.«

An Victors niedergeschlagener Miene sah Tancred, dass sich sein Freund geschlagen gab. Seine eigenen

Überlegungen waren bereits so auf die Heimreise und die Begegnung mit Arthur – und seinem Vater – konzentriert, dass er Victors Frage fast überhörte. Als sie endlich zu ihm vordrang, fühlte er zum zweiten Mal an diesem Tag den eisigen Hauch des Todes über sich wehen.

»Und was, wenn meine Schwester uns keine kleinen Schritte erlaubt?«, hatte Victor gefragt. »Was dann?«

5

Imperial City, Luthien
Präfektur Kagoshima, Militärdistrikt Pesht,
Draconis-Kombinat

18. März 3062

Im spätnachmittäglichen Schatten vor den Mauern des Palasts der Stillen Zuflucht unterhielt sich eine Handvoll Männer bei der Arbeit in einem kleinen Park. Der Park war einfach, und doch sehr kunstvoll angelegt, ohne protzige Springbrunnen oder weite Rasenflächen für Picknicks. Die Steinpfade waren sorgsam gefegt, so dass die glatten, schwarzen Platten geradezu glänzten. Das einzige ›Wasser‹ war ein Bach aus türkisfarbenem Kies, der sich einen gewundenen Weg zwischen Blumen und Bonsais bahnte, unterbrochen von ›Stromschnellen‹ aus Obsidian, bevor er schließlich über einen kleinen, erstarrten ›Wasserfall‹ stürzte, der mit großer Sorgfalt zementiert war.

Der Duft frühblühender Rosen trieb auf einer leichten Brise zu dem einzigen Mann hinüber, der weiterarbeitete, als die anderen für heute zusammenpackten. Er arbeitete mit einem feinzahnigen Bambusrechen an seinem Bonsaigarten und zog komplexe Muster in den Sand. Feine Wellen rollten durch die groben Körner und schlugen gegen die winzige Felswand, die den Garten von anderen mit Humus und bunten Blumen bepflanzten Arealen trennte. Größere, rauhere Wellen brachen sich an mehreren großen Steinen, die auf eine Weise inmitten des statischen Ozeans platziert waren, die man am Besten als bewusst unbedacht beschreiben konnte. Sie wirkten zufällig abgesetzt, aber in Wahrheit war ihr Standort sehr genau überlegt, so dass sie für jeden Betrachter eine andere Botschaft übermittelten.

Für den Gärtner, den alle hier als Randal Kasagi kannten, bedeuteten sie Tod ... und Leben.

Heute hatte er aus seinem Garten eine abstrakte Darstellung Imperial Citys gemacht, der Hauptstadt Luthiens und des Zentrums der Macht für das ganze Draconis-Kombinat. Während ein Großteil des Planeten von riesigen Metropolen bedeckt war, in denen die Arbeiter der gewaltigen Fabrikkomplexe Luthiens lebten, wirkte Imperial City wie geradewegs aus einem Wandteppich des 13. terranischen Jahrhunderts entstiegen, der eine Stadt im Nippon jener Feudalzeit darstellte. Es schien nur passend, sie als Vorlage für einen Zengarten zu wählen.

Die kleine Insel aus scharfkantigen Steinen, über denen ein stolzer Bonsai seine dicht mit Nadeln besetzten, sorgfältig beschnittenen Äste ausbreitete – das war der Einheitspalast, von dem aus Haus Kurita herrschte. Randal Kasagi konnte das echte Gebäude von hier aus sehen. Es war fünfhundert Meter entfernt, aber groß genug, um von jedem Punkt der Stadt aus sichtbar zu sein. Der vollständig aus – zu einem goldenen Glanz polierten – Teakholz gebaute Palast war zu gleichen Teilen Bauwerk und Kunstwerk. Aus dieser Entfernung und gegen die Sonne gesehen, erschien er allerdings als düsterer Turm, der herrisch auf die geringeren Bauten der Stadt herabstarrte.

Der Palast der Stillen Zuflucht, so nahe, dass er die Steine der Aussenmauer zählen konnte, war kleiner, wenn auch immer noch ein prachtvolles architektonisches Schaustück. Er diente als Privatpalast für die Hüterin der Hausehre und war ein Ort ruhiger Kontemplation, aber seine Bauweise aus Stein und Kacheln machte ihn gleichzeitig zu einer Festung. Randal Kasagi hatte ihn hier im Garten durch einen großen Achatbrocken repräsentiert, auf dessen Oberfläche sorgsam kultiviertes Moos die Gärten im Innern der

Mauern darstellte. In den östlichen Schatten des Steins hatte er ein Stück blutroten Sandstein platziert, das vom zurückschwappenden Sand fast begraben wurde … sein eigener Garten, ein fahler Schatten des Palasts – aber dennoch wichtig.

Wichtig für ihn, so wie der Plan Imperial Citys, die Position der beiden Paläste, wichtig für ihn war. Dieser Garten war wichtig durch seine Anwesenheit hier. Die beiden Paläste, weil einer von ihnen der Ort werden würde, an dem Omi Kurita starb.

Als er Katrina Steiner-Davions Auftrag angenommen hatte, hatte der Attentäter nicht erwartet, dass es so schwierig werden würde, an die Lotusblüte des Kombinats heranzukommen. Aber ihr Aufenthalt auf Tukayyid hätte es nötig gemacht, sich mit ComStar zu messen, dessen Mitglieder unerreichte Meister in der Kunst des Sammelns und Analysierens von Informationen waren. Darüber hinaus hatten die ComGuards die ehemalige Agrarwelt in Vorbereitung möglicher Clan-Übergriffe in ein gewaltiges Heerlager verwandelt.

Es war besser, sie auf ihrer Heimatwelt zu töten. Aber in dem Monat, den er jetzt auf Luthien verbracht hatte, war er gezwungen gewesen, bis auf einen der beiden schwer bewachten Paläste alle anderen möglichen Tatorte zu verwerfen. Die Herrscherfamilie bewegte sich in ihren eigenen Kreisen und war dem üblichen Gesellschaftsleben so entrückt, dass es nahezu unmöglich war vorherzusagen, wann sie in der Öffentlichkeit auftraten.

Aber so sehr diese rigide Gesellschaftsordnung ihn einerseits behinderte, so sehr kam sie seinem Vorhaben andererseits entgegen. Draconier beachteten Personen unterhalb ihres eigenen Ranges kaum, was die Infiltration erleichterte. Außerdem verringerte es die Gefahr eines Fehlschlags, denn er brauchte sich keine

Sorgen zu machen, dass unerwartete Gegenspieler ihm ein Bein stellten. Sobald er seine Arbeit getan hatte, musste er sich nur um die örtlichen Gesetzeshüter kümmern.

Aber das amüsanteste an dieser Situation war, dass diese Gesellschaft selbst für einen Meuchelmörder wie ihn einen festen Platz hatte. Er war ein Ninja, der Name, der im alten Nippon Terras die legendären Schattenkämpfer bezeichnet hatte, deren Handwerk Heimtücke, Verrat und Tod gewesen waren. Vielleicht sollte er in diesem Geist eine der traditionellen Methoden für Omis Tod auswählen. Eine Giftnadel? Oder ein lautloser Dolchstoß mitten in der Nacht? *Nein*, entschied er und brach den Gedankengang ab. Es wäre dumm und unvorsichtig gewesen, sich von der Romantik seiner Rolle einwickeln zu lassen.

Die Romantik würde er Victor überlassen, der bald genug den Stachel der Tragik zu spüren bekäme. Er kehrte an die Arbeit zurück.

Der Attentäter spürte die Anwesenheit des anderen, noch bevor er die Holzsohlen auf den Pflastersteinen hörte. Er beugte sich nach unten und schob den Rechen vor, drückte ihn sanft in den Sand und zog ihn in langer Bewegung heran. Der abgewetzte Griff lag glatt in seiner Hand. Er konzentrierte sich auf das Gefühl des Holzes auf der Haut und ignorierte die sich nähernde Gestalt.

»Ho, Randal-san. Du solltest allmählich Schluss machen.« Cleo Larson, seine Vorarbeiterin, blieb in respektvollem Abstand vor seinem Garten stehen, um sein Werk zu bewundern, ohne in irgendeiner Weise einen Anteil an dessen Schönheit zu beanspruchen. »Der Wagen wird bald hier sein, wakarimasu-ka? Hörst du?«

Der Attentäter zog den Rechen langsam durch die angefangene Bewegung, ohne auf ihre Anwesenheit zu reagieren. Randal Kasagi, der Gärtner, hätte sich niemals von seiner Arbeit ablenken lassen. Ein paar kleine Muscheln klapperten zwischen den Bambuszähnen, als er den Zug beendete. Dann drehte er den Rechen um und benutzte die breite Oberseite dazu, an einer Wand des Gartens einen Strand glatt zu streichen. Etwa dort, wo sich der Raumhafen befinden sollte. Und die drei runden grauen Steine würden perfekte Landungsschiffe abgeben, entschied er. Ein Schweißtropfen perlte von seiner Stirn und fiel in den Sand, wo er einen Wellenberg ruinierte. Er lächelte, weil Randal Kasagi darüber gelächelt hätte.

»Hai«, antwortete er schließlich. »Wakarimasu. Aber ich bin noch nicht fertig.«

Die ältliche Frau nickte. Ihre bleiche Haut hing faltig im Gesicht. Sie trug Arbeitskleidung. Die Knie ihrer Hose waren fleckig von der Arbeit in den Blumenbeeten. Ihr einziges Zugeständnis an die japanische Kultur des Kombinats war das seidene Stirnband, mit dem sie das silbergraue Haar zurückhielt. »Fertig ist es nie. So desu-ne? Und du hast dich in eine Ecke gerecht.«

Er verneigte sich leicht als Bestätigung beider Feststellungen. Aber es war nicht wirklich eine Ecke. Eigentlich stand der Attentäter auf einem Flecken Sand, von dem aus er den größten Teil des Gartens erreichen konnte. Um seine Füße hatte er den Sand ziemlich unbedacht gerecht, so dass sich eine deutliche Störung des Gesamtbilds ergab, in deren Mitte er stand. Und auch das ließ sich auf verschiedene Weise deuten. Seine Position entsprach der Lage der Herberge, in der er wohnte. Das erleichterte ihm den Blick auf die Karte. Nach der Ermordung Omi Kuritas würde sein Überleben davon abhängen, wie gut er das Gebiet kannte.

»Deine Arbeit ist herausragend, Randal-san. Das hast du auf Marshdale gelernt?«

»Ja, Cleo-san. Eine Weile musste ich einen Garten für einen der Nebelparder-Wissenschaftler versorgen. Einen Bioingenieur.« Er schüttelte den Kopf und weitere Schweißperlen flogen von seiner Stirn in den wunderbar gewellten Sand. »Eines Tages pflanzte er einen Trieb Kletterveilchen in die Mitte des Gartens, weil er eine neue Variante entwickelt hatte, die er ausstellen wollte.«

Sie schüttelte sich. »Wie furchtbar, dass er deine Arbeit nicht zu schätzen wusste, Kasagi Randal-san.«

Der Attentäter zuckte die Achseln, bescheiden, wie es sich für einen Gärtner gehörte.

Natürlich gab es keinen Randal Kasagi. Weder auf Marshdale, noch auf Luthien. Er hatte Dokumente gefälscht, um sich eine begrenzte Vorgeschichte zu verschaffen. Das war das Wunderbare am Kombinat: einfache Arbeiter wurden nahezu immer und überall beim Wort genommen. Er war als Gärtner aufgetreten, also hatte man ihn als Gärtner angestellt. Niemand würde sich die Mühe machen, seine Referenzen zu überprüfen, solange er nicht in eine wichtigere Stellung aufstieg, zum Beispiel innerhalb eines Palasts, und selbst dann würde das Fehlen von Dokumenten auf Marshdale ihm nicht schaden. Der Planet war erst vor kurzem von den Nebelpardern zurückerobert worden. Reichlich Aktenmaterial war verlorengegangen, und eine Menge Menschen versuchte, dem Erbe der Besetzung zu entkommen, indem sie in andere Systeme umsiedelten.

Die Verkleidung war einfach genug. Eine asiatische Herkunft war keineswegs erforderlich, auch wenn er sich aus ästhetischen Gründen dafür entschieden hatte. Ein paar Sitzungen in einem Bräunungsbett unter Einsatz entsprechender Hautmittel hatten ihm eine gelbliche Farbe verliehen. Seine Haare hatte er ebenfalls behandelt, um sie grober erscheinen zu lassen. Etwas Kollodium in den Augenwinkeln, und die beim Trocknen schrumpfende Nitrozellulose hatte ihm Schlitzaugen verschafft. Etwas mehr an einem Mundwinkel formte eine winzige Narbe. Eine Kindheitsverletzung – so hatte er die vereinzelten Fragen danach beantwortet.

»Der Laster kommt bald«, erinnerte Larson ihn erneut. »Du solltest dich bereit machen.«

»Lassen Sie mir den Rechen hier. Ich gehe zurück. Es ist nicht weit und ich bin noch nicht fertig.« Er legte eine Hand auf den Rücken und reckte sich, um die Schmerzen zu lindern, die den meisten Gärtnern nur zu vertraut waren. Randal Kasagi litt zudem unter leichtem Rheumatismus, der den Zustand noch verschlimmerte und ihn abends leicht humpeln ließ.

Cleo Larson verneigte sich und ehrte damit seine Hingabe an den Park und an das Kombinat. Nach einem weiteren anerkennenden Blick auf seine Arbeit zog sie sich zurück.

Der Attentäter sah in Gedanken das Gesicht Omi Kuritas vor sich, als er weiterarbeitete, jede Bewegung langsam und bedacht. Wieder eine allseits geliebte Frau. Und wieder ein Gärtner. Er erinnerte sich an das tödliche Bouquet, das er Melissa Steiner-Davion geliefert hatte. Er hätte gelacht, hätte Kasagi einen Anlass dazu gehabt, aber stattdessen beschränkte er sich auf ein Lächeln, als der Wind ein Rosenblatt auf seine sorgfältige Arbeit warf – ein Blutstropfen in einem fahlen, trockenen Ozean.

Aber an der falschen Stelle. Es war in den Handwerkerdistrikt Imperial Citys gefallen, und das war unannehmbar. Statt das Risiko einzugehen, dass der Rechen die zerbrechliche Schönheit des Blütenblatts beschädigte, ging der Attentäter über die Arbeit des

Nachmittags und zerstörte deren Harmonie, um es vorsichtig aufzuheben. Dann ließ er es zwischen die kurzen, stacheligen Kiefernnadeln des Bonsais fallen. *Viel besser*, entschied er, und sah wieder zum fernen Einheitspalast hoch.

Dann kehrte er an seine vorherige Position zurück und machte sich langsam daran, den Sand wieder glatt zu streichen, an der Vollkommenheit zu arbeiten, die Randal Kasagi anstrebte, aber nie erreichte.

Bald, versprach er sich in Gedanken. *Bald.*

6

Prinzenpalais, Avalon City, New Avalon
Mark Crucis, Vereinigtes Commonwealth

21. Mai 3062

In dem Palastbüro, in dem ihr Vater gestorben war, lehnte Katrina Steiner-Davion sich in das weiche Leder des Bürosessels zurück. Ihr neuer Geheimdienstoffizier war dabei, den neuesten Bericht zur Lage der Inneren Sphäre abzuliefern, aber sie hatte Schwierigkeiten, sich zu konzentrieren. Selbst zehn Jahre nach seinem Tod konnte sie die Gegenwart ihres Vaters spüren. Sie erinnerte sich an Hanse Davion als einen starken, fähigen Mann, der nach der Wäschestärke seiner Uniform roch – und einem gelegentlichen Brandy. Er hatte schwer gearbeitet, aber immer Zeit für eine feste Umarmung oder, als sie zum Teenager herangewachsen war, zumindest einen warmen Händedruck gehabt. Langsam verblasste die Erinnerung, ähnlich dem Davion-Erbe im ganzen Commonwealth, aber eines Tages würde sie sich von beidem befreit haben. Wenn sie die geschichtliche Rolle ihrer Eltern übertroffen hatte. Wenn der Sternenbund ihr gehörte.

»Im St. Ives-Pakt eskalieren die Anschläge des Schwarzen Lenz«, sagte Richard Dehaver gerade. Er hatte den Bericht über die capellanische Invasion der kleinen Nation Candace Liaos halb abgeschlossen. Sein leuchtend rotes Haar und die Sommersprossen auf der Nase gaben ihm ein knabenhaftes Aussehen, das ganz und gar nicht zu seiner Position als Katrinas MGUO-Offizier passte. Aber ein Blick in seine Augen verscheuchte den jugendlichen Eindruck schnell. Sie lagen tief in ihren Höhlen und waren verschleiert, von so dunklem Grün, dass sie trübe wirkten. Es waren Augen, die schon zu viel gesehen hatten. »Die Berichte geben die Verlustzahlen durch das Nervengift mit über siebentausend an.«

Sie sah in seine leeren Augen. »Haben irgendwelche Nervengasangriffe auf Commonwealth-Boden stattgefunden?«

»Nein.«

»Dann sind die Zahlen ohne Bedeutung. Solange die Kämpfe George Hasek und genügend seiner Welten in der Mark Capella ablenken, werden wir nicht eingreifen.«

Katrina verzichtete darauf zu erwähnen, dass sie eine private Abmachung mit Sun-Tzu Liao getroffen hatte, seine Aktionen zu ignorieren, solange er keine Commonwealthsysteme bedrohte. Von dieser Vereinbarung wusste nur das Lyranische Nachrichtencorps, und auf dessen Loyalität konnte sie sich verlassen. Das Ministerium für Geheime Untersuchungen und Operationen musste sich ihr volles Vertrauen erst noch verdienen, auch wenn Dehaver sich bis jetzt als sehr entgegenkommend erwies.

Er zuckte die Achseln und machte eine kurze Pause. »Tormano Liao ist tot.«

Katrina blinzelte und setzte sich auf. Tormanos Tod war bisher nur ein unbestätigtes Gerücht gewesen. »Sie haben endlich eine Bestätigung?« Dehaver nickte und Katrina sann einige lange Sekunden über ihre Gefühle in dieser Angelegenheit nach. »Schade«, stellte sie schließlich fest. Vermutlich der einzige Nachruf, auf den ihr ehemaliger Berater hoffen konnte.

Zu Beginn ihrer Amtszeit war Tormano nützlich gewesen. Er hatte Katrina geholfen, ihre Macht zu festigen, und ihre gelegentlichen Fehler ausgebügelt. Aber er hatte seine Position aufgegeben und sich aus dem Staub gemacht, um in die capellanischen Kämpfe um St. Ives einzugreifen, vermutlich mit dem heimlichen Ziel, selbst einen Thron zu ergattern. Dehaver, der hier auf New Avalon aufgewachsen und ausgebildet worden war, konnte die Stelle ebenso gut ausfüllen.

Er hatte offensichtlich erkannt, dass Katrina kein weiteres Interesse an diesem Teil des Berichts hatte, denn er rief auf dem Schirm seines Compblocks die nächste Seite auf und stellte einen Datenkristall auf die polierte Holzplatte des Schreibtischs, den sie in den eingebauten Computer speisen konnte. Es lagen bereits zwei andere Kristalle und ein Stoß Ausdrucke auf der Tischplatte, für den Fall, dass sie seine Ausführungen mitlesen wollte. Aber Katrina zog es vor zuzuhören. Und Pläne zu schmieden.

»Die Lage in der Mark Draconis hat sich während Eurer Reise von Tharkad nach New Avalon nicht wesentlich geändert. Euer Bruder Arthur hat seit den Kulturerbefeiern noch zwei weitere Ansprachen gehalten. Der Wortlaut ist Teil meines Berichts. Er hat Victor nicht erwähnt und vermeidet sorgfältig jede Anschuldigung, Ihr könntet der Mark nicht genug Beachtung schenken. Er hat Eurer Regierung allerdings Anerkennung dafür gezollt, dass sie der, in seinen Worten, ›kurzsichtigen Konzentration auf die Clans‹ ein Ende gemacht hat.«

Katrina lachte. Die Heiterkeit über die Taktik ihres Bruders war erfrischend, hielt aber nicht lange an. »Arthur hat schon immer um seine Unabhängigkeit gekämpft. Er ist jung und ehrgeizig. Aber der Herzog hat dabei auch seine Hand im Spiel. Glücklicherweise ist James Sandoval klug genug zu wissen, dass er mich besser nicht herausfordert, wenn er seine Politik gegen das Kombinat ungehindert fortsetzen will. Trotzdem sollten wir ein paar der Frachtprobleme Robinsons lindern.« Sie strich sich mit der Linken das goldblonde Haar von der Schulter. »Welche Wirkung hat Arthur im Rest der Mark?«

»Er hat sich als generell sehr nützlich erwiesen und

unseren Untergrundoperationen ohne es zu wissen sehr geholfen. Er wühlt die Emotionen auf, und unsere Werber kanalisieren sie in Programme zur Stärkung der Loyalität Euch gegenüber. ›Volk Entfesselt‹ und der ›Marsch gegen den Drachen‹ haben phänomenalen Erfolg …«

»Aber?«; hakte sie bei seinem kurzen Zögern nach.

»Aber wir haben immer noch die alten Probleme mit vielen Adligen und stärker davionistisch geprägten Bevölkerungen. Eure früheren Anstrengungen, sich mehr als Steiner darzustellen, waren möglicherweise zu erfolgreich.«

Das war das einer Kritik an Katrina Nächste, was Dehaver sich je erlaubt hatte. Sie fühlte Wut aufsteigen, und die Haut um ihre Augenwinkel spannte sich. Es gefiel ihr ganz und gar nicht, was er andeutete, aber seine Informationen waren wichtiger. Vorerst. »Wo sind die Problemherde?«

»Wir haben auf jeder Welt Problemherde«, stellte er fest und tippte an den Compblock, um sie daran zu erinnern, dass sie genauere Einzelheiten selbst nachlesen konnte. »Aber wir haben besondere Schwierigkeiten auf Kentares IV, wo Duke Dresari Appelle an Sandoval anscheinend aufgegeben hat und sich jetzt direkt an Arthur wendet.«

Eric Dresaris Dummheit und offene Herausforderung ihrer Autorität trieb ihren Zorn erneut in die Höhe. »Dieser Mann braucht eine Lektion«, erklärte sie kalt. »Es ist Lord Roland, der meine Garnison dort befehligt, richtig? Lassen Sie ihn wissen, dass ich ein sofortiges Ende dieser Einmischungen erwarte. Wie er das macht, bleibt ihm überlassen. Kentares ist politisch zu wichtig, als dass ich den Dresaris gestatten könnte, diese Plattform gegen mich zu nutzen.«

Und falls das nicht gelang, würde sie ein weiteres Regiment nach Kentares IV verlegen und Dresari seinen Adelstitel abnehmen müssen. Katrina war sich durchaus bewusst, dass die anderen Adligen des Commonwealth sich gegen eine derart drastische Massnahme stellen würden, aber es war trotzdem nicht ausgeschlossen, dass Dresari sie dazu zwang. »Und ich will verdammt sein, wenn ich Marcus Roland nicht gleich mit das Kreuz breche. Sorgen Sie dafür, dass er das weiß. Sonst noch etwas?«

»Unsere Untergrundanstrengungen auf Benet III werden von einer Basisbewegung behindert, die Arthur zum Prinz des Commonwealth ausrufen will. Auf Benedict ist diese Bewegung bereits über das Anfangsstadium hinaus, und mehrere kleinere Adlige unterstützen ihn als einen…« Er sah auf den Compblock. »Als einen ›gewissenhaften Fürsten, der die traditionellen Belange Haus Davions besser versteht‹. Ein beachtlicher Zuspruch.«

Katrina beugte sich vor, einen Ellbogen auf die massive Holzplatte des Schreibtischs gestützt, und klopfte langsam auf das Holz, während sie nachdachte. Nach zwanzig Schlägen, während Dehaver stumm gewartet hatte, legte sie beide Arme auf den Schreibtisch und lächelte. »Soweit ich mich entsinne, ist Benedict eine rohstoffarme Welt.«

Ihr Geheimdienstchef nickte. Er brauchte nichts nachzuschlagen. Informationen dieser Art wusste er auswendig. »Die Industrie Benedicts ist in hohen Maße abhängig vom Handel mit Savonburg und Palmyra. Die Welt gehört zum Herrschaftsbereich von Duke Savonburg.«

»Gut. Wir werden eine neue Bewegung ins Leben rufen, klein, aber äußerst lautstark, die gleichzeitig größere Unabhängigkeit von den Handelspartnern fordert und nachdrücklich Arthur unterstützt. Dadurch wird sie – und die Adligen Benedicts mit ihr – nicht nur subversiv, sondern auch undankbar erscheinen. Palmyra wird den Handel einschränken und Duke Savonburg wird die Adligen für mich nachdrücklich zur Ordnung rufen. Stellen Sie sicher, dass seine Privatmiliz bei Bedarf zusätzlichen Zugriff auf militärischen Nachschub hat.«

Dehaver nickte und gab die Informationen in seinen Compblock ein. »Welchen Namen soll die Organisation erhalten?«

Katrina dachte kurz nach. »Hände weg von Benedict. Und sorgen Sie dafür, dass sie nur Reaktionäre rekrutiert. Keine Geistesgrößen.« Sie presste die Hände flach aufeinander und lehnte sich vor, bis die scharfen Spitzen ihrer blau lackierten Nägel sich in die weiche Haut unter dem Kinn gruben. »So, wenn wir also davon ausgehen können, dass Kentares IV und Benedict neutralisiert sind, sieht Ihre abschließende Analyse Arthurs wie aus?«

»Sehr positiv, und er nützt uns mit jedem Tag mehr.«

»Versuchen Sie, das so zu halten. Behandeln Sie Arthur einfühlsam und lassen Sie ihn auf keinen Fall die Zügel spüren. Solange er für uns von Nutzen ist.«

Der Geheimdienstdirektor stockte und seine dunklen Augen wurden schmal. »Und falls sich Arthur schließlich als zu störrisch erweisen sollte? Wenn er uns nicht mehr nützt?«

Jetzt richtete die Archon-Prinzessin ihre Aufmerksamkeit zum ersten Mal auf die Ausdrucke. Sie blätterte, bis sie ein Standhologramm Arthurs in seiner Kadettenuniform fand, das braune Haar sorgfältig frisiert, die blauen Augen strahlend.

»Wir wollen hoffen, dass es dazu nicht kommt«, antwortete sie und lehnte sich im Sessel zurück. »Ein feuriger kleiner Bruder ist gut zum Anheizen der Gefühle, aber nicht, um Menschen in Bewegung zu versetzen.« Sie legte das Hologramm wieder auf den

Tisch, mit der Bildseite nach unten. »Dafür geht nichts über einen Märtyrer.«

* * *

Herzogssaal, Bueller, Robinson
Mark Draconis, Vereinigtes Commonwealth

21. Mai 3062

Der martialische Pomp, der beim Aufsetzen des Landungsschiffs mit Marschmusik begonnen hatte, die laut genug aus der Lautsprecheranlage dröhnte, um das Donnern der erlöschenden Fusionstriebwerke zu übertönen, hielt bis weit über die Zeit hinaus an, zu der Arthur Steiner-Davion gewöhnlich zu Bett ging. Im Verlauf der stundenlangen, erst öffentlichen, dann privaten Zeremonien war Tancred Sandoval von den kompletten 1. Robinson Rangers willkommen geheißen worden, den auf Robinson stationierten Elementen der 10. Lyranischen Garde und im Herzogssaal von einem Spalier von Adligen, bei dessen Anblick der Zeremonienmeister jedes Balls auf New Avalon vor Neid erblasst wäre.

Arthur war Tancred sogar kurz selbst begegnet, als er Commander General Fortuna als Repräsentant des Ausbildungsbataillons der Akademie begleitet hatte.

Tancred hatte Arthur mit einer Heftigkeit die Hand geschüttelt, die alle durch die Zeremonie entstandene Müdigkeit vertrieb, und erklärt: »Ich möchte mich später kurz mit Ihnen unterhalten.« Bei diesem Satz hatten in Arthurs Gedanken augenblicklich Alarmglocken geschlagen.

Wie sich herausstellte, bedeutete ›später‹ weit nach Mitternacht. Die Galerie derer, die Herzog James Sandoval anschleppte, damit sie die Bekanntschaft seines Sohnes und Erben machten oder auffrischten, schien kein Ende zu nehmen. Manche der Damen äußerten ehrliches Bedauern darüber, dass Yvonne Tancred nicht zurück nach Robinson begleitet hatte. Aber die meisten wirkten, wie Arthur feststellte, hocherfreut über diesen Mangel an königlicher Konkurrenz um einen der begehrtesten Junggesellen der Inneren Sphäre.

Nicht dass Tancred diesen Status ausgenutzt hätte. Mehrere junge Damen, die unbezweifelt von ihren Eltern als potenzielle Heiratskandidatinnen ins Spiel gebracht werden sollten, wurden mit seinem legendären Charme begrüßt und schnell abgefertigt, allem Anschein nach ohne sich zurückgesetzt zu fühlen.

Schließlich war James Sandoval es, der Arthurs Tagträumerei beendete. Der Herzog wollte Militärmanöver arrangieren, bei denen die Rangers auf das als draconische Angreifer auftretende Trainingsbataillon der Gefechtsakademie treffen sollten, und fragte Arthur nach dessen Einschätzung, wie sich die Kadetten bei einer solchen Gefechtsübung schlagen würden.

»Wir sind grün wie Dobsonmoos«, gab er unumwunden zu. »Aber der General hat verschiedene Spezialmanöver einstudiert, die uns helfen könnten, ein paar Stufen stärker zu erscheinen, als es tatsächlich der Fall ist: Schocktaktiken und unkonventionelle Manöver. Ich bin sicher, wir würden unser Bestes geben.«

»Was darauf hinausliefe, auf überzeugende Manier zu sterben«, kommentierte Tancred, als er zu den beiden hinübertrat. »Was die Rangers um so besser aussehen ließe, nicht wahr, Vater?«

Tancred hatte seinen Weg durch die Empfangshalle gemacht, Trinksprüche erwidert und in seiner Vereinigte-Sonnen-Version der VCS-Ausgehuniform generell ein frischverwegenes Bild abgegeben. Jetzt aber, außerhalb der Öffentlichkeit, sackten seine Schultern etwas, und seine gelben Augen waren leicht verhangen, gerade genug, um erkennen zu lassen, dass seine Kraftreserven zur Neige gingen. Aber wenn ihm dieser Empfangsmarathon nicht lag, warum hatte er ihn so lange ertragen? Ganz sicher hätte er sich schon längst zurückziehen können, ohne irgendjemanden zu beleidigen.

James Sandoval sah Arthur leicht verlegen an. »Ich bezweifle, dass irgendeine Militäreinheit auf Robinson einen arrangierten Sieg nötig hätte, um gut auszusehen. Die Rangers sicher nicht. Aber es schadet nie, sie mit etwas zusätzlichem Training alert und wachsam zu halten.«

»Und ein wenig Drac-Klatschen sorgt dafür, dass niemand vergisst, gegen wen sich all diese Wachsamkeit zu richten hat«, stellte Tancred mit einem müden Lächeln fest.

Der Herzog kicherte und schüttelte den Kopf. »Ich frage mich in letzter Zeit, ob du noch weißt, wer der wahre Feind der Mark Draconis ist, Tancred.«

Arthur nippte an seinem Cidre und lauschte gefesselt dem Wortwechsel. Es war deutlich, dass die beiden unterschiedliche Standpunkte vertraten, aber er bemerkte nichts von den Gefühlen, die Konflikte zwischen Vater und Sohn sonst begleiteten. Er verglich es mit den Erinnerungen an seinen Vater. Hanse Davion war mit Victor gut ausgekommen, aber irgendwie hatte sein eigensinniger Sohn Peter es immer wieder geschafft, sich mit ihm in die Wolle zu kriegen. Bei diesen beiden… Ja, es gab Zuneigung, aber mehr noch einen gesunden Respekt voreinander, wie vor einem würdigen Gegner. Es ließ Tancreds Vorstellung heute Abend in einem neuen Licht erscheinen: Der jüngere Sandoval erledigte die ihm von seinem Vater auferlegten Pflichten, gleichgültig, wie er darüber dachte.

Und es erweiterte ihre vorausgegangene Begegnung am Raumhafen, die Arthur als Begleitung Dorann

Sandovals beobachtet hatte, um eine neue Dimension. Nach der Begrüßung durch die in Paradeformation angetretenen Robinson Rangers war Tancred zu einem Rednerpult geführt worden.

»Nur ein paar kurze Worte«, hatte sein Vater gebeten, sprich: befohlen. Holokameras hatten alles für die Nachwelt festgehalten, als der Baron von Robinson ans Mikrofon getreten war.

»Meine Freunde«, hatte er erklärt. »Es tut gut, wieder daheim zu sein.« Jubelrufe und Applaus waren laut geworden und hatten ihn zu einer Pause gezwungen. »Ich kann nicht ausdrücken, wie stolz ich auf euch alle bin. Dass die 1. Robinson Rangers mitgeholfen haben, der Clan-Bedrohung ein Ende zu bereiten, werden wir nie vergessen. Ich kann jetzt ehrlich sagen, das Beste mitangesehen zu haben, was wir zu bieten haben, und bestätigen, dass es nichts zu wünschen übrig lässt. Und ich weiß, ihr werdet weiter wacht gegen alle Feinde halten, die uns noch bedrohen mögen… von wo sie auch kommen.«

Nach donnerndem Beifall war Tancred vom Rednerpult zurückgetreten und hatte seinen Vater verwegen angegrinst. »Kurz genug?«

Herzog Sandoval hatte nicht sonderlich begeistert gewirkt. Dann hatte er schließlich geantwortet: »Wir können es schneiden.«

Jetzt war Arthur klar, dass Tancred angedeutet hatte, die Clans wären der wichtigste Feind, gegen den die Rangers je würden in die Schlacht ziehen müssen. Das mochte sogar durchaus der Wahrheit entsprechen, aber es machte es keineswegs weniger wichtig, die Mark gegen draconische Angriffe zu schützen.

»Und«, mischte er sich in das Gespräch von Vater und Sohn ein, »wie geht es meiner Schwester?«

»Ich nehme an, damit meinen Sie Yvonne?«, fragte Tancred in wärmerem Ton zurück, als er ihn seinem

Vater gegenüber benutzt hatte. »Es geht ihr gut, und sie hat mich gebeten, Ihnen Grüße auszurichten, Arthur. Sie wäre gerne mitgekommen, aber nachdem sie ihre Verpflichtungen auf der Sternenbundkonferenz endlich erledigt hatte, hielt sie es für das Beste, darauf zu verzichten. Wir leben in verwirrenden Zeiten, und sie wollte die Konfusion nicht noch vergrößern.«

»Und Victor?« Arthur wusste, dass Duke Sandoval nicht nach seinem Bruder fragen würde.

»Zur Zeit führt er ein friedliches Leben, und er hofft, dass es so bleibt. Es wäre schön, wenn wir es ihm ermöglichen könnten. Verdient hat er es«, stellte Tancred unverblümt fest. Anscheinend war sein Vorrat an politischer Toleranz für diesen Abend verbraucht.

In Arthurs Kopf fielen die Puzzlestücke an ihren Platz. Tancreds Besuch bei Victor auf Tukayyid. Die frühe Rückkehr ohne Yvonne. »Victor hat Sie zurückgeschickt, oder?«, fragte er unvermittelt.

Herzog Sandovals Blick verdüsterte sich und er drehte sich zu seinem Sohn um. »Stimmt das?«

Tancred sah seinen Vater an. »Er hat mich gebeten, ein paar Dinge für ihn zu erledigen, während ich in der Mark bin, ja. Macht das meine Ankunft weniger willkommen?«

»Nein«, antwortete James Sandoval, wenn auch mit zweifelnder Stimme. Dann, entschlossener: »Nein, das ändert nichts.« Er schloss seinen Sohn in die Arme. »Du warst so schon zu lange fort.« Er winkte einem vorbeikommenden Kellner und nahm zwei Gläser Wein für sich und Tancred vom Tablett. »Arthur?«

»Ich halte mich an den Cidre, danke«, erwiderte der. »Die Kommandeurin war freundlich genug, mir für den Abend Ausgang zu geben, aber ich brauche für den Unterricht morgen früh einen klaren Kopf.« Und im Augenblick war er froh, dass er sich den bewahrt hatte und Tancred Sandovals Motive erkennen konnte.

»Schade«, seufzte der Herzog. »Sie verpassen eine seltene Köstlichkeit. Das ist eine Rieslingspätlese von Harrow's Sun. Äußerst selten.« Er rollte den Wein mit Genießermiene über dem Gaumen. »Sie wissen natürlich, dass es ursprünglich eine Markwelt war, die Heimat einiger der feinsten Weinberge in der Inneren Sphäre. Wir haben sie im 4. Nachfolgekrieg an das Kombinat verloren. Meine Agenten schmuggeln die Trauben seitdem über die Grenze, und wir füllen sie hier auf Robinson unter der Freedom-Sun-Marke ab.« Er lächelte seinen Sohn traurig an. »Es war der Wein, mit dem Tancreds Mutter und ich auf unserer Hochzeit angestoßen haben.«

Tancred stellte sein volles Glas zurück aufs Tablett. »Du entschuldigst mich, Vater, aber ich muss morgen auch früh raus. Ich hatte allerdings gehofft, dass wir uns morgen zum Abendessen sehen?«

»Natürlich würde ich mich freuen. Und am Wochenende wird die Familie sich zu einem Bankett versammeln, um deine Rückkehr zu feiern. Vielleicht mit ein paar zusätzlichen Gästen.« Der Herzog nickte Arthur zu. »Sie sind natürlich eingeladen.«

»Ich bin sicher, er wird dabei sein«, erklärte Tancred knapp. Er verneigte sich halb und drehte sich zum Gehen. Dann stockte er. »Arthur, ich nehme an, die Gefechtsakademie gibt immer noch Fechtunterricht?«

»Allerdings«, bestätigte Arthur misstrauisch. »Das ist Hauptmann Wingates Klasse.«

»Vielleicht könnten wir zwei uns dann einmal zu einem Kampf treffen. Was meinen Sie?«

»Ich meine, Ihr Ruf eilt Ihnen voraus. Mit Ihnen kann ich nicht mithalten«, lehnte er dankend ab. Tancred Sandoval war ein Meister des Floretts. »Irre ich mich, oder waren Sie Mitglied der Olympiamannschaft von 3034?«

»3038. Gut, dann nennen wir es eine Lehrstunde. Ich

möchte sehen, ob Hauptmann Wingate noch ein so guter Lehrmeister ist wie früher.«

Und falls Arthur sich weigerte, gegen ihn auf die Planche zu treten, würde Tancred einen anderen Weg finden, das ungestörte Gespräch zu arrangieren, zu dem Victor ihn geschickt hatte.

»Na schön«, gab Arthur nach. »Es würde mich auch interessieren, wie der größte Champion der Akademie sich hält. Nächste Woche Montag?« Tancred nickte und zog sich zurück.

Indem er seinen Widerstand aufgab, machte Arthur es leichter für Tancred, seine ›Mission‹ zu erfüllen. Das ging in Ordnung. Es konnte sich als wichtig erweisen, herauszufinden, was Victor vorhatte. Und selbst wenn Tancred die Gelegenheit nur zu einem Plausch nutzen wollte, würde Arthur selbst daraus Rückschlüsse ziehen können.

Von jetzt an, nahm er sich vor, würde er Tancred Sandoval sehr genau im Auge behalten.

7

Sitz des Ersten Bereichs ComStars,
Valnya, Tukayyid
Freie Republik Rasalhaag

24.Mai 3062

Victor stand allein in der Kammer des Ersten Bereichs, in der Mitte des im Boden eingelegten goldenen Sternwappen ComStars, umringt von den Kristallpodesten der Bereichsmitglieder. Gedämpftes Licht tauchte die Podeste in einen warmen Glanz, während ein kalter Scheinwerfer jedes Detail seiner einfachen ComGuards-Felduniform scharf hervorhob. Eine kleine Empore erhob das Podest der Prima etwas über die anderen sechs, und der leuchtende Schweif des Sternsymbols zog sich hinter Victor geradewegs bis zu ihrer Position. Einfach, aber dramatisch, und laut Focht ein exakter Nachbau der verlorenen Anlage auf Hilton Head, Terra.

Die Präzentoren des Ersten Bereichs waren Traditionalisten, bei allem Gerede über eine Säkularisierung.

Da die Liga Freier Welten im Einflussbereich von Blakes Wort lag, war das traditionell für den Präzentor Atreus reservierte Podest hinter Victor unbesetzt. Ebenfalls hinter Victor stand Präzentor Rasalhaag Gardner Riis, der unter den Mitgliedern des Ersten Bereichs den geringsten Einfluss besaß, weil der größte Teil der von ihm repräsentierten Nation von den Clans besetzt war. Riis und Präzentorin Sian hatten die Kapuzen hochgeschlagen, so dass ihre Gesichter im Schatten lagen, als Zeichen ihres anhaltenden Protests gegen seine Ernennung zum Präzentor Martialum. Prima Sharilar Mori hingegen begrüßte ihn mit freundlichem Nicken. Die Kapuze ihres weißen Mantels war in den Nacken geschlagen.

»Willkommen, Präzentor Martialum«, stellte sie förmlich fest. »Wir bedanken uns für deine prompte Reaktion auf unsere Bitte um dein Erscheinen.«

Die letzten zehn Jahre hatten ihre Spuren bei Mori hinterlassen. Die Zeit als Prima hatte ihr Sorgenfalten an den Augenwinkeln und graue Strähnen an den Schläfen ihrer sonst braunen Haarpracht eingetragen. Nur Huthrin Vandel, der Präzentor New Avalon, wirkte älter, aber das war er auch. Trotzdem schien er näher an Hundert als an seinem tatsächlichen Alter von Zweiundsiebzig. *Oder ein Jahr im Grab*, dachte Victor unfreundlich.

Auch wenn er darauf achtete, öffentlich keinerlei Bevorzugung erkennen zu lassen, unterstützte Vandel insgeheim Victors Schwester und half ihr durch das Umleiten von Meldungen und durch selektive Nachrichtensperren. Falls es Victor je gelang, Beweise dafür in die Hand zu bekommen, würde er eine weitere Stütze der Herrschaft Katherines beseitigen können.

»Das ist Ihr gutes Recht, Prima«, erwiderte er. Mori oder eine Mehrheit des Ersten Bereichs konnten Victor in militärischen Angelegenheiten überstimmen, und er achtete darauf, den angemessenen Respekt für die Befehlsstruktur des Ordens zu zeigen. »Ich nehme an, Sie wünschen einen Bericht über die Einsatzbereitschaft der ComGuards?«

»Präzentor Martialum«, ergriff Präzentor Tharkad Gavin Dow von seinem Podest aus das Wort. Sein weißes Haar strahlte praktisch im Licht. »Wir vertrauen darauf, dass du den Ersten Bereich über alle Probleme oder Fortschritte auf dem Laufenden hältst. Hat sich in dieser Richtung irgendetwas zugetragen?«

Als ob er nicht bereits selbst gewusst hätte, dass dem nicht so war. Der Präzentor für die Lyranische Allianz war insofern eine Ausnahme im Ersten Bereich, als er aus den ComGuards in seine heutige Position aufgestiegen war, und es hieß, er habe auch im ComStar-Geheimdienst ROM Dienst getan. Inzwischen war er ein Mann mittleren Alters, in dessen gelbgrünen Augen noch immer das Feuer eines zwanzig Jahre Jüngeren loderte. Er war neben Huthrin Vandel einer der beiden anerkannten Rivalen um die Nachfolge der Prima.

»Nein«, antwortete Victor, »es sei denn, du interessierst dich für die Projektionen für die Modernisierung unserer BattleMechtruppen mit dem neuen K³v-Computer.«

»Das interessiert mich tatsächlich, Victor.« *Welche Überraschung.* »Danke für die Einladung. Wäre es dir in einer Stunde recht, bevor du dich auf deine Reise vorbereitest?«

Meine Reise? Victor sah sich zur Prima um. »Sie mobilisieren die örtlichen ComGuards?«

»Nein«, stellte Mori fest und war sichtlich verärgert, dass Dow ihr zuvorgekommen war. »Aber du hast um die Erlaubnis gebeten, unsere Garnisonen in der Lyranischen Allianz zu inspizieren. Oder hast du das bereits vergessen?«

Das hatte er tatsächlich. Eine der neuen Aufgaben Victors bestand darin, seine Position als Anführer der ComGuards-Divisionen zu festigen. Seine Ernennung hatte bereits eine Welle von Desertionen zu Blakes Wort ausgelöst, und unter den verbliebenen Truppen gab es reichlich Zweifel an seinem Anrecht auf den Posten. Und dabei handelte es sich um reguläre ComStar-Truppen. An blakistische Sympathisanten, die als Spione und mögliche Verräter bei den Guards geblieben waren, dachte er dabei noch gar nicht.

»Ich habe die Anfrage erst vor zwei Tagen gestellt, Prima, und sie hatte nur Beta-Priorität. Ich hatte frühestens in einer Woche eine Antwort von Tharkad erwartet.« Vor allem, weil Nondi Steiner, Katherines Regentin und ihrer beider Tante, diese Entscheidung, wie die meisten anderen, an Katherine weiterleiten würde, die sich zur Zeit auf New Avalon aufhielt. Seine Schwester hatte bereits deutlich zu verstehen gegeben, dass er ohne ihre ausdrückliche Erlaubnis in der Allianz nicht willkommen war.

»Die Kommunikationszeiten zwischen Tukayyid, Tharkad und New Avalon wurden in letzter Zeit erheblich verbessert«, teilte ihm die Prima mit. »Du wirst in Kürze einen Bericht zur Einschätzung der strategischen Implikationen erhalten. Belassen wir es vorerst dabei, dass Katherine Steiner-Davion die Anfrage abgelehnt hat.«

»Sie hat nicht einfach nur Nein gesagt«, stellte Huthrin Vandel nachdrücklich fest und genoss seine Rolle als Überbringer schlechter Nachrichten sichtlich. »Sie hat…«

»Ich habe verstanden, Präzentor New Avalon.« Victor erduldete die wütenden Blicke Vandels, ohne eine Miene zu verziehen. Der Mann würde weit mehr brauchen als Katherines Tiraden nachzubeten, um ihn zu beeindrucken. »Aber wenn Katherine die Anfrage abgelehnt hat, wohin reise ich dann?«

Diesmal wartete Gavin Dow auf ein Nicken der Prima, bevor er sprach. »In die Allianz, Präzentor Martialum. In drei Tagen.« Ein selbstzufriedenes Lächeln trat auf seine Züge. »Die Prima hat mich gebeten, eine Lösung zu finden, und wie es der Zufall will, hat Generalin Nondi Steiner kürzlich Verlegungen der ComGuards-Garnisonen innerhalb der Lyranischen Allianz beantragt. Du hast diesen Antrag gesehen, glaube ich?« Victor nickte und Dow erklärte ihn den anderen Präzentoren. »Unsere Verträge enthalten Klauseln, die es den örtlichen Behörden gestatten, ComGuards-Einheiten zur Verteidigung eines Systems gegen äußere Aggression heranzuziehen. Generalin Steiner hat uns gebeten, mehr Divisionen an die Clangrenze, aber aus dem Arc-Royal-Defensivkordon, zu verlegen.«

Was die Truppenaufstellung der Lyranischen Allianzstreitkräfte erleichtert und zugleich den Druck auf Morgan Kell und seinen ARD erhöht hätte. Victor hatte die brillante Strategie, die hinter diesem Antrag stand, ebenso deutlich erkannt, wie die unbeholfene Hand seiner Tante bei deren Umsetzung. Soweit es ihn betraf, waren das zwei ausgezeichnete Gründe gewesen, ihn abzulehnen.

»Wir haben uns geweigert«, erinnerte er Präzentor Tharkad mit kompromisslos endgültiger Stimme.

»Ich habe die Angelegenheit in deiner Stellvertretung neu verhandelt, Präzentor Martialum. Nach kurzer Debatte waren Nondi Steiner und Katherine einverstanden, einem ComStar-Repräsentanten meiner Wahl zum Zwecke der Ausbildung, Inspektion und Beurteilung einer möglichen Verlegung den Besuch aller in der Allianz stationierten Divisionen zu gestatten. Würde das deine geplanten Besuche adäquat umschreiben?«

»Nahe genug.«

»Dann wirst du als mein Repräsentant fungieren. In einem Jahr müssen wir mindestens zwanzig Prozent unserer Garnisonen näher an die Jadefalken-Besatzungszone verlegen. Ich bin sicher, du wirst einen Weg finden, diese Bedingungen großzügig in deinem Sinne auszulegen.«

Victor entging die Implikation des Präzentors nicht: Er hatte noch andere Interessen als die des Ordens. Aber die Bedingungen waren ein fairer Ausgleich für die Zeit, die er dadurch bei so wichtigen ComGuards-Einheiten verbringen konnte. Er verkniff sich eine scharfe Entgegnung und sagte stattdessen nur: »Katherine wird nicht erfreut darüber sein, dass du das in die Wege geleitet hast, Präzentor Tharkad.«

»Es wird leichter sein, sie um Verzeihung zu bitten, als es mir je gefallen wäre, ihre Zustimmung zu erhalten, Victor.«

Er nickte und drehte sich wieder zu Sharilar Mori um. »Sie hatten Recht, die Einzelheiten Präzentor Dow zu überlassen, Prima. Er hat gute Hilfsdienste geleistet.« Er brauchte Gavin Dow nicht zu sehen, um zu wissen, dass dessen Miene sich verfinsterte, als Victor die Anerkennung für seine Leistung der Prima zeigte.

»Und jetzt muss ich einiges an Vorbereitungen treffen. Wenn Sie mich entschuldigen?« Mori entließ ihn mit einem Nicken und bedankte sich mit einem flüchtigen Lächeln für seine Unterstützung. Er drehte sich halb zu Dow um. »Eine Stunde, Präzentor Tharkad. Dann unterhalten wir uns über die neuen Gefechtscomputer.«

Dow nickte. »Eine Stunde«, bestätigte er mit perfekt beherrschter Stimme.

»Präzentor Martialum?« Idora Toshakara, die Präzentorin Dieron, beugte sich über das Kristallpodest und brach ihr berühmtes Schweigen. Mitte Vierzig, und damit als das jüngste Mitglied des Ersten Bereichs hatte sie Sharilar Mori 3052 als Repräsentantin des Draconis-Kombinats abgelöst. Sie machte an asiatischer Würde wett, was Präzentorin Sian mit ihrer kleinlichen Verbissenheit aufgab. »Gestattest du mir, deine Übersicht über die K^3v-Modernisierung ebenfalls zu besuchen?«

»Es wird mir ein Vergnügen sein, Präzentorin Dieron.« Da das ursprüngliche K^3-Computersystem von Haus Kurita entwickelt worden war, hatte es nahegelegen, bei der verbesserten Netzwerkversion mit ihm zusammenzuarbeiten. Natürlich hatte Präzentorin Dieron Interesse an den Ergebnissen.

Und plötzlich wurde ihm noch etwas klar. Angesichts seiner bevorstehenden Abreise würde Omi ohne

Zweifel nach Luthien zurückkehren. Die Position der noch relativ unerfahrenen Toshakara im Ersten Bereich hatte von Omi Kuritas Gegenwart auf Tukayyid profitiert. Dow war sich der anstehenden Verschiebungen in der politischen Dynamik des Gremiums sicher bewusst. Und während Omis Abreise für Präzentorin Toshakara kaum schlimme Folgen hatte, unterstrich es doch seinen Verlust.

Drei Tage, hielt er sich vor Augen. Drei kurze Tage. Dann würde er Omi ein ganzes Jahr oder noch länger nicht mehr sehen.

Plötzlich fragte Victor sich, ob Gavin Dow ihm mit seiner Aktion einen Gefallen getan hatte – oder das genaue Gegenteil.

8

Robinson-Gefechtsakademie, Bueller, Robinson Mark Draconis, Vereinigtes Commonwealth

26. Mai 3062

Tancred Sandoval sprang zurück, als Arthur mit einem Ausfallschritt angriff und das Florett geradewegs auf Tancreds Herz zielte. Hell und kurz schepperte das Metall, als Baron Sandoval parierte. Die Kraft des Angriffs, mit dem der junge Steiner-Davion zugestoßen hatte, übertrug sich durch die Klinge in Tancreds Arm, dann schwang er zur Riposte vor. Er verlängerte den Gegenschlag zu einem vorwärts stoßenden Angriff, ebenso sehr um Arthur die Planche zurückzutreiben, wie um einen Treffer zu erzielen. Sein Gegner schaffte es gerade noch, die Waffe zur Verteidigung zurückzuziehen, und Tancreds Klinge glitt von seinem Stichkorb ab. Dann setzte Arthur alles auf eine Karte, hielt die Stellung und schlug augenblicklich mit einem hohen Stoß zurück, der Sandoval an der Schulter berührte.

»Touché«, rief Tancred.

Arthur zog sich in Defensivpositur zurück. Er wusste genug, sich auf der Fechtbahn nicht überrumpeln zu lassen. Erst als Tancred sich entspannte, kam er hoch und nahm die Maske ab.

»Zwei Touchés pro Nase«, rief er und konnte ein breites Grinsen nicht unterdrücken. Tancred gestattete ihm den Anflug von Stolz. Obwohl Tancred sich in diesem Zweikampf zum Ausgleich ihres unterschiedlichen Erfahrungsstands selbst eingeschränkt hatte, blieb es eine beachtliche Leistung für Arthur, Robinsons planetarem Fechtchampion Paroli geboten zu haben.

Die beiden Männer hatten die Fechthalle der Gefechtsakademie für ihr Duell requiriert, waren sich auf der zentralen Planche gegenübergetreten und hatten den Freundschaftskampf auf fünf Punkte selbst gewertet. Arthur hatte den vollen Zielbereich für das Florett benutzt, also den gesamten Oberkörper, während Tancred sich auf den erlaubten Zielbereich für den Degen beschränkt hatte, der ausschließlich Rumpftreffer zuließ. Ihre schweren Jacken, weiß-gold für Tancred, in den Akademiefarben Rot und Blau für Arthur, absorbierten den größten Teil der Treffer mit den stumpfen Waffen. Keine Wachen. Keine Helfer. Ihr einziges Publikum waren leere Zuschauerränge, auch wenn ein heftiger Frühlingsregen einen konstanten Applaus auf das Dach und die hoch in der Wand sitzenden Fenster hämmerte.

Tancred hob die Maske und wischte sich den Schweiß vom Gesicht. »Hauptmann Wingates Ausbildung hat nichts von ihrer Güte verloren. Sie sind gut in Form, Arthur.«

»Sie schlagen sich auch nicht schlecht für einen… älteren Herrn.« Arthurs gutmütige Stichelei verlor jede Schärfe durch sein lockeres Grinsen und die Tatsache, dass er heftig nach Luft rang, was der Wirkung nicht gerade zuträglich war. Er atmete tief durch. »Trainieren Sie mit meinem Bruder?«, fragte er, setzte die Maske wieder auf und kehrte zur Startposition zurück.

Tancred tat es ihm gleich. Er atmete ruhig und gleichmäßig unter der Maske, weil er die Gefahren der Überanstrengung kannte. Nach einem schnellen Salut mit seiner patentierten Geste, bei der er die Florettspitze von rechts nach links führte, bevor er das Schwert am rechten Bein vorbei schräg abwärts und wieder zurück an den Ausgangspunkt zog, ließ er sich in Abwehrhaltung sacken und wartete auf Arthurs ersten Zug. »Victor und ich fechten zwar, aber es ist problematisch, gegen ihn zu kämpfen. Er benutzt Säbelregeln. Hiebattacken.«

Arthur ging nach vorne und sprang sofort wieder zurück, als Tancreds Schwert schneller heran peitschte, als er vorhergesehen hatte. »Sie wollen sagen, er bevorzugt das Katana«, stellte er in der Riposte fest. Selbst durch die Fechtmaske war sein anklagender Tonfall nicht zu überhören.

Tancred wich vor dem energischen Angriff seines jüngeren Gegners zurück, beschränkte sich auf Paraden und tauschte kostbare Meter gegen eine bessere Defensivposition ein. »Victor hat hart gearbeitet, um sich das Geschenk zu verdienen, das Koordinator Kurita ihm und Kai Allard-Liao gemacht hat«, stellte er milde fest. »So etwas nennt man ›Respekt‹. Aber falls Sie andeuten wollen, Victor würde das Kombinat dem Commonwealth vorziehen, sind Sie noch fehlgeleiteter, als ich dachte.«

»Sie meinen, als Victor dachte.«

Tancred schüttelte den Kopf, dann verfluchte er sich selbst dafür, dass er sich hatte ablenken lassen, als Arthurs Florettspitze ihn an der Schwerthand traf und vom schweren, goldbestickten Handschuh abprallte.

»Touché!« Wieder zog er die Maske aus und legte sie in die freie Armbeuge. »Mit derartigen Anschuldigen tun Sie Ihrem Bruder und sich selbst großes Unrecht, Arthur. Victor macht sich Sorgen um Sie, nicht über Sie.«

Ohne sich die Mühe zu machen, die Maske zu heben, stampfte Arthur zurück an seine Startposition. »Sagen Sie meinem Bruder, ich habe gelernt, auf mich selbst aufzupassen. Genau wie die Mark Draconis.«

Tancred, der sich in Abwehrhaltung duckte, benutzte den freien Arm, um die Balance zu halten, und schlug Arthurs ersten wilden Angriff locker beiseite. Der Stahl sang und vibrierte heftig, als er einen zweiten und dritten Angriff parierte, bevor er in mittlerer Höhe zurückstieß.

»Ach ja? Sie, genau wie die Mark, wedeln mit roten Tüchern vor Katherines Gesicht herum. Es ist ein wahres Wunder, dass sie noch nicht mit zwei, drei lyranischen Regimentern hier einmarschiert ist. Duke Kentares könnte Ihnen etwas über *diese* Lehrstunde erzählen.«

»Duke Kentares ist selbst schuld. Er hat zur Rebellion gegen Katrina aufgerufen.« Es entging Tancred nicht, dass Arthur Katherines angenommenen Namen benutzte, dessen Verwendung im Laufe der letzten Jahre zu einem Indikator für politische Loyalität geworden war. »Solange die Mark sie nicht bedroht, bedroht sie uns auch nicht.«

»Das hat Yvonne auch geglaubt. Dass sie Katherine trauen konnte, solange sie die Lyranische Allianz nicht bedrohte. Sie sehen ja selbst, was sie davon hatte.«

Die ganze Zeit hatten die beiden Männer weiter Schläge ausgetauscht, aber jetzt zog Arthur sich vor einer Serie von Finten und Stößen zurück und versuchte den Vorteil zurückzugewinnen. Er musste wissen, dass es ihn stärker behinderte als Tancred, wenn sie während des Duells redeten. Aber seine Jugend trieb ihn dazu, sich Gehör zu verschaffen und Recht zu behalten. »Yvonne hat Katrina eingeladen, den Thron auf New Avalon zu übernehmen. Punkt! Verdammt.« Er riss sich die Maske vom Gesicht und sog in heftigen Zügen Luft in die Lungen, während er den Fechtmeister trotzig anstarrte.

Tancred gab Arthur nicht die Genugtuung, sein verschwitztes Gesicht zu sehen. Er wanderte locker zurück zur Startlinie. »›Eingeladen‹. Das ist eine Auslegung der Ereignisse. Die andere ist, dass Yvonne manipuliert wurde.«

Sein linkes Bein zitterte, als er das Körpergewicht

darauf legte, um einen Rückzug vorzubereiten. Sie salutierten. Tancred wartete auf Arthurs verräterisches Armzucken, wenn er einen Angriff vorbereitete.

»Sind Sie so blind, dass Sie nicht erkennen können, wie Yvonne inzwischen ebenso eine Ausgestoßene ist wie Victor? Hat sie eine Einladung erhalten, nach New Avalon zurückzukehren? Hat Katherine ihr auf der Sternenbund-Konferenz Stimmrecht zuerkannt? Sie lebt jetzt auf Tharkad, Arthur, ohne Stimme in ihrer eigenen Heimat.« Seine Stimme sank zu einem schneidenden Flüstern herab. »Ist es Ihnen so gleich, wie sehr das Yvonne verletzt hat?«

Überzeugt, dass Tancred zurückweichen würde, und in einen vorschnellen Ausfall gelockt, sprang Arthur in einer Finte vor und wurde sauber aufgespießt, als Tancred sich duckte und mit einem geraden Stoß in die Mitte seines Brustkorbs antwortete.

»Punkt!«, rief Arthur, aber Sandoval konnte nicht sagen, ob er wütender auf ihn oder auf sich selbst war. »Vier-Drei, Ihr Vorteil.«

»Mein Vorteil«, bestätigte Tancred locker, als die beiden Männer die Masken hoben und einander anstarrten. Arthurs Miene spiegelte seine widerstreitenden Gefühle. Er kämpfte ebenso sehr gegen Tancreds Argumente wie gegen dessen Schwert. Es war offensichtlich, dass Arthur mit allen anderen Mitgliedern der Steiner-Davions, die Tancred kannte, den enormen Widerwillen teilte, sich geschlagen zu geben.

Aber Tancred musste Arthur wachrütteln. Er hatte es auf dem Empfang daran gesehen, wie Arthur seinen Annäherungsversuchen ausgewichen war. Sein Entschluss stand fest und schien gegen jede Einflussnahme gefeit. Dass Arthur seine Schwester nicht einmal als Bedrohung wahrzunehmen bereit war, zeigte Tancred, wie richtig es gewesen war, als Victor ihn gebeten hatte, die Heimreise anzutreten.

»Haben Sie auch nur einen Gedanken daran verwendet, was Katherine tun könnte?«, fragte er, als sie einander erneut mit dem Schwert grüßten – Arthurs Salut fiel reichlich jäh aus – und in En-Garde-Stellung gingen.

Arthur lernte aus seinen Fehlern. Nachdem er sich einmal dazu hatte verleiten lassen, zu schnell und selbstsicher anzugreifen, verlegte er sich jetzt auf eine Kombination aus Finten und Stößen, die fast Tancreds Maske erwischten. Der Baron parierte und tauschte zwei Schritte Raum gegen erhöhte Manöverfreiheit ein.

»Haben *Sie* auch nur einen Gedanken daran verwendet, was das Draconis-Kombinat tun könnte?«, fragte Arthur schließlich, während er mit Tancred Hiebe und Paraden tauschte. Stahl traf mit lautem Scheppern auf Stahl, als erst der eine, dann der andere vorrückte. »Was wenn... nur wenn... der Drache angreift? Sind wir darauf vorbereitet? Frieden ist wunderbar, Tancred, aber erkaufen wir ihn uns mit dem Verlust unserer Verteidigungsbereitschaft?«

Arthurs Schwert zuckte in wilden, fast waghalsigen Stößen vor, als die Emotionen seine Konzentration beeinträchtigten. »Das Kombinat lässt sich vom Frieden nicht aufhalten. Sehen Sie sich nur an, wie Theodore Kurita seine Regimenter umpositioniert hat, jetzt, da die Nebelparder zerschlagen sind. Drei neue Regimenter an der Grenze zur Mark Draconis. Drei!« Arthur stieß in einem tiefen Ausfallschritt zu.

Zu weit. Tancreds Schwert senkte sich und lenkte Arthurs Attacke ab, gerade weit genug, ohne ihr echten Widerstand zu leisten. Der Schwung des Angriffs riss Arthur nach vorne, der junge Steiner-Davion fiel auf ein Knie, musste die Schwerthand benutzen, um sich abzufangen. Tancreds Florett segelte mit gelassener, lockerer Eleganz ins Ziel und traf Arthur knapp über dem Herzen.

»Touché«, stellte der Baron mit leichtem Ton fest und hob die Maske. »Match.«

Arthur hob die Maske vom Kopf und ließ sie neben sich auf den Boden fallen, ohne aufzustehen. Er fuhr sich mit dem Handschuhrücken über die Stirn und wischte die schweißnassen Strähnen seines dunkelbraunen Haars zurück.

Er sah zu Baron Robinson auf und nickte kurz. »Die Mark Draconis wird auf sich aufpassen, Tancred. Wenn Sie ihr dabei nicht helfen, werde ich es tun.«

Tancred schüttelte den Kopf und fragte sich, ob irgendetwas von dem, was er gesagt hatte, zu Arthur durchgedrungen war. Er konnte es nur hoffen. Er trat zurück, salutierte mit seiner patentierten Schwertgeste und nahm die Maske ab. »Wissen Sie was, Arthur«, stellte er fest. »Es ist bemerkenswert. Ich sehe, wie sich Ihre Lippen bewegen, aber alles was ich höre, ist die Stimme meines Vaters.«

* * *

»Ist er es?«

Saul Klinger schälte sich aus Regenmantel und Galoschen und warf beides wartenden Händen zu. Der junge Mann an seiner Seite neigte mit abgewendetem Blick den Kopf und zog sich zurück, um die Kleidung zu trocknen und für seinen Aufbruch vorzubereiten. Damit blieb Saul allein mit Phillips und Grendle zurück, seinen beiden Mitverschwörern. Der Rest ihrer Zelle würde später einen Bericht erhalten. Man hatte nicht alle zu diesem Treffen geladen, um Saul Klingers öffentliches Leben zu schützen.

Ein Mann in solcher Nähe zu Arthur Steiner-Davion war ein Schatz, den es zu beschützen galt.

Saul nahm eine Tasse Tee von Dan Grendle dankbar

entgegen und wärmte die regennassen Hände an der Tasse, während er den nach Orangen duftenden Dampf tief inhalierte. Er murmelte ein kurzes Dankesgebet, hob die Tasse in Richtung seines Freundes und trank vorsichtig. Der erste Zug verbrannte seine Zunge, so dass er nichts schmeckte, wärmte ihn aber, als er sich den Weg seine Kehle hinab brannte.

»Bei Blake, das hatte ich nötig.«

Phillips beugte sich vor. »Ist er es?«, fragte er wieder, diesmal nachdrücklicher. »Ist es soweit? Unser Meister muss informiert werden.«

»Unser Meister mahnt zur Geduld. Er hat so lange Jahre gewartet. Kannst du es keine Minute mehr aushalten?«

Saul nippte vorsichtig an der Tasse und sah Grendle über den dampfenden Tee hinweg an. »Gab es heute eine Nachricht?«

Demipräzentor Grendle war der Agent der Zelle in der örtlichen HPG-Station ComStars. Der bis auf die Knochen abgemagert wirkende Mann besaß eine innere Ruhe, die er aus der langen Zeit schöpfte, die er in der Gegenwart ihres Meisters verbrachte. Langes, strähniges rotes Haar fiel vom Ansatz einer Halbglatze auf seine Schultern. Es war struppig und verfilzt, und sein bescheidener Besitzer widmete ihm sichtlich kaum Aufmerksamkeit. Aus seiner grauen Robe zog er einen kleinen Compblock und lud die Verigraphbotschaft. Es war eine von vielen, die er aus den Dateien ComStars hier auf Robinson gestohlen hatte. Erstens, weil sie eine besondere Weisheit enthielt. Zweitens, weil sie offensichtlich manipuliert war, obwohl der Verigraphprozess das angeblich unmöglich machte, und das musste geheim bleiben. Der Verigraphcode erforderte eine DNS-Überprüfung, bevor er den Zugang zu den Daten der Nachricht freigab. Dateien dieser Art passierten ComStar- und

Blakes-Wort-Stationen garantiert ohne Gefahr einer Fälschung, Veränderung oder unerlaubten Entschlüsselung.

Nur galt all das für diese Botschaft nicht.

»Einen weiten Weg bin ich gekommen«, las Grendle die veränderte Passage vor, die im verschlüsselten Text eingebettet, selbst aber nicht kodiert war. »Auf dieser Strecke bin ich begegnet dem Wort, das uns führet zum wahren Licht. Indem wir sein Kommen bereiten, werden wir frei, und wir werden im Glanze erkennen, dass seine Wahrheit uns das Letzte lehrt. Dies ist mein Urteil, so trage ich es vor.«

Alle drei Männer blieben für einen Augenblick schweigend stehen und bedachten die Worte der Botschaft. Natürlich war es Phillips, der schließlich fragte: »Und der Schlüssel?«

»Das erste Wort hat fünf Buchstaben, also lesen wir nur jedes fünfte Wort der Nachricht. Dann lautet sie: ›Ich bin das Licht. Bereiten wir das letzte Urteil vor.‹ Wir hatten Recht. Unsere Zeit ist nahe.«

»Aber sind wir bereit?«, fragte Phillips. »Ist Arthur Steiner-Davion derjenige, nach dem wir gesucht haben? Der aus Feuer und Düsternis neu erstehen soll?«

Saul seufzte lang und gedehnt. Er hatte sich aus der heutigen Botschaft mehr Anleitung erhofft. »Ich weiß es noch nicht. Ich lausche und beobachte, ich kenne ihn so gut wie kein anderer, aber ich habe noch keinen Hinweis darauf gefunden, und ich muss sichergehen. Was, wenn wir uns irren?«

Kelly Phillips kahle Stirn lief rot an, sein Gesicht verzerrte sich vor Wut. Von den drei Verschwörern war er mit Sicherheit der Gefährlichste. Gesucht von der Polizei Robinsons und gehetzt von den ROM-Agenten ComStars fand er trotzdem Zeit, in mehreren Untergrundbewegungen mitzuarbeiten, einschließlich des noch im Aufbau befindlichen Volk Entfesselt. Ein Söldner-Radikaler.

»Er muss es sein«, bellte er. »Streng dich an, Saul. Finde die Zeichen.«

Grendle, wie immer der Friedensstifter, legte gelassen die Fingerspitzen aufeinander. »Wenn sie da sind, wird Saul sie auch finden. Hat es daran jemals Zweifel gegeben?«

Saul wünschte, er hätte sich so sicher sein können. Er vertraute ihrem Meister, aber selbst dieser große Mann gab zu, dass es jemanden gab, dessen Vision noch größer war als seine. Was, wenn er, Saul Klinger, das Zeichen übersah? Was, wenn er versagte?

»Was, wenn es Arthur ist, und andere missverstehen ihre Rolle?«, fragte er. »Es kann so viel von ihm abhängen, wenn er tatsächlich der nächste Märtyrer ist.«

»Dann werden wir wissen, was zu tun ist«, antwortete Dan Grendle, für den es keinen Zweifel gab, dass am Ende alles ablaufen würde, wie es vorgesehen war.

Ausnahmsweise stimmte Phillips ihm zu. »Das lässt sich alles arrangieren«, versprach er. Seine muskulösen Hände griffen in die Luft vor ihm, als würden sie einen unsichtbaren Hals umklammern. »Finde es heraus, Saul. Sag uns, ob er es ist. Und dann, wenn die Zeit gekommen ist, und wenn es nötig wird, werden wir den jungen Arthur Steiner-Davion selbst töten.«

9

Ownlee-Raumhafen, Hier, Ein Ort
Arc-Royal-Defensivkordon, Lyranische Allianz

13. Juli 3062

Auf den letzten zwölf Metern den überdachten Gehsteg hinab, die er hastigen Schrittes zurücklegte, um schnell ins Raumhafengebäude zu kommen, holte Victor Steiner-Davion die Vorausabteilung ein und drängte sich fast an ihr vorbei, um die ausgestreckte Linke Großherzog Morgan Kells zu ergreifen. Victor drückte seine Freude über das Wiedersehen mit einem kräftigen Händedruck aus, bei dem ihn die Tatsache, dass er die Linke benutzen musste, keineswegs behinderte.

Morgan sah gut aus. Er war ein stattlicher Mann von eins fünfundachtzig und breit gebaut. Obwohl er schon sechsundsiebzig Jahre alt war, waren im dunklen Kopf- und Barthaar nur einzelne weiße Strähnen zu sehen. Er hielt sich aufrecht, und das einzige Anzeichen einer möglichen Schwäche war der leere, an die Schulter geheftete, rechte Ärmel der Jacke. Morgan trug seine kybernetische Armprothese nur selten. Er hatte den rechten Arm bei derselben Explosion verloren, bei der Victors Mutter getötet worden war. Der Präzentor Martialum wusste allerdings, dass Morgans Bart weitere Narben verbarg, und dass er zudem die unsichtbare Last trug, die mit dem Verlust seiner Frau bei ebendiesem Anschlag verbunden war. Sie hatten an jenem Tag beide einen herben Verlust erlitten – und sie wussten beide, wer die Schuld daran trug.

»Gut, dich zu sehen, Morgan.« Victor stockte, unsicher, was er als Nächstes sagen sollte. Morgan war nicht nur ein entfernter Vetter, sondern auch ein Freund, und er wollte nicht sofort auf die dunkleren

Hintergründe dafür zu sprechen kommen, warum er um dieses Treffen gebeten hatte. »Danke, dass du gekommen bist.«

Das Lächeln des älteren Mannes wirkte ein wenig schief. »Du wärst auch auf Arc-Royal jederzeit willkommen gewesen.«

»Dir schon.« Victor breitete die Arme aus und sah an seiner ComGuards-Uniform hinab: Hellblaue Hose und Jacke mit roten und goldenen Litzen, auch wenn er auf den Kapuzenumhang verzichtet hatte. Das am hohen Kragen der Uniform prangende ComStar-Abzeichen hatte eine goldene Fassung, die seinen Rang als Präzentor Martialum anzeigte. »Aber ich habe keine Truppen auf Arc-Royal, und meine ›Einladung‹ berechtigt mich nur, ComGuards-Garnisonen zu besuchen. Ein Ort schien die beste Wahl.«

Morgan nickte. »Es ist besser, unnötige Konflikte mit deiner Schwester zu vermeiden. Aber Phelan wird es Leid tun, dass er dich verpasst hat.« Phelan Kell war Morgans Sohn und der Khan der Renegatenfraktion des Wolfsclans, die sich im Arc-Royal-Defensivkordon eine neue Heimat aufbaute.

»Du hast ihn nicht mitgebracht?«

»Das 1. Kell-Hounds-Regiment befindet sich zur Zeit auch nicht auf Arc-Royal, und ich wollte Katherine nicht zu sehr in Versuchung führen. Wie schon gesagt, es ist besser, unnötige Konflikte zu vermeiden.«

Bevor sie sich weiter unterhalten konnten, wurden sie von der Ankunft Tiaret Nevversans unterbrochen, der Leibwächterin Victors. Ihre hellblauen Augen bildeten einen kaum glaublichen Kontrast zu ihrer dunklen Hautfarbe, die von afroterranischer Abstammung kündete, aber das war es nicht, was als Erstes an ihr auffiel.

Tiaret war eine Clan-Elementarin, eine der genmanipulierten Infanteristen, die in speziellen Gefechtspanzern in die Schlacht zogen. Sie überragte Morgan Kell um gute dreißig Zentimeter und Victor um zusätzliche fünfundzwanzig. Ihr Haar war bis auf einen kurzen, mit roter Kordel durchflochtenen Zopf im Nacken kurzgeschoren. Victor hatte sie bei seinem Feldzug gegen die Nebelparder gefangen genommen und den Clansitten entsprechend als Leibeigene beansprucht. Dadurch erkannte sie ihn trotz des unübersehbaren Unterschieds in Größe und Körperkraft als überlegen an.

»Das Gebiet ist sicher«, meldete sie. Während sie sprach, blieben ihre Augen in ständiger Bewegung – auf der Suche nach möglichen Gefahren.

Victor gestattete sich ein dünnes Lächeln. Das Gebäude war vor seiner Ankunft von Morgans Leuten gesichert worden. »Würdest du Morgan Kell kennen«, stellte er fest, »hättest du nichts anderes erwartet.«

Er stellte sie einander vor und war überrascht, als Tiaret Morgans Hand mit beiden Händen packte und sich respektvoll verneigte. Es gab nur wenige Menschen, die der Elementarin einen derartigen Respekt abverlangten.

»Ich weiß, dass ihr zwei euch noch nie begegnet seid«, sagte er.

Tiaret richtete sich auf. »Morgan Kell war für die Nebelparder kein Unbekannter.« Die Verwendung seines Nachnamens war eine zusätzliche Ehrbezeugung. »Seine Anstrengungen und die Jaime Wolfs bei der Verteidigung Luthiens haben Clan Nebelparder in der Anfangsphase der Invasion die draconische Zentralwelt gekostet.«

»Dass du dich daran erinnerst, ehrt mich«, bemerkte Morgan, der von seinem Sohn genug über Clanetikette gelernt hatte, um die passenden Worte zu finden. »Dein Platz an Victors Seite zeugt von erheblichem Potenzial.«

Sie grinste mit großen, strahlend weißen Zähnen und marschierte in Richtung Hauptempfangshalle davon, eine Frau voller Kraft, Stolz und Eleganz. Morgan und Victor folgten ihr. Ohne die Wärme, die von Tausenden sich vor den Schaltern drängenden Menschen erzeugt wurde war es in der weiträumigen Halle ziemlich kühl. Die Bewegung half Victor, sich aufzuwärmen, und das Knallen seiner Schritte auf dem Fliesenboden vermischte sich mit denen Morgans und der dichten Formation von Wachen.

»Bleibst du lange auf Ein Ort?«, fragte Kell.

Victor ging kurz in Gedanken die Reisezeit durch, die ihm bis zur nächsten geplanten Ankunft blieb. »Vier Tage«, antwortete er. »Lange genug, um die 312. ComGuards-Division zu inspizieren und ein neues Trainingsschema festzulegen. Auf dem Rückflug werde ich länger hier verbringen.« Er stieß scharf die Luft aus. »Ich muss engere Beziehungen mit meinen wichtigen Offizieren kultivieren. Blakes Wort hat im Augenblick zu viele Dolche auf meinen Rücken gerichtet. Ich will nicht noch mehr gute Leute an diese Fanatiker verlieren.«

Noch vielsagender als die Desertionen war das Blakes-Wort-Sprungschiff, das Victor seit dem Abflug von Tukayyid verfolgte, ein ominöser Schatten, der ständig knapp außer Reichweite hing.

»Wohin geht es von hier?«

»Nach Pasig. 9. Division. Sie gehören zu meinen besten Truppen, aber ihre Loyalität steht auf der Kippe. Ich werde einen Monat dort bleiben. Zuletzt führt der Weg mich nach Mogyrod zur 244.... Des Prinzen Mannen«, antwortete er mit einem Lächeln. »Die stehen voll hinter mir, aber wir haben so viele erfahrene Soldaten an die Blakisten verloren, dass sie grün wie frisches Gras sind.«

Dann stockte er. »Morgan, warum vermeiden wir das Thema Katherine?«, fragte er plötzlich.

Die Offenheit seines jüngeren Gegenübers amüsierte Morgan Kell. »Du hattest noch nie viel Geduld für Konversation, Victor.« Er strich sich den Bart glatt. »Ich versuche mich zu vergewissern, dass du deine Prioritäten richtig setzt.« Er hob abwehrend die Hand. »Wobei das weder als Einmischung noch als Beleidigung gemeint ist. Du hast selbst zugegeben, dass du jetzt größere Verantwortung trägst, und diese Reise findet aus sehr guten Gründen statt, die mit deiner Stellung als Präzentor Martialum zusammenhängen... nicht mit deinem Geburtsrecht als Victor Steiner-Davion.«

Sie näherten sich dem Hauptgebäude, wo die Wachtruppen die Menschenmenge zurückhielten. Das dumpfe Gemurmel ihrer Gespräche drang leise an sein Ohr. Er sah sich nach dem Ausgang um, durch den sie der Menge entgehen würden. »Soll dass heißen, meine Augen sind manchmal größer als der Magen?«

»Deine Augen waren nie das Problem. Aber es soll schon vorgekommen sein, dass du dich so verzettelst, dass Landungsschiffe durch die dabei entstehenden Lücken fliegen könnten.«

Victor fühlte seine Wangen wärmer werden, aber er wusste, dass Morgan Recht hatte. Er besaß tatsächlich die Neigung, sich zu übernehmen. Glücklicherweise nahm der freundliche Tonfall des Großherzogs der Zurechtweisung die Spitze.

»Ich werde es mir merken. Ich soll mich also nur um die ComGuards kümmern und einfach vergessen, was meine Schwester treibt?«

Morgan schüttelte nachdrücklich den Kopf. Er sah zu den Wachen, und Victor nickte kaum merklich. Diejenigen in der Nähe des Exilprinzen wussten von seinen Anschuldigungen gegen Katherine. Trotzdem senkte Morgan die Stimme. »Ganz sicher nicht. Aber du hast die Beweise nicht, die du brauchst, um die Beteiligung deiner Schwester an Melissas Tod zu beweisen, und sie hat noch keinen falschen Schritt getan. Noch nicht.«

Die Wachmannschaft führte die beiden zu einer Tür mit der Aufschrift ›Personal‹. Tiaret duckte sich durch die Öffnung und wartete.

»Vertrau mir«, sagte Morgan. »Ich habe… aufgepasst.«

Nur aufgepasst, wollte Victor fragen, oder Katherines Rüstung abgeklopft, in der Hoffnung, eine Lücke zu finden? Er kannte Morgan Finn Kell zu gut, um zu glauben, er könnte sich mit einer Zuschauerrolle zufriedengeben. Sicher nicht. Aber was Morgan sagen wollte, war, dass er jedem seine Stärke und seine Prioritäten zugestehen sollte. »Und so warten wir also.«

»Wir warten. Wir beobachten. Wir planen.« Morgans Linke ballte sich zur Faust. Er blieb vor der Tür stehen und schaute Victor in die Augen. »Und wenn die Zeit gekommen ist, handeln wir.«

Victor nickte entschieden. »Einverstanden. Katherine hat Fehler gemacht, und wir finden sie. Bald werden wir genug haben, um ihren ›vorbildhaften Charakter‹ als hohle Fassade zu entlarven. Obwohl, so wie die Dinge sich entwickeln, kann es durchaus sein, dass sie uns die Arbeit abnimmt.« Er bemerkte Interesse in den braunen Augen seines Gegenübers. »Ich kann dir Einzelheiten über das Geschehen in der Mark Draconis liefern. Und über Sun-Tzus erbärmliche Offensive gegen den Pakt, die Katherine zu unterstützen scheint. Heute Abend? Bei einem Essen?«

»Morgen, Victor.« Morgans Wut verrauchte schnell wieder. »Darüber können wir morgen reden, nach deiner Truppeninspektion. Heute Abend solltest du dich ausruhen.«

Der jüngere Mann lächelte. »Ich soll das also als Freundschaftsbesuch betrachten? Das wird mir schwerfallen.« Aber es würde ihm gut tun, sich mit Morgan und vielleicht einigen der Kell Hounds zu entspannen. »Ich werde es versuchen«, versprach er.

Einen Augenblick lang tauchte eine Spur des alten Morgan Kell in den gehetzten braunen Augen auf. »Möglicherweise habe ich dafür eine Lösung.« Er führte Victor durch die Tür, vorbei an Tiarets einschüchternder Gestalt.

»Konnichi-wa, Steiner-Davion Victor-san.« Omi Kurita, die geduldig im Gang gewartet hatte, verbeugte sich höflich.

Victor wurden vor Überraschung die Knie weich. »Omi!«

Ohne sich um die anderen zu kümmern, lief er los und packte ihre Hände. Sie trug einen seidenen Hosenanzug orientalischen Stils mit kurzer Jacke, der sich besser als Reisebekleidung eignete als ihre üblichen Kimonos und formellen Roben. Die Seide lag weich und warm wie eine zweite Haut auf ihrem Körper.

»Ich dachte, du wärst auf dem Weg zurück nach Luthien«, sagte er.

Sie hatte Tukayyid vor seinem Aufbruch zur Inspektion der lyranischen Garnisonen Richtung Heimat verlassen. Victor hatte sich auf ein Jahr ohne ihren Anblick eingestellt, und nichts hätte ihm eine größere Freude machen können, als diese Bestätigung, dass er sich geirrt hatte.

Omi zog ihn gerade weit genug beiseite, um die Illusion von Privatsphäre zu erzeugen. »Auf dem Heimweg hatte ich einen Traum, Victor. Mir träumte, dass du mich brauchst.« Sie lächelte verlegen. »Ich muss zugeben, dass ich mir etwas dumm vorkam, einem Traum solche Bedeutung beizumessen. Dann erhielt ich eine Nachricht von meinem Bruder Minoru. Er bat mich, dich an dein Versprechen zu erinnern,

Clan Novakatze in deiner Eigenschaft als kommandierender General der Sternenbund-Verteidigungsstreitkräfte einen Besuch abzustatten. Die Nachricht war mir bis Tukayyid gefolgt, und dass sie gerade zu diesem Zeitpunkt eintraf…« Sie verstummte, wohl wissend, dass Victor den Gedanken selbst zu Ende führen würde.

Er verzichtete auf einen sichtbaren Gefühlsausbruch, aber seine Augen spiegelten die tiefe Freude wider, die er über ihre Anwesenheit empfand. »Erwartet Theodore-sama dich denn nicht auf Luthien?«

»Als ich ihm die Nachricht zukommen ließ, dass ich die Allianz besuchen wollte, bat mein Vater mich, die momentane Stimmung auf den lyranischen Welten über seine Wahl zum neuen Ersten Lord des Sternenbunds einzuschätzen. Und er trug mir auf, einen angemessenen Schutz zu suchen.«

Das war typisch für Theodore Kurita. Er sorgte dafür, dass seine Tochter ihre Beziehung zu Victor aufrecht erhalten konnte, während er gleichzeitig eine Entschuldigung für ihre Reisen lieferte, die es den konservativen Elementen des Kombinats erlaubte, die Augen davor zu verschließen. Was im Commonwealth Heuchelei genannt worden wäre, galt in der orientalischen Kultur des Kombinats nur als ein Wahren des Gesichts.

»Du hattest Recht, Morgan«, stellte Victor fest, ohne die Augen von Omi zu nehmen. »Du hast die perfekte Lösung gefunden.«

Omi nickte. Ihre Miene war eine vollkommen ausdruckslose Maske. »Und möglicherweise finden wir so eine Lösung für deine frühere Bitte.«

»Meine frühere Bitte?« Victor runzelte die Stirn. Er wusste, Omi spielte mit ihm, aber ihm blieb keine andere Wahl, als blindlings in ihre Falle zu tapsen. »Habe ich um etwas gebeten?«

»Ist morgen nicht Dienstag?« fragte sie unschuldig.

Victor konnte sich einen verlegenen Blick hinüber zu Morgan und Tiaret nicht verkneifen, obwohl die beiden diese Bemerkung natürlich überhaupt nicht einzuordnen wussten. Er trat einen Schritt zurück, ignorierte die aufsteigende Wärme in seinem Nacken und brachte eine förmliche Verbeugung zustande.

»Kurita Omi-san«, erklärte er übertrieben würdevoll, »in dieser Angelegenheit glaube ich, Euch behilflich sein zu können.«

10

Landungsschiff *Galedon Rose IV*,
Sprungschiff *Aoi Shinju*, am Nadirsprungpunkt des Caldrea-Systems
Präfektur Buckminster, Militärdistrikt Benjamin, Draconis-Kombinat

21. August 3062

Randal Kasagi starb auf dem Sprung von Luthien nach Avon.

Mit zwei anderen Passagieren, die beide ebenso fiktiv waren wie der Gärtner Kasagi, in eine enge Kabine an Bord eines einfachen Passagierlandungsschiffs gebucht, benötigte dessen Ableben nicht mehr als einen kurzen Ausflug in die Nasszelle, um das Kollodium aus den Augenfalten und dem Mundwinkel zu entfernen, und einen Kleiderwechsel. Eine scharfe Rasur, dann klatschte er sich reichlich billiges Rasierwasser auf die brennende Haut und etwas mehr aufs Unterhemd.

Der Attentäter entschied sich für ein Oberhemd mit breitem Kragen und drei goldene Halsketten, eine nachgemachte Franklin-Rigel-Armbanduhr und eine im Bund um eine Nummer zu enge Hose. Nachdem er, als Tüpfelchen auf dem i, noch das Haar mit reichlich Gel nach hinten gekämmt hatte, verließ ›Jerome Castro‹ die Kabine, um die engen Bars des Schiffes aufzusuchen und sich von jeder Menge weiblicher Passagiere einen wohlverdienten Korb zu holen.

Am Zenithsprungpunkt Avons sorgten ein paar Sekunden unbemerkter Arbeit an den Dateien des Schiffscomputers dafür, dass Kasagi und der dritte ›Passagier‹, Ario Nurel, auf andere Landungsschiffe am Rumpf des wespenförmigen Sprungschiffs wechselten. Der Attentäter blieb während des Transfers zu einem wartenden anderen Sprungschiff an Bord, das ihn durch Raum und Zeit ins Braunton-System riss, wo er auf ein anderes Landungsschiff und in eine Kabine mit einem weiteren fiktiven Mitreisenden umstieg… zum nächsten Identitätswechsel.

Und so ging es weiter. Jeder Sprung trug ihn weitere dreißig Lichtjahre von der Zentralwelt des Draconis-Kombinats fort. Jede aufgegebene Identität hinterließ eine weitere falsche Spur, die seine Verfolgung erschwerte, bis er schließlich bei Terrence Gloster angekommen war, einem unbedeutenden Verwaltungsangestellten der Holovid-Unterhaltungsbranche, der ihm für den Rest der Reise als Identität dienen sollte. Gloster machte es sich in seiner 2.-Klasse-Kabine an Bord des Landungsschiffs *Galedon Rose IV* bequem und benahm sich wie jeder durchschnittliche Lyraner auf dem Heimflug in die Allianz.

Der letzte Transfer war hoch über der Elliptik Caldreas erfolgt, diesmal an einen der Dockkrägen des Landungsschiffs *Aoi Shinju*, Blaue Perle. Der Attentäter war seit der Ermordung Melissa Steiner-Davions millionenschwer, aber Gloster hatte nur ein kleines Spesenkonto zur Verfügung, das gerade zwei Drinks pro Abend und einen gelegentlichen Bordkinobesuch gestattete. Heute Abend entschied er, sich etwas zu gönnen, und frühstückte im Gravdeckrestaurant des Sprungschiffs. Die Mahlzeit kostete ihn sein Freizeitbudget für die ganze Woche.

Schwerkraft war auf langen Raumreisen ein begehrter Luxus, aber sie hatte ihren Preis. Er ließ sich Zeit mit dem etwas zu salzigen Fertigei und Toast mit Quillargelee, einem in Commonwealth und Allianz sehr beliebten Brotaufstrich, der hier im Draconis-Kombinat als Luxus galt. Die leise Sitarmusik im Hintergrund des Bordrestaurants ging ihm auf die Nerven, weil sie den meisten Lyranern auf die Nerven gegangen wäre. Er ließ sich von der Kellnerin einen Nachrichtenleser bringen und rief das neueste lyranische Nachrichtenfax auf, um es bei einem heißen, bitteren Kaffee zu lesen.

Er hasste es, ein halbes Jahr Vorbereitung aufzugeben, aber der Attentäter hatte sich schließlich doch entschlossen, Omi Kurita anderswo zu suchen. Sie auf Luthien zu töten, wäre zugegebenermaßen riskant gewesen, aber nach all seiner Planung und der langen Wartezeit hatte er schließlich ein sauberes Attentat vorbereitet und eingeübt. Dann hatte er im vergangenen Monat durch seine sorgfältig arrangierten Nachrichtenkanäle die Mitteilung erhalten, dass Omi ihren Rückflug nach Luthien in die Lyranische Allianz umgeleitet hatte. Jetzt befand sie sich auf Pasig und bereitete sich darauf vor, weiter entlang der Grenze zwischen der Allianz und Clan Jadefalke zu reisen. Wann sie auf die draconische Zentralwelt zurückkehren würde, falls überhaupt, war nicht abzusehen.

Seine Auftraggeberin hatte eine schnellere Abwicklung verlangt, und der Attentäter enttäuschte seine Auftraggeber niemals. Die eine Gelegenheit, bei der man ihm die Hälfte seiner Bezahlung vorenthalten hatte, und er die offene Rechnung an dem Betreffenden unmittelbar beglichen hatte, zählte er dabei natürlich nicht mit.

Ein derartiges Problem würde es diesmal nicht geben, das war klar. Katrina hatte genügend Geld. Außerdem wusste sie nur zu gut, dass sie es sich nicht leisten konnte, ihn zu verärgern. Wer wusste, wie er reagieren würde? Was er verraten könnte?

Gloster biss in den Toast und kaute genüsslich. Er ließ sich das Fruchtgelee auf der Zunge zergehen, während er die Schlagzeilen auf dem Bildschirm überflug. Für den Fall, dass ihn jemand beobachtete, runzelte er die Stirn, obwohl er innerlich lachte. Die aktuellen Schlagzeilen bestätigten Monate der Gerüchte, Insidermeldungen und Agentenberichte: die Ereignisse in Commonwealth und Allianz spitzten sich zu. Aus einigen Systemen wurden Unruhen und sogar Gewalttätigkeiten gemeldet. Perfekt. Chaos war gut fürs Geschäft. Zumindest für sein Geschäft.

In der Regel zumindest. Ein Artikel über Solaris VII ließ vermuten, dass die Lage auf der Spielwelt nicht so rosig war. Die Nachrichten waren mehrere Tage alt, aber sie beschrieben den völligen Zusammenbruch der zivilen Ordnung und offenen Straßenkampf zwischen den Mechjockeys des Planeten.

Ein Duell zwischen dem crucischen und lyranischen Champion hatte den Funken an das Pulverfass gelegt, und jetzt war ganz Solaris City in der Hand aufgepeitschter Menschenmassen. Der Attentäter hatte beträchtliche Investments auf Solaris VII, einer der besten Welten in der ganzen Inneren Sphäre, wenn es darum ging, große Geldsummen zu verstecken. Es konnte kein Zweifel daran bestehen, dass die Schäden ihn Tausende – Hunderttausende – Kronen kosteten. Er las die Meldung über die Zerstörung des SNG-Gebäudes und schrieb auf der Stelle eine halbe Million Kronen seines Vermögens ab. In Gedanken zuckte er die Achseln. Es bedeutete ihm nicht viel, Geld zu haben. Es zu bekommen, war weit reizvoller.

In den übrigen Berichten las er von zunehmender Unzufriedenheit auf einigen wichtigen Welten wie Kathil, Robinson, Kentares IV und Galax. Der Herzog von Savonburg wurde wegen der harten Maßnahmen, mit denen er auf Benedict für Ordnung gesorgt hatte, als brutaler Diktator gebrandmarkt. Und Nondi Steiner, Generalin des Heeres der Lyranischen Allianz, hatte eine weitere Erklärung abgegeben, dass die Lyranischen Allianzstreitkräfte nicht – ganz eindeutig nicht – für den Angriff auf draconische Truppen verantwortlich waren, die im Lyons-Daumen stationiert waren.

Dies überzeugte den Attentäter, dass er eine bessere Chance hatte, Omi Kurita auszuschalten, während sie durch die Lyranische Allianz reiste. Der Lyons-Daumen war eine zwischen Allianz und Kombinat gelegene Raumregion. Die Systeme waren zwar theoretisch lyranisch, aber Theodore Kurita hatte sie 3057 auf Einladung des damaligen Prinzen Victor mit Friedenstruppen besetzt. Anfang dieses Monats hatten lyranische Einheiten – angeblich lyranische Einheiten, wenn man dem Allianzmilitär glauben konnte – die Kombinatsstellungen auf drei dieser Welten angegriffen. Gestern hatte Kurita, in seiner Funktion als Koordinator, nicht als Erster Lord des Sternenbunds, den Lyons-Daumen formell für das Draconis-Kombinat annektiert. »Um angesichts wachsender Instabilität im Vereinigten Commonwealth die Sicherheit und den Wohlstand der Region zu gewährleisten.«

Commonwealth gegen Allianz. Allianz gegen Kombinat. Aufrufe an Victor, heimzukehren und seine Schwester zu vertreiben, während Katrina sich überlegte, wie sie auf Theodores Anmaßung reagieren sollte. In einem solchen Zustand wachsender Anarchie hatte der Attentäter freie Bahn.

Eine Warnsirene heulte drei Mal kurz und schrill auf. Gloster blickte von dem Nachrichtenfax auf. Die *Aoi Shinju* stand unmittelbar vor dem Sprung. In wenigen Sekunden würde der riesige Kearny-Fuchida-Antrieb des Sprungschiffs das Raum-Zeit-Kontinuum aufreißen und das Schiff mitsamt den angedockten Landungsschiffen durch den Hyperraum ins Shirotori-System katapultieren.

Er spülte den letzten Bissen Ei mit einem Schluck Saft hinunter, legte die Gabel auf den Teller und hielt sich am Tischrand fest. An den anderen Tischen des kleinen Restaurants bereiteten die übrigen Gäste sich ähnlich auf die Transition vor, während die Kellner sich einen Sitzplatz suchten.

Dann war es soweit. Der Sprung traf ihn wie ein Fausthieb mitten ins Hirn. Die gegenüberliegende Restaurantwand schien sich ins Unendliche zu dehnen, während er reglos an seinem Platz saß, zwischen Tick und Tack der Uhr erstarrt, dann riss sie ihn in einem unfassbaren Sog mit ins Jenseits. Auf einmal kehrte alles an seinen Platz zurück, so wie es immer gewesen war... aber doch auch irgendwie nicht. Alle hier in diesem Raum hatten für einen kurzen Moment die Unendlichkeit gesehen, und ein paar Sekunden konnten sie ihre Umgebung nicht mehr so wahrnehmen wie gewohnt.

Der Attentäter hatte für dieses Gefühl nicht viel übrig. Den Eindruck, mit etwas in Berührung gekommen zu sein, das größer war als er. Es löste einen Hauch von Paranoia bei ihm aus und er verspürte den Drang, sich umzusehen, ob ihm jemand folgte. Er unterdrückte ihn. Terrence Gloster war durch seinen Beruf ständig in Sprungschiffen unterwegs. Er korrigierte kurz den Sitz seiner Kleidung, dann widmete er sich wieder den Nachrichten. Nur noch ein Sprung bis zur Freien Republik Rasalhaag.

Dreißig Lichtjahre näher an seinem Opfer.

11

Gefechtsakademie Robinson, Bueller,Robinson
Mark Draconis, Vereinigtes Commonwealth

27. August 3062

Tancred Sandoval tanzte auf der mittleren Planche der Fechthalle vor und zurück, während er auf Arthur wartete. Er trug Jacke und Handschuhe, weil er deren Gewicht gewohnt war, aber keine Maske. Die Übungen sorgten schnell dafür, dass er ins Schwitzen geriet, und das vertraute Ziehen beanspruchter Muskeln machte sich in seinem Körper breit. Als er die Tür der Halle knallen hörte, nahm Tancred Haltung an, grüßte seinen imaginären Gegner mit schneller Florettgeste und hob Maske und Handtuch vom Boden.

»Sie verspäten sich«, rief er über die Schulter, während er sich mit dem Frotteetuch das Gesicht und die rasierten Bereiche des Schädels abtrocknete.

»Nein«, stellte Herzog Sandoval fest und ließ seinen Sohn überrascht zusammenzucken. »Du verspätest dich. Die 1. Rangers packen für ein ausgedehntes Gebirgstraining. Du wirst sie begleiten.«

Tancred wirbelte herum. »Ich habe bereits eine andere Verpflichtung«, wandte er ein, obwohl er die beinahe sichere Vermutung hegte, dass dem nicht mehr so war.

»Arthur wurde zu einer Leistungsbeurteilung ins Büro der Kommandeurin beordert. Er wird einige Zeit beschäftigt sein, und ich vermute, dass sich danach verschiedene Aufgaben für ihn finden werden. Er hat zum Beispiel bereits einen Gesprächstermin bei Direktor Rand Weylan von Robinson Standard Battleworks.«

Im Klartext bedeutete das, James Sandoval hatte Commander General Mai Fortuna gebeten, Arthur

Steiner-Davion abzufangen und mit Akademieaufgaben festzuhalten.

Tancred legte Maske und Schwert auf den Boden und rubbelte mit dem Handtuch seinen Nacken trocken. »Sehr nett, Vater. Ich bin sicher, Arthur weiß deine Besorgnis um seine Karriere zu schätzen.«

James Sandoval verschränkte die Arme vor der Brust. Sein Ton blieb hart. »Weylan wird Arthurs Kaderlanze bei der Abschlussfeier nächsten Monat je einen neuen 6M-*Vollstrecker III* überreichen und Mai wird Arthur ein Offizierspatent bei den 1. Robinson Rangers anbieten. Ich finde, das ist ein ausgezeichneter Posten für den jungen Herzog.« Er starrte seinen Sohn mit stechendem Blick an. »Was genau hast du für Arthur getan, Tancred?«

»In Wahrheit soll die Frage doch wohl lauten: Was habe ich nicht getan? Ich habe seinen Verstand nicht mit Gift gegen das Draconis-Kombinat verseucht, soviel steht fest. Ich habe versucht, ihm ein Freund zu sein.«

»Du hast versucht, ihn zu Victors Freund zu machen! Arthur mag Victors Bruder sein, aber das heißt nicht, dass er die Ansichten des Zwergs wiederkäuen muss.«

Die eindeutige Wortwahl und der anklagende Tonfall des Herzogs zerschlugen den labilen Frieden, der seit Tancreds Ankunft auf Robinson zwischen Vater und Sohn geherrscht hatte. Drei Monate, in denen sie dem Kern ihrer Differenzen ausgewichen waren, in denen sie ihre gegenseitige Position anerkannt hatten, auch ohne ihr zuzustimmen, drei Monate des Respekts – verloren. Ohne nachzudenken schlug Tancred zurück. »Warum nicht? Du erwartest von mir, dass ich *deine* Ansichten widerkäue, Vater. Der Unterschied ist, dass Victor Arthur nur bittet, seine Meinung in Betracht zu ziehen. Er zwingt sie ihm nicht auf.«

»Glaubst du tatsächlich, dass ich das getan habe?«, fragte James Sandoval ungläubig. »Dass ich dir und Arthur meine Ansichten aufgezwungen habe? Tancred, du kennst unsere Position hier in der Mark Draconis, die Verantwortung, die wir tragen. Meine Ansichten sollten auch deine sein. Und wenn ich Arthur als Herzog des Commonwealth und Kadett der Streitkräfte unter meinem Befehl meine Ansichten dargestellt habe, betrachte ich das nur als meine Pflicht.«

Tancred verstand, was sein Vater sagen wollte. Aber zugleich hielt er es für falsch. »Ich nenne es Manipulation«, erwiderte er, und bereute seine Wortwahl im selben Augenblick.

»Manipulation?« Sein Vater wirkte konsterniert. Er fuhr sich mit einer Hand über die Glatze und strich das stahlgraue Haar auf dem Hinterkopf glatt. »Habe ich dir je im Weg gestanden oder dir ausgeredet, deinen eigenen Weg zu gehen? Du hast Robinson verlassen, um statt unserer Gefechtsakademie Sakhara zu besuchen. In Ordnung. Du hast eine Position im Innenministerium des Commonwealth angenommen. Auch gut, obwohl ich gehofft hatte, du würdest nach Hause kommen und irgendwann den Befehl über die Rangers übernehmen. Dann habe ich zugesehen, wie Victor sich mit dir angefreundet, dich mit unseren Feinden bekannt gemacht und schließlich dazu gebracht hat, seine Abrüstungspolitik zu unterstützen.«

»Eine Politik der friedlichen Koexistenz«, korrigierte Tancred.

»Glaubst du ernsthaft, das eine führt nicht zwangsläufig zum anderen?« Der Tonfall seines Vaters wurde wieder wütender. Er sprach abgehackt wie zu einem ungezogenen Kind. »Worauf beruht jeder militärische Sieg?«

Tancred erinnerte sich daran, diese Pyramide als Kind schon gebaut zu haben. Eine der ersten Lektionen, die sein Vater ihm beigebracht hatte. »Bereitschaft«, antwortete er mit einem leeren Gefühl im Magen. »Gefolgt von Wachsamkeit, Voraussicht und schließlich Zielgerichtetheit.«

Der Herzog nickte knapp. »Gut. Du hast also noch nicht alles verlernt. Und wie viele dieser Punkte untergräbt eine Politik der friedlichen Koexistenz? Tancred? Wie viele?« Er bellte die letzte Frage wie einen Befehl.

»Alle«, gab Tancred zu. Er spürte, wie ihm der Schweiß auf die Stirn trat und in den Augenwinkeln brannte. Die Argumentation seines Vaters war sauber strukturiert, und mit dem Widerspruch dagegen kämpfte er gegen gute dreißig Jahre seines Lebens an. Er widerstand dem Drang, sich wieder durchs Gesicht zu wischen. Verdammt, irgendwann musste Schluss sein.

»Vater«, setzte er vorsichtig an. »Worauf beruht der Frieden?«

»Frieden! Der Knabe redet von Frieden!« James Sandoval starrte zur Hallendecke, um nicht auszurasten. »Über Frieden«, stellte er schließlich fest, »wird die Archon-Prinzessin entscheiden. Nicht ich, und ganz sicher kein ComStar-Angestellter. Hat Theodore Kurita den Frieden erklärt? Sind seine Grenzen offen? Rüstet sein Militär ab?« Er machte eine Pause, bevor er den nächsten Schlag setzte. »Hat der Drache an Frieden gedacht, als er den Lyons-Daumen annektierte?«

Annektierte und, wenn man den Berichten glauben konnte, zusätzliche Regimenter dorthin abstellte, um das Gebiet zu sichern. Da einer dieser Berichte gezielt von Victor gekommen war, sah Tancred keinen Grund, daran zu zweifeln. Aber der Baron von Robinson war auch in der Lage, über den unmittelbaren politischen Schock hinaus zu erkennen, dass Theodore eine Reihe von Kombinatseinheiten, die Victors Sache relativ freundlich gegenüberstanden, in seine Nähe verlegt hatte, für den Fall, dass er sie brauchte. Außerdem lenkte er so das öffentliche Interesse von Victor ab, auch wenn es Tancreds Argumentation im Augenblick nicht gerade entgegenkam.

»Die Lyraner haben die draconischen Garnisonen zuerst angegriffen«, schlug er stattdessen zurück. »Und so wie ihr – du und Arthur – die Bevölkerung der Mark anstachelt, kannst du es Kurita verübeln, dass er sich bedroht fühlt? Nicht dass ich glauben würde, Theodore wird je eine Grenzkorrektur zulassen oder den Lyons-Daumen zurückgeben, jetzt, da er ihn einmal hat. Aber wenn ich der Koordinator wäre, würde ich ernsthaft daran denken, meine Grenze zum Commonwealth mit noch einem halben Dutzend Regimenter zu verstärken.«

»Wenn du der Koordinator wärst?« James Sandoval rang einen Moment nach Atem, so schockiert war er. Seine hohe Stirn lief rot an. »Du würdest noch sechs Regimenter an unsere Grenze verlegen, ja?«

»Mindestens.«

Der Herzog von Robinson hatte sichtlich Mühe, sich zu beherrschen. »Ich habe deine Loyalität noch nie in Frage gestellt, Tancred, aber jetzt bestehe ich darauf, dass du sie beweist. Deine wöchentlichen Fechttermine mit Arthur sind Geschichte. Du wirst dich von ihm fernhalten. Du wirst außer mit meiner vorherigen Zustimmung nicht in der Öffentlichkeit auftreten. Und du wirst auf der Stelle mit den Rangers zu einer sehr langen Manöverübung aufbrechen.«

Tancred schaffte es, einen halbwegs gelassenen Eindruck aufrecht zu erhalten und gestattete sich endlich, sich mit einem Ende des um den Nacken gelegten Handtuchs das Gesicht abzutrocknen. »Ich werde es mir durch den Kopf gehen lassen.«

»Zur Hölle, Tancred! Du und deine Tante Jessica. Es

ist mir gleich, was ihr findet. Ich bin der Fürst der Mark, und ich werde meine Arbeit nicht von euch untergraben lassen!«

In all den Jahren höflicher Auseinandersetzung mit seinem Vater hatte Tancred ihn noch nie dermaßen wütend gesehen, nicht einmal in Konfrontationen mit seinen politischen Gegnern oder sogar im Krieg von 3039 gegen das Kombinat. Der junge Baron wusste wohl, dass er heute nur ein paar billige Treffer gelandet und die Frustration abgelassen hatte, die er so lange in sich hineingefressen hatte. Aber jetzt war der Geist aus der Flasche, und es würde nicht leicht werden, ihn wieder einzufangen.

»Ich habe keinen Wunsch danach, deine Arbeit zu untergraben, Vater, und ich respektiere deine Position als Fürst der Mark«, stellte er aufrichtig fest. »Aber ich muss Zweifel an deinen Methoden anmelden. Du hast mich einmal gelehrt, dass ein Mann Rat annehmen, aber seine Entscheidungen selbst treffen soll. Nichts anderes habe ich getan.« Er atmete ruhig durch. »Und je mehr du mich bedrängst, desto überzeugter werde ich, dass ich Recht habe und du dich irrst.«

»Niemand lässt sich gerne drängen«, gab sein Vater ihm Recht. »Vor allem kein Sandoval. Aber du hast kein Recht, in meiner Mark Gegendruck auszuüben... in meiner Heimat, Tancred! Du willst, dass ich zurückstecke? In Ordnung. Heirate Yvonne.«

Das traf Tancred völlig unvorbereitet und einen Moment lang fehlten ihm tatsächlich die Worte. »Yvonne heiraten...«

James Sandoval entspannte sich etwas und legte in einer Andeutung militärisch entspannter Haltung die Hände auf den Rücken. »Allerdings. Heirate Yvonne. Gib deine Bindung an Victor auf, eurer beiden Bindungen an ihn, und werde mein stellvertretender Minister für die Mark Draconis.«

Tancred gestattete seinem Zorn, sich zu legen, und versuchte, sich an die plötzliche Änderung in Haltung und Taktik seines Vaters anzupassen. »Was würde das klären?«

»Vielleicht gar nichts. Oder alles. Aber ich sage dir eines: Beweise mir, dass du deine Position aus eigener Überlegung bezogen hast und nicht durch den Einfluss Victor Davions, und ich werde deine Wahl eines Botschafters für eine diplomatische Mission nach Luthien unterstützen. Ich werde sogar zulassen, dass du selbst fliegst, vorausgesetzt, Victor ist nicht dort.« Er machte eine Pause. »Öffentliche Unterstützung, Tancred. Ist es nicht das, worum es dir geht? Eine Bremse für die Kombinatsfeindlichkeit?«

Darauf lief es also hinaus, fertig verpackt und frei Haus geliefert. Nur banden die Schnüre dieser Verpackung Tancred fest an die Mark Draconis, trennten ihn von vielen außerhalb seiner Heimatregion liegenden Quellen, die geholfen hatten, seine Sicht der Dinge zu formen. Aber zugleich schränkte es die Möglichkeiten seines Vaters ein, ein keineswegs zu verachtender Vorteil. Sollte er annehmen? Würde Yvonne dazu bereit sein? Die beiden hatten trotz ihrer engen Beziehung dieses Thema sorgsam gemieden, um abzuwarten, ob sich von selbst etwas entwickelte.

Er wusste, was Victor gesagt hätte. Victor hätte den Bedingungen zugestimmt, ihre Freundschaft und die Beziehung zu seiner Schwester geopfert, um der Nation, die er gezwungenermaßen hatte aufgeben müssen, Ruhe zu bringen. Immer bereit, Opfer zu bringen. Nur war das hier nicht Victors Entscheidung. Es war Tancreds, auch wenn sein Freund den höheren Preis zahlen würde.

»Nein«, antwortete er. Nichts weiter. Nur Nein.

Herzog Sandoval schüttelte den Kopf. Enttäuschung lag in seinen stolzen Zügen mit Ungläubigkeit im Widerstreit. »Du sturer kleiner Bengel.« Aus dem Mund seines Vaters war die Wortwahl trotz Tancreds Alter keine wirkliche Beleidigung. »Du willst alles nach deinem Kopf haben, was? Aber so läuft es nicht im Leben, Tancred. Jeder muss sich irgendwann entscheiden. Oder glaubst du ernsthaft, du könntest ein besseres Angebot bekommen?«

Die Arroganz seines Vaters fachte die Glut seines Zorns neu an, aber Tancred hielt sie mit eisernem Willen unter Kontrolle. »Ich bin überrascht, dass du zufrieden damit wärst, wenn ich mit Yvonne das Bett teile, solange Katherine noch ledig ist. Warum arrangierst du keine Heirat mit ihr?«

»Das würde ich«, schoss der Herzog zurück, »wenn ich dächte, sie würde dich nehmen.« Dann schaute er zur Seite. James Sandoval wusste ersichtlich, dass seine Worte ein Fehler gewesen waren, aber wie sein Sohn zuvor die seinen konnte er sie nicht ungeschehen machen.

Tancred seinerseits schüttelte nur angewidert den Kopf und hob Maske und Schwert vom Boden. Er trocknete seinen Zopf und strich die wenigen Haare zurück, die sich gelöst hatten. Er fühlte die Aufmerksamkeit seines Vaters zu ihm zurückkehren, spürte dessen Augen sich wie Zwillingslaser in seinen Rücken bohren. *Frische Panzerung*, dachte er mit schwarzem Humor. *Heute gelingt dem Herzog kein leichter Abschuss.*

Als Tancred versuchte, um seinen Vater herum zur Tür zu gehen, hielt James Sandoval ihn mit einem Griff am Arm auf. »Ich versuche nur zu tun, was für die Mark Draconis das Beste ist«, sagte er leise.

»Das Beste für alle ist sicher kein Krieg. Aber genau darauf steuerst du zu.« Tancred löste sich von seinem

Vater. »Und ich werde dir auf diesem Kurs nicht folgen. Ich werde mich nicht gegen dich stellen. Ich würde nie irgendetwas tun, um der Familie oder der Mark zu schaden. Ich hoffe, das weißt du. Aber ich werde die Augen offenhalten. Und wenn du einen Kampf willst, den kannst du haben.«

12

Wyldenplateau, Mogyorod
Melissia-Theater, Provinz Coventry,
Lyranische Allianz

11. Oktober 3062

Mit einem Druck des Vetoschalters blockierte Victor die von dem – im Simulationsmodus arbeitenden – Bordcomputer des *Daishi* angedrohte automatische Stillegung und lehnte sich zurück, während der Hitzestau abgebaut wurde. Die Alarmsirenen verstummten, die Warnlichter gingen nacheinander aus. Eine seltsame Stille legte sich über das Cockpit, und sein Atem rasselte laut in der Enge des Neurohelms.

Ein kalter Schauer durchlief seinen Körper und er reduzierte den Kühlmittelfluss durch die Weste. Wie die meisten MechKrieger trug er in der Kanzel nicht viel an Kleidung: Shorts und Stiefel, eine Kühlweste und seinen Neurohelm. Die hohen Temperaturen, die einen Kampfeinsatz unvermeidlich begleiteten, ließen minimale Bekleidung ratsam erscheinen. Aber jetzt, als die Temperatur endlich sank, brachte der Schweiß auf seinem ganzen Körper ihn zum Frösteln.

Acht Krieger tot, rechnete Victor nach. Simulierte Tote, und zum größten Teil Panzerbesatzungen. Dreizehn weitere durch Ausfall ihrer Kampfkolosse aus dem Spiel. Victors Angriffsstreitmacht verfügte noch über neun funktionstüchtige Mechs, und angesichts der Kräfteverhältnisse konnte er darüber froh sein.

Die 244. Division der ComGuards war für das Manöver in zwei ungleich große Teile aufgespalten worden, und Victor war mit einer Sektion durchschnittlicher Erfahrung gegen zwei unerfahrene Einheiten angetreten. Er hatte eine Schneise BattleMechwracks und ausgebrannter Panzerfahrzeuge über

Mogyorods Wyldenplateau gezogen und für jede seiner Maschinen zwei des Gegners abgeschossen. Ein brauchbares Ergebnis.

»Gibst du dich geschlagen, Demi Schakow?«

Sein Gegner heute war der Kommandeur der Sticks-and-Stones-Sektion, Demipräzentor Rudolf Schakow. Ein vielversprechender Offizier, und einer der wenigen ComGuards-Kommandeure, bei denen Victor Sinn für Humor entdeckt hatte.

»Ein Beinaktivator funktioniert noch, Martialum.« Schakows Stimme drang ohne die geringste Störung oder Verzerrung aus dem Helmlautsprecher, wie es sich für die Wahrer der interstellaren Kommunikationswege auch gehörte. »Humpeln Sie zu mir rüber, und ich trete Ihnen das Munitionslager ein.«

»Danke für das Angebot, Rudolf, aber ich ziehe es vor, den Fernschuss zu üben. Team Gamma, den *Exterminator* des Demi suchen.« Auf dem Sichtschirm beobachtete Victor, wie drei seiner Mechs sich in Bewegung setzten.

»Schon gut, Martialum, Sie haben gewonnen. Ich würde mich vor Ihnen in den Staub werfen, wenn ich da nicht ohnehin schon läge.«

Victor lachte laut genug, um das Mikro zu aktivieren und die anderen Krieger wissen zu lassen, dass ihr Präzentor Martialum auch etwas anderes kannte als nur Arbeit. Normalerweise hätte er die Punktrichter angewiesen, seine Leute zuerst aus der Simulation zu entlassen, damit sie sich formieren und die Kapitulation der unterlegenen Seite annehmen konnten. Aber heute gab er, um seine Zufriedenheit mit beiden Seiten deutlich zu machen, etwas anderes durch: »Basis, hier ist der Präzentor Martialum. Die Gefechtssimulation ist beendet. Bitte alle Mechs freigeben. Ich wiederhole, alle.«

Es dauerte nur einen Moment, bis die Mechcomputer die Sicherheitscodes empfangen hatten, mit denen die Simulatorprogramme beendet wurden. Auf der ganzen Ebene erwachten in simuliertem Schaden erstarrte Kampfkolosse zu neuem Leben. Ein paar, die nach Verlust der Reaktorenergie zu Boden gestürzt waren, kamen mit der majestätischen Eleganz von zig Tonnen belebten Metalls wieder auf die Beine.

»Und was habe ich falsch gemacht, Martialum?«

Victor hatte eine Verkürzung der ComGuard-Titel im normalen Sprachgebrauch eingeführt, seinen eigenen Rang eingeschlossen. Er hoffte, dadurch eine größere Nähe zu seinen Leuten zu erreichen. »Die Nachbesprechung halten wir in der Basis ab, Demi Schakow«, antwortete er für all diejenigen, die über die offene Frequenz mithörten.

Dann schaltete er auf den Privatkanal zu Schakow, um dem Mann als Vorbereitung auf die offizielle Besprechung der Übung eine kleine Zusammenfassung seiner Einschätzung zu geben. »In der Hauptsache, Rudolf, waren es eine ganze Reihe von Einzelentscheidungen, die sich aufaddiert haben. Zum Beispiel die Auswahl zu vieler laserbewaffneter Maschinen, die durch die hohe Abwärme in der offenen Schlacht zum Nachteil wurden. Vor etwa einer Stunde hast du eine gute Verteidigungsstellung übersehen, von der aus ihr uns grausam hättet zusetzen können. Und du warst etwas zu sehr darauf aus, mich persönlich zu stellen. Aber ihr habt euch heute keinen Fehler geleistet, der sich nicht mit ein paar Monaten zusätzlichem Training ausbügeln ließe.«

»Dürfen Des Prinzen Mannen Ihre Gesellschaft noch so lange genießen? Überwintern Sie bei uns?«

Überwintern. Ein weiterer längst veralteter Militärbegriff, der die Jahrhunderte überdauert hatte, seit die Menschheit von Terra ins All aufgebrochen war.

»Ich dachte, die nächsten Monate hier sind der planetare Sommer?«, fragte er. »Ich hatte mir keine großen Gedanken über Schneestürme gemacht.« Als ließe sich ein Landungsschiff von Schnee aufhalten.

»Es hat schon Seltsameres gegeben«, versicherte Schakow ihm. »Ich dachte mal, eher würde die Hölle zufrieren, als dass ComStar das Solsystem aufgibt.«

»Wir haben das Solsystem nicht aufgegeben«, korrigierte Victor. »Blakes Wort hat bis jetzt nur Glück gehabt, dass ComStar anderen Problemen Vorrang gab. Aber die Liste ist so lang nicht. Eines nicht mehr allzu fernen Tages, Rudolf, werden die ComGuards den Befehl erhalten, die Geburtswelt der Inneren Sphäre zu befreien.«

»Mein Prinz«, stellte Demipräzentor Shackow fest, und reaktivierte Victors alten Titel, »das wird ein Festtag werden.«

* * *

Victors Zufriedenheit mit den Ereignissen dieses Tages hielt nur Sekunden über seine Ankunft auf dem Gut, das er mit Omi Kurita teilte.

Während seines Aufenthalts auf Mogyorod hatte er sich, auf Einladung der planetaren Gräfin Rudmillia Drake, in deren Sommerhaus einquartiert, auch wenn das offene, nur von einer Mauer umgebene Gelände seine Leute vor gewisse Sicherheitsprobleme gestellt hatte. Aber es lag in der Nähe des Raumhafens und der Hauptgarnison der ComGuards, so dass Victor das Angebot gerne angenommen hatte. Und auch die Versicherungen der Gräfin, Mogyorod sei zu abgelegen, als dass sie ernstere Konsequenzen von Seiten Katherines – nicht Katrinas – für diese Gastfreundschaft befürchtete, waren ihm nicht entgangen. Inzwischen hatten Victors Leute mit Hilfe der nur ComStar verfügbaren Hochtechnologie die Sicherung aller

Türen und Fenster des zweistöckigen Hauses noch verbessert.

Als Erstes bemerkte er eine unnatürliche Anspannung der Akoluthen, die am Haupttor und der Haustür Posten standen. Das war für sich allein noch nicht beunruhigend, versprach aber unangenehme Neuigkeiten. Auch die Dienstboten wirkten zuvorkommender als üblich. Dayhon Sur, der Verwalter des Landguts, fing Victor ab, bevor der Präzentor Martialum nachfragen konnte, was los war. »Der Salon, Sir.«

Musste er selbst sehen, was das ganze Haus beunruhigte? Dayhon ging Victor über den Fliesenboden der Eingangshalle voraus in den kleinen, mit dickem Teppichboden ausgelegten Flur unter der breiten Prunktreppe. Dort hörte Victor Frauenstimmen. Eine davon gehörte Omi, die andere schien zu weinen. Er wurde schneller und stoppte, als Dayhon Sur eine Hand auf die halboffene Salontür legte und ihm den Weg versperrte.

»Ich werde sofort eine Erfrischung servieren, Sir«, stellte er eine Spur zu laut fest und warnte die Personen im Innern des Salons so vor seiner Ankunft, ohne ihn direkt anzukündigen. Victor nickte. Dayhon beherrschte seine Rolle vollendet und hatte Victor vermutlich einen peinlichen Auftritt erspart.

Die beiden Frauen standen auf, als Victor den Raum betrat. Ausnahmsweise war Omi Kurita diesmal nicht die Erste, die seinen Blick auf sich zog, und als er ihre Besucherin erkannte, kollidierte er um ein Haar mit einem Beistelltisch.

»Isis?«

»Victor«, antwortete Isis Marik mit einem zögernden Lächeln. Ihre Stimme war kaum mehr als ein Flüstern. »Danke für die Gastfreundschaft.«

Er hatte Isis Marik, die Tochter des Generalhauptmanns der Liga Freier Welten, erwartet, allerdings erst in einem Monat. Omi hatte Victor gewarnt, dass die inzwischen heimatlose Isis einen Besuch plante. Sun-Tzu hatte ihre Verlobung überraschend gelöst, und zwischen ihr und dem Generalhauptmann schien auch nicht alles eitel Sonnenschein.

Es war allerdings weniger ihre verfrühte Ankunft, die Victor konsternierte, als vielmehr ihr Gefühlszustand. Ihre Augen waren erkennbar verheult, und sie bemühte sich offensichtlich, eine erneute Tränenflut zurückzuhalten. Ihr kastanienbraunes Haar floss in langen Wellen über ihre Schultern und wirkte leicht zerzaust, so, als könne sie es nicht lassen, mit den Fingern hindurchzufahren. Selbst jetzt drehte sie nervös eine Locke um den Zeigefinger.

Omi warf ihm einen warnenden Blick zu, der ihn davon abhielt, ihr Aussehen zu kommentieren. Stattdessen ging er um ein langes Sofa herum und bat die beiden Frauen mit einer Geste, wieder Platz zu nehmen. Er setzte sich auf die andere Seite Omis.

»So früh hatten wir Sie nicht erwartet«, stellte er scheinbar locker fest.

Isis nickte. »Das meiste meines Gepäcks wird erst im nächsten Monat eintreffen«, sagte sie leise. »Ich habe wann immer möglich eine kleine Raumfähre benutzt, die es mir ermöglicht hat, gelegentlich einen absprungbereiten Transport noch zu erwischen und ein paar Aufenthalte zu vermeiden.«

Aber warum war sie überhaupt hier? Victor starrte aus dem kugelsicheren Fenster hinaus auf die Gärten, während er sich diese Frage durch den Kopf gehen ließ. Warum war sie nicht zurück in die Liga Freier Welten nach Atreus geflogen? Alle Welt wusste, dass Isis' gescheiterte Verlobung mit Sun-Tzu ein rein politisches Manöver gewesen war. Ihr Ruf konnte darunter nicht gelitten haben.

»Ihr Gepäck?«, fragte er, noch immer bemüht, die Regeln formeller Höflichkeit zu respektieren.

»Ich fürchte, ich reise mit dem Inhalt eines ganzen Palasts. Alles, was ich von Sian mitgenommen habe, ist über einen mehrere hundert Lichtjahre langen Konvoi verteilt, der mir durch die Innere Sphäre folgt. Es blieb keine Zeit für eine organisierte... oder würdige... Abreise.«

Omi klopfte Isis aufmunternd auf die Schulter und ihre freundliche Art glich Victors Steifheit aus. »Isis ist geradewegs über das Commonwealth und Rasalhaag hierher gekommen«, stellte sie fest.

»Sie befanden sich nicht zuerst in der Liga Freier Welten?« Wie sollte er das verstehen?

Isis schüttelte den Kopf. »Die Konföderation Capella war meine neue Heimat geworden, Victor.« Sie sah zu Boden, als schäme sie sich dafür. »Zumindest glaubte ich das. Ich hatte die letzten fünf Jahre in ihren Grenzen gelebt. Schon vorher hatte ich sie gerne bereist, um meinen Verlobten zu besuchen. Ich glaubte sie zu verstehen... ihn zu verstehen.«

Sie war beileibe nicht der erste Mensch, der in diese Falle getappt war. »Isis, wenn ich Ihnen mein Bedauern aussprechen sollte, müsste ich lügen, das wissen Sie.« Er war sich darüber im Klaren, dass er mehr Mitgefühl mit der jungen Frau hätte empfinden sollen, aber es fiel ihm schwer, Bedauern darüber zu empfinden, dass ihr Traum von einem Leben an der Seite Sun-Tzu Liaos geplatzt war. Das war, als hätte er jemandem erklären müssen, ein Geschwür sei leider heilbar.

»Ich erwarte nicht von Ihnen, dass Sie mein Leben verstehen, Victor. Nicht, wenn mir das selbst nicht gelingt. Aber trotzdem danke.« Sie seufzte schwer. »Ich hätte einfach nicht gedacht, dass alles, was ich mir aufgebaut hatte, so ohne jede Vorwarnung einstürzen könnte.«

Victor erinnerte sich daran, wie sein Leben zerbrochen war. Wenigstens hatte er die Nachricht von Yvonne erhalten. »Sun-Tzu kann grausam sein«, erklärte er.

»Das weiß – wusste – ich. Aber manchmal hat er auf mich gehört. Und ich habe ehrlich geglaubt, er würde etwas für mich empfinden, so wie…«

»So wie Sie für ihn?«, fragte Omi. »Vielleicht tat er das ja. Zumindest soweit er dazu in der Lage war. Aber sein Versagen macht Ihre Gefühle nicht minder echt, und es sollte auch kein Grund für Sie sein, Ihr Urteilsvermögen in Frage zu stellen.«

Victor beobachtete, wie Omi die verzweifelte Isis Marik beruhigte. Er ertappte sich dabei, wie er den Kopf schüttelte, fassungslos, dass jemand wie Sun-Tzu trotz seiner Heimtücke die Liebe dieser Frau gewonnen hatte. Nein, korrigierte er sich dann fast augenblicklich, das war die Stimme von zweiunddreißig Jahren Vorurteil. Genau genommen wusste er kaum etwas über Sun-Tzu, und das verleitete ihn dazu, den jüngeren Mann abzutun. Eine Angewohnheit, die Victor schon einmal teuer zu stehen gekommen war.

Aber Isis hatte es offenbar nicht geholfen, Sun-Tzu sehr viel näher zu kennen. »Sollen wir Thomas wissen lassen, dass Sie sicher angekommen sind?«, fragte er in dem Versuch, das Gespräch auf sicherere Bahnen zu lenken.

Isis reagierte mit einem kurzen, harten Lachen und schien kurz davor, erneut in Tränen auszubrechen. »Was kümmert meinen Vater meine Sicherheit? Oder meine bloße Existenz, jetzt, da er eine neue Familie und einen neuen Sohn und Nachfolger hat?« Sie stockte und atmete zitternd ein. »Verzeihung. Mir ist einfach nur, als hätte ich alles verloren. Ich wusste nicht, wohin, und in meinen Träumen lauern Kali Liaos Meuchelmörder in jedem Schatten. Thugees unter dem Bett.« Sie stieß ein hysterisches, an einen Schluckauf erinnerndes Lachen über ihre eigene Dummheit aus und schaute Omi an. »Sie waren nach der Whitting-Konferenz so freundlich zu mir, Sie und Dr. Lear. Ihr Angebot, dass ich Sie jederzeit besuchen könnte… es schien mir einfach die einzige Zuflucht, die mir blieb. Besonders in dem Wissen, dass mein Vater mich nicht wirklich zurück haben will.«

»Natürlich«, beruhigte Omi sie mit sanfter Stimme. »Obwohl er Sie möglicherweise noch überraschen wird. Das tun Väter meistens. Aber Sie hatten sicher Recht, diese Situation für den Augenblick zu vermeiden.«

Eine Weile überlegte Victor angesichts Isis' Leid und Omis deutlicher Besorgnis, ob er ihr mitteilen sollte, dass der derzeitige Generalhauptmann in Wirklichkeit gar nicht ihr Vater war. Victors Agenten hatten vor fast fünf Jahren entdeckt, dass der Thomas Marik, der auf dem Thron der Liga saß, ein Betrüger war, den ComStar auf diese Position bugsiert hatte, nachdem der echte Thomas verschwunden und vermutlich gestorben war.

Leider waren die ComStar-Unterlagen über die Einzelheiten des Austauschs bei der Abspaltung von Blakes Wort verlorengegangen – falls sie überhaupt jemals existiert hatten. Aber Victor hatte immer noch die DNS-Tests. Es war eines der wenigen Geheimnisse, die er sich bewahrt hatte. Nicht einmal Omi wusste davon. Hätte der falsche Thomas Marik sich nicht als so ein fähiger Herrscher erwiesen, ein Mann, den die Innere Sphäre ebenso brauchte wie die Liga Freier Welten, hätte Victor ihn schon Jahre zuvor entlarvt.

Und ganz gleich, wie sehr Isis gerade litt, dies war keine Entscheidung, die er leichtfertig treffen durfte. Stattdessen ertappte er sich dabei, sie mit ehrlicher Überzeugung als Gast Willkommen zu heißen. »So lange es machbar ist. Wir bleiben noch ein paar Monate hier, möglicherweise bis Februar, dann geht es in einem weiten Bogen durch die Allianz zurück nach Tukayyid.«

»Sie können uns begleiten, so lange Sie wollen«, versprach Omi.

Isis umarmte Omi Kurita mit beinahe verzweifelter Inbrunst. »Danke, Omi. Kurita Omi-san«, fügte sie dann förmlich hinzu. »Ich danke Ihnen.« Isis stand auf und kam um sie herum, um Victor und Omi gemeinsam zu umarmen. »Danke, meine Freunde. Meine einzigen Freunde.«

»Do itashimashite«, antwortete Omi lachend. »Gern geschehen, Isis.«

Victor warf Omi über Isis Kopf einen Blick zu. Sie dankte ihm wortlos und schenkte ihm ein anerkennendes Lächeln dafür, wie er geholfen hatte, Isis aufzunehmen. Victor zwinkerte ihr zu und versprach, sein Bestes zu tun.

»Es kommt alles gut«, sagte er laut.

* * *

Es würde perfekt ablaufen.

Der Attentäter hatte den Werkzeugschuppen des Guts als zeitweiligen Befehlsposten requiriert. Er war durch einen Abwasserkanal eingedrungen, der hier, innerhalb der Mauern endete. Die Tür war erheblich besser gesichert als der Tunnel. Der Kanaldeckel schien in keinster Weise geschützt. So lange er im Schuppen blieb und es keine Probleme mit den Rohrleitungen oder der Elektrik des Haupthauses gab, war er in keiner Gefahr.

Die meisten Alarmsysteme wiesen eine Lücke auf, häufig sogar mehrere. Es hing alles davon ab, wie tief man in den geschützten Bereich eindringen musste. Heute war er auf einer einfachen Erkundungsmission, die in dieser Hinsicht keine sonderlichen Ansprüche stellte. Er war nur hier, um ein Laserrichtmikrophon zu installieren, dessen unsichtbarer Energiestrahl vom großen Panoramafenster des Salons reflektiert wurde und das durch die Stimmen der Personen im Innern des Zimmers minimal vibrierende Glas in ein riesiges Mikrophon verwandelte. Die Variationen im zurückgeworfenen Laserstrahl ließen sich leicht in Tonwellen zurückverwandeln, die er auf einem versteckten Recorder aufzeichnete, während er über Kopfhörer lauschte.

Isis Mariks Erscheinen kam unerwartet und musste berücksichtigt werden, aber zugleich war dem Attentäter klar, dass ihre Ankunft ihm eher Möglichkeiten eröffnete als Probleme verschaffte. Sie brachte eine zusätzliche Variable in das geregelte Alltagsleben Victor Steiner-Davions und Omi Kuritas… einen Hauch von Chaos, den der Attentäter ausnutzen konnte.

Zum Beispiel würde Omi Kurita versuchen, Isis entgegenzukommen, wenn sie tatsächlich so verzweifelt war wie sie schien. Lieblingsspeisen. Gegenstände des täglichen Lebens. Vielleicht besondere Blumen…

Nein. Keine Blumen, diesmal nicht, selbst wenn sich die Gelegenheit bot. Victors Leute waren Könner, und sie würden dem Attentäter nicht gestatten, ein zweites Mal denselben Trick anzuwenden. Und falls sie seine Vorbereitungen entdeckten, würde das Victor warnen.

Der Attentäter hatte nicht vergessen, dass es Victor gewesen war, der ihn als Einziger jemals gefangen hatte. Sollte er noch einmal in Gefangenschaft geraten, würde Victor ganz bestimmt nicht noch einmal den Fehler begehen, den Mörder seiner Mutter lange genug am Leben zu lassen, um ihm die Flucht zu ermöglichen.

Isis würde ebenfalls eine tägliche Routine entwickeln, und auch das konnte ihm Zugang zum Haus verschaffen. Und falls Victor nicht ausdrücklich zusätzliche Sicherheitsleute anforderte, würden die Leibwächter, die bisher nur ihn und Omi beschützt hatten, jetzt auf drei Adlige verteilt werden. Das allein reduzierte die Gegner des Attentäters bereits um fast zwanzig Prozent.

Abwasserkanäle, Dienstboten, Zulieferer. Es gab immer Wege, über die man hinein gelangen konnte.

Und wieder hinaus.

13

Gefechtsakademie Robinson, Bueller, Robinson
Mark Draconis, Vereinigtes Commonwealth

18. Oktober 3062

Arthur Steiner-Davion rammte den Schubhebel seines BattleMechs bis zum Anschlag nach vorne und trieb den neuen *Vollstrecker III* mit halsbrecherischen siebenundachtzig Stundenkilometern vorwärts. Jeder stampfende Schritt schüttelte das Cockpit der fünfundfünfzig Tonnen schweren Kampfmaschine durch, und das Rautenprofil der Metallsohlen fand auf dem Asphalt der Straße kaum Halt. Zweistöckige Kasernen, in denen die Infanteriekadetten der Gefechtsakademie einquartiert waren, flankierten seinen Weg auf beiden Seiten. Der Mech brauchte nur einmal auszurutschen, und er würde mit Sicherheit eine Hauswand rammen. Aber diese Gefahr bemerkte er kaum, als er den *Vollstrecker* über das Akademiegelände jagte. Er war darauf versessen, in den Kampf zu ziehen. Diesmal war es keine Simulation.

Haus Kurita griff Robinson an!

Durch Verwendung eines Piratenpunkts, eines Sprungpunkts innerhalb der Schwerkraftsenke des Systems, ein Manöver, das ebenso vorteilhaft wie gefährlich war, hatten die draconischen Einheiten ohne Widerstand landen können. Der Angriff war überraschend erfolgt und hatte die planetaren Verteidiger vollständig überrumpelt. Warum Kurita sich zum Angriff entschlossen hatte, wusste Arthur nicht. Er hatte keine Gerüchte über neue Feindseligkeiten zwischen dem Kombinat und dem VerCom gehört. Aber jetzt war nicht die Zeit, sich darüber den Kopf zu zerbrechen. Jetzt hieß es handeln.

Die Warnmeldungen über den Angriff waren kurz

und widersprüchlich gewesen und hatten von Feindsichtungen eines einzelnen Bataillons bis hin zu drei Mechregimentern plus Landungsschiffen variiert. An der Akademie in Bueller führten die Kriegerkadetten in den Kampf, was immer sie rechtzeitig an Trainingsmaschinen in Gang setzen konnten. Wer zuerst kam, kämpfte zuerst.

Zwei *Chamäleons*, ein paar alte *JägerMechs*, sogar ein antiker *Mackie* mit einer einzigen funktionstüchtigen PPK wuchteten über das Gelände. Arthur hatte Glück, dass sein neuer *Vollstrecker III* schon eingetroffen und als seine persönliche Maschine kodiert war. Dadurch bestand keine Gefahr, dass er die Auseinandersetzung verpasste. Und als seine Warnsensoren aufblinkten, fasste er den Knüppel fester und verdrängte alles außer der bevorstehenden Schlacht aus seinen Gedanken.

Der Computer des *Vollstrecker* konnte den Schusswechsel ein Stück voraus nicht genau auflösen. Es waren zwei Mechs, möglicherweise drei. Nein – zwei! Endlich hatte der Computer die Maschinen erfasst und zeichnete die Identifikation in die Sichtprojektion. Ein goldenes Dreieck – Freund, eine Maschine der Robinson Rangers. Der Datenblock kennzeichnete sie als einen 9J-*Nachtstern*. Die andere, als blinkendes rotes Symbol dargestellt, um seine Aufmerksamkeit zu erregen, wurde als alter CRK-5003 *Crockett* identifiziert.

Arthur aktivierte die Sprungdüsen in den Beinen seines Mechs und leitete Plasma aus dem Fusionsreaktor in die Reaktionskammern der Düsen um. Der *Vollstrecker* schoss auf Flammenzungen hoch in die Luft und kauerte sich im Flug zusammen, um ein kleineres Ziel zu bieten. Am Scheitelpunkt des Sprungs erfasste der Computer noch mehrere andere miteinander kämpfende Mechs ein paar Straßen weiter.

Aber für die hatte er jetzt gerade keine Zeit. Arthur

landete auf der anderen Seite des Hofes, um den *Crockett* zwischen sich und dem *Nachtstern* in die Zange zu nehmen. Ein schriller Alarm hallte durch das Cockpit und warnte ihn vor dem nahen Gegner, der seinen Rumpf rotierte, um beide VerCom-Mechs angreifen zu können.

Der *Crockett* war mattschwarz lackiert, ohne Insignien oder sonstige Verzierungen. Der einzige Farbtupfer auf seinem Rumpf war das Kurita-Hausemblem, ein sich vor einem roten Vollkreis windender Drache. Aber dieser Mangel an Individualität spiegelte keineswegs fehlende Offensivkapazitäten wider. Mit gepaarten schweren und leichten Lasern, zwei KSR-Lafetten und einer schweren Autokanone war der überschwere Kampfkoloss in der Lage, in kurzer Zeit beachtlichen Schaden auszuteilen.

Aber der *Vollstrecker III* war auch nicht gerade ein Schwächling. Er gehörte zu den neuesten Modernisierungen eines alten VerCom-Favoriten und verfügte über einen schweren Extremreichweiten-Laser und eine Kaliber-80mm-Autokanone der Ultra-Version. Gepaart mit den beiden Gaussgeschützen und der Partikelprojektorkanone des *Nachtstern* hatte der *Crockett* nie wirklich eine Chance.

Mit voll aufgeladenen Waffen und stetig golden leuchtendem Fadenkreuz, dessen Farbe die sichere Zielerfassung bestätigte, trotzte Arthur der leichten Erschütterung, als einer der Lichtwerfer des *Crockett* eine tiefe Schmelzspur in seine linke Rumpfflanke brannte. Eine Salve von sechs Kurzstreckenraketen hämmerte auf die Panzerung beider Beine und des linken Arms, richtete aber keinen ernsthaften Schaden an. Arthur schaltete die Feuerleitkreise auf Breitseite und die ernsthafte Feuerprobe seines neuen BattleMechs konnte beginnen.

Die schweren und leichten Laser schleuderten blutrote Lichtspeere geradewegs in die tonnenförmige Brustpartie des *Crockett*, dessen Panzerung sturzbachartig zu Boden rann. Seine Autokanone, deren Granaten zur Erhöhung ihrer Durchschlagskraft mit Spitzen aus abgereichertem Uran versehen waren, bohrten sich in die rechte Schulter. Panzerbrocken flogen nach allen Seiten davon, als die Autokanone eine Spur der Vernichtung über die Schulter und seitlich in den Kopf des Mechs zog. Es reichte nicht ganz, um ihn zu durchschlagen und das Cockpit zu zertrümmern, aber es war sicher genug, um den Drac-MechKrieger im Innern gehörig durchzuschütteln.

Was Arthur begonnen hatte, führte der *Nachtstern* zu Ende. Künstliche Blitze zuckten aus seiner Partikelprojektorkanone, peitschten die Panzerung vom rechten Mecharm des *Crockett* und ebneten den Weg für zwei Gausstreffer in die rechte Rumpfseite. Die schweren Nickeleisenkugeln drückten die ganze rechte Torsoseite ein, zertrümmerten die Panzerung und brachen bis tief ins Skelett des Kampfkolosses durch. Mindestens eine Kugel schlug über dem Munitionslager ein. Unter dem Aufprall barsten Treibstoffzellen und Raketensprengköpfe.

Es mochte ein Funkenschlag gewesen sein oder vielleicht auch der unglaubliche Druck durch den Gausstreffer, jedenfalls kam es zu einer Kettenreaktion, und die eingelagerte Raketenmunition detonierte mit höllischer Gewalt. Eine zweite, nicht weniger heftige Eruption folgte, als das Inferno die Munition der Autokanone zündete. Ohne den Schutz modularer CASE-Lager tobte die Gewalt der Detonationen sich umgebremst im Innenleben des *Crockett* aus. Feurige Klauen schlugen durch Nieten und Schweißnähte. Ein Mecharm flog davon, wurde von der Gewalt der Explosion geradewegs durch die Wand eines nahen Gebäudes geschleudert. Dann brach der Fusionsreaktor zusammen, und das Plasma in seinem Innern brach sich als lodernder Feuerball Bahn, der den Rest des Mechs verzehrte und in lohweißer Glut verdampfte.

Diese letzte Explosion warf beide VerCom-Maschinen mehrere Schritte zurück. Eine dunkle Wolke stieg über den Trümmern des *Crockett* auf. Arthur sah ihr nach, als sie wabernd in den Himmel stieg, während er flach atmend darauf wartete, dass die Wärmetauscher den Hitzestau im Innern der Kanzel ableiteten. Es dauerte nur Sekunden. Der *Vollstrecker III* lief nicht ernsthaft Gefahr, im Kampf zu überhitzen. Arthur leckte sich den Schweiß von der Oberlippe und entschied, dass der Mech ihm gefiel.

»Wollen Sie den ganzen Tag da 'rumstehen?«, kam eine Stimme über die Kommleitung. »Die Schlacht ist noch nicht vorbei.«

Tancred! Seine Stimme war unverwechselbar, auch wenn die Übertragung ihr etwas von dem Charme raubte, der Arthur so zuwider war. Er wendete den *Vollstrecker* in Richtung des *Nachtstern*, der bereits Kurs nach Osten genommen hatte. Das traditionelle rot-schwarze Tarnschema des Mechs, dieselbe Lackierung, wie sie auch der *Vollstrecker* trug, war nicht geeignet, den überschweren Mech in irgendeinem Gelände vor Entdeckung zu schützen. Doch das war auch nicht beabsichtigt.

Arthur beschleunigte auf Gehgeschwindigkeit und stellte erst jetzt fest, dass die Explosion des *Crockett* zwei seiner Wärmetauscher zerstört hatte. Er tat den Schaden als unwichtig ab. Der *Vollstrecker III* hatte mehr als genug Kühlkapazität. »Bremsen Sie Ihre lahme Kiste bloß nicht meinetwegen.« Er konnte fast die doppelte Höchstgeschwindigkeit des *Nachtstern* erreichen.

»Sagte der Hase zum Igel. Kommen Sie an meine Rechte, Arthur, und bleiben Sie in der Nähe.«

Arthur wurde wütend. Auch wenn er noch sieben Tage nur Kadett war und Tancred den Rang eines Colonels der Robinson Rangers hatte, erwartete Arthur eine respektvollere Behandlung als herumgescheucht zu werden.

»Ich kann auf mich selbst aufpassen, Tancred.«

Er bearbeitete die Pedale und drehte ab, bereit, die Sprungdüsen zu aktivieren und mit knatternden Geschützen ins Gefecht zu fliegen.

»Vielleicht brauche ich jemanden, der auf mich aufpasst. Der *Crockett* hat zwei Glückstreffer gelandet und meine rechte Flanke beschädigt. Ich hätte gerne Seitenschutz. Und zusammen können wir den Dracs erheblich mehr Schaden beibringen als getrennt.«

Arthur beschleunigte und war fast am *Nachtstern* vorbei, bevor er wieder abbremste. »Na schön«, antwortete er. »Ich bin dabei.« Er ging neben Tancreds überschwerer Maschine in Position. Der humanoide *Vollstrecker* war fast so groß wie der beinahe doppelt so schwere, aber gedrungene *Nachtstern*.

»Im Sprung habe ich heftige Kämpfe auf dem Schinder gesehen«, stellte er fest. »Ich gehe rechts voraus. Versuchen Sie dranzubleiben, okay?«

»Hört sich gut an«, antwortete Tancred. »Solange Sie nicht anfangen zu laufen, werden Sie mich nicht los.«

Der ›Schinder‹ der Akademie war ein offener betonierter Platz von fünfhundert Metern Breite und fast einem Kilometer Länge. Er diente als Paradeplatz und Aufmarschgebiet der Gefechtsakademie und eignete sich nebenbei – wie Arthur aus eigener Erfahrung nur zu gut wusste – auch bestens dazu, alle Kadetten zur morgendlichen Gymnastik und gelegentlichen Zehnkilometerläufen antreten zu lassen. Daher der Name.

Heute allerdings fand dort eine weit härtere Übung statt. Eine Lanze schwarz lackierter Kombinatsmechs kontrollierte den Schinder. Sie hatte einen *Wachmann* vor der Tribüne in die Enge gedrängt und schoss ihn mit konzentriertem Geschützfeuer schrottreif. Ein *Totschläger* in den blau-roten Farben der Akademie lag bereits zertrümmert an einer Seite des rußgeschwärzten Platzes. Dem Wrack fehlten beide Arme, ein Bein und ein beträchtlicher Teil des Torsos.

»Helfen Sie dem Ranger«, befahl Tancred, sobald ihre Sichtprojektionen die Lage verdeutlichten. Er selbst griff mit einem Gaussgeschütz und der Energiekanone in den Kampf ein, wobei er sich einen überschweren 11-A *Zyklop* zum Ziel nahm.

Arthur suchte sich einen kleineren *Whitworth* aus, um den einzigen ArtillerieMech der Feindlanze auszuschalten. Er setzte darauf, dass der *Kintaro* sich weiter auf den *Wachmann* konzentrierte – allerdings ließ sich schwer voraussagen, wie der alte 9R-*Panther* reagieren würde.

Eine Lanze rubinroter Lichtenergie aus seinem schweren Laser erwischte den *Whitworth* voll im Rücken und erregte die Aufmerksamkeit des Piloten, traf jedoch keine wichtigen Bauteile. Der feindliche Mech wirkte verärgert, als er sich umdrehte, und feuerte erst auf die Schulter des *Vollstrecker*, dann auf die Hüfte. Arthur schaltete die Autokanone zu und schüttelte eine LSR-Salve des Kombinatsmechs nach der anderen ab, während er mit Energiestrahlen und glühendem Metall zurückschoss.

Weniger um seine eigene Sicherheit besorgt, behielt Arthur Tancred die ganze Zeit im Auge und hielt sich bewusst zurück, um dessen beschädigte Flanke zu decken. In dem Versuch, die Draconier zu verwirren und zu behindern, wechselte er ständig den Kurs, während der *Nachtstern* ihm mit knappen sechzig Stundenkilometern folgte.

Es half nichts. Der *Zyklop* ignorierte sie und machte

dem *Wachmann* den Garaus, während die drei anderen Kampfkolosse umschwenkten und über den Betonboden des Schinders vorrückten.

Der Kurita-*Panther*, eine typisch draconische Konstruktion, hielt Abstand und setzte die reichweitenstarke PPK ein, deren Entladungen wieder und wieder über Tancreds *Nachtstern* peitschten. Tancred ignorierte den Panzerungsschaden seiner überschweren Maschine und verbrauchte zwei der kostbaren Gausskugeln, um klaffende Breschen in den Rumpf des *Whitworth* zu schlagen.

Arthur registrierte es mit einem wilden Grinsen und setzte eine lange Salve seiner Ultra-Autokanone durch eines der Löcher geradewegs in das Munitionslager für die Langstreckenlafetten des Mechs. Ganz ähnlich dem *Crockett* kurz zuvor verwandelte der *Whitworth* sich schlagartig in einen kaum wiederzuerkennenden Haufen Altmetall, als die Detonation einer ganzen Tonne Raketenmunition durch den ArtillerieMech schlug.

Als der *Zyklop* endlich umdrehte, um sich der neuen Gefahr zu stellen, kümmerte Arthur sich um den *Panther*. Den *Kintaro*, der mit über achtzig Stundenkilometern anrückte, um auf Schussweite seiner Laser und Raketen zu kommen, ließ er dabei ganz bewusst außer Acht.

Im letzten Moment rief er: »Spurt links!«, und löste für einen kurzen Hüpfer seitwärts die Sprungdüsen, um aus der Bahn des Sturmangriffs zu verschwinden. Ein schneller Blick auf die Sichtprojektion bestätigte ihm, dass Tancred eine schnelle Drehung geschafft hatte, um Arthurs Flanke zu decken, und sich dem *Kintaro* in den Weg stellte.

Dessen Pilot hatte keinen Bedarf, sich aus nächster Nähe mit dem überschweren 95-Tonnen-Mech anzulegen, und versuchte zu Arthur abzudrehen. Er wendete in vollem Lauf auf einem Fuß zu einem Kurs, der ihn mitten zwischen Tancred und Arthur hindurchgeführt hätte.

Bei dem Versuch, Laser und Raketen abzufeuern und anschließend eine weitere Drehung auszuführen, übernahm der feindliche MechKrieger sich. Eine Sekunde der Unaufmerksamkeit, ein leichtes Zögern, mehr brauchte es nicht. Der Metallfuß des *Kintaro* rutschte auf dem Betonboden des Exerzierplatzes ab und überdehnte das Hüftgelenk. Der fünfundfünfzig Tonnen schwere Kampfkoloss stürzte unbeholfen auf die Knie, dann schlug er hart mit der vorspringenden linken Hüfte auf. Er schlidderte hundert Meter über den Schinder, von dessen ehemals ebener Oberfläche ein gewaltiger Funkenregen aufstieg.

Arthur drehte den Mechtorso und deckte die gestürzte Feindmaschine mit einer vernichtenden Salve aus Laser- und Autokanonenfeuer ein. Die Hitzewelle, die daraufhin über ihm zusammenschlug, bereitete ihm beinahe ein Hochgefühl der Befriedigung. Tancred nahm sich den unglückseligen Kurita-Piloten ebenfalls vor, sparte seine wenigen Gausskugeln zwar auf, schälte aber mit PPK und mittelschweren Lasern fast eine ganze Tonne Panzerung vom Rumpf der Maschine. Dann hob er, um keine weitere Zeit oder Munition zu verschwenden, einen gespaltenen Metallfuß und trat den Kugelkopf des *Kintaro* ein.

»Nicht gerade sportlich«, bemerkte Arthur.

»Falscher Beruf oder falsche Welt«, gab Tancred kalt zurück. »Suchen Sie es sich aus. Und jetzt... Arthur!«

Die Warnung kam eine Sekunde zu spät. Der *Zyklop* hatte das Gaussgeschütz bereits abgefeuert und der *Panther* setzte einen himmelblau funkelnden Partikelstrahl aus seiner PPK hinterher. Mit einem wilden Zittern, das Arthur den Steuerknüppel aus der Hand riss, klappte der *Vollstrecker III* zusammen und fiel zu Boden.

Arthur wurde in die Sitzgurte geschleudert, dann schlug sein Kopf zurück gegen den Sitz. Nur der sperrige Neurohelm bewahrte ihn vor ernsthafteren Verletzungen als einer Zerrung der Nackenmuskeln.

Arthur genoss die Schmerzen. Sie bestätigten ihm, dass er noch lebte. Mit geübtem Blick las er die Warnleuchten ab, dann machte er sich daran, den Kampfkoloss wieder auf die Füße zu bringen.

»Streifschuss am Gyroskop, aber ich lebe noch«, rief er Tancred zu.

Er schluckte, schmeckte Blut und merkte, dass seine Zunge pulsierte. Arthur verdrängte die Schmerzen und hebelte den *Vollstrecker* wieder auf die Beine. An einem Biss auf die Zunge würde er nicht verbluten. Erst als der Mech wieder stand, fiel ihm auf, dass Tancred nicht geantwortet hatte.

Tancred Sandoval schien zum Berserker geworden zu sein.

Obwohl der *Zyklop* und der *Panther* seinem *Nachtstern* dreißig Tonnen Masse voraus hatten, war der Kampf ausgeglichen. Die beiden Kombinatsmaschinen waren ältere Modelle. Robust genug, aber ohne die gewaltige Schlagkraft neuerer überschwerer Kampfkolosse.

Arthur beobachtete, wie der *Nachtstern* durch das kombinierte Abwehrfeuer der beiden Dracs watete. Tancred nahm sich zuerst den leichten *Panther* vor, feuerte erst das eine Gaussgeschütz auf ihn ab, dann das andere. Die auf Überschallgeschwindigkeit beschleunigten Nickeleisenkugeln waren kaum mehr als silbrige Schemen. Partikelkanonen schleuderten grell funkelnde Blitzschläge, und Impulslaser feuerten Schwärme smaragdgrüner Hornissen, die immer neue Wunden schlugen.

Der *Panther* taumelte unter dem wilden Beschuss und hielt sich nur durch schiere Willenskraft auf den

Beinen, während der Pilot um sein Leben kämpfte. Feuer schlug aus einem Riss im Torso, als die Abschirmung des Fusionsreaktors aufbrach. Das Gegenfeuer war höllisch. Aber selbst als der *Nachtstern* einen Arm mit dem daran montierten Gaussgeschütz verlor, ließ Tancred nicht locker. Er jagte eine weitere Gausskugel in und durch den unteren Torso des leichten Kurita-Mechs, und das deformierte Projektil zertrümmerte das Gehäuse des Kreiselstabilisators, bevor es durch die Rückenpanzerung schlug und über den Schinder davonhüpfte. Der *Panther* brach zusammen wie eine Marionette, deren Fäden man durchtrennt hatte.

Der *Zyklop* wich zurück, versuchte, Distanz zu dem tobenden *Nachtstern* zu gewinnen. Wenn der überschwere Rangers-Mech dem Besten standhalten konnte, was zwei draconische BattleMechs ihm entgegengeworfen hatten, hatte er allein keine Chance gegen ihn. Und die bessere Beweglichkeit seiner Maschine gab dem Drac-Piloten eine Chance, dem direkten Schlagabtausch zu entgehen.

Nur war Arthur auch noch nicht ausgezählt. Er grub das Rautenprofil der Mechfüße des *Vollstrecker* in den Beton des Schinders und stürmte mit Höchstgeschwindigkeit geradeaus, um den *Zyklop* an der verstärkten Wand einer Kaserne in die Enge zu treiben. Seine Frontpanzerung war zwar mehr Erinnerung als Metall, aber er dachte gar nicht daran, Tancred diesen Kampf allein austragen zu lassen.

Der *Zyklop* schwang herum und ignorierte den Colonel, während er das im Torso montierte Gaussgeschütz auf den *Vollstrecker III* abfeuerte. Arthur wich dem Schuss mit einem Seitschritt aus, dann feuerte er eine lange Salve 80mm-Granaten in die Seite des gegnerischen Mechs. Der schwere Laser brannte eine wütend rot glühende Narbe ins Bein der überschweren Maschine. Auf der anderen Seite verbrauchte Tancred zwei Gausskugeln, um die letzte Schutzpanzerung von der Brustpartie des *Zyklop* zu schmettern. Orangerote Flammenzungen leckten über die Panzerung, nur für einen Moment erstickt von der graugrünen Explosion eines Wärmetauschers.

Dann stieß Arthurs Lichtwerfer in die Schwachstelle und durchbohrte den Reaktor. Golden glänzendes Feuer blühte auf und verblasste schnell wieder, als automatische Eindämmungsfelder sich aufbauten und den Mech durch eine automatische Stilllegung davor bewahrten, in einem feurigen Inferno unterzugehen.

Aber das Leben des Piloten konnten sie nicht retten. Augenblicke später schlug Tancreds letzte Gausskugel schräg aufwärts in den Kopf des *Zyklop*, durch das Kanzeldach und geradewegs durch die kapuzenförmige Panzerung, die den MechKrieger sonst beschützte. Ein sorgfältig gezielter Schuss auf eine reglose Zielscheibe hätte nicht präziser sein können.

Der Sturz des *Zyklop* ließ den Boden erbeben, und Arthur fühlte die Erschütterung bis ins Cockpit des *Vollstrecker*. Er schüttelte den Kopf, um den Rest von Benommenheit nach seinem Sturz abzuschütteln – und schluckte erneut Blut.

Seine Zunge schmerzte wie der Teufel, und ihm war, als wäre sein Nacken mit Nadeln gespickt, aber auf seinem Gesicht lag ein breites Grinsen. Er sah hinüber zu Tancreds *Nachtstern*. So schlecht sah der gar nicht aus, wenn man bedachte, was er durchgemacht hatte. Dann wurde sein Grinsen blasser.

»Haben Sie nicht behauptet, der *Crockett* hätte Ihre rechte Seite aufgeschlitzt?«, fragte er ungläubig. »Sie sagten, Sie bräuchten meine Hilfe.«

Tancred klang müde, aber mehr auch nicht. »Ich sagte, *vielleicht* brauche ich Ihre Hilfe. Und dass wir zusammen mehr Schaden austeilen können als getrennt. Wollen Sie sich etwa beschweren?«

Arthur sah sich auf dem Schinder um. Vier Mechs lagen in Trümmern... eine komplette Kurita-Lanze. Plus der *Crockett*. Und zwei der Abschüsse gingen auf Arthurs Konto, sowie eine Beteiligung an allen außer dem *Panther*.

»Nein«, entschied er schließlich, und sein Grinsen wurde wieder breiter. »Heute nicht.«

14

Prinzenpalais, Avalon City, New Avalon
Mark Crucis, Vereinigtes Commonwealth

3. November 3062

Auf dem Konsolenschirm war nur grau-weißes Rauschen zu sehen, und aus den Lautsprechern schlug eine Serie von Prüftönen, bei deren Klang Katrina die Zähne zusammenbiss. Sie tappte ungeduldig mit einem Fuß auf den Boden und starrte den ComStar-Demipräzentor wütend an, der sich unterwürfig für die Verzögerung entschuldigte.

Katrina Steiner-Davion hasste es, warten zu müssen. Sie war eine der mächtigsten Frauen in der Inneren Sphäre. Also war sie es, die andere warten ließ. Sie hatte schon genug damit zu tun, zwei interstellare Sternenreiche zu regieren, so viel, dass der Tag nicht genug Stunden zu haben schien.

Unglücklicherweise blieb ihr nichts anderes übrig, als darauf zu warten, dass die Hyperpulsdirektverbindung aufgebaut wurde. Katrina schluckte ihre Wut herunter und lenkte sich damit ab, sich in der beinahe menschenleeren Kommunikationszentrale des Palais' umzusehen. Sie erinnerte ganz immens an eine strategische Gefechtszentrale. Riesige Bildschirme beherrschten die Wände und reihenweise Computerkonsolen standen bereit, Hunderte von einlaufenden Datenströmen zu verarbeiten. Wie oft hatte sie wohl tatsächlich als Nebengefechtszentrale gedient in der Amtszeit ihres Vaters... oder ihres Bruders?

Zu oft, entschied sie. Krieg war für ihren Geschmack ein zu riskantes Mittel der Politik, weil Erfolg oder Fehlschlag vom Können anderer abhingen. Sie zog es vor, wann immer möglich persönlich die Kontrolle zu behalten. Und bei den seltenen Gelegenheiten, wo dies nicht möglich war, blieb sie immer noch weit genug beteiligt, um die Waagschale im entscheidenden Moment in die richtige Richtung zu drücken.

Endlich wich das Rauschen dem Testbild des ComStar-Logos, einem leuchtenden Stern auf blauem Hintergrund, dessen zwei unterste Strahlen zu einem Schweif verlängert waren.

»Die letzte Verbindung ist geschlossen, Hoheit«, erklärte der Demipräzentor. Er verbeugte sich. Der Kapuzenmantel hing lose auf seinem hageren Körper. »Ich werde draußen warten.«

Als ob das Vertraulichkeit garantiert hätte. Katrina war sich sicher, dass ComStar versuchen würde, ihren Bruder über jedes ihrer Worte auf dem Laufenden zu halten. Doch sie würde ihr Bestes tun, dem Orden die Arbeit zu erschweren. Dehaver hatte seine Karriere auf dieses neue Verschlüsselungssystem verwettet. Es stand zu hoffen, dass es funktionierte.

»Es wird funktionieren«, stellte Richard Dehaver fest, als hätte er ihre Gedanken gelesen. Katrina hatte ihr Misstrauen keineswegs verborgen. »Meine Leute haben die verschiedenen Codeschlüssel persönlich auf dem Tharkad und anderen wichtigen Welten abgeliefert. Sobald Sie die Verschlüsselung aktivieren, ist der gesamte HPG-Verkehr auf dieser Verbindung unentzifferbar.«

Und eine Echtzeitverbindung zwischen New Avalon und Tharkad, den Zentralwelten des Vereinigten Commonwealth und der Lyranischen Allianz, würde die Herrschaft über beide Reiche von einem Palast aus unschätzbar erleichtern.

Es gab so viel, was sie berücksichtigen, so viele Probleme, um die sie sich kümmern musste. Auf Solaris VII waren neue Aufstände ausgebrochen, die eine strenge Hand erforderten, um die davionfreundlichen Einwohner im Zaum zu halten. Und Dehavers Agenten meldeten neue Unzufriedenheit in der Isle of Skye sowie lautstarken Widerspruch gegen ihre Regierungsführung von Mitgliedern des lyranischen Adels.

Lyranern! Denselben Adligen, auf die sie sich vor allem gestützt hatte. Sie würden ein anderes Lied pfeifen, säße sie noch auf Tharkad.

Jetzt konnte sie zurückkehren, wann immer sie wollte. Katrina hatte ComStar in den letzten Jahren Milliarden Kronen gezahlt, um diese ›Befehlsstrecke‹ aus HPG-Stationen aufzubauen, die ihre beiden Zentralwelten miteinander verband.

Die meisten Planeten besaßen nur eine einzige HPG-Station. Die Hyperpulsgeneratoren ComStars konnten Daten ohne Zeitverlust an eine andere Station in bis zu fünfzig Lichtjahren Entfernung übermitteln. Dann musste die Antennenschüssel der Empfangsanlage gedreht und auf das nächste Ziel ausgerichtet werden, um die Nachricht von einem System zum Nächsten entlang der Strecke zu übermitteln. Es war eine relativ kostengünstige, doch nicht sonderlich effektive Art der Kommunikation. Aber durch den Bau von zwei HPG-Stationen auf allen Etappenwelten zwischen Tharkad und New Avalon war es möglich, dass eine Station die Daten empfing und über eine normale Kommunikationsverbindung an die andere weitergab, die sie nur Mikrosekunden später weitersandte. Auf diese Weise war es möglich, Hunderte von Lichtjahren ohne nennenswerten Zeitverlust zu überbrücken.

Das war natürlich vereinfacht, aber Katrina genügte es. Ihr Bruder kannte sich heutzutage ohne Zweifel besser mit den technischen Aspekten einer solchen Konstruktion aus. Und wenn Victor weiterleben wollte, befasste er sich besser auch mit nichts anderem.

Sie lächelte unwillkürlich. Victor würde bald genug Probleme haben, die ihn ablenkten. Wie weit war der Attentäter wohl noch von Omi Kurita entfernt? Einen

Monat? Eine Woche? Einen Tag? Sie spitzte die Lippen und hauchte ihrem armen Bruder, der auf Mogyorod Soldat spielte, einen Kuss zu.

Der Bildschirm schaltete endlich auf Bildübertragung, aber Katrina schaute nicht in das Gesicht, das sie erwartet hatte. Statt Nondi Steiner, ihre Großtante und fanatisch loyale Generalin des Heeres, sah sie ein strenges Männergesicht.

Ihr Gegenüber nickte in die Kamera. »Archon-Prinzessin Steiner«, begrüßte er sie, wobei er diplomatisch den zweiten Teil ihres Doppelnamens unterschlug, um sie enger mit den Lyranern zu identifizieren.

»Präzentor Tharkad«, erwiderte Katrina kühl und gewann ihre Fassung zurück.

Gavin Dow, das Mitglied des Ersten Bereichs, das ComStars Interessen in der Allianz vertrat, hatte Katrina in letzter Zeit bedrängt, ComStars Vertrag über den Betrieb und Unterhalt der lyranischen HPG-Stationen zu verlängern. Heute trug er statt der gewöhnlichen Ordenstracht einen Geschäftsanzug. Es war ein seltsamer Anblick.

»Ich wusste nicht, dass Sie sich auf Tharkad aufhalten«, stellte sie fest. Katrina wusste, dass der Erste Bereich sein neues Hauptquartier unter dem Schutz der Truppen ihres Bruders auf Tukayyid aufgebaut hatte.

»Ich halte mich in Eurer Allianz auf, um verschiedene ComStar-Geschäfte zu erledigen. Aber solltet Ihr irgendwann den Wunsch verspüren, sich mit mir auf Tukayyid in Verbindung zu setzen, Archon, ist das über Ihre neue HPG-Befehlsstrecke jederzeit möglich.«

Katrina wurde wütend. ComStar hatte Tukayyid an das neue Netz angeschlossen? Natürlich ließ sich jede Welt in fünfzig Lichtjahren Umkreis einer Etappenstation leicht ankoppeln, aber Tukayyid hätte mehrere Relaisstationen benötigt, und Dehaver hatte keine entsprechenden Bauvorhaben gemeldet. Das war eine wertvolle Information, die Dow ihr soeben leichthin ausgehändigt hatte. Das konnte nur bedeuten, dass er etwas von ihr wollte. »Und schließen Ihre Geschäfte die Unterbrechung einer Priorität-Alpha-Verbindung ein?«

»Nein.« Angesichts ihrer abrupten Art wurden seine grünen Augen schmal. »Es erschien mir als günstiger Zufall, und ich hielt es für angebracht, dass wir uns unterhalten.«

»Worüber, Präzentor Tharkad?«

»Hoheit, ich bin sicher, Euch hat der Verlust des Lyons-Daumens an das Draconis-Kombinat weit härter getroffen als mich.« Katrina antwortete nicht, und er las ihr eisiges Schweigen als Bestätigung. »Aber bis zur formellen Annexion Kuritas lag die Verwaltung der ComStar-Einrichtungen auf den Systemen dieser Region bei mir, und ich bin weiterhin besorgt um ihre Sicherheit. Besonders jetzt, nachdem der Koordinator gewisse Regimenter wieder abgezogen hat.«

Sie ballte unwillkürlich die Fäuste, zwang sich aber, sie wieder zu entspannen. Ihre Kehle schien trocken und kratzig, als sie fragte: »Warum hätte er das tun sollen?«

»Ihr habt die Berichte über die Rächer Alshains und ihren Angriff auf Clan Geisterbär gelesen?«

Das hatte sie. Vor drei Wochen hatten die vier Rächerregimenter des Kombinats in einer ungenehmigten Aktion ihre alte Distriktzentralwelt Alshain attackiert, die sich noch immer unter der Herrschaft der Geisterbären befand. Gleichzeitig hatten andere Renegatentruppen die Planeten Robinson, Doneval und Markab in der Mark Draconis überfallen. Laut Dehavers Berichten waren sämtliche Angriffe katastrophal gescheitert. Die Rächer waren bis auf den letzten Mann gefallen. Aber Theodore hatte sich bis heute nicht förmlich entschuldigt oder auch nur privat Wiedergutmachung angeboten.

»Vor zwei Tagen«, erklärte Dow in gemessenem Ton, »hat Clan Geisterbär innerhalb einer breiten Offensive gegen das Draconis-Kombinat zurückgeschlagen. Eure Agenten werden jeden Tag davon erfahren. Aber sie werden Euch möglicherweise nicht mitteilen, dass Theodore Kurita für den Fall, es könnte sich bei den Angriffen der Clanner um den Beginn einer neuen Invasion handeln, die Geisterregimenter zurückgezogen hat.«

»Das ist wirklich faszinierend«, stellte Katrina trocken fest. »Und hätte ich Sie um ein derartiges Entgegenkommen gebeten, wäre es möglicherweise sogar eine Gegenleistung wert gewesen. Aber wie Sie selbst angesprochen haben, besitze ich einen durchaus angemessenen Geheimdienstapparat. Danke für Ihre Besorgnis, Präzentor.«

Dow runzelte irritiert die Stirn. »Es könnte eine Zeit kommen, Hoheit, wo Ihr auf meine Unterstützung mehr Wert legt. Immerhin haben wir regelmäßige Geschäftsbeziehungen. Es ergib weit mehr Sinn, eine freundliche Beziehung aufrecht zu erhalten.«

»Dann schlage ich vor, dass Sie beim nächsten Mal über die dafür vorgesehenen Kanäle eine Audienz beantragen«, erklärte Katrina kalt. Sie stieß den gestreckten Zeigefinger auf die Unterbrechertaste und schloss die Verbindung, was alle HPG-Stationen der Befehlsstrecke für ihre normalen Aufgaben freigab.

Richard Dehaver winkte die beiden Techs aus dem Raum. Katrina wartete kaum, bis sich die Tür hinter ihnen geschlossen hatte, bevor sie Ihren Geheimdienstoffizier anfauchte: »Weshalb weiß ich davon nichts? Wann kann ich den Lyons-Daumen wieder einnehmen?«

»Selbst nach der Détente, die Euer Bruder mit dem

Kombinat geschlossen hat, bleibt es schwierig, Informationen aus dem Kurita-Raum zu erhalten. Warum habt Ihr Dow abgewürgt? Ihr habt nicht einmal gehört, welchen Preis er für seine Informationen wollte.«

Katrina winkte ab. »Was spielt das noch für eine Rolle, jetzt da wir sie haben? Außerdem weiß ich, was er will. Territorium. Er hat es selbst angedeutet. Je mehr Systeme ein Seniorpräzentor verwaltet, desto gewichtiger ist seine Position im Ersten Bereich.«

»Darf ich Euch erinnern, Hoheit, dass Euer Bruder Victor überhaupt kein Territorium mehr besitzt und trotzdem weiterhin die größte Bedrohung Eurer Herrschaft darstellt.«

»Zugegeben«, gestand Katrina ein. »Aber von Gavin Dow hören wir bestimmt bald wieder. Auch wenn er das nächste Mal vorsichtiger sein wird. Und jetzt zurück zu meiner Frage, Richard. Wann kann ich den Lyons-Daumen wieder einnehmen?«

Die dunklen Augen des MGUO-Offiziers wirkten unerbittlich. »Gar nicht.«

»Sie haben Dow gehört. Der Lyons-Daumen ist nicht gesichert. Wenn wir…«

»Hoheit, die gesamte Region ist ungesichert«, erwiderte Dehaver und bewies ein sehr zweifelhaftes Urteilsvermögen damit, dass er es wagte, Katrina ins Wort zu fallen. »Robert Kelswa-Steiners Unterstützung in Skye wächst. In einem Maße, das es schwierig macht, diese Entwicklung aus den Nachrichten zu halten. Angesichts seiner Anstrengungen und der Notwendigkeit, zusätzliche Truppen ins Solarissystem zu verlegen, habt Ihr keine verfügbaren militärischen Einheiten in Reichweite. Und es wird einen Militäreinsatz erfordern, den Ihr immer möglichst vermieden habt. Theodores Welten im Daumen sind vielleicht verwundbar, aber sie sind nicht schutzlos.«

So sehr es ihr auch missfiel, dass Dehaver ihre eigenen Überlegungen gegen sie gebrauchte, konnte Katrina ihm nicht widersprechen. Ihre Herrschaft beruhte mehr auf politischen Manövern als auf militärischer Macht, und die Umstände zwangen ihr ohnehin schon mehr militärische Entscheidungen auf, als ihr lieb war. »Also lasse ich den Daumen einfach fallen? Einfach so? Acht Systeme?«

»Theodore Kurita hat Truppen vor Ort, Hoheit. Ihr nicht. Und im Austausch für diese acht Welten könnt Ihr Euch, neben einem Dutzend anderen, auf Kathil und Kentares IV und Galax konzentrieren. Und Ihr könnt Herzog Sandoval auf Robinson mehr Unterstützung zukommen lassen. Wenn er laut genug mit dem Säbel rasselt, könnte Theodore gezwungen sein, Euch als Konzession für die unerlaubten Angriffe auf die Mark den Daumen zurückzugeben.«

Der Gedanke gefiel Katrina, vor allem, da er sich für ein politisches Intrigenspiel eignete, das ihr besonders lag. Sie befeuchtete ihre Lippen und dachte nach. »Mein Bruder Arthur war dort eine wirkliche Hilfe. Er zieht Anhänger an wie ein Magnet Eisenspäne. Was hat er seit dem Überfall getrieben?«

Dehaver lächelte kalt. »Ihr meint, seit er zum ›Retter Robinsons‹ ausgerufen wurde? Er ist mit Auszeichnung von der Akademie abgegangen und hat eine Position bei den Robinson Rangers angenommen. Soweit ich weiß, plant er nächsten Monat auf einer kombinatsfeindlichen Kundgebung zu sprechen. Unsere Leute von Volk Entfesselt werden ebenfalls da sein, um die Menge aufzustacheln.«

»Die Gewalt der Straße.« Katrina runzelte die Stirn, als ihr klar wurde, wieviel Macht sie ihrem Bruder in der Mark Draconis zugestanden hatte. »Wie steht es um Arthurs aktuellen Wert für uns?«

»Ich möchte nicht definitiv sagen, dass er den Höhepunkt seiner Popularität bereits erreicht hat. Eure Brüder – mit Ausnahme Peters, den wir immer noch nicht gefunden haben – besitzen eine unberechenbare Fähigkeit, Macht aufzubauen.« Dehaver machte eine nachdenkliche Pause. »Aber er hat bald den Punkt seines höchsten für uns verwertbaren Ruhms erreicht.«

Katrina nickte. »Und seine Botschaften werden in letzter Zeit zurückhaltender. Er vergisst allmählich, wem er Gehorsam schuldet. Vielleicht ist es Zeit, ihn daran zu erinnern.«

»Vielleicht sollte man allmählich daran denken, ihn unsterblich zu machen«, stellte Dehaver nüchtern fest. »Sollten Victor und Arthur sich je gegen Euch verbünden…«

»Das werden sie nicht«, versprach Katrina, und bei dem Gedanken an eine derartige Allianz wurde ihre Stimme schneidend. »Ich werde es niemals zulassen.« Sie glitt zur Tür. »Holen Sie den Demipräzentor herein. Er soll die Befehlsstrecke wieder aufbauen. Vielleicht hat Nondi etwas Positives zu melden.« Natürlich glaubte sie das nicht wirklich, und sie konnte sehen, dass sie ihren Geheimdienstoffizier nicht überzeugt hatte.

»Sie werden es nicht«, sagte sie in sanfterem Ton. »Kümmern Sie sich um Arthur. Treffen Sie alle Vorbereitungen, die Sie für erforderlich halten, aber halten Sie mich auf dem Laufenden. Nichts geschieht ohne meine Zustimmung.«

Er nickte knapp. »Und Victor?«

Katrinas Antwortlächeln war das einer Raubkatze. Ihre weißen Zähne funkelten drohend. »Machen Sie sich keine Sorgen um Victor«, versprach sie. »Der wird schon bald andere Sorgen haben.«

15

Deschuttes, Mogyorod
Melissia-Theater, Provinz Donegal,
Lyranische Allianz

8. November 3062

Die beste Gelegenheit für den Attentäter ergab sich mit der Ankunft von Isis Mariks Gepäck.

In etwa wöchentlichem Abstand war ein scheinbar endloser Strom von Kisten, Paletten und Paketen eingetroffen. Kleider. Skulpturen für Garten und Haus. Feinstes Porzellan. Eine Holovidsammlung, die einen Unterhaltungsmogul neidisch machen konnte. Zwei Fahrzeuge. Das Mobiliar und die sonstige Ausstattung ihrer Palastanlagen auf Atreus und später auf Sian. All das kam jetzt nach und nach wie eine über mehrere hundert Lichtjahre ausgedehnte Lastenkarawane auf Mogyorod an.

Als er die Frachtliste zum ersten Mal sah, war der Mann, den seine Mitarbeiter als Dan Cheurre kannten – »Tsche-örr«, stellte er sich jedem von ihnen zweimal vor, langsam und sorgfältig, um sicherzugehen, dass er es selbst richtig aussprach –, für einen Moment wie vor den Kopf geschlagen. Wer verschiffte tonnenweise Alltagsbedarf quer durch die Innere Sphäre? Selbst ein Dutzend Topfpflanzen, gut genug bewässert, um die lange Reise ohne Sonnenlicht zu überleben. Jeder normale Mensch hätte einen Großteil dieser Sachen nach einem derartigen Umzug neu gekauft.

Nur dass Isis all das nicht neu kaufen konnte, erkannte der Attentäter im nächsten Augenblick. Ein erheblicher Prozentsatz ihrer Habe stammte erkennbar aus der Liga Freier Welten. Es waren Objekte, mit denen sie aufgewachsen war, an deren Aussehen und Gegenwart sie gewöhnt war. Wie der weiche Samt ihrer schweren atreïschen Wandteppiche oder der pfeffrige Duft des irianischen Flieders. Dies waren Gegenstände, die sich selbst unter den besten Umständen nur schwer ersetzen ließen. Oder ihre neueren Erwerbungen, Teil der capellanischen Kultur, in der sie die letzten fünf Jahre verbracht hatte, durch die jüngsten Handelsblockaden gegen die Konföderation noch unmöglicher zu ersetzen. Welche andere Wahl hatte eine plötzlich heimatlos gewordene Fürstin, als alles mit ins Exil zu nehmen?

Der größte Teil ihres Besitzes wurde nach der Ankunft in Deschuttes eingelagert, in Vorbereitung des nicht allzu fernen Tages, wenn Isis wieder abreiste. Ein beachtlicher Teil jeder Lieferung wurde jedoch auf das Drakegut außerhalb der Stadt verbracht, um Isis Zugang zu vertrauten Objekten oder anderen Gegenständen zu gewähren, die sie möglicherweise benötigte. Diese Woche ein Laster, nächste Woche zwei.

Und für alle Transport-, Sortier- und Lagerarbeiten bot sich Helfende Hände an, die Professionelle Fracht- und Lagerfirma.

Dan Cheurre war langsam. Nicht zurückgeblieben – nicht so begriffsstutzig, dass man ihn hätte im Auge behalten und sich Sorgen um ihn machen müssen. Nur langsam. Aber er bemühte sich, man brauchte ihm nichts zweimal zu sagen, und er arbeitete langsam und methodisch, bis ein Auftrag erledigt war. Er war der Typ Arbeiter, den Firmen mit hohem Personalbedarf mit Freuden einstellten, um die Antidiskriminierungsauflagen der lyranischen Arbeitsgesetze zu erfüllen: Er beschwerte sich nie über die schwere Arbeit, die Arbeitszeit oder die Höhe der halbjährlichen Lohnerhöhung. Er stand häufig im Weg, war aber nie wirklich hinderlich. Nach fünf Wochen in dieser Rolle war der Attentäter möglicherweise in der besten körperlichen Verfassung seines Lebens. Der tägliche Muskelkater der ersten Tage war längst Vergangenheit. Jetzt genügte in aller Regel eine warme Dusche, um den Schweiß des Tages abzuwaschen, sowie eine warme Mahlzeit – und er war wieder bei Kräften.

Und die Arbeit hatte unerwartete Dividenden gezeitigt. Er war schon drei Mal im Drakehaus gewesen und hatte die Gänge und Räume mit sicheren, gleichmäßigen Schritten ausgemessen. Die Sicherheitsleute hatten sich an ihn gewöhnt, und wenn er ab und zu falsch abbog, korrigierte ihn einer der Dienstboten einfach, ohne einen weiteren Gedanken darauf zu verschwenden. Isis hatte Dan Cheurre mit der lockeren Gleichgültigkeit der meisten Adligen ignoriert. Zweimal hatte er sogar einen Blick auf Omi geworfen, als sie scheinbar schwerelos an ihm vorbeiglitt, ihr schlanker Hals wirkte so äußerst zerbrechlich und durch einen schnellen Messerstich oder einen Handkantenschlag auf die Luftröhre verwundbar.

Der Attentäter hatte auch damit experimentiert, zusätzliche Gegenstände in die Lieferungen einzuschmuggeln. Sie wurden natürlich alle inspiziert, aber nachdem sie sich als ungefährlich erwiesen, hatte niemand einen Einwand gegen die schwere Wanduhr oder den großen, halbvollen Kleiderschrank erhoben. Inzwischen hatte er sein Versteck, die Hälfte einer auseinander gebauten Pistole, zwei Stichwerkzeuge und eine Garotte im Gutshaus versteckt.

Heute Nacht wählte er die Garotte.

Um fünf Minuten nach Mitternacht öffnete sich lautlos die gut geölte Tür des Kleiderschranks und er erhob sich mit langsamen, geschmeidigen Bewegungen, die gleichzeitig seine Muskeln streckten, aus dem engen Versteck. Orientalischer Plüsch, erinnerte er sich und achtete darauf, bei jedem Schritt die Füße zu heben, damit sie nicht über den dicken Teppich streiften und ihn verrieten. Er war darauf vorbereitet, dass der Raum dunkel war, und hätte seinen Weg auch mit verbundenen Augen gefunden. Drei Schritte vor, zwei seitwärts, um der schweren geschnitzten Truhe auszuweichen, dann wieder vor. Die Hand auf Taillenhöhe ausgestreckt, mit den Fingerspitzen die Türklinke ertasten, und hinaus auf den Flur der ersten Etage.

Abgesehen von den ständig anwesenden Posten am Haupteingang schlief um diese Zeit das ganze Haus. An diesem Nachmittag waren sie mit zwei Lastwagen gekommen – durchaus nicht ungewöhnlich –, und jeder Fahrer würde davon ausgehen, dass Dan Cheurre bei seinem Kollegen mitgefahren war. Er hatte das Entladen so lange hinausgezögert, dass die Posten während der Arbeit abgelöst worden waren, und wie erwartet war es niemandem aufgefallen, als er irgendwann im Haus verschwunden war.

Die Uhr, die er in einer früheren Lieferung eingeschmuggelt hatte, hing in einer kleinen Bibliothek auf derselben Etage, deren Tür immer offenstand. Der Attentäter schlich an der Flurkamera vorbei und ignorierte sie, so gut es ging. Die Uhr hing der Tür gegenüber an der Wand, ein ungünstiger Platz, aber er hatte ihn sich nicht aussuchen können. Hinter den schweren Ketten der reichverzierten Uhr schwang ein kleines Gewicht an einem dünnen, flexiblen Draht. Dessen anderes Ende war an einem Ring befestigt, der auf einem einfachen Haken lag. Er griff nach oben und löste ihn von der Uhr. Das Gewicht schlug mit einem leisen Klopfgeräusch gegen die Wand, das den Attentäter lautlos fluchen ließ. Hastig griff er zu. Der Metallzylinder lag tödlich kalt in seiner Hand. Er schob das Gewicht durch den Ring. Jetzt brauchte er die Drahtschlaufe nur noch um Omi Kuritas weißen Hals zu legen und fest zu ziehen. Es würde nur Sekunden dauern.

Er wusste aus Erfahrung, dass der Boden den Flur

hinab zu den Hauptschlafzimmern an mehreren Stellen knirschte oder quietschte. Tagsüber war es kaum hörbar, aber in der Stille der Nacht würde jedes dieser Geräusche wie ein Pistolenschuss durch das ganze Haus hallen. Er drückte sich in eine halb von einer Statue verdeckte Nische und zählte die Sekunden bis Mitternacht.

Beim ersten gedämpften Schlag der Standuhr am Fuß der Treppe machte der Attentäter sich mit schnellen, gleichmäßigen Schritten auf den Weg. Er hatte genau fünfundzwanzig Sekunden vom ersten bis zum letzten traurigen Glockenschlag. Nach drei Sekunden kam er an Isis' Suite vorbei, nach fünf hatte er die zwei leeren Zimmer dahinter passiert. Sieben, acht, neun, zehn. Er blieb vor der Tür des Schlafzimmers stehen, das Omi mit Victor teilte, und atmete langsam ein und aus, um zur Ruhe zu kommen. Victor befand sich auf einer längeren Manöverübung, oder vielleicht arbeitete er auch einfach nur bis spät in die Nacht. Jedenfalls war Omi allein.

Fünfzehn Sekunden. Der achte Glockenschlag.

Der Attentäter öffnete mit einer schnellen, fließenden Bewegung die Tür und trat ein, schloss sie ebenso schnell hinter sich. Omi Kurita lag in ruhigem Schlaf auf dem Doppelbett, einen Arm auf das Kissen gestreckt, auf dem sonst immer Victor lag. Der Attentäter fand das schneeweiße Bettzeug höchst passend – im Kombinat war Weiß die Farbe der Trauer. Nach drei Schritten hatte er das Bett erreicht und hob das Bein, um sein Knie fest auf Omis Leib zu drücken und die Luft aus ihren Lungen zu pressen.

Standardreaktion: Das Opfer schreckte hoch und schnappte nach Luft, um zu schreien. Der Attentäter ließ den Schrei niemals zu. Er warf den Draht um Omis Hals, packte den Zylinder und zog. Der Draht schnitt in die weiche Haut der Kehle und erstickte jedes Geräusch. Ein fester Zug, und die Garotte schnitt so tief, dass nur Omis Rückgrat den Kopf noch am Körper hielt. Schnell und simpel. Es war vorbei.

Der Attentäter wandte sich von dem Körper ab, der auf dem Bett lag und ging. Er hatte nur noch einen Gedanken.

Bewertung.

* * *

Der Attentäter zog die Disketten aus seinen fünfzehn Kameras und nahm sie mit ans andere Ende der kleinen, leeren Lagerhalle, in der er sein improvisiertes Studio aufgebaut hatte. Er folgte allen Wänden und Hindernissen, die er mit Klebeband auf dem Hallenboden markiert hatte, um den ersten Stock des Drakehauses nachzubilden. Es gab nur eine echte Wand – die, an der die Uhr hing – und drei Türen in freistehenden Rahmen. Die beiden Uhren. Eine Kopie des Kleiderschranks. Das Bett mit der lebensgroßen Puppe. Es genügte, ihm ein Gefühl dafür zu vermitteln, wie er sich bewegen musste und das Timing des Mords einzuüben.

Als er die Rückwand des Hauses erreichte, trat er wie ein Geist aus einem Albtraum einfach hindurch und ließ die simulierte Ermordung Omi Kuritas hinter sich.

Er würde die nächsten Stunden damit zubringen, jeden Blickwinkel der Kameras zu überprüfen und nach dem kleinsten Fehltritt zu suchen. Verbessern. Perfektionieren. Alles im Hinblick auf eine saubere Arbeit. Das Eindringen in das Gebäude gefiel ihm noch nicht, weil es davon abhing, dass die Fahrer ihn vergaßen. Aber wenn sie spät dran waren und die beiden Laster zu unterschiedlichen Zeiten abfuhren, war das eine statistische Unsicherheit, mit der er leben konnte.

Das Geräusch beim Abnehmen der Garotte hingegen war unverzeihlich. Daran würde er noch arbeiten müssen. Außerdem blieb das Problem, dass Victor an einem Tag, an dem zwei Lastwagen weitere Teile von Isis' Habe anlieferten, abwesend sein musste. Der Attentäter spielte mit dem Gedanken, über mehrere Tarnfirmen und tote Briefkästen eine Serie von falschen Nachrichten nach Tharkad und zurück zu schicken, die Victor mit vorgetäuschten ComStar-Geschäften beschäftigt hielten. Oder Commonwealth-Gerüchten. Nachrichten über eine Greueltat auf New Avalon? Das mochte genügen, ihn wachzuhalten, während er auf eine Bestätigung wartete.

Noch ein Monat Training, entschied er. *Mindestens.* Dan Cheurre brauchte die Zeit, um das Vertrauen der Wachleute wirklich zu gewinnen. Dann würde der Attentäter die Verzögerungstaktik vorbereiten und auf eine geeignete Gelegenheit warten. *Anfang 3063,* dachte er.

Victor würde noch ein Weihnachten mit seiner Liebsten bekommen.

Dann würde Omi Kurita sterben.

16

House of Lords, Bueller, Robinson
Mark Draconis, Vereinigtes Commonwealth

28. November 3062

In dem Büro, dass man ihm im House of Lords Robinsons zur Verfügung gestellt hatte, brütete Arthur Steiner-Davion über den Notizkarten, die er auf dem riesigen Schreibtisch ausgebreitet hatte. Wie Flöße auf einem Meer aus rotem Mahagoni schob er sie je nach Stimmung hin und her, arrangierte sie erst so, dann so. Hier änderte er ein Wort, dort strich er einen Satz. Und langsam nahm die Rede, die er in der kommenden Woche auf der Kundgebung gegen das Kombinat halten wollte, Gestalt an.

Er machte eine Pause und reckte sich, um den schmerzenden Rücken zu strecken. Dann öffnete und schloss er seine verkrampfte Schreibhand. Ein Schluck Eiswasser wusch den faden Plastikgeschmack aus seinem Mund. Eine alte Gewohnheit, am Ende des Stifts zu kauen, während er nachdachte. Genau wie der Gebrauch von Stift und Papier an Stelle selbst eines einfachen Computerprogramms. Schreiben – gutes Schreiben – kostete Anstrengung und durfte nicht durch Termine, Seitenbegrenzungen oder eine vorgeschriebene Redezeit eingeengt werden. Und Arthur hatte schon vor Jahren entdeckt, dass er bessere, bewegendere Texte komponierte, wenn er sie von Hand schrieb.

James Sandoval mutete es wunderlich an, dass Arthur seine Reden selbst verfasste, statt dies einem professionellen Redenschreiber zu überlassen. Genauer gesagt, dem Redenschreiber des Herzogs. Aber der Herzog war durchaus in der Lage, selbst die eine oder andere treffende Formulierung zu finden, und Arthur hatte sich im vergangenen Jahr schon mehrmals für seine Reden bei ihm Inspiration geholt.

Nicht aber dieses Mal. Arthur wollte kein Risiko eingehen, dass die Einmischung des Herzogs seine Gedanken beeinflusste. Tancred hatte Recht gehabt mit dem, was er vor Monaten auf der Planche der Akademie gesagt hatte. Arthur sprach in letzter Zeit mit James Sandovals Worten. Nicht bewusst, und möglicherweise nicht einmal mit Absicht des Herzogs. Der ältere Sandoval war einfach ein energischer Mann mit felsenfesten Überzeugungen, von denen Arthur viele, die meisten sogar, teilte. Aber der Gedanke, er könne manipuliert werden, hatte Arthur erschüttert. Niemand benutzte ihn. Nicht einmal der Herzog.

Und versuchte Tancred nicht dasselbe? Versuchte er nicht, Arthur in Victors Sinn zu lenken? Beinahe garantiert. Doch Arthur wollte keinem der beiden Bösartigkeit unterstellen, wo ein motiviertes Eigeninteresse ebenso gut als Erklärung funktionierte. Was waren Beziehungen, einschließlich Freundschaften, anderes als ein ausreichendes Vertrauen zu jemandem, um ihm oder ihr zu gestatten, einen zu beeinflussen? Arthur schmunzelte. Der Gedanke gefiel ihm. Er merkte ihn sich für eine spätere Gelegenheit.

Ein leises, flüchtiges Klopfen, und sein Chefleibwächter öffnete die Bürotür. Saul Klinger war ein kompakt gebauter Mann, der immer und überall ruhig und gelassen wirkte. Arthur hätte ihn niemals für gefährlich gehalten. Aber seine Referenzen waren makellos, und der junge Fürst hatte Saul im Judotraining Männer auf die Matte werfen sehen, die zweimal so groß waren wie er.

»Sie haben gebeten, eine Stunde vor Ihrer Besprechung mit Duke Sandoval daran erinnert zu werden«, sagte Klinger.

»Danke, Saul. Das bedeutet, ich habe noch dreißig Minuten, richtig?«

Der Leibwächter zögerte und schloss die Tür hinter sich. »Der Duke kommt in der Regel früher, ja. Das scheint seine Art zu sein, zumindest bei Ihnen.«

Tancred andererseits war einfach pünktlich und ließ Arthur eher etwas mehr Zeit zum Nachdenken als vereinbart. »Was für ein Unterschied zwischen Vater und Sohn«, stellte er laut fest.

Er erinnerte sich an den vergangenen Monat, nach dem kurzen Gefecht, als das Kombinat ein Bataillon Kamikazekämpfer auf Robinson abgesetzt hatte. Die wenigen Krieger hatten ihnen so viel Ärger gemacht, dass Arthur und Tancred ernsthaft geglaubt hatten, es mit einer planetaren Invasion zu tun zu haben. Trotzdem, sie hatten bewundernswert aufgeräumt. Und anschließend hatten alle Holozine und Nachrichtensender sich um ihn gedrängt, Bilder geschossen und ihm eine ausgezeichnete Plattform für seine Botschaft geliefert, dass die Mark wachsam bleiben musste. Er hatte sich im Glanz des Sieges gesonnt, während Tancred stoisch zugesehen hatte.

Aber nur, bis sie allein waren.

»Was soll das, Arthur?«, hatte Tancred ihn gefragt, noch bevor die violetten Geisterbilder der Blitzlichter vor seinen Augen verblasst waren. »Wollen Sie uns in einen Krieg stürzen?«

Arthur hatte wütend zurückgeschossen. »Die Dracs haben uns angegriffen, Tancred. Oder haben Sie das schon vergessen?«

»Und sie werden es wieder tun, wenn Sie so weitermachen.« Tancred hatte seinen Ton gedämpft, aber nicht völlig. »Ihre Reflexreaktionen werden als Politik dargestellt, weil sie von einem Steiner-Davion kommen, und sie sind genau das Richtige, um die hirnlose

Bestätigung alter Vorurteile zu bekräftigen. Auf beiden Seiten.«

Das war nicht fair gewesen. Möglicherweise treffend, aber trotzdem nicht fair. »Erstaunliche Worte für einen Mann, der drei Samurai getötet hat. Da draußen auf dem Schinder…«

»Da draußen auf dem Schinder habe ich um mein Leben gekämpft – und um Ihres. Aber wenn die Schlacht vorbei ist, wird es Zeit, die politischen Implikationen zu bedenken.«

»Haben Sie das von meinem Bruder?«

»Nein«, hatte Tancred geantwortet. »Das hat mich mein Vater gelehrt. Doch ich habe den Eindruck, er ist inzwischen selbst nicht mehr dazu fähig. Er sieht nur noch den Drachen, wohin er auch blickt.«

Er hatte noch mehr sagen wollen, aber James Sandovals Ankunft mit einem neuen Schwarm Reportern und Holovidkameraleuten hatte ihn unterbrochen. Tancred hatte Arthur ruhig angeschaut, mit den strahlenden gelben Augen, die er von seinem Vater geerbt hatte. Dann hatte er sich verabschiedet und, bevor er vor dem neuen Presserummel Reißaus nahm, nur noch leise gefragt: »Was sehen Sie, Arthur?«

Als Arthur Sandoval Tancreds Abgang später taktvoll erklärt hatte, hatte der Herzog nur den Kopf geschüttelt. »Tancred überbewertet das kollektive Gedächtnis der einfachen Bevölkerung. Nächste Woche hätten sie schon alles vergessen, was wir heute sagen, wenn wir es ihnen nicht nachdrücklich einhämmerten. Der Schlüssel zu einer erfolgreichen Verteidigung bleibt Wachsamkeit. Ich bin froh, dass Sie das erkannt haben, Arthur. Ihre Eltern wären stolz auf Sie. Wissen Sie, nächsten Monat ist wieder eine Kundgebung. Warum halten Sie dort keine Rede über Ihre heutige Erfahrung? Lassen Sie die Menschen wissen, was wirklich los ist.«

Und Arthurs Vorstellung davon, was wirklich los war, wurde mit jedem Tag klarer. »Eine kleine Rebellion ab und zu ist ein Segen«, stellte er laut fest. »Gott gebe, dass wir keine zwanzig Jahre ohne sie auskommen müssen.«

»Sir?«, fragte der Leibwächter.

»Entschuldigen Sie, Saul. Ein alter Spruch eines zum Staatsmann mutierten Rebellen aus der Zeit vor dem ersten Exodus. Viel vom Kontext, in dem er es sagte, ist heute vergessen. Früher glaubte ich, es bedeute, Adlige hätten eine Pflicht, Grenzen zu testen und sich stärker um die Angelegenheiten zu kümmern, die sie betreffen.« Das war ganz sicher die Meinung Herzog Sandovals. »Jetzt frage ich mich, ob die Macht, die er anspricht, nicht in den Händen der Bürger liegen sollte. Als eine Warnung, dass der Adel von Zeit zu Zeit an seine höhere Verantwortung erinnert werden muss.« Das war Tancreds Lesart.

»Vermutlich kann man es so oder so auslegen.«

»Das ist das Problem mit Worten, Saul. Man kann sich nicht immer auf sie verlassen. Sie lassen sich verdrehen und werden neu geboren, um einer neuen Sache zu dienen... Saul, was ist?«

Saul schien für einen Augenblick wie gelähmt. Sein Gesicht war bleich, aber seine Augen leuchteten plötzlich mit wilder Intensität. »Es tut mir Leid, Sir. Verdrehen und...«

»Neu geboren.« Nur dass dies mit Arthurs Worten nicht geschehen würde. Er weigerte sich, es zuzulassen. Er beugte sich wieder über den Schreibtisch und nahm sich vor, jeden Satz noch einmal zu lesen, um nach möglichen unbeabsichtigten Nuancen zu suchen. »Ich stimme nicht immer mit Tancred überein, doch in diesem Punkt hatte er wirklich Recht. Ich muss mich bei ihm bedanken. Erinnern Sie mich daran, Saul, ja?

Dass ich mich nächste Woche nach meiner Ansprache bei Tancred Sandoval bedanke.«

»Natürlich, Sir.«

»Der Baum der Freiheit muss ab und zu mit dem Blut von Patrioten und Tyrannen gedüngt werden«, stellte er fest und vervollständigte das Zitat. Das war letzten Monat geschehen. War es genug gewesen oder nicht? Diese Frage musste Arthur sich selbst beantworten, und seine Entscheidung dann vor Tancred und James Sandoval geheimhalten. Niemand sollte wissen, was Arthur dachte. Was er plante.

Dann, dachte er, würde ihn niemand aufhalten können.

* * *

Daniel Phillips holte Sauls Nachricht aus einem ihrer toten Briefkästen ab. Dieser, ein Schließfach in einer Bank der Stadt, war mit einem präparierten Umschlag und einem Spezialschloss ausgerüstet, dass auf derselben Technologie beruhte wie eine Verigraphnachricht. Wenn die DNS desjenigen, der es öffnete, nicht mit der eines der drei allein dazu Berechtigten übereinstimmte, verbrannte die im Umschlag steckende Nachricht.

»Wie können wir dem Kombinat keine Lektion erteilen?«, lautete die Botschaft. »Das kann er nicht ablehnen. Die Frage ist nicht *ob*, sondern *wann*. Welchen Weg ihr jetzt auch einschlagt, es ist unvermeidlich, ihm von unserem Plan, in die Armee einzutreten, zu erzählen. Euer Bruder in Waffen, S.«

Kurz und einfach, und der in der Nachricht verborgene Text war noch einfacher. Der erste Satz wurde ignoriert, weil er eine Frage war, und danach lieferte jeder Satz nur ein Wort nach einem jeweils neuen Schlüssel. Der Code war demnach 3-3-7, entsprechend der Anzahl der Buchstaben im jeweils ersten Wort.

Saul hatte gute Arbeit geleistet. Jetzt hatten sie ein Ziel. Phillips nickte, lächelte und ließ sich vom Text der Geheimbotschaft noch einmal begeistern:

»Er ist es.«

* * *

Wylden-Garnisonsposten, Deschuttes, Mogyorod Melissia-Theater, Provinz Donegal, Lyranische Allianz

»Keine Umschweife, Jerry«, sagte Victor Steiner-Davion, noch bevor sein Freund ganz zur Tür herein war. »Wie ist die Lage auf Kathil? Fang mit dem Schlimmsten an.«

Die Tür zum Hauptbesprechungszimmer des Wylden-Garnisonspostens fiel zu. Der Raum war in dunklem Holz getäfelt und die Stühle mit dunklem Gobelinstoff bezogen. Ohne Zweifel nicht das übliche ComStar-Ambiente, und trotz seiner fürstlichen Erziehung für Victors Geschmack etwas zu konservativ. Allmählich vermisste er Tukayyid mit seinen modernen Anlagen und den dort verfügbaren Nachrichtendiensteinrichtungen. Mogyorod war keine Welt, von der aus er die wachsenden Spannungen, die überall im Vereinigten Commonwealth in offene Gewalt auszuarten drohten, leicht im Auge behalten konnte.

Victor hatte Präzentor Raymond Irelon und Demipräzentor Rudolf Schakow von der 244. Division gebeten, seinem Treffen mit Jerrard Cranston beizuwohnen – Irelon seiner langen Erfahrung wegen, und Schakow wegen seiner beschwichtigenden Art. Die Abwesenheit seiner bekannteren Freunde und Ratgeber machte sich bemerkbar. Diese beiden mussten ihm im Augenblick genügen, aber eigentlich hätte er sich Kai Allard-Liao oder Morgan Kell gewünscht. Focht. Tancred. Zur Hölle, im Moment hätte er selbst Phelan

Kell mit all seiner machohaften Aufspielerei hingenommen, obwohl er in Wahrheit schon im Voraus wusste, was er ihm geraten hätte. Das schien unvermeidlich in der Art der Clans zu liegen. Handeln. Intervenieren.

Angriff.

Cranston deponierte einen Stapel Papiere und mehrere Datenkristalle auf dem Tisch, kratzte sich den blonden Bart und dachte kurz nach. »Das Schlimmste?« Dass er nachdenken musste, beruhigte Victor nicht gerade. »Tja, die 8. RKG hat dem 2. NAIW-Kader die Yare-Industries-Planetothermalanlage abgenommen. Es war kein sonderlicher Kampf.«

Victor schlug mit der Faust auf den Tisch. »Es breitet sich also aus.« Er betrachtete seine Gäste. »Ihr habt die Berichte gelesen? Die 8. V-C-Regimentskampfgruppe streitet sich mit der Kathil-Miliz darüber, welche der beiden Einheiten die planetare Garnison ist.« Auf einer äußerst wichtigen Welt, denn die Yare-Raumwerft war eine der wenigen Anlagen in der Inneren Sphäre, die in der Lage war, die für interstellare Reisen benötigten Sprungschiffe zu bauen. »Feldmarschall George Hasek hat die 8. angewiesen, die Verantwortung für die planetare Verteidigung der Miliz zu übergeben. Unter Berufung auf seine Befehle von Katherine – illegale Befehle, da sie nicht über den regulären Dienstweg kamen – hat Marschall Weintraub von der 8. V-C sich geweigert. Vor etwa zwei Wochen hat die 8. RKG die Miliz angegriffen. Jetzt ist auch der NAIW-Kader auf Kathil in diese Auseinandersetzung verwickelt.«

Präzentor Irelon hob nickend den Zeigefinger. »Missverstehen Sie mich nicht, Victor. Was immer Sie befehlen, Des Prinzen Mannen werden gehorchen. Aber wie genau betrifft das ComStar?«

»Damit das Böse triumphiert, genügt es, dass gute

Männer untätig bleiben«, erklärte Victor überzeugt. »Und kommt mir nicht mit Nichteinmischung. ComStar hat sich schon Jahrhunderte bevor irgendeiner von uns geboren war heimlich in die Politik der Inneren Sphäre eingemischt.«

»Das stimmt wohl für die Zeit vor dem Schisma, bevor Anastasius Focht uns säkularisierte.« Irelon beobachtete ihn mit verhangenen braunen Augen. »Haben Sie vor, diese Tradition wiederzubeleben?«

»Wenn es sein muss«, antwortete er. »Nur wenn es sein muss.«

Demipräzentor Schakow grinste vielsagend. Er hatte ein schmales Gesicht, aber große, ausdrucksstarke Augen, Züge, in denen schallendes Gelächter ebenso zuhause war wie tödlicher Ernst. »Nun, nachdem wir uns jetzt darüber im Klaren sind, was wir sind, bleibt die Frage, was wir auf Kathil erreichen können. Es ist mir neu, dass wir Truppen dort haben.«

»Haben Sie nicht«, bestätigte Jerrard Cranston. »Aber die Leichte Eridani-Reiterei ist nach Kittery zurückgefallen, um die Wunden des St.-Ives-Kriegs zu lecken. Als Kommandierender General der Sternenbund-Verteidigungsstreitkräfte könnte Victor sie nach Kathil verlegen.«

Victor schüttelte den Kopf. »Nach Sun-Tzus verräterischem Einsatz von Sternenbund-›Friedenstruppen‹ und Theodores Annexion des Lyons-Daumens würde Katherines Medienmaschine mich kreuzigen, wenn ich das versuchte.« Trotzdem hätte er ein Jahr zuvor eben diesen Fehler möglicherweise begangen. Victor lernte ständig dazu. Vor allem wollte er die Lage nicht noch verschlimmern. Wenn er nicht garantieren konnte, die Kämpfe beenden zu können, war es besser, sie von selbst ausbrennen zu lassen. Sofern das möglich war.

Als hätte er die Gedanken Victors gelesen, klopfte

Cranston auf den Stapel Berichte. »Thorin, Benet III, Nanking, Brockway: Alle wirken instabil. Und das ist eine konservative Einschätzung. Wenn Katherine eine härtere Gangart befiehlt, um die Unruhen zu unterdrücken, werden wir in mindestens einem halben Dutzend Systemen offenen Aufruhr erleben, vielleicht in noch mehr.« Er machte eine Pause und seine blauen Augen sahen Victor warnend an. »Und dann wäre da noch ein neues Problem. Kentares IV.«

»Kentares?«, fragte Irelon erstaunt. »War das Kombinat etwa dumm genug, dort einen seiner Überfälle zu starten?«

»Nicht das Kombinat. Katherine. Es herrscht Nachrichtensperre, einschließlich der HPG-Stationen, aber ROM ist es schließlich doch gelungen, die Nachricht aus dem System zu schmuggeln. Katherine hat den gesamten Planeten besetzt. Der planetare Kommandeur, Lord Roland, hat anscheinend, entweder aus eigener Initiative oder auf Katherines Befehl, die gesamte herzogliche Linie Dresari ausgerottet.« Cranston senkte den Kopf. »Eric ist tot, Victor. Es tut mir Leid.«

Die Nachricht traf Victor wie ein Schlag. Herzog Eric Dresari war einer der besten Freunde seines Vaters gewesen und hatte Victor selbst in Zeiten unterstützt, als er offensichtliche und schlimme Fehler begangen hatte.

Irelon schüttelte bei aller Loyalität zu Victor immer noch den Kopf. »Ich kann nicht glauben, dass Katherine so dumm oder so blutrünstig sein könnte.«

Cranston beugte sich vor und spießte den Divisionspräzentor mit strengem Blick auf. »Glauben Sie es«, sagte er mit harter Stimme. »Ich habe es mir von unserer besten Geheimdienstquelle auf New Avalon bestätigen lassen. Katherine zu unterschätzen ist wie mit einer Natter zu spielen. Sie ist hübsch und faszinierend, aber wenn sie dich beißt, bist du trotzdem tot.«

Es war lange her, dass Victor in Jerry Cranstons Stimme eine solche Wut gehört hatte. Aber der Mann hatte natürlich persönlichen Anteil an Katherines Werdegang. Nur wenige Menschen wussten, dass Cranston in Wahrheit Galen Cox war, einer von Victors ältesten Kameraden. Er war Katherines Geliebter gewesen und hatte die Wahrheit über sie mit schockierender Deutlichkeit erfahren: dass Katherine nicht nur mitgeholfen hatte, den Tod ihrer Mutter zu planen, sondern auch von einem Mordanschlag auf Galen gewusst und nichts gesagt hatte, um ihre eigene Sicherheit nicht zu gefährden. Galen Cox war in der Bombenexplosion ›gestorben‹, und Jerrard Cranston wurde geboren. Als neuer Chef des Sternenbund-Geheimdienstes begleitete er Victor und lieferte seinem Freund die neuesten Informationen.

»Jerry hat Recht«, stellte Victor schließlich fest. »Katherine ist dazu in der Lage, auch wenn ich sicher bin, dass Lord Roland den Preis bezahlen wird. Aber wenn sie vom Mord an Dresari wusste oder ihn sogar genehmigt hat, ist das ein gefährlicher Schritt vorwärts in ihrer Entschlossenheit, an der Macht zu bleiben. Die Frage ist, was lässt sich dagegen tun?«

Seine drei Berater machten verschiedene Vorschläge, die im Laufe der Diskussion alle verworfen wurden, weil sie entweder den Frieden bedrohten oder Victor in eine direkte Konfrontation mit seiner Schwester trieben.

»Das kann ich nicht annehmen, Herrschaften«, erklärte er am Ende der Debatte. »So sehr ich auch versuche, es zu vermeiden, ich werde als die Verkörperung der Opposition gegen meine Schwester aufgebaut. Ich bin ihr Feind, das ja, aber ich werde … kann … den Frieden nicht brechen. Ich brauche andere Alternativen.«

»Vielleicht gibt es die nicht«, sagte Demipräzentor Schakow. »Sie haben selbst festgestellt, dass Ihre Schwester die Kontrolle über Commonwealth und Allianz in radikale Extreme treibt, Hoheit. Solange Sie nicht bereit sind, sich ihr unter diesen Bedingungen oder mit Waffengewalt entgegenzustellen, sehe ich keine Rettung für Sie oder für uns.«

Victor verzog das Gesicht. »Ich suche nicht nach Rettung, Rudolf. Und ich werde den Frieden nicht als Erster brechen.«

»Damit das Böse triumphiert, genügt es, dass gute Männer untätig bleiben«, erinnerte der Demipräzentor ihn, und seine grünen Katzenaugen wurden schmal.

»Schakow!« Präzentor Irelon sprang auf, schockiert über das Betragen seines Untergebenen. »Hoheit! Victor, ich entschuldige mich...«

Victor winkte ab und betrachtete Schakow, als sähe er den Mann zum ersten Mal. Der ComGuards-Offizier begegnete seinem Blick und überraschte Victor mit der Stärke seiner Entschlossenheit. »Ich werde nicht auf ihre Stufe sinken, es sei denn, es ist die letzte – und ich meine die allerletzte! – verbleibende Möglichkeit«, erklärte er nüchtern.

»Sie sind ein sturer Brocken, Victor Davion.« Schakow schüttelte den Kopf, ohne den Blickkontakt zu lösen. »Wann hat ihnen das letzte Mal jemand erfolgreich widersprochen?«

Es war Victor, der als Erster zur Seite blickte. Er schaute hinüber zu Cranston und rieb sich in Erinnerung an längst vergessene Schmerzen das Kinn. »3049, wenn ich mich recht entsinne. Und das ausschlaggebende Argument kam verpackt in einer rechten Geraden.«

»3050«, verbesserte Cranston ihn und verzog keine Miene, so dass Victors Würde gewahrt blieb. »Und ich würde es nicht empfehlen, Demi Schakow. Victor hat seitdem einiges an Nahkampftechnik dazugelernt.«

Jetzt trat ein Lächeln auf die Züge des Präzentors Martialum, das sich schnell zu einem herzlichen Lachen steigerte, und die Spannung im Raum löste sich auf. »Na schön, Rudolf. Ich will nichts Unmögliches verlangen. Wenn wir Katherine nicht – noch nicht – ausspielen können, müssen wir warten, bis unsere Gelegenheit sich ergibt. Und ich muss bald zurück nach Tukayyid. Jerry, wie sieht es mit den Sprungschiffstrecken aus?«

»Nicht besonders«, antwortete Cranston wie aus der Pistole geschossen. »Es sei denn, Sie wollen mit einem Sprung pro Woche heim schlendern. Ich habe bis nach Neujahr keine Befehlsstrecke hinbekommen, und selbst die nur bis Ein Ort.«

»Sie könnten sich von der *Gottes Wille* mitnehmen lassen«, schlug Schakow in Anspielung auf das Blakisten-Sprungschiff vor, das Victor bis Mogyorod beschattet hatte und noch immer am Nadirsprungpunkt des Systems hing. »Ich habe gehört, Blakes Wort fährt mit ComStar-Personal ganz gerne Schlitten.«

Die Bemerkung war gerade taktlos genug, um ihnen allen ein Lachen abzutrotzen, Präzentor Irelon eingeschlossen. »Danke, Rudolf«, lehnte Victor ab. »Na schön, über die Feiertage werde ich wohl bleiben müssen, und danach geht es im Zuckeltempo heim nach Tukayyid. Jerry, tu dein Bestes, bis zum nächsten Sommer das Pulverfass an der Explosion zu hindern.«

Falls Cranston diese Bitte für übertrieben hielt, ließ er es sich nicht anmerken. Er ließ die Berichte und Datenkristalle auf dem Tisch liegen, als er aufstand, und nickte. »Ich mache keine Versprechungen, Victor. Aber ich sehe, was sich machen lässt.«

»Solange du mir nur keine Überraschungen auftischst.«

17

**Aeromark-Medienzentrum, Bueller, Robinson
Mark Draconis, Vereinigtes Commonwealth**

5. Dezember 3062

Arthur Steiner-Davion stand vor einem Rednerpult, auf dem das Wappen der Sandovals prangte. Seine Notizkarten hatte er nach einer letzten Durchsicht eingesteckt, und nun stand er stolz in seiner Ausgehuniform auf dem Podium, komplett mit Cape und Schulterstücken. Herzog Sandoval hatte den Offizieren der Mark Draconis zögernd die Erlaubnis gegeben, zur Ausgehuniform der alten Vereinigten Sonnen zurückzukehren, vermutlich in der Meinung, dass es besser war, bei nicht wirklich bedeutsamen Kleinigkeiten Kompromisse einzugehen, aber Arthur hatte sich entschlossen, heute die Commonwealth-Uniform anzulegen, um seine Schwester nicht unnötig zu provozieren.

Seine Rangabzeichen kennzeichneten ihn als Hauptmann der Vereinigten Commonwealth-Streitkräfte, obwohl seine Abkunft ihm den Bataillonsführerrang eines Kommandanten sicherte. Arthur hatte Herzog Sandoval überredet, ihm den niedrigeren Rang zu verleihen, damit er sich seine Sporen verdienen konnte. Einen tieferen Rang als Hauptmann hatte James Sandoval kategorisch abgelehnt.

Aber das waren militärische Belange. Heute ging es um Politik, und mehr noch, um eine neue Richtung der Politik. Arthur nahm einen Schluck lauwarmes Wasser aus dem Glas, das einer der Leibwächter für ihn hielt, dann ging er in Gedanken den Auftakt seiner Rede noch einmal durch und nickte der Regie zu, dass er bereit war.

Das Aeromark-Medienzentrum hatte im Austausch

für die Rechte, Arthurs Rede zu wiederholen, gerne sein Hauptgebäude zur Verfügung gestellt. Die Leibwächter hatten das gesamte Gebäude umgekrempelt und aus allen sechs Etagen das Senderpersonal, die Angestellten von zwei Versicherungen, einer Finanzberatung und zwei Handvoll kleinerer Firmenbüros nach Hause geschickt. Nur der Chefproduzent von AMZ und sein bester Techniker waren noch zur Stelle, der eine des politischen Imagegewinns wegen, der andere für den Fall eines technischen Problems. Außerdem war noch eine in letzter Minute beschaffte Filmcrew da, um die Stationsgeräte zu bedienen. Arthur würde auf dem Magnavisionsschirm des städtischen Stadions erscheinen, in dem die Kundgebung stattfand, und seine Stimme würde über die Lautsprecher zu Zehntausenden loyalen Bürgern der Mark sprechen.

Natürlich hätte Arthur es vorgezogen, persönlich im Stadion aufzutreten, aber Klinger als Chef der Leibwache hatte diese Idee abgelehnt, und die Sandovals hatten ihm beigepflichtet. Irgendwie schienen in letzter Zeit alle reichlich nervös, fand Arthur. Doch die letzten Massenkundgebungen gegen Haus Kurita waren ausgeufert, und es war zu Ausschreitungen gekommen, die Volk Entfesselt und anderen radikalen Gruppierungen angelastet wurden... denselben Gruppen, die Arthur heute erneut aufstacheln sollte. Wenn auch vielleicht nicht auf die Art und Weise, wie alle es erwarteten, dachte er.

Der Produzent gab Arthur das 30-Sekunden-Zeichen. Er zog das Papiertuch aus dem Stehkragen der Uniformjacke, das den weiß-goldenen Stoff vor dem Makeup geschützt hatte, das man ihm für die Aufnahme aufgetragen hatte. Er knüllte es zusammen und reichte es dem Leibwächter, der aus dem Aufnahmebereich der Kamera trat. Arthur legte die Hände an beide Seiten des Pults. Der Klassenring der Robinson-

Gefechtsakademie blitzte im hellen Licht der Scheinwerfer auf.

»Also dann«, sagte er sich, als das Warnlicht grün aufblinkte. Dann leuchtete es stetig und Arthur sprach live zu vierzigtausend Menschen. Seinen letzten Gedanken konnte er nicht mehr aussprechen, nicht vor der aktiven Holokamera und den eingeschalteten Mikrofonen. Aber er war da.

Verzeih mir, Victor.

* * *

Tancred Sandoval stand neben seinem Vater und beobachtete das Geschehen aus der privaten Stadionloge der Sandovals, in der sie sich mit anderen Familienmitgliedern und zahlreichen adligen Freunden versammelt hatten. Selbst hinter dem schützenden Panzerglas konnte er die Energie der abertausend Menschen unter ihnen spüren. Sie war wie eine statische Ladung, unter deren Einfluss sich die Haare in seinem Nacken aufstellten.

Er hatte noch nie ein so volles Stadion erlebt. Übervoll sogar. Menschen verstellten die Aufgänge, und Tausende drängten sich auf dem Spielfeld, nur von leuchtend gelben Sperrseilen und viel zu wenig Posten zurückgehalten. Angesichts der zunehmenden Gewalt bei den kombinatsfeindlichen Kundgebungen der letzten Zeit war das Stadion ein Pulverfass, das auf den Zündfunken wartete.

Es wartete auf Arthur Steiner-Davion.

Heute würden weder Tancred noch James Sandoval reden. Tancred hatte sich geweigert, die Kundgebung über seine unvermeidliche Anwesenheit hinaus zu unterstützen, und Herzog Robinson legte Wert darauf, dass dieser Tag ganz Arthur gehörte. Ein paar Verwandte würden später noch kurz auftreten, obwohl

Tancred besorgt um ihre Sicherheit war. Commander General Mai Fortuna stand bereits auf der Spielfeldbühne, an ihrer Uniform mit den messerscharfen Bügelfalten und Orden aus dreiundvierzig Dienstjahren deutlich zu erkennen. Aber sie war eine der Heldinnen Robinsons. Tancred hatte keine Bange, dass sie von dieser Menge irgendetwas zu befürchten hatte.

Mit Fanfarenschall füllte plötzlich Arthurs Bild den riesigen Magnavisionsschirm, der an der Westseite des Stadions über den rund vierzigtausend Besuchern aufragte. Das laute Hintergrundgemurmel erstarb und machte gespenstischem Schweigen Platz, wobei sich allerdings nicht sagen ließ, ob die Menge verschreckt oder gebannt war.

Die blauen Augen des jungen Herzogs leuchteten mit einer inneren Kraft, die Tancred an den furchtlosen Blick Hanse Davions erinnerte. Aber sein stolzes, beinahe trauriges Lächeln... das war Melissa, Arthurs Mutter.

Tancred war sich sicher, dass auch Tausende von Zuschauern diese Ähnlichkeiten bemerken würden, bewusst oder unbewusst. In Arthurs Zügen spiegelte sich das Beste beider Welten.

»Die Geschichte lehrt uns«, begann Arthur seine Rede, »dass selbst in den finstersten Zeiten das Licht der Hoffnung und der Zukunftsträume den Weg voran weist, während selbst die hehrsten Glücksmomente lange Schatten werfen, die drohen, sich zu neuer Finsternis auszuweiten. Solche Geschehnisse, ob gut oder schlecht, sind von Bedeutung für die Menschheit. Denn am Gipfel der Geschichte, an jenen Scheitelpunkten der Entwicklung, wenn grosse Ereignisse sich anbahnen und selbst die größten Fürsten zwingen, über sich hinauszuwachsen, ist der Weg des Einzelnen, der Masse, des Commonwealth um Nichts leichter.«

Tancred ertappte sich dabei, dass er nickte, fing sich aber und zwang sich, stattdessen auf die Gedanken hinter den mitreißenden Worten zu achten. Was auch immer er sich von Arthurs Eröffnung erwartet hatte, mit dem, was er hier und jetzt hörte, hatte es nichts zu tun. Arthurs frühere Reden hatten mitten im Geschehen eingesetzt, um die Gefühle seiner Zuhörer zu packen und zustimmend mitzureißen. Diesmal schien es ihm darum zu gehen, das Fundament für etwas anderes zu legen. Etwas Größeres.

»Solche Zeiten«, fuhr er fort, »fordern große Opfer in allen Schichten. Das Erdulden von Härten. Eine selbstlose Bereitschaft, jedes Opfer zu ertragen. Aber gekoppelt mit den Forderungen der Geschichte ist die unumgängliche und unveräußerliche Freiheit der Meinung. Das Recht, unseren Ängsten und Sorgen eine Stimme zu geben, unsere Wünsche und Bedürfnisse zum Ausdruck zu bringen, wird umso unentbehrlicher. Denn kein Fürst kann sich anmaßen, seine Ansichten über die der Menge zu stellen.«

Tancred bemerkte den verkniffenen Mund seines Vaters und dessen ständigen Blick auf die Uhr. Und mit gutem Grund. Arthur hatte eine vierzigminütige Rede versprochen, und schon nach einer knappen Minute hatte keiner der beiden Sandovals auch nur einen Schimmer, worauf Arthur hinauswollte.

Aber wo immer sein Ziel lag, die Menge würde ihm folgen. Allmählich bekam Tancred das Gefühl, dass weder er noch sein Vater, von Victor oder Katherine ganz zu schweigen, Arthur für die heutige Rede danken würden. Er sah es kommen. Arthur schüttelte alle Fesseln ab und etablierte seine eigene Stimme, seinen eigenen Weg. Tancred würde ihn später, im Privaten, dazu beglückwünschen. Das hier waren wichtige Worte, unsterbliche Worte. Eine solche Botschaft ließ sich nicht umbringen.

Nur der Bote.

Der erste dumpfe Knall erregte kaum Aufmerksamkeit. Ein hohles Wummern wie von einem fernen Unfall. Der Magnavisionsschirm füllte sich mit Rauschen, dann wurde er schwarz. Die meisten Überlebenden dieses Tages sollten sich später daran erinnern, dass der Verlust der Verbindung die erste Warnung des bevorstehenden Chaos war... eine viel zu späte Warnung.

Ein Feuerball stieg über der Nordwestecke des Stadions auf, als eine Explosion Beton und Stahl bersten ließ und die Tribüne mitsamt Hunderten von Zuschauern unter Tonnen von Schutt begrub. Weitere Explosionen erschütterten die langen Ost- und Westflanken der Arena, und mehr bekam Tancred nicht mit, denn plötzlich bebte der stahlverstärkte Boden der Loge und schleuderte ihn mitsamt seinem Vater und ihren Gästen durch den Raum. Tancred rollte sich unwillkürlich zusammen, um den Aufprall abzufangen, schlug mit dem Kopf hart gegen eine Wand und drohte in einer Flutwelle heranrollender Düsternis zu versinken. Er packte sein Bewusstsein förmlich mit beiden Händen, zerrte sich vom Rande des Abgrunds zurück in die Wirklichkeit, und allmählich nahm die Loge um ihn herum wieder Gestalt an.

James Sandoval saß an das Panzerglas gelehnt, hielt sich einen sichtlich gebrochenen Arm und starrte benommen auf die Szenerie aus stöhnenden Körpern, Stühlen und herabgefallenem Putz. Ein breiter Riss zog sich durch die Scheibe, aber die Glaswand schien nicht in Gefahr, wegzubrechen, also kümmerte Tancred sich zuerst um die anderen Gäste und Familienmitglieder. Niemand war ernsthaft verletzt... jedenfalls in der Loge nicht.

Der Blick hinaus ins Stadion zeichnete ein anderes Bild. Rauch- und Staubwolken stiegen träge in den

Himmel und markierten Brände und zerschmetterte Tribünen. Die Menschen auf dem Platz hatten Glück gehabt, im Freien zu stehen, aber mit ihrer kopflosen Flucht zu den von Schutt blockierten Ausgängen brachten sie schnell selbst neues Unheil über sich, indem sie einander niedertrampelten und erdrückten, obwohl die unmittelbare Gefahr schon vorbei schien. James Sandoval stand unsicher auf und trat neben Tancred, um hinab auf Tod und Vernichtung zu blicken.

Der Herzog schüttelte Schmerzen und Schock schnell ab, der kalte Glanz in seinen Augen war unverwechselbar. »Kurita«, spie er.

Dann erinnerte Tancred sich an die erste Explosion und an den Verlust der Verbindung mit dem Medienzentrum.

Er wirbelte herum zur Tür.

Arthur!

18

Prinzenpalais, Avalon City, New Avalon
Mark Crucis, Vereinigtes Commonwealth

6. Dezember 3062

Köstlich.

Das war Katrinas erster Gedanke, als sie ihren Morgentee schlürfte und den Bericht las, den sie beim Frühstück erhalten hatte. Die Eier waren kalt und der Weizentoast aufgeweicht, als sie den Ausdruck schließlich beiseite legte und hinaus über den Friedenspark und das ferne Avalon City blickte. Sie genoss ihren Zimttee, solange er noch warm war.

Ein einzelner Diener bewirtete sie auf ihrem Privatbalkon und wurde jetzt mit einem Nicken entlassen. In der Nähe wartete auch Richard Dehaver und stützte mit schmalen Schultern die Wand, bis sie seine Gegenwart zur Kenntnis nahm. Noch ignorierte sie ihn und beobachtete, wie die Stadt im frühen Morgenlicht erwachte. Der Lärm des fernen Straßenverkehrs stemmte sich gegen das tranceartige Plätschern des Nieselregens auf dem Baldachin des Balkons. Es war Frühling auf der Südhalbkugel New Avalons. Auf Tharkad war es gerade tiefer Winter, mit vereisten Böden und hohen Schneewehen.

Und auf Mogyorod? *Fröhliche Weihnachten, Bruderherz. Ich hoffe, du kannst Arthurs Geschenk zurückgeben.*

»Ihre Einschätzung, Richard?«, fragte sie schließlich.

»Ich empfehle, dass Ihr Euch ein paar Tage aus der Öffentlichkeit zurückzieht und den Medien die Arbeit überlasst. Wenn Ihr eine öffentliche Erklärung abgeben müsst, sollte diese sehr kurz und sehr emotional ausfallen.«

Katrina nickte. Ihre eigenen Überlegungen waren in ähnlichen Bahnen verlaufen. »Ich möchte, dass Arthurs letzte Worte wieder und wieder über die Holovidschirme und Radiolautsprecher aller Welten des Commonwealth gehen«, erklärte sie so gelassen, als bestelle sie noch eine Tasse ihres Gewürztees. »Gefolgt von allen Berichten oder Reportagen, die von Robinson eintreffen. Die Bevölkerung wird außer sich geraten, und in Krisenzeiten ist starke Führung gefragt.«

Das Timing war einfach exquisit. Es versprach, eine Horde von Problemen zu lösen. »Das sollte auch als ausgezeichnete Ablenkung von unseren Bemühungen funktionieren, auf den Rebellenwelten unsere Kontrolle zu konsolidieren. Es müssen auf der Stelle Botschaften an sie abgeschickt werden.«

»Bild?«, fragte Dehaver.

»Nein. Ich bin momentan viel zu geschockt, um persönliche Botschaften aufzunehmen. Bereiten Sie Briefe für Kathil, Kentares IV, Benet und die übrigen vor. Halten Sie den Text kurz und vage.« Sie überlegte kurz. »Etwa in folgender Art: ›Angesichts tragischer Familienangelegenheiten autorisiere ich unsere Stellvertreter, weitgehendere örtliche Machtbefugnisse zu übernehmen und erwarte eine zügige Erledigung aller dringenden Angelegenheiten.‹ Sehen Sie zu, dass die Schriftstücke heute Nachmittag für meine fahrige Unterschrift bereitliegen.«

Er nickte. »Wie Ihr wünscht.«

»Und ich möchte, dass die Leiche meines Bruders sofort nach New Avalon überführt wird, damit er aufgebahrt wird und ich um ihn trauern kann... so öffentlich wie möglich. Es ist wahrscheinlich zu viel verlangt, einen offenen Sarg zu erwarten?«

Dehavers Grimasse sprach Bände. »Wir haben kaum genug für ein kleines Eimerchen gefunden, Hoheit. Wir haben eine Hand, glaube ich. Und Teile eines Ohrs.« Er zuckte die Schultern. »Wir hoffen, unter den Trümmern noch mehr zu finden.«

Auf Einzelheiten hätte Katrina verzichten können.

Sie hatte sich geweigert, den Obduktionsbericht ihrer Mutter zu lesen und hatte ganz sicher kein Bedürfnis, ihren Bruder anders denn als den gesunden, lebenslustigen jungen Mann in Erinnerung zu behalten, den sie kannte… gekannt hatte.

Dehaver zuckte wieder die Achseln und trat zur Tür. »War es das?«

Katrina nickte, dann stoppte sie ihn, bevor er die Tür hinter sich schließen konnte. »Ein Punkt noch, Richard. Ich hatte gesagt, dass nichts ohne meinen Befehl geschieht.«

»Das habt Ihr, Archon«, bestätigte er steif. »Und da ich niemals gegen Euren ausdrücklichen Befehl handeln würde, dürft Ihr versichert sein, dass kein Mitglied meiner Organisation die Verantwortung für diesen Zwischenfall trägt.«

Sie nickte wieder. So oder so war sie mit dem Ergebnis zufrieden, und sie wusste die Sicherheit zu schätzen, die ihr diese Distanz gewährte. Dehaver entfernte sich. Sie war sicher, dass er handeln würde, wie er es für richtig hielt. Er hatte sich von Anfang an Sorgen wegen Arthur gemacht, und um der Wahrheit die Ehre zu geben, er hätte Katrina die Operation vorgeschlagen, hätte sie dazu ihr Einverständnis gegeben. Im Nachhinein war sie bereit, derlei Nebensächlichkeiten zu übersehen.

Rebellierende Systeme und die harten Bandagen, die notwendig waren, sie unter Kontrolle zu halten, gehörten der Vergangenheit an. Jetzt würde der Beginn von Arthurs leidenschaftlicher Ansprache, in der er die Wichtigkeit des Kampfes und des Volkswillens betont hatte, in den Gedanken der Menschen alles andere verdrängen.

Der Anfang seiner Ansprache, und das Wissen, dass Arthur Steiner-Davion tot war.

* * *

Deschuttes, Mogyorod
Melissia-Theater, Provinz Donegal,
Lyranische Allianz

Victor ließ sich fallen, verpasste fast das Sofa und musste sich unbeholfen abfangen, um nicht auf dem Boden des Salons zu landen. Die nie wirklich verheilte Wunde, die ihm der Tag geschlagen hatte, an dem er vom Tod seiner Mutter erfahren hatte, war durch einen erneuten nicht wieder gutzumachenden Verlust neu aufgerissen worden.

Sein Bruder war tot.

Omi war auf der Stelle an seiner Seite, umfasste seine Hände und teilte seinen Schmerz. Ihre ruhige Gegenwart erinnerte ihn daran, wie ihr Bruder Minoru ihn gelehrt hatte, dass der Tod ein natürlicher Teil des Lebens war, aber trotzdem konnte sie den Abgrund nicht vollständig füllen, der sich in seinem Innern aufgetan hatte.

Jerrard Cranston schaltete den Holovidbetrachter ab, auf dessen Bildschirm die Verwüstung des städtischen Stadions in Bueller eingefroren war, und wartete respektvoll, bis Victor sich erholt hatte. Seine blauen Augen waren hart und schienen auf einen fernen Punkt gerichtet, den Victor noch nicht erkennen konnte. Tiaret, Victors Elementar-Leibwächterin, wandte, beschämt von seiner plötzlichen Schwäche, den Blick ab.

Seltsamerweise war es gerade ihre Reaktion, die Victor half, sich wieder zu fangen. Eine ClanKriegerin wie Tiaret akzeptierte den Tod nicht nur, sondern hieß ihn als Chance willkommen, durch das Eugenikprogramm ihrer Kultur unsterblich zu werden. Tiaret würde Arthur daran messen, wie er in den Tod gegangen war – kämpfend bis zum letzten Atemzug oder feige flüchtend. Nun, der jüngste Überfall auf Robinson hatte bewiesen, dass Arthur kein Feigling gewesen war, und auf seine Weise hatte er sich dem Schicksal trotzig entgegengestellt.

Victor wünschte, er hätte gewusst, worauf Arthur bei seiner Rede hinaus wollte. Er hatte sich gewünscht, von der Entscheidung seines Bruders schockiert und entsetzt sein zu können, ihm eine Nachricht schicken zu können, die seine äußerste Unzufriedenheit ausdrückte, und seinen Triumph später, bei ihrer nächsten Begegnung im Privaten zu teilen.

Nichts davon war jetzt noch möglich. Und Victor wusste, wem er dafür die Schuld zu geben hatte.

»Katherine«, presste er hervor. Dann atmete er tief durch, um zur Ruhe zu finden. »Dafür ist Katherine verantwortlich.«

»Das wissen wir nicht, Victor«, sagte Omi sanft. »Es gibt sicher noch andere Kräfte in unmittelbarerer Nähe deines Bruders, die zu einem so drastischen Schritt fähig wären.«

Cranston nickte. »Das stimmt«, bestätigte er, aber sein Tonfall ließ durchklingen, dass er nicht daran glaubte. »Herzog Sandoval hat die gesamte Mark unter Kriegsrecht gestellt und mobilisiert seine Truppen für einen Gegenschlag. Er bezichtigt Haus Kurita. Ich bitte um Entschuldigung, Omi-san«, fügte er leiser hinzu. »Aber Ihnen muss klar sein, wie man diesen Vorfall in der Mark Draconis werten wird. Tancred befindet sich auf Robinson und weiß sicher sehr gut, dass Ihr Vater einen Angriff nie gestattet hat, aber heutzutage sind auch im Kombinat noch andere Kräfte aktiv. Das hat der Überfall auf Robinson im Oktober bewiesen.«

»Hai«, gab Omi zu. »Es gibt auf beiden Seiten der Grenze konservative Elemente, die nichts lieber wollen als den Frieden zwischen unseren Nationen zu zerschlagen. Aber dies jetzt zu tun, während das Kombinat im Krieg mit den Geisterbären steht, ist Wahnsinn. Zumindest von draconischer Seite.«

Victor zuckte hoch. Wollte Omi etwa andeuten, James Sandoval könnte etwas mit Arthurs Tod zu tun haben? Der Mann war möglicherweise ein Fanatiker, aber Victor konnte sich nicht vorstellen, dass er sich gegen die Erben Hanse Davions verschwor. Jedenfalls nicht offen. Er konnte nicht schweigen. »Katherine. Sie muss dahinterstecken. Aber ich brauche Beweise, Jerrard. Ich muss es wissen.«

Jerrard Cranston schüttelte den Kopf. »Es spielt keine Rolle.«

Victor sprang wütend auf. »Es spielt sehr wohl eine Rolle, Galen! Hast du vergessen, dass Arthur mein Bruder war?«

»Nein, und ich habe auch nicht vergessen, dass Galen tot ist. Deine Schwester hat die Bombe nicht gelegt, die ihn tötete, aber trotzdem hat sie ihn umgebracht. Jetzt ist Arthur tot, und es ist keineswegs unwahrscheinlich, dass sie auch ihn auf dem Gewissen hat.« Sein Blick verlor an Strenge. »Was jetzt viel wichtiger ist: Es werden noch mehr Menschen sterben. Eine Menge mehr, wenn wir sie nicht endlich aufhalten.«

»Wie schlimm ist es?«, fragte Arthur mit gepresster Stimme.

»Schlimm genug. Kentares mitgerechnet befinden sich augenblicklich vier Systeme in offenem Aufstand. Ich kann Ihnen noch fünf nennen, die sich erheben werden, sobald die Nachricht von Arthurs Tod eintrifft, und ein weiteres Dutzend, bei denen es sich nicht definitiv vorhersagen lässt. Ihre Schwester hat heute Morgen Befehle ausgesandt, die den örtlichen Kommandeuren zusätzliche Freiheit bei der Handhabung von Unruhen geben. Sie sind recht unbestimmt formuliert, aber keiner der Adressaten wird sie missverstehen.«

»Kriegsrecht«, sagte Victor und folgte trotz seiner Trauer der Argumentation seines Geheimdienstchefs. »Sie versucht, ihre Probleme militärisch zu lösen, und benutzt Arthurs Tod als Deckung. Und sie wird tatenlos zusehen, wie Sandoval seinen Privatkrieg gegen das Kombinat führt. Vergeltung für Theodores Annexion des Lyons-Daumens.«

Es ergab alles einen Sinn. Alles bis auf das Timing. Er blickte Jerry Cranston scharf an. »Wie hast du so schnell von Katherines Befehlen erfahren?«

Jerrard hob die Augenbrauen. »Zweifeln Sie an mir, Victor? Quintus Allard-Liao war auf New Avalon, als Ihre Schwester ins Palais einzog, und er ist auf der Stelle untergetaucht. Der Krieg im St. Ives-Pakt und Katherines eigene Probleme haben dafür gesorgt, dass sie sich die Mühe erspart hat, nach ihm zu suchen. Er hat die von Dehavers vorbereiteten Nachrichten kopiert und einem unserer Agenten übergeben.«

»Nein«, antwortete Victor, und ging in Gedanken noch einmal die Stunden durch. »Ich meine, wie ist die Nachricht so schnell hierher gelangt? Du hast gesagt, die Meldung von Arthurs Tod ist erst vor einer Stunde eingetroffen.«

»Ach so, das. Ich wünschte, das könnte ich mir anrechnen, aber Sie wissen von Katherines HPG-Befehlsstrecke?« Cranston wartete auf Victors Nicken. »Die meisten der beteiligten Anlagen werden noch von ComStar verwaltet, und die Prima hat ein neues Verfahren etabliert. Alle acht Stunden richten sich die Doppelstationen großer Etappen routinemäßig in Befehlsstreckenkonfiguration aus. Dadurch konnte die Mitteilung über Katherines Befehle die Nachricht über Arthur auf Coventry einholen, und sie sind beide gleichzeitig in meinem Schoß gelandet.«

Arthur... Victor zuckte bei der Erinnerung an den Tod seines Bruders zusammen. Die Wunde war noch zu frisch. Würde er jemals sicher wissen, wer den Befehl gegeben hatte? Sobald er mit Katherine abgerechnet hatte, würde er dafür sorgen, dass er eine Antwort erhielt. »Ich hatte dich gebeten, mir bis zum nächsten Sommer Zeit zu lassen«, erinnerte er Cranston.

Der schüttelte den Kopf. Zum ersten Mal an diesem Abend musste er sich geschlagen geben. »Es tut mir Leid, Victor, aber das ist nicht zu machen. Das Commonwealth ist auf dem Weg in die offene Revolte, und wir stehen auf der Schwelle zum Krieg mit Haus Kurita. Die Dinge gehen mit oder ohne Sie ihren Weg. Ich würde *mit* vorziehen.«

Victor schaute Omi an, die sich bei der Nachricht, dass Militärangriffe auf ihre Heimat bevorstanden, etwas zurückgezogen hatte. Sie erwiderte seinen Blick, und in ihren blauen Augen lag Vertrauen, dass er in ihrer aller bestem Interesse handeln würde. »Mit.«

Tiaret würde natürlich für den Kampf votieren, aber trotzdem wollte Victor es hören. Er drehte sich mit der unausgesprochenen Frage zu ihr um.

Als Untergebene gab sie häufig ihren Kommentar zu taktischen Optionen ab, verzichtete aber gewöhnlich auf strategische Ratschläge. Ihre Erziehung und Ausbildung hatten sie gelehrt, dass das ein für höhere Ränge reserviertes Vorrecht war. Es war ein Kampf zweier Willen. Sie zögerte, rieb sich mit der Hand über den rasierten Schädel. Schließlich sagte sie: »Mit.«

Es war an Victor, die letzte und entscheidende Stimme abzugeben und es einstimmig zu machen. Er sah sie nacheinander an.

»Mit.« Und noch nie war ihm ein Wort so schwergefallen.

19

**Bürgerfunkstudios, Deschuttes, Mogyorod
Melissia-Theater, Provinz Donegal,
Lyranische Allianz**

8. Dezember 3062

Er fühlte sich seltsam in der Uniform, die er zwar aus dem Geschichtsunterricht kannte, aber selbst nie getragen hatte. Die dunkelgrüne, gestärkte Baumwolljacke mit messerscharfen Bügelfalten, an Kragen und Manschetten mit den Goldlitzen eines hohen Offiziers versehen. Die Hose in derselben Farbe. Die radlosen Sporen an den Stiefeln – entsprechend alter Davion-Tradition –, die ihn als MechKrieger kennzeichneten. Und statt des langen Umhangs, der seit 3042 zur Standarduniform gehörte, die Sonnenweste: der halbe Brustharnisch aus polierter Goldbronze, der sich von der linken Schulter aus strahlenförmig über seinen Oberkörper legte.

Die Ausgehuniform der Armee der Vereinigten Sonnen. Eine Uniform, die man offiziell zuletzt in der Amtszeit seines Vaters getragen hatte, vor der Gründung der Vereinigten Commonwealthstreitkräfte.

»Nicht gerade die Uniform, die ich gewohnt bin«, gab Victor zu. Auf Tharkad aufgewachsen und an der lyranischen Elitemilitärakademie Nagelring ausgebildet, fühlte er sich in dieser Uniform fremd. Fast alle Auszeichnungen, Orden und Ehrenzeichen, auf die er Anspruch hatte, glänzten durch ihre Abwesenheit. Der einzige Schmuck der Uniform war das Rangabzeichen eines Field Marshals und das ursprüngliche Wappen der Vereinigten Sonnen.

»Es geht nicht anders«, argumentierte Cranston als Erklärung für die Gräfin Drake und Demipräzentor Schakow, die sich ebenfalls im Sendestudio befanden.

»Eine Revolution braucht eine Legitimation, und Katherine sitzt in der Allianz zu fest im Sattel, als dass Victor seine Anhänger unter der lyranischen Fahne sammeln könnte.«

Victor sah sich nach Omi um, die zu ihm trat, um ihn am Ellbogen zu berühren und sanft beiseite zu führen. Die Männer machten ihnen Platz.

»Du musst es tun«, sagte sie. »Dein Volk braucht dich.«

Er nickte. Ihm war klar, wieviel Überwindung es sie kostete, das zu sagen. »Wir scheinen diese Unterhaltungen immer wieder zu führen, Omi-chan. Wie oft haben die Nöte unserer Völker uns schon entzweit? Outreach, Tharkad, Luthien. So viele mehr.« Die Liste der Planeten, auf denen er und Omi einander Lebewohl gesagt hatten, sei es direkt oder über Vidbotschaften, schien endlos.

Omi lächelte aus Augen so klar wie ein Sommerhimmel zu ihm auf. »Und wie oft war unser Wiedersehen um so wunderbarer? Ich werde auf dich warten, Victor. Immer. Heute warte ich auf dem Gut.«

»Du bleibst nicht hier?« Er hatte erwartet, sie würde in den Kulissen warten, während er seine Ansprache aufzeichnete. Für diese Schicksalsrede hatten seine Leute die örtliche Rundfunkstation übernommen. Alle waren sie hier. Fast alle.

»Isis ist noch auf dem Gut, und sie ist allein«, erinnerte Omi ihn. »Und wenn du hier fertig bist, wirst du den größten Teil des Abends mit deinen Beratern zugange sein.«

»Ich werde vor Mitternacht zurück sein«, versprach er. Sie hatte Recht, aber es fiel ihm trotzdem schwer, sie gehen zu lassen.

»Das wäre gut, Victor-san. Es gibt zwischen uns einiges zu besprechen. Wichtige Dinge. Persönliches. Vielleicht...« Omi nahm seine Hand. »Victor, ich würde es nie wagen, mich in das Angedenken deines Bruders einzumischen, aber möglicherweise weiß ich etwas, das deinen Schmerz lindern kann.« Sie lächelte geheimnisvoll. »Obwohl ich nicht versprechen kann, dass es dein Leben nicht furchtbar verkompliziert.«

Wollte Omi andeuten, sie könnten ihre Beziehung auf eine neue Stufe heben, eine Stufe, die sie bisher für unerreichbar gehalten hatten? Falls ja, war das eine Hoffnung, die ihm den Mut gab, diesen Abend und Tausende ähnliche nach ihm durchzustehen.

»Wir werden gar nicht mehr aufhören zu reden«, versprach er.

Omi verneigte sich halb und wandte sich zum Gehen. Victor hielt sie fest. »Nimm Tiaret mit«, forderte er. Er nickte der Leibwächterin zu, die etwas abseits stand und wie immer Ausschau nach möglichen Gefahren hielt.

Die Clannerin runzelte die Stirn und wollte protestieren, aber Victor kam ihr zuvor. »Bitte begleite Omi sicher nach Hause und triff mich später im Garnisonsposten. Ich weiß es zu schätzen.«

Tiaret nickte widerwillig, trat neben Omi Kurita und eskortierte sie aus dem Studio. Neben Omis graziler Gestalt wirkte die riesige, muskelbepackte Elementarin gefährlicher denn je.

»War das deine Idee?«, fragte Victor Cranston, nachdem Omi den Raum verlassen hatte.

Jerry Cranston wand sich verlegen unter Victors stechendem Blick. »Ich hielt es für Sie beide für einfacher so. Falls es Ihnen entgangen sein sollte, Omi-san hat Probleme mit der Uniform der Vereinigten Sonnen. Sie haben Ihr Davion-Erbe noch nie so herausgestellt.«

Victor nickte. Jerry hatte Recht. »In Ordnung, bringen wir es hinter uns.«

Die einfache Bühne war bereits vorbereitet. Ein niedriges Rednerpult brachte die Uniform besser zur

Geltung und ließ Victor größer erscheinen, als er es mit eins sechzig tatsächlich war. An der Wand dahinter hing die Fahne der Vereinigten Sonnen, mit einem schwarzen Trauerrand.

Victor wartete, während der Regisseur von drei abwärts zählte, die Hände um die Seiten des Pults gelegt, den Blick geradeaus in die Holovidkamera.

»Bürger des Vereinigten Commonwealth«, setzte er an. »Ich könnte uns allen Vieles erträumen. Dass die große Union zweier Nationen, die meine Eltern schmiedeten, nicht gescheitert wäre. Dass ich es niemals für nötig befunden hätte, Sie zu verlassen, um der Clan-Invasion ein Ende zu bereiten.« Er machte eine kaum merkliche Pause. »Dass meine Schwester Katherine ihren Hunger nach Macht um jeden Preis hätte unterdrücken können. Aber Träume sind Schäume. Und diese Träume sind bereits zerplatzt wie Seifenblasen.« Er atmete tief und langsam durch. »Alle Hoffnung, die ich noch für die beiden Reiche hatte, über die ich einmal regiert habe, sind mit meinem Bruder Arthur gestorben, der vor zwei Tagen das Opfer eines gemeinen Terroranschlags wurde.«

Die Worte weckten den Schmerz von neuem, aber Victor zwang sich, die förmlich steife Haltung beizubehalten. Eine Demonstration von Stärke war besser geeignet, Militärs zu überzeugen, als ein Gefühlsausbruch. Katherine spielte zu den Massen. Victor konnte sich das noch nicht leisten.

»Arthur war ein Soldat, ein guter Mann, und er war dabei, ein guter Anführer von Männern, Frauen und Welten zu werden. Das war für jemanden Grund genug, ihm den Tod zu wünschen. Arthurs Tod hat mich überzeugt, dass ich mich meiner Pflicht, das Commonwealth zu beschützen, nicht länger entziehen darf. Die Probleme auf Solaris VII waren ein Vorbote dessen, was sich jetzt ereignet hat, und Arthurs gewaltsamer

Tod unterstreicht die Botschaft der Kämpfe, die auf Welten wie Kathil, Robinson und Kentares IV bereits ausgebrochen sind. Sein Tod soll nicht umsonst gewesen sein. Nicht länger darf eine unfähige und falsche Herrscherin auf den Thronen der Vereinigten Sonnen und der Lyranischen Allianz sitzen, eine Herrscherin, die sich nicht zu schade ist, gegen ihre eigene Familie Gewalt auszuüben, das Angedenken unseres Vaters, unserer Mutter und das Vertrauen der Menschen beider Reiche zu missbrauchen. Es klebt Blut an Katherines Händen, und kein Propagandafeldzug kann sie davon reinwaschen.«

Damit war der entscheidende Schritt getan. Er hatte Katherine den Fehdehandschuh ins Gesicht geschlagen. Er würde nicht ruhen, bis er unanfechtbare Beweise für die Beteiligung seiner Schwester am Tod ihrer Mutter und Arthurs besaß. Bis dahin würde er sich auf die Lektion verlassen, die seine liebe Schwester ihm selbst erteilt hatte: In der Hitze des Augenblicks wogen Beschuldigungen so schwer wie Beweise.

»Keiner von uns wünscht sich weitere Konflikte, aber wir haben die Schwierigkeiten, die uns bedrängen, zu lange ignoriert. Jetzt müssen wir mit dem Ergebnis leben, so schmerzhaft es auch ist, und die unüberbrückbaren Differenzen anerkennen, die meine Schwester und mich weiterhin trennen. Es ist mir nicht länger möglich, mich im Interesse des Friedens zurückzuhalten. Die Zeit ist gekommen, mein Volk, wenn keine andere Wahl mehr bleibt.«

Er pausierte, richtete sich stolz auf, reckte sich zu voller Größe. »Keine andere Wahl«, erklärte er, »als Krieg.«

Victor wusste durchaus, dass eine simple Holovidansprache nicht genügen würde, die Menschen zu überzeugen. Sie würden Zeit brauchen, über seine

Worte nachzudenken. Aber er hatte keinen Zweifel, dass sie sich seiner Sache letztlich anschließen würden, und dass es bereits jetzt einige gab, die im Innersten wussten, dass Katherines Herrschaft ein Ende finden musste.

»Es war Katherines Tyrannei, die mir diese Entscheidung aufgezwungen hat, und es waren die Opfer der Patrioten, die auf Kathil, Benet III, Kentares IV, Demeter, Bromhead und anderen noch ungenannten Welten bereits im Kampf stehen. Wir werden uns mit allen uns zur Verfügung stehenden Mitteln gegen den Versuch wehren, uns zu unterdrücken und unsere Freiheit zu nehmen. Die Wahrheit steht auf unserer Seite, und wir verlangen nicht mehr, als dass man uns zuhört und danach ein eigenes Urteil fällt. Ich weiß, letzten Endes gehört uns der Sieg, und wir werden unserem Volk, unseren Welten, unseren Nationen eine vertrauenswürdige und verantwortliche Regierung wiederbringen.«

Der Regisseur war von Victors Ansprache so gefangen, dass er fast vergessen hätte, die Kameras abzuschalten. »Und aus«, erklärte er schließlich mit einem spontanen lyranischen Salut.

»Sie haben es geschafft«, stieß Jerrard Cranston aus, als er als Erster an Victors Seite trat. »Sie haben den Leuten genug Stoff gegeben, um sie aufzurütteln, ihnen die Augen zu öffnen und sie dazu zu bringen, Fragen zu stellen. Und die Einzige, der das schaden kann, ist Katherine.«

»Es ist ein Anfang«, antwortete Victor. »Wir werden immer wieder zum Volk sprechen müssen, und es wird jetzt erheblich schwerer sein, die Allianz zu durchqueren. Sende es, Jerry. Und ruf alle Truppen zusammen. Sammel unser Heer.«

»Das ist bereits angelaufen«, versprach Cranston. »Auf Welten, auf denen Katherine ComStar-Anlagen eingenommen oder abgesperrt hat, werden meine Agenten die Vids persönlich abliefern. Wir sind bereit, Victor.«

»O ja, wir sind auf alles vorbereitet«, antwortete Victor so leise, dass nur sein Hauptberater ihn hören konnte. »Auf alles, bis auf das, woran wir nicht gedacht haben.«

* * *

Der Posten, der schnellen Schritts durch den dunklen Flur ging und die offene Tür zur Bibliothek nicht weiter beachtete, bekam seinen Mörder nicht zu Gesicht. Ein Arm schoss vor, eine harte Handkante traf seinen Kehlkopf. Der Mann schaffte kaum ein Aufkeuchen, bevor der Arm sich um seinen Hals legte und jedes Geräusch erstickte. Er wurde nach hinten gegen die Hüfte des unsichtbaren Angreifers gezogen, während seine Hand hilflos nach der im Holster steckenden Pistole griff. Mit einem lauten Knacken brachen mehrere Halswirbel, und der Posten erschlaffte.

Der Attentäter ließ den leblosen Körper seines Opfers auf den Teppichboden gleiten und machte sich auf den Weg den Gang hinab, seinem eigentlichen Ziel zu. In einer Hand hielt er einen Mauser-&-Grey-Automatiknadler, und seine dunklen Augen tasteten die Schatten ab. Der Posten war eine Überraschung gewesen, und er musste auf weitere Komplikationen vorbereitet sein.

Er verlagerte mit jedem Schritt geschmeidig das Gewicht von einem Fuß auf den anderen und glitt lautlos wie eine Schlange über den dicken Teppichboden. Sobald der Fußboden sich unter ihm bewegte, erstarrte er. Das Gutshaus war so still, dass er die leisen Geräusche vom Ende des Ganges deutlich hörte.

Er wusste, dass sie von Omi Kurita stammten, die sich in ihrem Zimmer für die Nacht fertigmachte. Das

Schema der Geräusche blieb unverändert und er setzte seinen Weg fort. Vorbei an Isis Mariks Suite, an einer offenen Bürotür. Jetzt war er nur noch drei Türen von seinem Opfer entfernt. Sein eigener flacher Atem dröhnte in seinen Ohren.

Er hatte nicht erwartet, in Victors Büro noch Licht zu sehen, das in einem breiten Kegel hinaus auf den Flur fiel. Eine weitere Änderung seiner sorgsam einstudierten Pläne. Ein kurzer Blick bestätigte ihm, dass das Büro leer war, und nachdem er das Licht ausgeschaltet hatte, setzte er den Weg zu Omis Zimmer fort. Es widersprach seiner üblichen Arbeitsweise, seine Umgebung zu verändern, aber er zog die Sicherheit der Dunkelheit der vernachlässigbar kleinen Gefahr vor, dass jemand es bemerkte.

Das einzige echte Risiko, das er heute Abend eingegangen war, hatte darin bestanden, Dokumente zu fälschen und umzusortieren, um genug von Isis Mariks Habe für zwei Lastwagen auf das Drake-Gut schaffen zu lassen. Aber daran war nichts zu ändern. Arthur Steiner-Davions Tod hatte ihn gezwungen, den Angriff vorzuziehen. Er war sicher, dass Victor und Omi Mogyorod jetzt schneller den Rücken kehren würden als ursprünglich geplant.

Das machte ihm keine weiteren Sorgen. Er hatte zwei Alternativen gehabt: Er konnte seine Planung verwerfen und Omi Kurita an ihrem nächsten Aufenthaltsort ermorden – oder das Attentat vorverlegen.

Er war sich seiner Vorbereitungen sicher genug, um sich für Letzteres zu entscheiden.

Wieder knirschte der Boden und zwang ihn, anzuhalten. Er verspürte einen winzigen Augenblick lang ein Bedauern, dass er nicht bis Mitternacht und zum Glockenschlag der Standuhr hatte warten können. Aber er konnte nicht sicher sein, ob Omis Geliebter die ganze Nacht wegbleiben würde, und er wollte fort sein, lange bevor Victor seine Spur aufnehmen konnte.

Die leisen Geräusche aus Omis Zimmer zeigten keine Veränderung. Sein Instinkt sagte ihm, dass er nahe genug war, und er legte schnell die letzten fünf Schritte zurück. Mit der freien Hand stieß er die schwere Tür auf.

Victors Leibwächterin, die dunkelhäutige Elementarin Tiaret, stand vor ihm, und alle Sinne des Attentäters kreischten Gefahr.

Omi saß erstarrt vor dem Schminktisch, eingefroren im Ausbürsten ihrer Haare. Sie war halb verdeckt hinter dem Körper der Elementarin, und ein Treffer schien unwahrscheinlich. Darüber hinaus war Tiaret ständig mit einer schweren Gyrojetpistole bewaffnet, die sie in einem Holster in der linken Armbeuge trug. Und sie war schnell, aber nicht schnell genug, um einem ausgebildeten Profikiller mit bereits gezogener Waffe zuvorzukommen. Der Attentäter drückte zweimal ab.

Nadler waren besonders brutale Waffen, deren Mechanismus einen Munitionsblock aus Hartplastik zerschabte, um Hunderte winziger, nadelscharfer Geschosse zu verschießen. Mit einem knirschenden Schussgeräusch traf die erste Salve der rasiermesserscharfen Nadeln die Elementarin in die Seite und zerfetzte Haut und Muskeln. Der zweite Schuss traf sie in den Brustkorb, als sie gerade die rückschlagfreie Waffe aus dem Holster zog. Der Treffer warf sie nicht um, genügte aber, ihren Schuss abzulenken. Mit einer donnernden Entladung schleuderte die Gyrojetpistole eine Sprengkugel in die Wand fünfundzwanzig Zentimeter neben dem Kopf des Attentäters. Tiaret versuchte, sich auf ihn zu stürzen, brach aber nach dem ersten Schritt zusammen.

Der beissende Gestank verbrannten Plastiks lag in

der Luft. All seine Planung, seine Übungsläufe und die Chance einer unbemerkten Flucht waren durch einen unvorhergesehenen Zufall zunichte gemacht. Doch der Attentäter hatte freie Sicht auf Omi Kurita. Sie hielt ein dünnes Stilett mit Kehlung in der Hand, aber damit ließ sich kein Nadlerschuss aufhalten. Er zielte, wollte den Auslöser drücken, als er aus dem rechten Augenwinkel eine Bewegung sah. Er duckte sich.

Aber es war zu spät. Ein grauenhafter Schmerz durchzuckte seinen Körper, als ihm Isis Marik mit wildem, senkrechtem Stoß und lautem Aufschrei ein Messer in die Brust stieß. Der Attentäter schrie vor Überraschung und Schmerz auf. Sein Arm wurde taub. Fast hätte er den Nadler verloren. Es gelang ihm, die Waffe festzuhalten, und er riss sie in einem weiten Schwinger zurück. Die Pistole schlug in Isis' Gesicht. Er fühlte ihren Backenknochen brechen, und sie stürzte vor ihm auf den Boden.

Er stieß sie mit einem brutalen Fußtritt weg und konnte kaum fassen, dass es ihr gelungen war, ihn zu verletzen. Aber das hinablaufende Blut an dem immer noch in seiner Brust steckenden Messer ließ keinen Zweifel zu.

Mit ohrenbetäubendem Lärm donnerte Tiaret Nevversans Gyrojetpistole und erwischte den Attentäter in der Seite. Die Kugel brach ihm eine Rippe, bevor sie an der Wand hinter ihm abprallte. Die Wucht des Treffers wirbelte ihn herum und gegen dieselbe Wand. Sein Gesicht schlug auf die strukturierte Brokattapete. Als er sich wieder umdrehte, sah er, wie die Elementarin sich auf einem wuchtigen Arm aufstützte und die Gyrojetwaffe zitternd in seine Richtung hielt. Er fiel halb, halb stolperte er durch die Tür und duckte sich zurück in den Gang, als die Pistole erneut krachte und einen faustgroßen Brocken aus der Wand schlug, dort, wo er gerade noch gestanden hatte.

Das war ein böser Traum… konnte nur ein böser Traum sein. Der Gedanke ließ ihn nicht los, als er zurück zur Treppe stolperte. Er tötete die beiden herauf hastenden Sicherheitsleute mit tödlichen Nadlersalven. Es war ein Kinderspiel. Wie hatte dieser Auftrag so völlig scheitern können? Es war ganz anders als damals, als Victor Davions Leute ihm eine Falle gestellt hatten. Heute Nacht war er der Jäger gewesen, nicht die Beute. Er hatte die Lage unter Kontrolle gehabt. Es hatte keinen Fehler gegeben – er machte keine Fehler.

Der Attentäter keuchte, hustete und schmeckte Blut.

Er verließ das Gutshaus durch eine Seitentür, nahm seine letzten Kraftreserven zusammen und schleppte sich zum Werkzeugschuppen. Im Mondlicht betrachtete er seine Verletzungen. Es sah böse aus. Die Kugel hatte eine große, klaffende Wunde in seine Seite gerissen, die heftig blutete, und Isis' Messer steckte in seiner Lunge.

Er zog es heraus. *Ein Brieföffner!* Ein Schaudern lief durch seinen Körper und er zitterte. *Besiegt von einem schmächtigen Mädchen mit einem Brieföffner.* Er schleuderte das Messer über den Rasen davon, und die Anstrengung ließ ihn fast ohnmächtig werden, aber er klammerte sich an sein Ziel. *Weg! Flucht!*

Ein halbes Dutzend mühsame Tritte waren nötig, um die Tür des Schuppens aufzubrechen. Er stahl eine Taschenlampe aus einem der Schränke und flüchtete in das Abwassersystem unter dem Landgut. Bis hierher würden sie ihn verfolgen, aber hier unten gab es endlose Kilometer Tunnel und Zugangsschächte, zwischen denen er eine ganze Serie von Verstecken vorbereitet hatte. Er watete durch knöcheltiefe Abwässer, dann stolperte er über die eigenen Füße und fiel nach vorne. Langsam, mühsam nach Atem ringend, richtete er sich wieder auf Hände und Knie auf.

Er würde entkommen. Oder hier unten sterben. Allein.

Dieser Gedanke erschreckte ihn mehr als alles andere. Er konnte nicht sterben. Er hatte das Leben anderer Menschen in seiner Hand, nahm es oder schonte es nach seinem Willen. Nach seiner Laune. Den Aufträgen nach, die er annahm. Er hatte noch nie versagt, würde nie versagen.

Der Gedanke weckte die Kraft der Verzweiflung in ihm, und der Attentäter kam wieder auf die Füße, schleppte sich mühsam weiter. Aber es hielt nicht an. Mit jedem Schritt wurden die Beine schwerer, der Atem mühsamer. Seine Wunden brannten wie Feuer, lenkten ihn ab, als er versuchte, sich an die vorbereitete Fluchtroute zu erinnern. Sein Blickfeld verengte sich auf den schmalen Lichtkegel der Taschenlampe. Das war alles ein böser Traum.

Es war der letzte Gedanke, als die Dunkelheit ihn langsam umfing und drohte, ihn hinweg in die Ohnmacht und den Tod zu tragen.

Es war alles nur ein böser Traum!

20

Hospital Unserer Lieben Frau der Leiden, Deschuttes, Mogyorod
Melissia-Theater, Provinz Donegal, Lyranische Allianz

12. Dezember 3062

Isis Marik schwamm durch eine erstickende Dunkelheit. Die Nacht legte sich in flüssiger Wärme um ihren Leib, floss in ihre Ohren, drückte mit schweren Fingern auf ihre Lider. Sie lag betäubend schwer auf ihren Armen und Beinen. Nur der unregelmäßige Rhythmus ihres Pulsschlags leistete ihr Gesellschaft. Vier oder fünf unsichere Herzschläge, ein langsamer, rasselnder Atemzug, Wiederholung.

Die Erinnerung kehrte stoßweise, ruckweise zurück, wie Holostandbilder, die in einem leeren, dunklen Kino projiziert wurden. Sie ist allein im Haus. Sitzt in einem abgedunkelten Büro, kann nicht einschlafen. Die knirschenden Schritte eines gesichtslosen Schwarzen Mannes. Schüsse! Laute, donnernde Schüsse und der Geruch von schmorendem Plastik. Ein warmer Blutstrom, der über ihre Hand rinnt. Schmerzen. Dunkelheit.

Isis stemmte sich gegen die alles umfassende Dunkelheit, kämpfte dagegen an, suchte nach einem logischen Gedanken. *Nicht ich!* Das war die erste Erkenntnis. Der Attentäter war nicht auf sie angesetzt gewesen, wie sie es zuerst befürchtet hatte. Wie sie es erwartet hatte.

Vier Schläge, und eine neue schlurfende Drehung. Es waren Schritte, keine Herzschläge. Jemand ging auf und ab. Jetzt erkannte sie das Geräusch. Erinnerte sich an zu viele durchwachte Nächte, in denen sie auf eine der seltenen Botschaften ihres Vaters gewartet hatte, auf eine Entscheidung Sun-Tzus, auf Rettung, auf solche Alltäglichkeiten wie das Eintreffen ihres Verlobten zum Abendessen. Ständig hatte sie warten müssen. Nur um dann weggeschickt zu werden.

Sie versuchte, die Augen zu öffnen, aber aus irgendeinem Grund blieb ihr rechtes Auge hartnäckig geschlossen. Irgendwo in ihrem Hinterkopf narrte sie der Gedanke, Sun-Tzu Liao hätte von ihrer Verletzung erfahren und sei an ihr Krankenbett geeilt. Aber der Mann, der in ihrem Zimmer auf und ab ging, trug die Uniform der alten Vereinigten Sonnen, und er war so grundverschieden vom capellanischen Kanzler, wie man nur sein konnte. Es hätte ihn empört zu wissen, dass irgendjemand ihn mit Sun-Tzu hätte verwechseln können.

Victor Steiner-Davion musste eine Spur von Bewegung bemerkt haben. Ein flatterndes Lid, oder möglicherweise hatte sie mit einem Finger gezuckt. In drei schnellen Schritten war er bei ihr, beugte sich über sie. Isis sah die Sorge auf seinem Gesicht, gepaart mit einer Spur von Verlegenheit. In dieser Hinsicht waren Männer so offensichtlich. Sie musste furchtbar aussehen.

»Omi?«, fragte sie. Ihre Stimme war ein mattes Krächzen. Die Worte kratzten im Hals, und sie musste gegen den trocken antiseptischen Geschmack in ihrem Mund anschlucken.

Er lächelte traurig und nickte. »Es geht ihr gut, Isis. Sie erwartet Sie auf der *Heiterkeit*.« Er nahm ein Glas Wasser vom Nachttisch, half ihr, sich ein wenig aufzusetzen, und hob es an ihre Lippen. »Sie haben Ihr das Leben gerettet.«

Das Wasser war lauwarm, aber es linderte die Trockenheit. »Habe jemanden fallen hören.« Sie schloss das Auge. Als sie es wieder öffnete, hatte Victor sich abgewandt. »Wer?«

Er antwortete nicht sofort. »Tiaret. Sie ist von mehreren Nadeln dicht am Herzen getroffen worden, aber ihr Zustand bessert sich rasch. Heute Morgen ist sie aus der Intensivstation entlassen worden.«

Heute Morgen? »Wie lange liege ich schon hier?«, fragte sie mit neuer Energie. Ihre rechte Kinnlade schmerzte und sie konnte das Auge noch immer nicht öffnen, aber sie fühlte sich eher von Medikamenten betäubt als verletzt.

In Victors grauen Augen las sie Besorgnis, als er auf sie herabschaute. »Seit vier Tagen. Sie haben eine Gehirnerschütterung. Und Ihr Backenknochen ist mehrfach gebrochen.« Isis hob zögernd die Hand und tastete die geschwollene Seite ihres Gesichts ab. »Die Ärzte waren sehr gründlich und vorsichtig, Isis. Sie werden nichts zurückbehalten. Es werden auch keine Narben bleiben, bis auf eine sehr kleine am Haaransatz.«

Keine Narben. Sie wollte lachen. Nicht alle Narben konnte man sehen.

»Ich dachte, ich wäre das Ziel«, sagte sie. Trotz der Schmerzen verspürte sie ein Bedürfnis zu reden. »Als ich ihn vorbeischleichen sah.« Sie machte eine Pause, um ihre Gedanken zu ordnen. »Ich konnte nicht schlafen, obwohl ich Omi gesagt hatte, dass ich müde sei. Es ging so viel vor um mich herum, und ich fühlte mich… ich fühlte mich ziemlich unnütz. Sie werden nie verstehen, was es für mich bedeutet hat… hierher zu kommen… Sie zu sehen – mit Omi.«

»Sie konnten nicht schlafen«, sagte Victor sanft.

Isis nickte. »Ich ging in das Büro neben meinem Zimmer. Saß wohl in der Dunkelheit und tat mir Leid. Ich hörte die ersten Schritte, ohne mir etwas dabei zu denken. Ich saß mit dem Gesicht zum Fenster und es drang gerade genug Licht vom Gang herein, so dass ich seine Spiegelung im Glas sehen konnte, als er an der offenen Tür vorbei schlich. Ein dunkler Geist, geduckt, eine Pistole in den Händen, feuerbereit. Er schaute herein… Ich war mir sicher, dass er mich sehen konnte und ich sterben würde. Aber er ging weiter.« Sie lachte schmerzerfüllt. »Nicht schlecht, wenn man selbst von seinem Mörder übersehen wird, oder? Die ganze Zeit habe ich darauf gewartet, dass Kali Liao ihre Thugee-Attentäter wieder auf mich ansetzt.«

Victor klopfte ihr auf die Schulter, möglicherweise mit beruhigender Absicht. »Kali ist zur Strafe für die Schwarzer-Lenz-Anschläge nach Highspire verbannt worden. Lebenslänglich. Sie brauchen sich ihretwegen keine Sorgen mehr zu machen.«

»Tatsächlich nicht? Ich weiß, Sie können es kaum glauben, dass ich auf Sian glücklich gewesen sein könnte, aber ich war es. Der einzige Schatten auf meinem Glück war Kali Liao. Diese Frau macht mir Angst. Ich glaube nicht daran, dass man sie kontrollieren kann.« Sie schaute zu Victor hoch und las die Angst in seinen Augen, als er sich erinnerte, wie knapp Omi dem Tod entgangen war.

»Sie können nicht Ihr ganzes Leben Angst haben, Isis. Was Sian betrifft…« Er atmete hörbar aus und schloss ihre Hand in seine beiden warmen Hände. »Ich würde Ihnen niemals Ihr Glück missgönnen, erst recht nach dem nicht, was Sie für mich getan haben. Es tut mir Leid, dass ich Ihnen bei Sun-Tzu nicht helfen kann. Aber wenn es jemals irgendetwas gibt, das ich für Sie tun kann, brauchen Sie es nur zu sagen. Was es auch ist. Das meine ich ernst.«

Was Isis sich wünschte, konnte Victor ihr nicht geben. »Sie schicken mich fort, nicht wahr?«

»Zusammen mit Omi«, bestätigte er mit sanfter Stimme. »Im Augenblick ist Tukayyid der sicherste Ort der ganzen Inneren Sphäre, und ich möchte Sie beide auf dem sichersten Weg dorthin schicken, den es gibt. Kapitän Gaines hat persönlich die Verantwortung für Ihrer beider Leben übernommen.« Er gab ihre Hand lächelnd wieder frei. »Sie brauchen Ruhe. Jerrard Cranston wird Sie persönlich zum Raumhafen eskortieren. Noch einmal Danke, Isis. Ich werde Ihnen nie vergessen, was Sie getan haben.« Mit einem letzten Kopfnicken drehte er sich zur Tür.

Trotz ihrer Verletzungen blieb Isis die Tochter eines der mächtigsten Fürsten der Inneren Sphäre, und sie brauchte nicht lange, um Victors Lage zu verstehen. Franklin Gaines? Und hatte Victor die *Heiterkeit* erwähnt? Das Kriegsschiff, mit dem er nach Mogyrod gekommen war? »Sind Sie sicher, dass das klug ist, Victor?«, rief sie ihm nach. Ihre Stimme war schwach, aber laut genug, ihn sich umdrehen zu lassen. »Sie haben sich gegen Katherine erklärt, nicht wahr?«

Er nickte.

»Dann stehen Sie im Krieg, oder werden es bald sein. Wollen Sie wirklich Ihr Kriegsschiff fortschicken? Jetzt?«

»Dass Sie diese Frage stellen, Isis, macht mich froh. Sie werden Omi begleiten. Es ist gut, Freunde zu haben, auf die man sich verlassen kann.« Er lächelte sie wieder an, mit ehrlicher Wärme, aber seine Augen blickten in unbeschreibliche Weiten. »Aber wohin ich gehe, kann ComStar mich nicht begleiten.«

Dann war er fort, oder Isis schlief wieder ein. Sie war sich später nie sicher, was von beidem.

* * *

Benjamin-Sandoval-Gedenkraumhafen,
Bueller, Robinson
Mark Draconis, Vereinigtes Commonwealth

Das Landungsschiff der *Overlord*-Klasse stand auf einem weit entfernten Liegeplatz, doch es ragte über die fünf kugelförmigen *Union*-Schiffe auf. Nur diese fünf warteten noch darauf, Robinson zu verlassen. Sie ähnelten fast der Skyline einer fernen Stadt, besonders der *Overlord*. Mit einer lichten Höhe von einhundertfünfzig Metern war es, als hätte jemand einen vierzig Stock hohen, eiförmigen Wolkenkratzer auf das Raumhafenfeld gesetzt.

Aber nur zeitweise, schien es. Plötzlich brach ein Flammenmeer unter ihm hervor, versengte die Landebucht und schleuderte gewaltige Wolken aus Rauch, Dampf und Staub auf. Der Koloss stieg langsam, fast elegant in die Höhe. Das Beben seines Starts war bis ins Haupttterminalgebäude spürbar, wo Tancred Sandoval von einem privaten Panoramadeck aus zusah. Sein Vater fand ihn dort, als der *Overlord* gerade Fahrt aufnahm und am Himmel verschwand. Die 1. Robinson Rangers waren unterwegs.

Tancred fragte sich, ob er sie je wiedersehen würde.

»Mai hat mich angefunkt«, stellte der Herzog an Stelle einer Begrüßung fest. Er sprach von Commander General Fortuna, der Kommandeurin der Rangers und ihrer Kusine. Er sah dem Schiff hinterher, das hinter einer grauen Wolkenbank verschwand. »Sie hat mir gesagt, du hättest dich entschlossen, nicht mit den Rangers ins Feld zu ziehen. Selbst jetzt, da ich dich mit eigenen Augen hier stehen sehe, Tancred, kann ich es kaum glauben.«

»Was kannst du nicht glauben? Dass ich mich von der Hysterie nicht anstecken lasse? Dass ich Vorsicht beweise?« Tancred war nicht in der Stimmung für das übliche Geplänkel. Er wusste, welcher Streit ihm bevorstand, und wollte es hinter sich bringen.

»Vorsicht, Tancred? Oder Feigheit?« Der Herzog hob abwehrend die Hände, um die wütende Entgegnung seines Sohnes abzublocken. »Ich stelle deinen Mut nicht in Frage, Sohn, aber du weisst, dass man sich an Bord dieser Landungsschiffe dieselbe Frage stellen wird, wann immer jemand den leeren Kokon deines Mechs sieht oder an deiner Kabine vorbeikommt. Du untergräbst das Vertrauen deiner Leute in dich. Willst du das wirklich?«

Zwei *Unions* zündeten fast zeitgleich die Fusionstriebwerke, und Tancred folgte dem Doppelstart mit seinen Blicken. »Mein Kokon ist besetzt, Vater. Mai hat einen Nachfolger für mich bestimmt.«

»Sie hat was?«

»Mai war höflich, als sie dir gesagt hat, dass ich mich entschieden habe hierzubleiben. In Wirklichkeit habe ich die Rangers verlassen.«

Tancred beobachtete, wie sich der Schreck im Gesicht seines Vaters langsam in Wut verwandelte.

»Ich habe ihr auch nahegelegt, deine Befehle zu verweigern, und ihr klargemacht, dass sie vermutlich damit rechnen muss, angeklagt zu werden – falls sie je zurückkommt. Katherine oder Victor, ganz gleich, wer von ihnen schließlich den Thron gewinnt, wird früher oder später jemanden für diesen unerlaubten Angriff auf Haus Kurita zur Rechenschaft ziehen müssen. Natürlich immer vorausgesetzt, Theodore Kurita lässt ihnen einen Thron, um den sie sich streiten können.« Er zuckte die Achseln. »Sie ist trotzdem geflogen.«

»Dazu hattest du kein Recht!«

Tancred hielt dem Blick seines Vaters nicht nur stand, er starrte zurück und fühlte, wie sein Gesicht bis hinauf auf den kahlrasierten Schädel mit dem dunklen Zopf heiß wurde. »Ich hatte jedes Recht dazu! Du rechtfertigst deinen Angriff als Gegenschlag auf eine draconische Aggression, obwohl Victors Ansprache beweist, dass wir dringendere Probleme vor der eigenen Tür haben. Er hat Katherine praktisch angeklagt, Arthurs Tod arrangiert zu haben.«

»Immer wieder kommst du mit Prinz Victor. Wie ist es diesem Kerl je gelungen, dich über die Loyalität zu deiner Familie und deinem Volk an sich zu fesseln,

Tancred? Vergiss nicht, dass wir auch Prinzen sind. Oder wir waren es zumindest, bis Alexander Davion diesen Titel für sich allein reserviert hat. Wir waren Prinzen der Mark Draconis, nur dem Ersten Prinz auf New Avalon Rechenschaft schuldig. Vor Alexander hättest du sogar ein ernsthafter Anwärter auf den Thron sein können.«

»Der Thron gehört den Davions«, stellte Tancred entschieden fest. »Und wenn Victor mit Katherine Recht hat, spielst du ihr geradewegs in die Hände.«

»Wo sind seine Beweise?«, fragte James Sandoval. Er versuchte, ärgerlich die Arme hochzureißen, aber dadurch, dass einer im Gips steckte, blieb es bei einer unbeholfen wedelnden Geste. »Ich sage dir, Victor irrt sich, oder es ist ein ganz kruder Bluff. Oder die Dracs haben ihn einer Gehirnwäsche unterzogen. Es würde mich nicht wundern, wenn er mit Theodores Tochter ins Bett geht. Wenn es um ihre Familie und Nation geht, sieht der Mann nur, was er sehen will.«

Tancred verschränkte die Arme vor der Brust und achtete sorgsam darauf, mit keinem Gesichtsmuskel auf die tastende Frage seines Vaters nach Victors Beziehung zu Omi zu reagieren. »Victor blufft nicht. Nicht darüber. Und was den Rest betrifft: Ich habe gesehen, was aus denen wird, die gegen Victor Steiner-Davion setzen. Willst du dich wirklich auf Katherines Seite schlagen?«

»Ich bin auf niemandes Seite. Mir geht es um die Mark Draconis und nichts sonst.« Der Herzog atmete gezwungen langsam durch und öffnete die Fäuste. »Tancred, mein Sohn, noch ist es nicht zu spät«, stellte er ruhiger fest. »Du schuldest es mir und der Mark. Hole deinen *Nachtstern* und fliege mit einer *Union*. Ich werde Mai Bescheid geben, dass du es dir überlegt hast. Und du wirst unsere Truppen zu einem großen Sieg im Kurita-Raum führen. Genau das wirst du tun.«

»Nein, das werde ich nicht. Es tut mir Leid, Vater, aber diesen Befehl verweigere ich. Und wenn es sein muss, werde ich gegen dich kämpfen.«

Der Duke of Robinson stieß jäh die Luft aus. Die Drohung seines Sohnes kümmerte ihn offensichtlich wenig. »Und ich habe dich für Arthurs Freund gehalten.«

»Das war ich. Trotz deines Verbots«, erinnerte Tancred ihn. »Aber ich werde Arthurs Angedenken nicht besudeln oder zerstören, was er versuchte, bevor die Bomben hochgingen. Hätte er ein paar Minuten länger gehabt, glaube ich, dann würde all das hier nicht geschehen.« Er wedelte mit gestrecktem Arm in Richtung Landefeld.

»Du weisst nicht, was er sagen wollte. Ich gebe zu, es war beunruhigend, aber seine Rede hätte auf alles hinauslaufen können. Sie wurde unterbrochen, bevor man es erkennen konnte.«

»Wie angenehm für dich«, bellte Tancred und schaffte es nicht, den anklagenden Tonfall in seiner Stimme zu unterdrücken. Mit einem den Boden zum Erzittern bringenden Donnern und einem langen Feuerschweif fusionsgespeister Flammen startete das nächste Landungsschiff. Tancreds Blicke folgten ihm himmelwärts. »Das ist Wahnsinn, Vater. Und wenn du das nicht erkennen kannst, dann braucht die Mark möglicherweise einen anderen Herzog.« Er beobachtete das Schiff, bis es ebenfalls außer Sicht war, mit Kurs auf das Draconis-Kombinat.

Als Tancred sich wieder umsah, war sein Vater fort.

Teil II

GRABGESANG

21

Coventry-Akademie, Port Lawrence, Coventry
Provinz Coventry, Lyranische Allianz

17. Januar 3063

Aus dem Vorgebirge, das Port Lawrence an die Küste drängte, humpelte und schleppte sich die Provinz-Miliz Coventry ein abschüssiges Tal hinab zur Stadt. So zerbeult es auch war, das Mechbataillon beschützte, was von den Panzerstreitkräften der Miliz noch existierte: vier Kompanien, der klägliche Überrest von zwei stolzen Regimentern. Hinter ihnen beherrschten die 1. Coventry-Jäger das Feld und überschütteten die Nachhut der Miliz mit konzentriertem Raketenfeuer.

Wie gewaltige Hammerschläge trafen sie den breiten Rücken von Kommandant Neil Rikkards *Barghest*. Das Cockpit des defensiv geduckten vierbeinigen Mechs erbebte, als ein paar Raketen seitlich in den nach vorne ragenden Kopf der Maschine schlugen, aber der siebzig Tonnen schwere Kampfkoloss blieb auf den Beinen. Vierbeinige Mechtypen waren erheblich stabiler, auch wenn die offensichtliche Neuheit und die schwere Bewaffnung den *Barghest* zu einem bevorzugten Angriffsziel machten.

Und besser er als einer seiner Leute, hatte Rikkard entschieden. Sie waren am Rande ihrer Reserven angelangt. Bei der letzten Gelegenheit, wo sich Coventrys Verteidiger gegen einen derart brutalen Angriff hatten zur Wehr setzen müssen, hatten sie gegen die Jadefalken gekämpft, nicht gegen ihre eigenen Landsleute.

Warum? Das war die unausgesprochene Frage, die der Kommandant sich seit Wochen täglich stellte, erst recht, seit der Tod Oberst William Steigers ihm den Befehl über die Einheit aufgezwungen hatte. Warum?

Gut, die Miliz stand auf Seiten Prinz Victors, aber sie hatten ihre Neutralität zum Schutze Coventrys erklärt. Wie es, seiner Meinung nach, jede Regionalmiliz hätte tun müssen. Nur hatte das Archon Katrina nicht genügt. Sie hatte sie für die Verbindung zu Frederick Bradford verurteilt, den Herzog von Coventry und einen überzeugten Anhänger Prinz Victors. Katrina wollte unbedingt die Kontrolle über Coventrys wichtige Produktionsanlagen, und wie es schien, ließen ihre Befehle keinen Raum für Neutralität. Oder Gnade.

Ein Infanterieregiment in Garnisonsposten über den ganzen Planeten verteilt – leichte Beute für Verhaftung und Arrest. Zumindest lebten sie noch. Hoffte er. Das zweite Infanterieregiment in drei Wochen ständiger Auseinandersetzungen aufgerieben. Achthundert Männer und Frauen. Tot, verwundet oder in Gefangenschaft. Die verbliebenen Soldaten der PMC reichten gerade noch für drei Züge. Zwei, wenn Rikkard nur unverletzte Soldaten zählte.

Wieder sprengte ein dichter Raketenregen Panzerung ab und riss im Boden ringsum Krater auf. Zwei blau leuchtende Partikelbahnen zuckten über ihm vorbei und peitschten in die Flanken eines *Hermes*. Schutzpanzerung flog davon und entblößte den lebenswichtigen Kreiselstabilisator, der unter dem Angriff barst und in einem Hagel wirbelnder Metalltrümmer auseinander flog. Rikkard wendete eine zweite Lanze in den Weg der anrückenden Jäger, in der Hoffnung, sie ablenken zu können, aber dieser Gegner war auf methodisches Vernichtungsfeuer abonniert, und obwohl der *Hermes* bereits offensichtlich außer Gefecht war, blieb er das Ziel von Laser- und PPK-Attacken, die erst ein Ende fanden, als einer der künstlichen Blitzschläge sich in den Kopf des Mechs bohrte und durch das Panzerglaskanzeldach und das darunterliegende Cockpit schlug.

Kommandant Rikkard verfluchte seine Landsleute für ihre Gnadenlosigkeit, knirschte mit den Zähnen und stieß den Schubhebel bis zum Anschlag vor. Wie die mythische Wolfskreatur, deren Namen er trug, sprang der *Barghest* in gestrecktem Galopp auf die Jägerlinien zu. Ein feindlicher *Hauptmann* trat aus der Deckung eines Hains Fichtenkiefern hervor und erschien blinkend auf der Sichtprojektion. Rikkard legte die schweren Laser auf einen Feuerleitkreis und jagte Megajoules rubinroter Lichtenergie in den überschweren OmniMech. Die soliden Treffer zogen Schmelzspuren über Brustpartie und Beine seines Ziels, bremsten die riesige Kampfmaschine aber kaum nennenswert.

Trotzdem genügte es, den Rachedurst des Kommandanten für den Augenblick zu stillen, und er wirbelte den *Barghest* mit einer flüssigen Eleganz herum, die man einem vierbeinigen Mech kaum zugetraut hätte. Er rannte zurück in die Reihen der Miliz, unter einem erneuten Hagel an Langstreckenraketen heraus und in eine gewisse, wenn auch nur Sekunden anhaltende Sicherheit.

Lange genug, um die Miliz für den Endkampf aufzustellen.

Am Stadtrand von Port Lawrence, zwischen dem Stadtgebiet und dem Cascade Valley, erstreckte sich über einige Quadratkilometer das Gelände der planetaren Militärakademie. Auf Drängen Herzog Bradfords hatte die Akademie aus ihren Maschinen und Vorräten ein Nachschublager für die Miliz errichtet. Diese zunächst nur widerwillig akzeptierte Unterstützung hatte Rikkard und seine Leute gegen alle Wahrscheinlichkeit auf dem Weg zu diesem letzten Gefecht am Leben gehalten. Die Jäger hatten sie den ganzen Weg über verfolgt, aber keinen Versuch unternommen, die Miliz aufzuhalten. Das machte Neil Rikkard mehr Angst als alles andere.

Eine Kadettenkompanie leichter Mechs, angeführt von einem *Wolfshund*, rückte aus und begrüßte die arg geschundene Miliz. Rikkard stellte seine Leute hastig in einer Gefechtslinie auf, deren Flanken von den leichten Panzern gehalten wurden, mit den Mecheinheiten in der Mitte.

»Miliz-Leitung von Kadetten-Hauptmann Guerro. Oberst Steiger?«

Neil Rikkard schluckte mühsam mit von Hitze wunder Kehle und antwortete über das Mikro im Innenrand des Neurohelms. »Tot, Guerro. Der Oberst ist tot. Seit drei Tagen. Hier spricht Kommandant Rikkard. Ich habe eine Menge Verwundete hier. Haben Sie Vorkehrungen getroffen, um sie zu versorgen und wegzuschaffen?«

»Ich befürchte, das Beste, wozu wir in der Lage sind, ist, sie zu verstecken, Kommandant, Sir. Tut mir Leid. Kristen's Krushers haben uns von Süden den Weg abgeschnitten und jeden Fluchtversuch vereitelt. Wir haben eine verstärkte Kompanie gegen die Söldner in Marsch gesetzt, um sie zu testen, und sie haben unsere Leute auseinander genommen. Wir sitzen fest, es sei denn, Sie glauben, die Jäger geben uns den zusätzlichen Tag, den wir bräuchten, um die Blockade zu brechen.«

Ein eisiger Abgrund schien sich in Rikkards Magengrube zu öffnen, als er von der Blockadeaktion der Söldner erfuhr. Ein weiterer Hinweis, dass Katrinas Anhänger die Miliz genau hier haben wollten.

»Ich schätze, sie geben uns etwa fünf Minuten«, antwortete er.

Alle Augen auf die Sichtprojektion gerichtet, wartete die Miliz, während die Jäger aus den Cascadebergen kamen und sich zu einem Keil formierten, dessen Spitze geradewegs ins Herz von Port Lawrence wies. Zwei Mechbataillone mit Panzerunterstützung und zwei Züge der neuen lyranischen *Fenris*-Kröten an den Flanken. Es war keine Überraschung für Rikkard, als der *Hauptmann*-OmniMech sich an die Spitze der Formation setzte. Er hatte bereits vermutet, dass der überschwere Mech Oberst Walker gehörte, dem Kommandeur der Jäger. Er steuerte seinen *Barghest* nach vorne und stellte sich zwischen die Coventry-Jäger und seine Einheit, während er in Gedanken die Situation verfluchte. Das waren jetzt seine Soldaten. Seine Jungs. Seine Mädels. Zum Teil waren sie kaum aus der Akademie gekommen, zu deren Verteidigung sie gerade Aufstellung genommen hatten. Sie hatten ein besseres Ende verdient.

Die ersten Schusswechsel fanden über weite Entfernung statt, mit Langstreckenraketen und leichten Autokanonen. Ein kurzer Hagel 50mm-Granaten prallte von der Schulter des *Barghest* ab. Die Jäger rückten langsam vor, fast zögernd. Jetzt feuerten sie mit Extremreichweiten-Lasern und Partikelkanonen. Versuchten sie, Rikkards Leute wieder aus der Nähe der Stadt zu locken? Er schickte zwei Lanzen *Plainsman*-Schwebepanzer und *Alacorns* ins Niemandsland, um den Gegner auf die Probe zu stellen. Konzentriertes Feindfeuer zerblies einen der leichteren Panzer zu Schrott, aber vorher jagten die beiden schweren Panzer mit ihren Drillings-Gaussgeschützen noch einige Nickeleisenkugeln in die gegnerische Formation. Ein *Vollstrecker* wurde zweimal in die Brustpartie getroffen. Die Geschosse drückten seinen Torso ein und hätten fast den Fusionsreaktor zertrümmert.

Jetzt rückten die Jäger entschlossen vor, die BattleMechs an der Spitze. Die MechKrieger schienen wütend, dass zwei Panzer es gewagt hatten, sie dermaßen anzugehen. Die Miliz-*Alacorns* ließen sich nicht einschüchtern, sondern schwangen auswärts in die Flanke der Jäger, um den Angriff fortzusetzen.

Sie kamen nie an.

Fontänen aus Feuer und verbrannter Erde schlugen rings um die Panzer aus dem Boden. Eine Feuersäule traf die rechte Kette eines *Alacorn* und schleuderte ihn in die Höhe. Er krachte auf dem Geschützturm wieder zu Boden. Der zweite schwere Panzer wurde von drei Explosionen aufgerissen, die nur eine zerfetzte, verbogene Hülle zurückließen.

»Artillerie! Artillerie!« Kadetten-Hauptmann Guerro war mit dem *Wolfshund* zur Seite marschiert und deutete jetzt mit dem Geschützlauf des rechten Mecharms in die Berge. »Kammlinie Ostsüdost. *Long Tom* und Arrow IV.«

Rikkard schlug mit der flachen Hand gegen sein Bein und riss dabei, ohne es zu wollen, eines der Sensorpflaster auf dem Schenkel ab. Er klebte es wieder auf die Haut, obwohl das jetzt auch keinen Unterschied mehr machte. Die Jäger hatten seine Leute gezielt in die Feuerzone getrieben. Dadurch, dass sie zwischen den Bergen und der Stadt festsaßen, wurde der Artilleriebeschuss noch effektiver.

»Feuer! Es brennt auf dem Akademiegelände!« Das war eine Stimme, die Rikkard nicht erkannte. Einer der Kadetten. »Diese verdammten Jäger beschießen die Akademie!«

Der Kommandant holte das Bild der Rückenkamera auf einen Hilfsmonitor und beobachtete, wie Explosionen eine der Kasernen erschütterten, als das Artilleriefeuer das Gebäude zerriss. *Heimtückische, Archonverliebte Hurensöhne!* Tränen der Verzweiflung und Wut traten ihm in die Augen und behinderten seine Sicht.

Er blinzelte sie weg. »Provinz-Miliz Coventry, im Gleichschritt vorwärts Marsch, in Linie«, befahl er und setzte den *Barghest* in Bewegung. Das Fadenkreuz leuchtete golden auf und bestätigte die Zielerfassung. Seine schweren Laser schleuderten grell leuchtende

Verwüstung in die Reihe der Coventry-Jäger. Eine Gausskugel schlug von vorn in die rechte Schulter des Mechs ein – und Panzerung regnete zu Boden. »Hauptmann Guerro, Ihre Kompanie hat eine einzige Mission. Brechen Sie zu dem Kamm durch und bringen Sie die Artillerie zum Schweigen. Endgültig!«

Guerro war ein guter Soldat. Sein *Wolfshund* rannte bereits, die Kompanie im Schlepptau, auf sein Angriffsziel los, bevor er antwortete. »Wir schaffen es nie an den Jägern vorbei«, warnte er Rikkard.

»Die werden andere Sorgen haben«, versprach der Kommandant. »Miliz, im Laufschritt vorwärts. Konzentriertes Feuer auf mein Ziel, jetzt!« Wieder zuckten die Lichtwerfer auf und schlugen dem *Hauptmann* an der Spitze der gegnerischen Keilformation tiefe Schmelzwunden. »Wir brechen ihre Formation Zeile um Zeile auf«, befahl er – und wusste bereits, als er es sagte, dass sie keine Chance hatten.

Aber sie würden es trotzdem versuchen.

Mit vierundfünfzig Stundenkilometern stürmte der *Barghest* auf den Feind zu. Nicht die 1. Coventry-Jäger – jetzt nicht mehr. Nicht die Allianz. Nicht einmal Lyraner. Der Feind! Im Zweikampf mochte der *Hauptmann* ein furchtbarer Gegner sein, aber als auch die Letzte von Rikkards Maschinen alle Waffen auf ihn abfeuerte, ging der überschwere OmniMech in einem Feuersturm zu Boden. Seine Panzerung spritzte in zerschmolzenen Sturzbächen über den Boden, als Autokanonen ihn mit Urangranaten beharkten. Ein Gaussgeschütz jagte ihr magnetisch auf Überschallgeschwindigkeit beschleunigtes Projektil in seine Brustpartie und in den klaffenden Riss schleuderten fünf PPKs blau funkelnde Energiewellen. Als das zerborstene Mechskelett zu Boden sank, war nicht mehr genug von ihm übrig, um die Maschine zu identifizieren.

Wieder und wieder spießten Rikkards Laser die Feindformation mit blutroten Strahlbahnen auf. Seine Hitzeskala schoss rapide in den roten Gefahrenbereich, als er die Wärmetauscher überlastete. Die Entfernung nahm schnell ab, doch die feindliche Formation konnte man kaum noch einen Keil nennen. Aber der Gegner feuerte zurück. Die Jäger konzentrierten ihr Antwortfeuer nicht so massiv wie die Miliz, aber auch so konnte Rikkard auf der Sichtprojektion mitzählen, wie seine Mechs einer nach dem anderen verschwanden. Zwei… fünf… sechs.

Nur eine Kompanie deckte ihm noch den Rücken, als der *Barghest* zwischen zwei *Garms* sprang und endlich die Desintegrator-Autokanone einsetzte, die er bis dahin in Reserve gehalten hatte. Flammenzungen schlugen meterweit aus der Mündung des 12cm-Geschützes, dessen Salve einem *Garm* glatt das Bein abriss. Er rammte ein *Kriegsbeil*, das versuchte, ihm den Weg zu verstellen, und die Wucht des *Barghest* warf den Feindmech um, bevor der sein tödliches Beil einsetzen konnte. Seine Laser feuerten auf den *Todesbote*, der ihn von links bedrängte.

Die Hitze schlug in immer gnadenloseren Flutwellen auf ihn ein, überwältigte die Lebenserhaltungssysteme, bohrte glühende Krallen in seine Lungen, ließ den Kampf vor seinen Augen verschwimmen. Alarmsirenen wetteiferten um seine Aufmerksamkeit, aber er konzentrierte sich allein darauf, eine automatische Stilllegung zu verhindern. Der Feind schloss ihn ein, bedrängte ihn von allen Seiten. Ein paar seiner Soldaten kämpften außer Sichtweite weiter. Er brauchte nicht mehr weiter zu laufen, brauchte nicht einmal mehr zu zielen, so dicht umringte ihn der Feind. Kommandant Neil Rikkard setzte den *Barghest* auf die metallenen Hinterbeine und hielt den Feuerknopf durchgedrückt.

Seine Waffen feuerten so schnell sie laden konnten und trieben die Innentemperatur über die Obergrenze der Skala, während ein Dutzend Feindmaschinen auf den im Blutrausch um sich beißenden Wolf in ihrer Mitte einschlugen. Die Luft war so kochend heiß, dass er nicht mehr atmen konnte. Seine Augen waren zum Schutz vor dem Glutofen, in dem er langsam garkochte, fest zusammengepresst. Seine letzten Gedanken waren weiter auf den Feuerknopf und den Vetoschalter konzentriert, der die Sicherheitsabschaltung blockierte. Er wusste, keine Maschine und kein Krieger konnte diese Belastung lange durchstehen. Aber er erklärte jede Sekunde zu einer kostbaren Gelegenheit, dem Feind weiter zu schaden.

Tatsächlich dauerte es noch zweiundsechzig Sekunden, bis die Dunkelheit ihn holte.

22

Davion Peace Gardens, Avalon City, New Avalon
Mark Crucis,
Vereinigtes Commonwealth/Vereinigte Sonnen

24. Januar 3063

Die Presse hielt sich respektvoll zurück, als die Sicherheitsagenten Katrina durch die Davion Peace Gardens eskortierten, die im täglichen Sprachgebrauch auch Friedenspark genannt wurden. Die friedliche Szenerie aus dichtem Gras und hohen Bäumen, Blumenbeeten und Farn erstreckte sich über mehrere Kilometer an den Grenzen des Prinzenpalais', des NAIW und des Stadtgebiets. Ein paar Reporter wirkten unbehaglich, ohne Zweifel, weil es ihnen nicht behagte, ausgerechnet im Friedenspark über die Rebellion zu berichten.

Gut. Katrina wollte, dass ihnen unbehaglich wurde. Sie beabsichtigte den Kontrast zwischen dem Ruf zu den Waffen ihres Bruders und ihrer Friedensplattform.

Sie trat an das Rednerpult und wartete höflich, bis die Damen und Herren der Presse – diese tollwütigen Bestien – bereit waren. Holokameras erwachten surrend zum Leben, und auch ein paar Standbilder wurden geschossen, wenn auch ohne Blitz. In hartem Kunstlicht wirkte ihre Haut bleich und käsig, deshalb gestattete sie keine Blitzlichtaufnahmen. Natürliches Licht war besser. Es brachte die gesunde Farbe ihrer Wangen ebenso zur Geltung wie das hellrote Lip Gloss, das sie bei solchen Gelegenheiten bevorzugte.

»Ich werde eine kurze Erklärung abgeben«, stellte sie fest, »und anschließend die von meinem Pressesekretär genehmigten Fragen beantworten. Ich entschuldige mich, dass ich Ihnen heute nur so kurz zur Verfügung stehen kann, aber ich fürchte, mein Bruder hat uns allen das Leben erheblich erschwert.«

Katrina machte eine wirkungsvolle Pause, angeblich, um sich zu sammeln. Sie zog die Hände aus den Taschen ihres silbernen Daunenanoraks und faltete sie auf der Samtplatte des Pults. Sie hatte sich dem frischen Frühlingswetter entsprechend in den knielangen Anorak, einen grauen Schal und einfache, silbergraue Stiefel gekleidet. Elegant, dem Wetter angepasst, aber nicht aggressiv. Ein sanftes Bild, so weit von einer Kriegerin entfernt wie möglich. Ihr goldblondes Haar fiel offen über ihre Schultern, rahmte ihr Gesicht ein und ließ die Züge weicher erscheinen.

»Ich weiß, dass viele von Ihnen erst heute von den traurigen Geschehnissen auf Coventry erfahren haben. Ich möchte Ihnen versichern, dass es keinen Versuch gegeben hat, die Presseberichterstattung zu behindern. Die Freiheit der Medien war immer eines meiner Hauptanliegen, und daran wird sich auch in Zukunft nichts ändern. Es ist allerdings richtig, dass meine Militärberater den HPG-Verkehr bestimmter Welten einschränken, jedoch nur, um den weiteren Verlust von Leben zu verhindern, solange mein Bruder Aufruhr und Rebellion in einer bis vor kurzem friedlichen Nation zu schüren versucht. Leider hatte Victor offenbar seit einiger Zeit Agenten auf Coventry. Ich will nicht behaupten, dass Herzog Frederick Bradford von ihnen umgedreht wurde, denn ich habe noch immer die Hoffnung, dass er wieder zur Besinnung kommt. Aber es kann kein Zweifel bestehen, dass er fehlgeleitet wurde… fehlgeleitet von einem Soldaten, der nicht in der Lage ist, den angeblichen Ruhm des Krieges zu vergessen. Der glaubt, sich über den Sternenbund stellen zu können, und nur beweist, dass er weit unter dessen Ideale gesunken ist, indem er haltlose Anschuldigungen verbreitet, um Chaos zu säen. Amaris selbst hätte nicht so tückisch oder so grausam sein können.«

Viele der Reporter verzogen schmerzhaft das Gesicht, als sie Stefan Amaris, den Usurpator, erwähnte, den Mann, der durch seine persönlichen Ambitionen den ersten Sternenbund zerschlagen hatte. Wenn es ihr gelang, Victor in diesem Licht darzustellen, würde sein Zuspruch in der Öffentlichkeit dahinschmelzen.

»Ich befürchte, Coventry hat einen hohen Preis für den Machthunger meines Bruders zahlen müssen. Ich wünschte, es hätte sich verhindern lassen. Mit Glück und entsprechender Hilfe werden wir anderen Welten dieses Schicksal hoffentlich ersparen können.« Sie seufzte kurz. »Ich werde jetzt Ihre Fragen beantworten.«

Eine junge Frau, dunkel, hungrig und eifrig, ergriff als Erste das Wort. »Hoheit. Gloria Cantwell, Freie Presse Avalon. Würdet Ihr nicht zustimmen, dass die jüngsten und in der Tat aktuellen Schwierigkeiten auf Solaris VII schon vor Monaten darauf hindeuteten, dass in Commonwealth und Allianz Probleme dieser Art dräuten?«

Katrina hatte diese Frage auf der ihr von Dehaver vorgelegten Liste erfreut zur Kenntnis genommen. Es ersparte ihr die Mühe, sie jemandem in den Mund zu legen. »Die Aufstände auf Solaris VII haben nur die Notwendigkeit einer stabilen Zentralregierung bewiesen«, antwortete sie jetzt. »Ich glaube, dass wir im größten Teil der Allianz und des Commonwealth noch immer darüber verfügen. Und in der Inneren Sphäre haben wir den Sternenbund. Was wir möglicherweise noch brauchen, ist ein Erster Lord, dem es zuerst um die Menschheit geht und zuletzt um seine persönlichen Interessen.«

Eine undeutliche Kritik, die sich sowohl auf Sun-Tzu Liao wie auch auf Theodore Kurita anwenden ließ und dadurch in den Marken Capella und Draconis erfreut aufgenommen werden würde. »Mr. Kalawesa«, forderte sie einen anderen Reporter auf, der eine Frage vorbereitet hatte, die gestellt werden musste.

Der Mann verneigte sich kurz. »Danke, Hoheit. Ihr habt Herzog Bradford als möglichen Rebellen angesprochen, aber was ist mit Duke Sandoval? Wir haben Berichte von fünf, möglicherweise sechs Regimentern, die auf Kombinatsboden in Kämpfe verwickelt sind. Die Robinson Rangers haben Proserpina erobert, eine Präfekturzentralwelt! Unterstützt Ihr diese Aktion?«

Katrina schaute besorgt. Ihr blieb nichts anderes übrig. Als Friedenskandidatin konnte sie eine so unverhüllte militärische Aggression unmöglich unterstützen. Andererseits war sie sich aber auch darüber im Klaren, dass James Sandoval ihr einen wichtigen politischen Dienst erwies, indem er die Menschen seiner Mark von Victor ablenkte.

»Duke Sandoval hat dem Commonwealth bereits als wertvoller, vertrauenswürdiger Markherrscher gedient, als es diesen Namen noch nicht gab. Er ist ein Zeitgenosse meines Vaters und es fällt mir schwer, sein Vorgehen rundheraus zu verurteilen. Ich erwarte seinen persönlichen und detaillierten Bericht darüber, warum er derartige Maßnahmen für notwendig erachtete, so wie ich immer noch auf Koordinator Kuritas Bericht über die Annexion des Lyons-Daumens warte.« Diese Erinnerung an den Verlust des Daumens würde helfen, Sandovals Aktionen zu rechtfertigen, solange es nötig war. »Mr. Hartford?«

»Zurück zu Coventry und der Gefahr eines Bürgerkriegs, Hoheit. Abgesehen von Herzog Bradfords Zusammenarbeit mit Prinz Victor hat vor allem die Provinz-Miliz Coventry einen hohen Preis gezahlt. Könnt Ihr dazu etwas sagen?«

Das war nicht ganz die Frage, die sie genehmigt hatte. Katrina wollte jeden Hinweis auf einen ›Bürgerkrieg‹ ebenso vermeiden wie den Titel ›Prinz‹ im Zusammenhang mit ihrem Bruder, nicht zuletzt, weil sie sich weigerte, Victor als auch nur annähernd gleichberechtigt anzuerkennen.

»Die Miliz ist allen Berichten der Coventry-Jäger zufolge durchgedreht und musste vernichtet werden«, stellte sie geduldig fest. »Die abgelegenen Infanteriegarnisonen haben sich friedlich genug ergeben, aber die Hauptstreitmacht kämpfte bis zum letzten Mann. Es gab keine andere Möglichkeit. Die Verwüstungen in Port Lawrence während des letzten Gefechts sind bedauerlich, aber nur ein weiterer Beweis für die Skrupellosigkeit der Miliz. Die Jäger sind zutiefst erschüttert, dass es ihnen nicht gelungen ist, die Miliz vor Erreichen der Stadt zu stellen. Sie werden in Kürze Geschützkameraaufzeichnungen erhalten, die zeigen, wie die Provinz-Miliz Coventry sich in einem blindwütigen Sturmangriff auf die Jäger stürzte, nachdem sie das Angebot einer friedlichen Übergabe ignorierte.«

»Letzte Frage«, rief Dehaver, und löste eine Flut von Rufen um die Aufmerksamkeit des Archons aus.

Sie nickte Catherine DeWhit zu, einer ihrer Lieblingsreporterinnen. Obwohl Caroline von New Avalon stammte, bevorzugte sie die Allianz und machte kein Geheimnis daraus, dass sie in Kürze eine Änderung ihrer Staatsbürgerschaft beantragen wollte. Katrina betrachtete sie als ›sicher‹. Außerdem hatte sie die geeignete Frage, um diese Pressekonferenz abzuschließen.

»Hoheit, wenn Ihr Eurem Bruder eine Botschaft zukommen lassen könntet…«

Katrina senkte den Kopf und starrte einen Moment lang traurig auf ihre gefalteten Hände. Als sie wieder aufsah, konnte sie die Tränen aufwallen spüren. »Victor, wie immer du dich entscheidest, dies ist der entscheidende Augenblick. Lass die Gewalt ein Ende finden. Vergiss deine Kriegerträume und rufe zum Frieden auf. Coventry und Benet III… das waren sinnlose

Tragödien, die sich nicht zu wiederholen brauchen. Noch ist es nicht zu spät«, sagte sie in dem klaren Wissen, dass es das sehr wohl war, »ein solch unnötiges Blutvergießen zu vermeiden.«

* * *

Fort Dylan, Cassias
Mark Draconis,
Vereinigtes Commonwealth/Vereinigte Sonnen

Tancred ballte unter dem Tisch in ohnmächtiger Wut die Fäuste, als General Zardetto übernahm.

»Es ist absolut lächerlich, wie wir hier auf General Evans warten müssen, Lieutenant General Dzuiba«, erklärte Zardetto. »Ich bestehe darauf, dass Sie ihn stören.«

Tancred hatte sich seinen Verbündeten sehr genau ausgesucht, zumindest hatte er das geglaubt. General Acabee Zardetto befehligte die ebenfalls auf Cassias stationierten 3. Crucis-Lanciers. Er war kein sonderlicher Freund seines Vaters und offen loyal zu Prinz Victor. Vor allem aber war er ein wichtiger Offizier, der Tancreds Argumenten zusätzliches Gewicht verleihen konnte.

Nur verhinderte Cassandra Dzuiba, dass der Kommandeur der 17. Avalon-Husaren, der soeben den Aufbruch seiner Einheit in den Kurita-Raum vorbereitete, diese Argumente zu hören bekam. »Das ist nicht möglich«, erklärte sie erneut mit unvermindert entschiedener Stimme. »Der General ist beschäftigt, Transportsprungschiffe für unsere Hilfstruppen zu besorgen.«

»Genau das möchten wir ihm ausreden, General Dzuiba.« Tancred versuchte, ihren Blick einzufangen und seinen Willen gegen ihren zu setzen. »Dieser vorschnelle Aktionismus wird dem Commonwealth und

Ihnen allen nichts als Schwierigkeiten einbringen. Begreifen Sie das denn nicht?«

»Glauben Sie, wir könnten An Ting nicht erobern? Wir haben es '39 schon einmal geschafft, und ohne dass der Drache durch einen Zwei-Fronten-Krieg abgelenkt war. Diesmal hetzen wir die Schlangen möglicherweise bis Galedon V.«

Jetzt brach Tancreds aufgestautes Temperament doch durch. Er sprang auf und tigerte durch das kleine Besprechungszimmer. Er fühlte die Blicke beider Generäle auf sich, als er sich wieder zur Ruhe zwang. Ein Wutausbruch unter diesen Umständen nutzte keinem.

»Sie können nicht ernsthaft glauben, dass Victor oder Katherine diesen Angriff unterstützen werden«, erklärte er.

Cassandra Dzuiba zuckte die Achseln. »Was soll's? Der Markfürst, Ihr Vater, hat den Angriff autorisiert. Mehr brauchen wir nicht. Katherine, Katrina, was auch immer, wird uns unterstützen, wenn die draconischen Truppen erst zurückgeschlagen sind. Sie muss. Und Victor? Auf dessen Unterstützung haben wir noch nie gezählt. Nicht, seit er sich mit den Dracs eingelassen hat. Im Gegenteil, wenn er uns nicht für Operation Bulldog unsere Sprung- und Landungsschiffe gestohlen hätte – ausgerechnet für ein draconisches Regiment! –, stünden wir schon auf An Ting und würden uns auf die nächste Invasion vorbereiten.«

Und damit war auf dem Tisch, wogegen Tancred hier kämpfte. Nicht gegen Cassandra Dzuiba persönlich, oder den abwesenden General Kev Evans, sondern gegen die Geschichte der 17. Husaren. Ohne sonderliche Bindung an Victor oder Katherine, aber mit einer traditionellen Feindschaft Haus Kurita gegenüber waren sie ohne weiteres bereit, seinem Vater zu folgen und sich am Draconis-Kombinat für, wie sie es sahen, Jahrzehnte, nein Jahrhunderte des Krieges zu rächen.

Es war ein gewaltiger Gegner, aber Tancred glaubte immer noch daran, dass es etwas gelten musste, auf der richtigen Seite zu stehen. »Wenn Sie glauben, dass Katherine oder mein Vater diese Aktion wirklich unterstützen, warum warten Sie dann nicht, bis sie Ihnen entsprechende Transportmöglichkeiten zur Verfügung stellen?«

»Damit wir hinter der Front versauern? Proserpina ist bereits gefallen, Baron Sandoval. Marduk genauso. Das Kombinat wankt. Wenn das nicht der Wunschtraum Ihrer Familie seit fünfundzwanzig Jahren ist, was dann?« Sie grinste bitter. Es war das Zähnefletschen einer Kriegerin, die es nach Kampf dürstete. »Ich versichere Ihnen, unserer ist es.«

Tancred stützte sich mit gestreckten Armen auf den Tisch und begegnete Cassandra Dzuibas resolutem Blick. »Sie haben eine Verantwortung hier.«

»Und wir werden zurückkommen, um sie zu erfüllen«, versprach sie. »Sobald wir den Drachen erledigt haben.« Sie schaute General Zardetto an, und in ihrem Blick tanzte der Eifer. »Warum kommen Sie nicht mit uns? Sie haben genug Transportkapazitäten, um unsere Einsatzgruppe abzurunden. Wir tragen den Kampf einmal zum Gegner!«

»Und lassen Cassias schutzlos zurück?«, fragte Zardetto. »Nein, danke. Ich verstehe unsere Rolle hier und unsere Pflicht dem Commonwealth gegenüber etwas anders.«

»Ja, ich kann verstehen, warum Sie lieber auf einem Garnisonsposten herumsitzen«, stellte sie mit kaum verhülltem Hohn über Zardettos Position als Kommandeur einer Panzereinheit fest. Er gehörte zu den wenigen Nicht-MechKriegern, die es bis zum Kommandeur einer Regimentskampfgruppe gebracht hatten.

»Meine Aufgabe ist es, das Commonwealth zu schützen«, erklärte Zardetto. »Nicht, mitzuhelfen, es zu zerreißen.«

Trotz seiner Worte hatte Tancred für einen Sekundenbruchteil den Hunger in Zardettos Augen gesehen. Der General war Tharkaner und ein treuer Anhänger Victors, daran war kein Zweifel möglich, aber trotzdem hatte ihn die Aussicht, gegen Haus Kurita Ruhm zu erlangen, einen Moment lang in Versuchung geführt. Tancred sah ein, dass er die 17. Avalon-Husaren verloren hatte. Dass sie schon verloren gewesen waren, bevor er jemals einen Fuß auf Cassias gesetzt hatte.

»Wir sollten gehen«, sagte er. Der Streit zwischen den beiden Offizieren konnte nur noch eskalieren. »Es ist alles gesagt.«

»Allerdings.« Lieutenant General Dzuiba stand steif auf. »Ich werde General Evans von Ihren Einwänden in Kenntnis setzen.« Sie nickte Tancred zu und verließ in stolzer Haltung den Raum, ohne Zardetto eines Blickes zu würdigen.

»Wir können sie stoppen«, erklärte Zardetto, kaum dass die Tür hinter ihr ins Schloss gefallen war. »Meine Lanciers könnten sie hier festhalten.«

Es war ein verlockender Gedanke, aber letztlich konterproduktiv. In mehreren nahen Systemen wurde bereits gekämpft, und wenn Tancred Victors Versuch, Katherine zu entmachten, unterstützen wollte, würde er sich einen Teil von Zardettos Truppen dazu ausleihen müssen.

»Nein«, entschied er. »Sollen sie starten. Wir kümmern uns später um sie. Falls sie jemals zurückkommen.«

23

**ComStar-HPG-Station, Deschuttes, Mogyorod
Melissia-Theater, Provinz Coventry,
Lyranische Allianz**

12. Februar 3063

Victor hatte die Gefechtszentrale der Garnison gegen Mogyorods HPG-Station eingetauscht. Die Ausrüstung war moderner, und die Atmosphäre erleichterte es ihm, sich auf die bevorstehenden Aufgaben zu konzentrieren. Wie die meisten ComStar-Gebäude verfügte die Station über großflächige Räume mit hohen Kuppeldecken und einer kargen Gebrauchseinrichtung, die sich nicht aufdrängte. Hier lenkte ihn nichts ab.

Wieder hatten sich Präzentor Irelon und Demipräzentor Schakow von der 244. Division zu Victor und Jerrard Cranston gesellt. Ein paar Adepten saßen an den Computerkonsolen und überwachten den Betrieb des Hyperpulsgenerators, aber sie konnten, wenn nötig, weggeschickt werden. Um einen großen Tisch sitzend, der holographische Sternkarten projizierte, studierten die MechKrieger die Systeme, die warnend gelb oder gefährlich rot blinkten – Anzeichen von Unruhen oder offener Rebellion. Welten wie Tharkad oder Coventry, die unter Katherines Kontrolle standen, leuchteten eisig blau. Welten, die sich für Victor erklärt hatten, glänzten golden, neutrale Systeme waren grau.

»Mogyorod.« Victor fuhr mit dem Finger durch die goldene Kugel. Er streckte die Hand fast bis zum gegenüberliegenden Rand des Tisches und deutete auf ein gelb blinkendes System. »New Avalon.« Er studierte seine Position am äußeren Rand der Lyranischen Allianz, während er den Rest seines Müsliriegels aß und ihn mit einem Schluck warmer Brühe hinunterspülte: ComStars Vorstellung von einem gesunden Imbiss. »Könnten wir den Krieg aus einer noch ungünstigeren Position beginnen?«

»Auf Coventry«, stellte Schakow fest, und in seiner Stimme fehlte jede Spur seines üblichen Humors. Das Massaker an der dortigen Miliz – und trotz Katherines Tarngeschichte war es nicht weniger gewesen – ließ keinen Raum für Witze.

Außerdem hatte es Schakow sichtlich irritiert, als Tiaret ihn und Präzentor Irelon bei der Ankunft mit einem tragbaren Metallsuchgerät abgetastet hatte. Nach zwei Monaten erzwungener Ruhe und Genesungszeit behielt die riesenhafte Elementarin alle Anwesenden misstrauisch im Auge. Raymond Irelon hatte die Überprüfung über sich ergehen lassen, ohne mit der Wimper zu zucken, aber Schakow hatte beleidigt gewirkt.

Normalerweise hätte Victor die beiden niemals so beschämt, aber Jerrard hatte darauf bestanden, Tiaret das letzte Wort über alle Sicherheitsmaßnahmen zu lassen.

»Es ist derselbe Mann, Victor«, hatte er wenige Wochen zuvor festgestellt. »Der Attentäter, der Melissa und Ryan Steiner getötet hat. Er ist zurück.«

»Kein Irrtum möglich?« Aber irgendwie hatte Victor es schon an dem trockenen, metallischen Geschmack der Angst erkannt gehabt, die ihn nicht mehr verlassen hatte, seit Omi nur knapp dem Tod entronnen war.

»Nein. Wir haben seine Blutspuren mit der DNS-Datei verglichen. Und wir hatten reichlich davon zur Verfügung.«

»Glaubst du, er ist auf Rache aus?« Victors Leute hatten den Attentäter einmal in die Falle gelockt und eingesetzt, um sich an einem der Verschwörer zu rächen, die am Tod seiner Mutter beteiligt gewesen waren. Sie hatten geplant, ihn danach zu exekutieren, aber der Mann war ihnen in einer brillanten Flucht entkommen.

Cranston schüttelte den Kopf. »Der Mann ist ein Psychopath reinsten Wassers. Der Gedanke käme ihm gar nicht. Nein, jemand hat ihn auf Omi Kurita angesetzt. Es könnte Katherine gewesen sein, um Euch zu treffen, aber heutzutage halte ich reaktionäre Elemente im Kombinat oder der Mark Draconis für wahrscheinlichere Auftraggeber. Und nach allem, was wir von diesem Mann wissen, hatten wir verdammtes Glück, dass er versagt hat. Diesmal.« Er hob die Arme und blockte Victors Antwort ab. »Sie ist vorerst in Sicherheit, Victor. Aber Fakt bleibt, dass der Attentäter ihr zu nahe gekommen ist, und wir haben seine Leiche noch nicht gefunden. Wir verschärfen alle Sicherheitsmaßnahmen in Eurer Umgebung, und solange Curaitis vermisst wird, ist Tiaret die beste Leibwache, die wir haben.«

»Vermisst, aber kaum abwesend«, stellte Victor fest. »Weißt du, dass die Gräfin Drake eine Kopie des neuesten Reginald-Starling-Gemäldes hat?« Was bedeutete, der Plan, Katherines Schuld am Tod Melissa Steiner-Davions zu beweisen, war endlich angelaufen und zeigte erste Erfolge. Es war ihre einzige Hoffnung, Katherine mit den Beweisen zu stellen, die sie benötigten, und sie mit einem schnellen Schlag auszuschalten.

Aber bis dahin blieben Victor nur militärische Mittel, um die blutige Herrschaft seiner Schwester zu beenden.

»Na schön«, sagte er und deutete wieder auf Mogyorod. »Wie gehe ich weiter vor?«

»Der Arc-Royal-Defensivkordon«, antwortete Präzentor Irelon sofort. »Ihr vertraut Morgan Kell, also solltet Ihr so schnell wie möglich zu ihm aufbrechen. Die Kämpfe auf Kikuyu sind für meinen Geschmack zu nahe. Es lässt sich nicht vorhersagen, wo sie zuschlagen werden, sobald die Kavallerie zerschlagen ist. Morgan Kell hat ein Dutzend Regimenter unter seinem Befehl, die bereitstehen, Euch zu verteidigen.«

Kikuyu lag keine zwanzig Lichtjahre von Mogyorod entfernt. Der Planet blinkte rot auf der Hologrammkarte. Die 6. Donegal Guards und Söldnereinheit Storms Metallgewitter hatten die 8. Leichte Deneb-Kavallerie angegriffen, nachdem diese sich geweigert hatte, Partei zu ergreifen.

»Mehr«, fügte Schakow hinzu, »wenn Ihr die drei ComGuards-Divisionen im ARD und unsere 244. dazurechnet.«

»Die ComGuards kann ich nicht einrechnen«, lehnte Victor ab. »Jerry?«

Cranston betrachtete die Karte stirnrunzelnd. »Der ARD gehört Euch, sobald Ihr Euch mit Morgan in Verbindung setzt. Das verspricht er Euch seit vier Jahren. Aber er bewacht auch einen großen Teil unserer Grenze zu den Jadefalken, und wenn wir die Grenze schwächen, werden die Clanner angreifen.«

»Genau das denke ich auch. Ich muss New Avalon vergessen und mich auf die Allianz konzentrieren. Es geht nicht wirklich um den Thron, und ich mache es mir schon schwer genug damit, dass ich die Vereinigten Sonnen wiederzubeleben versuche. Ich muss die Lyraner davon überzeugen, dass dies ebensosehr ihr Kampf ist wie meiner, und mir unterwegs eine Armee aufbauen. Was hast du anzubieten?«

»Blue Hole und Chahar sind Todesfallen, in deren Nähe Ihr nicht einmal kommen dürft. Auf Newtown Square am Rand zur Peripherie stehen die 39. Avalon-Husaren, die sich für Euch erklärt haben, aber möglicherweise braucht Ihr sie, um Adam Steiner auf Barcelona festzuhalten. Ich persönlich würde den Weg über Winter und Inarcs empfehlen, um uns die Produktionsanlagen dort zu sichern. Winters Garnison sind die 7. Crucis-Lanciers, Elite-Truppen, die wir gut gebrauchen könnten. Außerdem könnte das 15. Lyranische Heer auf Hood IV zu uns überlaufen, oder vielleicht auch die Leichte Deneb-Kavallerie, jetzt da Katherine sich entschieden hat, an ihnen ›ein Exempel zu statuieren‹.«

Präzentor Irelon schüttelte den Kopf und sein langer grauer Pferdeschwanz tanzte über seinen Schultern. »Für die Leichte Kavallerie gibt es keine Rettung mehr. Sie halten bestenfalls noch eine Woche durch. Selbst wenn Ihr die Truppen hättet, könnten sie nicht mehr rechtzeitig dort sein.«

»Moment, Moment, Moment.« Demipräzentor Schakow hob verwirrt die Hand. »Ihr habt mich irgendwo bei Kikuyu verloren.« Er sah scharf von einem zum anderen. »Weshalb könnt Ihr die ComGuards nicht einrechnen? Zwischen uns und den Sternenbund-Verteidigungsstreitkräften hätte Katherine keine Chance, Euch aufzuhalten.«

Victor sah Irelon an, der den Blick mit säuerlicher Miene erwiderte. »Ich war mir nicht sicher, ob Ihr Rudolf in Eure Besprechungen einbeziehen würdet«, erklärte er. »Ich habe es ihm nicht gesagt.«

Irelon wollte es ihm nicht selbst sagen, übersetzte Victor.

Schakow schaute den Prinzen an. »Hoheit?«

Victor atmete schwer aus. »Ich bin als Präzentor Martialum ComStars zurückgetreten«, erklärte er dem jungen Offizier. »Und auch als Befehlshabender General der SBVS.«

»Um Blakes Willen, Victor! Warum?«, brüllte Schakow und sprang auf. Victor hob die Hand, um Tiaret zu bremsen, deren Bewegung er bei diesem Ausbruch hinter sich bemerkte. Auch der Demipräzentor sah ihre Reaktion und riss sich mit sichtlicher Anstrengung zusammen.

»Was die SBVS angeht, um zu verhindern, dass man ihm das Amt entzieht«, mischte Cranston sich ein. »Katherine hätte Sun-Tzu Liao und Thomas Marik mit der Argumentation dazu bringen können, mit ihr gegen Victor zu stimmen, dass der Sternenbund keine Autorität über eine Angelegenheit hat, die so eindeutig eine interne Auseinandersetzung zwischen der Allianz und den Vereinigten Sonnen ist. Nicht, solange das derzeitige legale Staatsoberhaupt ihn nicht zum Eingreifen auffordert.«

»Und das ist Katherine«, nickte Schakow. »Gut. Zugestanden. Aber die ComGuards? Die Prima würde uns bestimmt unterstützen.«

»Vielleicht«, gab Victor zu. »Aber es ist keineswegs sicher, dass der Erste Bereich die Prima darin unterstützen würde. Wir haben uns über das Kräfteverhältnis bei einer Abstimmung unterhalten, und alles lief darauf hinaus, wie Präzentor Rasalhaag Gardner Riis sich entscheiden würde. Ich hatte keine Lust, Sharilar Moris Position von diesem Mann abhängig zu machen. Das war ein Grund.«

»Und der Zweite?«, fragte Schakow spürbar frustriert.

Irelon übernahm es, ihm zu antworten. »Der zweite Grund ist, dass ComStar, genau wie der Sternenbund, neutral bleiben *muss*. Welches Große Haus würde uns noch trauen, wenn wir uns auf Victors Seite gegen eine legale Regierung schlügen? Erinnere dich daran, wie es Blakes Wort bis heute nicht geschafft hat, sich in den Nationen der Inneren Sphäre zu etablieren. Sie bevorzugen so deutlich Thomas Marik und die Liga Freier Welten, dass niemand ihnen vertraut.«

»Ganz zu schweigen davon, dass dies wirklich eine Angelegenheit ist, die am besten innerhalb der Lyranischen Allianz und der Vereinigten Sonnen geklärt werden sollte«, fügte Victor hinzu. »Das Mandat für die Regierungsänderung muss vom Volke kommen, nicht durch Druck Außenstehender, sonst finge das Spiel nur von vorne an. Wenn ich Mogyorod verlasse, bleiben die ComGuards hier.«

»Na schön«, gestand Schakow, wenn auch deutlich verärgert, mit einem knappen Nicken zu. »Und wer ist jetzt unser Präzentor Martialum?«

»Zeitweiliger Präzentor Martialum«, korrigierte Victor. »Ich habe die Position nicht endgültig niedergelegt, sondern lasse sie nur vorerst ruhen, um ComStars Neutralität zu wahren.« Er sah Cranstons aufmunterndes Nicken und Irelons angewiderte Miene. »Ich habe sie an Präzentor Tharkad Gavin Dow übergeben.«

Das schockierte Schweigen dauerte ganze zwei Sekunden. »Dow! Victor… Hoheit… Gavin Dow ist gefährlich. Selbst hier am Rand des lyranischen Raums haben wir gelernt, uns vor unserem eigenen Präzentor Tharkad vorzusehen.« Schakow starrte Präzentor Irelon hilfesuchend an, der dreinblickte, als habe er eine ganze Zitrone gegessen. »Warum ausgerechnet er?«

»Weil er der Einzige ist, bei dem ich mir sicher bin, dass er die Position am Ende des Krieges wieder freigibt.«

»Ich finde immer noch, Ihr solltet das Amt Anastasius Focht zurückgeben«, erklärte Irelon. Denselben Einwand hatte er bereits zwei Tage zuvor vorgebracht. »Focht hat Erfahrung mit dem Amt, und er ist der ehrbarste Mann, den ich je getroffen habe.«

»Stimmt«, bestätigte Victor. Es gab nicht viele Menschen, denen Victor soviel Vertrauen entgegenbrachte wie seinem Vetter, dem geläuterten Frederick Steiner. »Aber Anastasius ist unterwegs in den capellanischen Raum, um einen Waffenstillstand zwischen der Konföderation und dem St. Ives-Pakt auszuhandeln. Dow wird seine Sache gut genug machen. Er hat kein wirkliches Interesse am Amt des Präzentors Martialum, auch wenn er es ausnutzen wird, um sich einige Vergünstigungen zu verschaffen.«

Irelon wirkte alles andere als überzeugt. »Ich traue dem Mann nicht.«

»Ich vertraue darauf, dass er auf seinen Vorteil bedacht ist«, antwortete Victor. »Er wird aus Eigeninteresse handeln, und das macht ihn weitgehend berechenbar.«

Cranston mischte sich wieder ein. »Außerdem nehmen wir Katherine dadurch, dass Victor das Martialumamt an Präzentor Tharkad übergibt, einen ihrer direkten Repräsentanten bei ComStar, die Möglichkeit, ihn zu beschuldigen, er habe seine Autorität nur an einen Strohmann weitergegeben und würde sie in Wahrheit gegen sie ausnutzen.«

»Solange Dow bereit ist, sie in ihrem Namen auszunutzen«, stellte Irelon fest und zog eine ComStar-Nachricht aus der Robe. Er reichte sie Victor. »Habt Ihr das auch vorhergesehen?«

»An Präzentor Irelon«, las Victor vor. »Befehlshaber ComGuards, 244. Division. Hiermit weise ich dich an, alle Verbindungen zu Victor Steiner-Davion, seinen Begleitern und seinen Streitkräften abzubrechen. Bis auf Weiteres ist ihm kein Zugriff auf ComGuards-Material und -Einrichtungen mehr zuzugestehen, außer im Rahmen üblicher Geschäftsbeziehungen wie jedem anderen Kunden auch. Gezeichnet Zeitweiliger Präzentor Martialum Gavin Dow.« Er warf Cranston ein dünnes Lächeln zu. »Ja, das haben wir erwartet, wenn auch nicht ganz so schnell. Wann hast du das bekommen, Raymond?«

»Unter uns? Gestern«, gab der Präzentor zu. »Warum?«

Jerrard Cranston schnitt eine Grimasse. »Weil heute Morgen die *Gottes Wille* das System verlassen hat. Die Blakisten wussten, dass es sich nicht mehr lohnte, Victor zu beschatten.« Er schüttelte den Kopf. »Aber das hilft uns nichts. Das Leck kann sich irgendwo zwischen Tharkad und hier befinden.«

»Ein Blakistenspion? Auf Mogyorod?«, fragte Schakow. Irelon nickte, und der Demipräzentor sank entgeistert zurück. Er salutierte Tiaret, um anzudeuten, dass er jetzt mit ihren Sicherheitsvorkehrungen ganz und gar einverstanden war.

Victor achtete sorgfältig darauf, nicht über diesen plötzlichen Sinneswandel zu lächeln. ComStar hatte teuer für die Lektion bezahlt, dass man die Fanatiker von Blakes Wort nicht unterschätzen durfte.

»Offiziell«, fragte er. »Wann tritt dieser Befehl in Kraft?«

Präzentor Irelon rutschte unbehaglich auf seinem Platz hin und her. Er verschränkte die Hände und starrte auf die bunten Sterne der Hologrammkarte. »Ehrlich gesagt, Hoheit, tritt er in Kraft, wann Ihr es wollt, oder bei Eurem Abflug von Mogyorod. Bis dahin gehören diese Station und die Garnison Euch.«

Victor atmete heftig aus. »Danke, Raymond. Ich verlasse mich darauf, wenn auch nicht mehr lange. So weit Jerry und ich das sagen können, ist die erste Welle startklar. Richtig?«

Cranston zögerte. »Auf ein paar Welten ist Katherine uns zuvorgekommen und hat die ersten Einheiten, die auf Euren Aufruf reagiert haben, festgesetzt. Doch wir haben noch mindestens ein Dutzend, die auf Befehle warten.« Er machte eine Pause. »Ich bin weniger glücklich über die Reaktion in der Mark Draconis. Arthurs Tod hat alles durcheinander gewirbelt. Wir haben eine ganze Reihe Einheiten verloren, von denen ich sicher war, sie würden zu Euch überlaufen, einschließlich der Söldner vom 8. Einsatzregiment der Kämpfenden Urakhai. Sie greifen zusammen mit der 12. Leichten Deneb Haus Kurita auf Al Na'ir an.«

»Das wird sich noch zeigen«, stellte Victor fest. »Ich werde sie mit den ersten Befehlen zurückbeordern, aber wer weiß, wann sie die Order erhalten? Trotzdem, meine Frage steht noch im Raum, Jerry. Sind wir soweit?«

»Ja, Victor. So bereit, wie wir nur sein können.« Ein verschmitztes Lächeln trat auf seine Züge. »Ehrlich gesagt sind wir bereiter, als Ihr Euch träumen lasst.«

»Wie meinst du das?«

»Nun, als Ihr mir aufgetragen habt, die Truppen zu alarmieren, habe ich genau das getan. Alle Truppen. Nicht nur die Einheiten des Vereinigten Commonwealth und der Lyranischen Allianz, sondern alle Einheiten, die in Operation Bulldog oder Einsatzgruppe Schlange für Euch gekämpft haben. Und sie antworten. Aus der ganzen Inneren Sphäre sind zusätzlich zu den regulären Regimentern, die sich für Euch erklärt haben, einzelne Krieger, Lanzen und Kompanien aus allen Großen Häusern unterwegs, sogar aus zwei Peripherienationen.«

»Du machst Witze«, sagte er, wusste aber gleichzeitig sehr genau, dass Jerry Cranston über etwas so Bedeutendes keine Scherze machen würde. Victor schwoll die Brust vor Stolz, dass die Männer und Frauen, die er befehligt hatte, selbst nach zwei Jahren und der Rückkehr in ihre Heimat und ihr altes Leben noch so positiv reagierten. »Was hilft uns das?«

»Wenn sie alle eingetroffen sind? Ein, zwei zusätzliche Regimenter, mit voller Unterstützung. Und Motivation. Die Antworten gleichen sich alle weitgehend. Wenn Ihr ein Ende von Katherines Tyrannei fordert, reicht ihnen das. Und die meisten haben auch gefragt, warum Ihr dazu so verdammt lange gebraucht habt.«

Victor lächelte dünn. »Was soll ich darauf antworten? Organisier sie in einer Fremdenlegion, wie sie eintreffen. Halte sie von den regulären Streitkräften getrennt. Ich werde sie einsetzen, wenn es nötig wird, aber das bleibt ein Kampf, den die Bürger des Commonwealth und der Allianz gewinnen müssen.«

»Wird erledigt, Victor«, versprach Cranston. »Wir brauchen nur eine Marschrichtung.«

Victor schaute auf und musterte Tiaret Nevversan, Raymond Irelon und Rudolf Schakow. Beide ComGuardisten strahlten Siegessicherheit aus, aber wieviel davon dem Plan und wieviel seiner Person galt, hätte er nicht sagen können. Tiaret wirkte so stoisch wie immer.

»Also Newtown Square«, entschied er. »Rein und raus, bevor Adam auf Barcelona etwas mitbekommt. Wenn er mich danach erwischen will, wird er mir nach Winter folgen müssen. Wir brauchen die Fabriken, und ich plane, sie mir zu holen.«

Er beugte sich vor und tippte etwas in die Tastatur des Kartentisches. Über der Tischplatte wuchs ein kleiner, goldener Stern plötzlich auf doppelte Größe und verdeckte fast das eisblaue System etwas weiter kernwärts. Zwei folgende Systeme schwollen kurz darauf auf dieselbe Größe, beide neutral grau.

»Newtown Square, Hood IV, Winter. Das ist der Plan für die erste Welle.« Victor verschränkte die Arme vor der Brust. »In zwei Wochen fliegen wir ab.«

24

Tuskangesenke, Mayetta
Mark Draconis,
Vereinigtes Commonwealth/Vereinigte Sonnen

8. März 3063

»Yalos! General Yalos, wo bleiben die Verstärkungen?«

Tancred Sandoval hörte nur ein Rauschen, das in der Enge des Neurohelms besonders laut knisterte. Der *Nachtstern* wankte unter dem Einschlag einer zweiten und dritten Gausskugel in seine rechte Seite. Panzertrümmer regneten auf den Marschboden der Tuskagesenke Mayettas und glitzerten wie schwerer Morgentau. Der letzte Einschlag beschädigte die Abschirmung des Fusionsreaktors und ließ die Innentemperatur des Mechs steil ansteigen. Eine Hitzewoge brandete durch das Cockpit, schlug gleichzeitig aus dem Boden und aus den Ventilationsschlitzen des Klimasystems. Tancred schnappte nach Luft. Die Kühlweste hielt seine Körpertemperatur im erträglichen Bereich, aber der Schweiß lief ihm übers Gesicht und die bloßen Gliedmaßen.

»Verdammt«, flüsterte er, leise genug, um das Helmmikro nicht zu aktivieren. Tancred steuerte den BattleMech im Rückwärtsgang aus der Gefahrenzone und drehte den Torso nach rechts, um die beschädigte Rumpfseite vor weiteren Treffern zu schützen. Mit einem Ruck riss er den Knüppel zurück nach links und zog das Fadenkreuz über die Linie der feindlichen Maschinen, bis er es auf der breitschultrigen Silhouette eines 9K-*Victor* anhielt. Mit überlegener Feuerkraft jagte Tancred zwei Gausskugeln in den gegnerischen Kampfkoloss, dann schälte er mit der Extremreichweiten-PPK noch zusätzlichen Panzerschutz von einem Bein.

Angeschlagen, aber noch nicht besiegt, aktivierte

der *Victor* die Sprungdüsen und floh in die Deckung eines dichten Nadelwalds. Trotz Tancreds Befehl, ihn ziehen zu lassen, setzten zwei schnelle Schweberlanzen ihm nach.

Nur eine Lanze kehrte zurück.

Das Bataillon MechKrieger, das er sich von den 3. Crucis-Lanciers ausgeliehen hatte, reagierte positiv auf Tancreds Führung, nicht zuletzt Dank Major Rianna Lowrys enthusiastischer Unterstützung. Aber das Panzerregiment, das General Zardetto ihm ebenfalls zur Verfügung gestellt hatte, war zu sehr daran gewöhnt, das Feld zu beherrschen. Die Bremond-MDM nutzte diese Tendenz seiner Einheiten geschickt aus und lockte immer wieder große Truppenteile in die Falle, um sie dann abzuschlachten. Sehr beeindruckend für eine unerfahrene Milizeinheit beim ersten Versuch einer planetaren Invasion. Es war wirklich schade, dass Tancred sie würde vernichten müssen, so gut er das konnte. Warum hatten sie sich nicht für Victor entscheiden können?

So wie es die Mayetta-MDM getan hatte, die örtliche Regimentskampfgruppe der Mark-Draconis-Miliz unter dem Befehl der Familie Yalos. Die Yalos waren Opportunisten, und obwohl sie bisher Katherine unterstützt hatten, waren sie problemlos auf Victors Seite umgeschwenkt, nachdem mehrere der benachbarten Systeme sich für ihn erklärt hatten. Von Visionen möglicher Adelstitel berauscht, hatten sie ihre Loyalität radikal und sehr öffentlich geändert. Herzog Sandoval hatte die Miliz daraufhin zwar nicht offiziell zu Rebellen erklärt, aber er hatte ihr seine Unterstützung entzogen, und das hatte genügt, die MDMs von Bremond und Milligan zu einer Invasion zu überreden. Kirk Yalos hatte Tancred zu Hilfe gerufen und im Gegenzug die RKG seines Sohns Victors Sache verpflichtet.

Falls sie den Kampf überlebte. Jason Yalos hätte

schon vor Stunden die Vorhut der Milligan-MDM zerschlagen und an Tancreds Seite zurückkehren sollen, um die Bremond-Miliz zu stoppen. Der Schlachtplan war einfach genug gewesen: Wenn es gelang, die milliganische Luftunterstützung auszuschalten, würde das die gesamte Einheit ausschalten. Eigentlich war dies so simpel, dass nicht einmal ein ›Gesellschaftsgeneral‹ wie Jason es verpatzen konnte.

Mit einer Flankenbewegung der ihm noch verbliebenen Panzertruppen nach Osten gelang es Tancred, die linke Flanke der Bremonden zu bedrohen und sie nach Westen in ein von seiner Pionierkompanie angelegtes Minenfeld zu treiben. Eine komplette Scoutlanze ging in einem beindruckenden Feuerwerk unter, aber der Hauptteil der Streitmacht hielt noch außerhalb des Minenfelds an und formierte sich mit erstaunlicher Geschwindigkeit neu.

Als die Bremond-MDM aus der fast gelungenen Falle in die Schlacht zurückkehrte, ging Tancred ein riskantes Spiel ein. Er befahl Major Lowry, die Hauptstreitmacht nach eigenem Ermessen anzugreifen und führte seine SturmKompanie vorwärts, um die Linien der MDM aufzubrechen.

»Ich brauche Luftunterstützung auf Raster Elf Bravo!«, rief er über Befehlsfrequenz, während er seine Waffen so schnell wie möglich nachlud und eine beachtliche Rechnung für verbrauchte Munition und Panzerung machte.

»In Ordnung, Baron Sandoval. Wir kommen zu Ihnen runter. Befehle?«

»Feuern Sie auf die hinteren Linien.« Durch die Hitze ausgetrocknet lag Tancreds Zunge schwer und dick in seinem Mund, und er schluckte trocken, um seiner Stimme neue Kraft zu geben. »Halten Sie die Infanterie unten und sorgen Sie dafür, dass die Mechs Deckung suchen.«

Zusätzlich rief er zwei Kompanien schwere Panzer auf, die durch die Bremonder Ostflanke stießen. Nach dem Verlust von nur zwei Fahrzeugen schlossen sie zu seiner Einheit auf und schnitten damit effektiv ein Viertel der gegnerischen Truppen vom Rest ihrer Streitmacht ab, gerade als eine komplette Staffel *Luzifer*-Luft/Raumjäger aus dem über ihnen am Himmel tobenden Luftkampf herabstieß und die hinteren Reihen der Bremond-Formation mit einem Raketenbombardement beharkte.

Jetzt bewiesen die Crucis-Lanciers ihre Überlegenheit durch den koordinierten Einsatz unterschiedlichster Einheiten, die das plötzliche Chaos in den Linien der Miliz ausnutzten. Tancred brachte seine Sturm-Kompanie herum, kehrte dem Hauptteil der verwirrten Milizionäre den Rücken zu und stürmte auf das abgetrennte Viertel ein, während die halbe Kompanie, die er zu den Kundschaftern abgestellt hatte, sie von hinten bedrängte. Ein Bataillon Lancier-Panzer stürzte sich von Osten auf die MDM. Er hätte es sich nicht besser wünschen können. Lowrys zweite Kompanie und zusätzliche Panzertruppen kümmerten sich um die Hauptstreitmacht des Bremondenregiments und hinderte sie daran, vorzurücken und Tancred auf dem Amboss des abgetrennten Viertels zu zertrümmern. Mehr als Sekunden brachte ihm das nicht, aber dies konnte unter Umständen schon genug sein, um die Miliz ernsthaft zu verwunden.

Mit lockeren dreißig Stundenkilometern als Schrittmacher seiner Kompanie vorrückend erwischte Tancred einen Bremond-*Vollstrecker*, der zwischen Lancier-*Bulldogs* in der Falle saß. Die mit je einem schweren Laser und zwei Vierer-Raketenlafetten bestückten Panzer ließen nicht locker und waren zusammen dem Mech an Feuerkraft überlegen. Als Tancreds 95-Tonnen-BattleMech sich noch zusätzlich einmischte, ging der *Vollstrecker* zu Boden, von einer zerrissenen Laufkette abgesehen, ohne an einem der Panzer nennenswerten Schaden angerichtet zu haben.

Danach wurde Tancred in einen brutalen Schlagabtausch zwischen seinem *Nachtstern* und einem bestens gepanzerten *Highlander* verwickelt, während seine Sichtprojektion sich mit immer mehr Symbolen feindlicher Einheiten füllte. Er bemerkte die Gefahr erst, als der Alarm aufheulte und er durch das Kanzeldach die grauen Qualmspuren anfliegender Raketen sah. Zwei *Pegasus*-Scoutpanzer brachen durch seine überschwere Mechkompanie, um sich in Sicherheit zu bringen, und bombardierten ihn auf dem Weg mit zwei Dutzend Kurzstreckenraketen, die seine Mechpanzerung von Kopf bis Fuß aufrissen. Eine Rakete schlug in die Seite des Mechkopfes ein und schleuderte ihn in den Gurten der Pilotenliege herum wie eine Stoffpuppe in einem Wäschetrockner. Eine Zweite traf das Kanzeldach und ließ das Panzerglas splittern, ohne allerdings durchzuschlagen.

Tancred entging nur knapp einer Ohnmacht. Ein geübter Blick auf die Schadensanzeige, und er stellte einen beschädigten Armaktivator und zwei geborstene Wärmetauscher fest. Glück gehabt. Wie durch ein Wunder war keiner der zwei Dutzend Raketentreffer in dem klaffenden Riss an der rechten Rumpfseite der Maschine gelandet.

Den *Highlander* einen Moment außer Acht lassend, senkte er die Mecharme und schickte den heranrasenden Schwebepanzern je eine Gausskugel entgegen. Eine streifte ihr Ziel nur und prallte ins Schlachtgetümmel ab. Die andere schlug durch den Geschützturm des zweiten Schwebers und zertrümmerte beide Lafetten, ohne jedoch eine Explosion auszulösen. Offenbar waren sämtliche Abschussrohre leer, und er hatte den Panzer erwischt, bevor er nachladen konnte.

Er hatte bewusst darauf verzichtet, die PPK abzufeuern, um die Abwärme niedrig zu halten, und vor Verzweiflung trat er mit einem riesigen Metallfuß aus, als die beiden schnellen Luftkissenpanzer an ihm vorbei jagten.

Sein Tritt erwischte den beschädigten Schweber unter der Schürze und hob ihn auf der rechten Seite weit genug an, um das Luftkissen aufzulösen. Der Panzer kam hart wieder auf, so dass der etwas vorstehende rechte Vorderrumpf sich in den Boden bohrte. Dadurch überschlug er sich, und der elegante Schweber löste sich in seine Einzelteile auf. Er explodierte in der Drehung in einem Feuerball, der die Flugbahn des Wracks noch irrwitziger erscheinen ließ.

Lieutenant Brett Mathews' *Destruktor* erwischte das zweite Fahrzeug, bevor es der Falle entkommen konnte, aber die Flucht hatte begonnen, und es war unmöglich, ein Bataillon von Bremond-MDM-Maschinen aufzuhalten, dessen einziges Ziel darin bestand, durch Tancreds schmale Gefechtslinie zu brechen. Sprungfähige Mechs stiegen in die Lüfte, und Schweber beschleunigten auf Geschwindigkeiten, mit denen kein Kampfkoloss mithalten konnte. Andere stürmten vorwärts, so gut sie konnten und traten die Lanciers-Panzer beiseite, statt sich den überschweren Mechs der von Westen anrückenden SturmKompanie zu stellen. Tancred packte die Kontrollen des *Nachtstern* fester und fluchte. Zwei Mechkompanien mehr, und er hätte die Falle wasserdicht machen können. Wo, zur Hölle, steckte Jason Yalos?

»Vorsicht! Baron Sand…«

Ob Rianna ihren Warnruf je zu Ende brachte, erfuhr Tancred nicht. Sein Näherungsalarm kreischte ohrenbetäubend auf, einen Sekundenbruchteil nachdem der *Highlander* mit rußgeschwärzten Füßen vom Himmel fiel. Er hörte den knirschenden Protest der berstenden

Panzerung, als der *Nachtstern* nach hinten umgeworfen wurde.

Unter Piloten des neunzig Tonnen schweren *Highlander* wurde das Todessprungmanöver ›Highlandbegräbnis‹ genannt. Das Prinzip blieb gleich. Man schoss auf Flammenzungen aus superheißem Plasma bis auf maximale Sprunghöhe, schaltete die Düsen aus und stürzte geradewegs auf einen anderen Mech oder ein Fahrzeug hinab. Der das Manöver ausführende Mech konnte einen Teil des Aufpralls mit seinen Beinaktivatoren abfangen, während sein weniger glückliches Ziel in aller Regel zusammenbrach.

Tancred hatte Glück gehabt, dass keiner der riesigen Mechfüße der gegnerischen Maschine auf dem Kopf des *Nachtstern* gelandet war, denn das hätte er sicher nicht überlebt. Aber die knochenbrecherische Wucht, mit der fünfundneunzig Tonnen aufrechten Metalls zu Boden gingen, blieb ihm nicht erspart. Seine Zähne schlugen krachend aufeinander und sein Rückgrat schien in Flammen aufzugehen, als sein Kopf so hart nach hinten schlug, dass er es durch den Neurohelm spürte.

Er verlor nicht völlig das Bewusstsein, schwamm aber benommen durch einen Nebel aus blinkenden Lichtern und Alarmglocken und suchte nach der Steuerung. Den Knüppel konnte er mit wedelnder Hand entdecken, nicht aber den Schubhebel. Doch das spielte keine Rolle. Durch das Kanzeldach konnte er den *Highlander* riesig und tödlich aufragen sehen. Der Kampfkoloss ignorierte das Geschützfeuer von Tancreds Lanzenkameraden und schwang ein Gaussgeschütz in Schusslinie mit seinem Cockpit. Er selbst schaltete auf das Gaussgeschütz im linken Mecharm, dem einzigen seiner Kampfmaschine, der noch funktionierte. Der Miliz-Pilot drückte zuerst ab, aber das Feuer von Lieutenant Mathews *Destruktor* lenkte den

Schuss ab, und die überschallschnelle Nickeleisenkugel traf nur den rechten Arm des *Nachtstern*, den sie in Höhe des Schultergelenks glatt vom Rumpf trennte.

Eine zweite Chance würde sein Feind nicht bekommen, schwor Tancred sich.

Er streckte den linken Mecharm aus, strich über den Feuerknopf und jagte die Gausskugel geradewegs ins Gyroskopgehäuse des *Highlander*. Einen Meter tiefer, und das Geschoss wäre zwischen den Beinen des BattleMechs hindurch davongeschossen. Aber der Treffer im unteren Torso war der Untergang des MDM-Mechs. Die Metallpanzerung wurde vom Einschlag der Gausskugel in den Kreiselstabilisator gedrückt, der sich explosionsartig auflöste. Der *Highlander* kippte nach hinten, dann schien er sich einen Augenblick auf die Fersen zu stemmen, als das Kanzeldach weggesprengt wurde und der Pilot ausstieg. Jetzt nicht nur der Balance, sondern auch noch seines Gehirns beraubt, krachte der überschwere Kampfkoloss mit ungebremster Wucht auf den harten Boden, mit dem Tancred schon vorher Bekanntschaft gemacht hatte.

»Au, das tut weh!«, rief Major Lowry über die offene Frequenz. »Zumindest hoffe ich es. Weilen Sie noch unter uns, Baron?«

Tancred schluckte Blut und tastete mit der Zunge seine Zähne ab. Zumindest waren sie noch alle vorhanden. Mit heftigem Blinzeln verschaffte er sich allmählich wieder klare Sicht, fand den Schubhebel und brachte den *Nachtstern* noch einmal auf die Beine.

»Angeschlagen und gehörig wund, Major, aber ja, ich bin noch da.« Er betrachtete die Sichtprojektion und stellte fest, dass die Bremond-MDM sich nach dem Verlust nahezu eines Viertels ihrer Gesamtstärke zurückgezogen hatte, um sich neu zu gruppieren. *Nicht schlecht*, gestand er sich ein. Es war ihnen gelungen, die MDM mit einer kaum mehr als halb so großen Streitmacht empfindlich zu treffen, und wenn man nur die Mechs zählte, betrug sie sogar bloß ein Drittel. Wirklich nicht schlecht.

Aber es hätte noch erheblich besser sein können.

»Das reicht, Major. Nehmen Sie mit, wen Sie finden können. Den *Highlander* schleppen wir mit zurück, und genauso alle anderen Mechs, die eine Bergung wert sind.«

Rianna Lowry klang nicht sonderlich überrascht. Sie schien allerdings Rückzugsbefehle zweimal hören zu müssen. »Wir greifen sie nicht noch einmal an?«

Es stimmte schon, dass die 3. Lanciers der Bremond-MDM mehr Schaden zugefügt hatten, als sie selbst hatten einstecken müssen, aber nur gerade so eben. Und Tancred war sich des Ungleichgewichts in ihrer reinen Feuerkraft immer noch sehr bewusst. Die Situation ließ keinen Raum für Fehler. Ohne die Verstärkungen unter General Yalos verlangte die Vernunft, dass sie sich zurückzogen und die Lage einschätzten.

»Für heute reicht mir ein Unentschieden«, antwortete er. »Wir haben sie verwundet, und mit ziemlicher Sicherheit halten sie uns im Augenblick für weit stärker als wir tatsächlich sind. Das sollten wir ausnutzen und uns ein paar anständige Bergungsgüter sichern. Sie dürfen nicht vergessen, dass die Bremond- und Milligan-MDM weitab von ihren Nachschublinien stehen. Wir können es uns leisten, auf Zeit zu spielen. Sie nicht. Und ich fürchte, dieser Krieg wird einige Zeit brauchen.«

25

Sherwood Forest, Al Na'ïr
Präfektur Al Na'ïr, Militärdistrikt Dieron,
Draconis-Kombinat

24. April 3063

Wer wollte da noch behaupten, die Dracs hätten keinen Sinn für Humor?

Während des sporadischen Schusswechsels mit den Überresten der BefehlsKompanie des 24. Dieron wuchtete Major Gerald DuBois von den Kämpfenden Urakhai seinen *Drachenfeuer* durch Al Na'ïrs Sherwood Forest. Er führte das seinem Mech in lockerer Formation folgende 8. Einsatzregiment durch ein Labyrinth von stehenden Felsen, Sackgassenschluchten, Dampfvakuolen und Geysiren. In diesem ganzen ›Wald‹ war nicht ein Baum zu finden. Nicht die geringste Spur von Vegetation schaffte es, in diesem vergifteten Boden Wurzeln zu schlagen.

Wirklich äußerst witzig.

Sein Mund war zu einem harten Strich verkniffen. DuBois lächelte nur kurz, als sein schwerer Laser einen Treffer in die Flanke eines flüchtenden *Daikyu* senkte, den Mech, der seiner festen Überzeugung nach Tai-sa Buntari Akihito gehörte. Es war nur ein leichter Schaden, aber er hoffte, mit dem Gaussgeschütz nachzusetzen… bis er die Zielerfassung verlor. Schon wieder. Er riskierte den Schuss trotzdem, sandte die überschallschnelle Metallkugel auf den Weg und fluchte, als der silbrige Schemen von einer geschwärzten Felswand abprallte.

Der *Daikyu* verschwand hinter dem Felsausläufer.

Den ganzen Tag schon ging das so. Immer wieder blinkte das Fadenkreuz plötzlich rot auf, statt zum Beweis einer sicheren Sensorerfassung stetig goldgelb zu leuchten. Das Dieron-Regiment hatte gewusst, was es tat, als es DuBois' Einheit in diese Albtraumszenerie lockte. Das mineralreiche Wasser, das durch die Felsen an die Oberfläche spülte, formte erstarrte Kaskaden dunklen, glitzernden Steins auf dem sonst fahl orangeroten Fels. Keine vollendet geformten Stalagmiten, wie DuBois sie letzte Woche in den Höhlen gesehen hatte, sondern platte, verformte Krusten über der Felsoberfläche, die Mechsensoren zur Verzweiflung trieben. Und die siedend heißen Dampfschlote und Geysire machten die Infrarotoptik ebenso nutzlos. Als Oberst Holsted eine Woche zuvor ein Opfer des 24. Dieron geworden war, hatte DuBois geschworen, Akihito bis in die Hölle zu hetzen. Der Tai-sa schien ihn beim Wort genommen zu haben.

»Major… DuBois«, klang eine leise, von Knistern und Zischen begleitete Stimme durch seinen Neurohelm. Es klang nach Kapitän Harris, der auf dem Stützpunkt geblieben war, den die ›Faule Acht‹ den Dracs abgenommen hatte. »…eine Prioritätsnachricht… Prinz Victor.«

»Muss warten«, befahl DuBois, und war sich nicht sicher, ob sein Funkspruch es überhaupt aus dem Wald schaffte. »Wir sind noch auf der Jagd.«

Aber nicht mehr lange. Die Befehlseinheit des Dieronregiments bestand nur noch aus neun Maschinen und war vom Hauptteil des Regiments abgeschnitten. Die Kompanie konnte sich dieses Rückzugsgefecht nicht leisten, im Gegensatz zu DuBois, der regelmäßig frische Mechs an die Front rotierte. Sie würden sich bald zum letzten Gefecht stellen müssen. Wie es sich für Samurai gehörte, würden sie den Ort ihres Todes wählen und in einem glorreichen, ehrenvollen letzten Sturmangriff zurückschlagen.

Hinter der nächsten Ecke war es soweit. DuBois war der Ankerpunkt seiner Linie von sechs BattleMechs, als sie vorwärts in eine von Dracs wimmelnde Sackgasse schwenkte. Die Sichtprojektion zeigte nur Datenmüll, verständlicherweise. Fast die gesamte Kesselschlucht war von glänzend schwarzen Mineralablagerungen überzogen. Nur an ein paar vereinzelten Stellen leuchteten schmutzig orangerote Streifen durch. Dampfschlote vernebelten die Luft, und mindestens vier Springquellen schleuderten in unregelmäßigem Abstand Fontänen kochenden Mineralwassers in die Höhe. Eine der Urakhai-Maschinen, ein schmalfüßiger *Habichtsfalke,* rutschte auf dem trügerischen Untergrund aus und stürzte. Der leichte Mech schlug mit den vollen fünfunddreißig Tonnen auf den rechten Arm auf und zertrümmerte seine Hauptwaffe.

Wie sich herausstellen sollte, hatte er damit im Vergleich zu den anderen noch Glück.

Wie eine überdimensionierte Sense aus sengender Lichtenergie schnitt das Laserfeuer der formierten Samurai durch die Schlachtreihe der Urakhai, dicht gefolgt von hämmerndem Gaussbeschuss und einem Orkan von Autokanonenfeuer. Raketen stiegen in den Himmel und regneten auf DuBois und seine Krieger herab. Eine kleine Salve schlug in den Kopf des *Drachenfeuer* ein und riss eine Schweißnaht zwischen den Panzerplatten knapp hinter dem Kanzeldach auf. Schrapnell flog durch das Cockpit. Ein Splitter prallte seitlich vom Neurohelm ab, ein anderer streifte seine Schulter und riss die Haut auf. Der Schwefelgestank des Sherwood Forest drang ins Innere der Kanzel, deren Luftdruck sofort zu sinken begann, und zwang DuBois schnell und flach zu atmen.

Zwei weitere Maschinen gingen unter dem konzentrierten Beschuss zu Boden und blieben reglos liegen, während der *Habichtsfalke* es zumindest schaffte, wieder aufzustehen. Dann tauchten vier weitere Söldnermechs hinter ihnen auf und verstärkten den gnadenlosen Gegenschlag mit ihren Geschützen. Weil er den Sensoren in dieser Umgebung nicht traute, zielte DuBois von Hand und suchte sich einen gedrungenen *Komodo* als Gegner aus. Der als AbfangMech für den Einsatz gegen Kröten ausgelegte 45-Tonner war mit zehn mittelschweren Lasern bewaffnet, die auch bei BattleMechs einiges an Schaden anrichten konnten.

Der schwere Laser des *Drachenfeuer* zielte zu hoch, aber die Gausskugel brach die Reaktorabschirmung des *Komodo* auf, und einer der mittelschweren Impulslaser setzte mit einem Schwarm smaragdgrüner Lichtbolzen nach. Eine Salve Splittermunition aus der Kaliber-80mm-Autokanone fraß sich noch tiefer in die Bresche und besorgte den Rest. Die Fusionsreaktion drang durch die abschirmenden Energiefelder. Goldenes Feuer schlug aus dem geborstenen Torso und hüllte den schmalen, vorspringenden Mechkopf ein. Dann gab der Reaktor in einer letzten, gewaltigen Explosion den Geist auf, die zwei andere draconische Mechs umwarf, die Bruchstücke des *Komodo* quer durch die Schlucht schleuderte und ein Fragment seines Gyroskops im Torso des *Drachenfeuer* versenkte.

Noch drei Urakhai-Mechs erreichten den Schluchteingang, und die Maschinen in der vordersten Reihe rückten gegen das 24. Dieron vor. DuBois achtete beim Schusswechsel mit einem draconischen *Panther* sehr genau darauf, wohin er bei jedem Schritt über den verräterisch glatten Boden die riesigen Metallfüße der Kampfmaschine setzte. Gleichzeitig suchte er den Kessel nach dem *Daikyu* ab. Der *Panther* versuchte einen Sturmangriff, rutschte aus und landete lang ausgestreckt vor den Füßen des *Drachenfeuer*. Der Major erlöste ihn mit einer sauber platzierten Gausskugel in den Hinterkopf von seinem Elend.

»MAJOR DUBOIS!«

Im Sherwood Forest hatte DuBois die Lautstärke

seines Kommsystems auf das Maximum hochgezogen, um trotz der Störungen noch etwas zu hören. Jetzt brüllte ihm Kapitän Harris plötzlich ohne die geringste Verzerrung in die Ohren. Offensichtlich funktionierte der mit Mineralablagerungen bedeckte Talkessel wie eine riesige Antennenschüssel. Seine Ohren klingelten, und er zog den Schieberegler des Kommsystems hastig tiefer, als gerade eine ganze Kompanie des Söldnerregiments vorrückte, um die überlebenden Draconier zu erledigen.

»Harris, wir sind hier durch. Die Jagd ist vorbei. Ich zähle noch vier, sechs... sieben weitere Dracs. Verdammt! Tai-sa Akihito und sein Stellvertreter sind entkommen, während seine Männer uns aufgehalten haben.«

»Tut mir Leid, das zu hören, Sir. Ich habe... Vielleicht sollte ich besser bis zu Ihrer Rückkehr warten.«

DuBois verstand, was sein Offizier ihm anbot. Eine wichtige Meldung über Prinz Victor war eingetroffen, aber Harris war bereit, sie für sich zu behalten, bis er Akihito und dessen Stellvertreter erledigt hatte. Das würde das 24. hilflos der kombinierten Schlagkraft der Urakhai und 12. Leichten Deneb ausliefern.

»Wird mir das gefallen, Harris?«

Kein Zögern. »Nein, Major. Ganz und gar nicht.«

»Dann lassen Sie es mich besser sofort hören«, befahl DuBois und bereitete sich auf die Nachricht von Victors Gefangennahme oder Tod vor. In dem Wissen, dass der Prinz zu weit entfernt war, um ihm direkt zu Hilfe zu kommen, hatte Oberst Holsted stattdessen entschieden, sich an Haus Kurita für den Tod Arthurs zu rächen. Hatten sie die falsche Wahl getroffen?

Das hatten sie tatsächlich, aber nicht so, wie DuBois es befürchtete. Auf dem Hilfsmonitor, der die von Harris überspielte Videonachricht abspielte, wirkte der Prinz bei bester Gesundheit, wenn auch deutlich verärgert.

»Oberst Holsted«, begann er ohne Umschweife. »Ich bin nicht sonderlich erfreut, um es höflich auszudrücken, dass Sie meine Bitte um Unterstützung ignoriert und stattdessen einen Privatkrieg gegen das Kombinat begonnen haben.« Victor stieß mit gefletschten Zähnen zischend den Atem aus. »Um genau zu sein, ich koche vor Wut. Sind Sie ehrbare Söldner oder Banditen, Oberst? Hätte ich einen Angriff auf Haus Kurita gewollt, hätte ich ihn befohlen. Bei unserem Kampf geht es darum, meine Schwester vom Thron zu entfernen, um zu verhindern, dass sie ihre Macht weiter missbraucht und noch mehr unschuldige Leben zerstört. Sie handeln nicht im besten Interesse der Vereinigten Sonnen, Sie befinden sich auf einem Rachefeldzug. Das ist nicht die Art Dienstauffassung, die ich von einer Einheit wie den Kämpfenden Urakhai erwarte. Vielleicht von den Waco Rangers. Und wir wissen beide, was aus denen geworden ist.« Victor machte eine kurze Pause, in der DuBois Gelegenheit hatte, über diese Anspielung nachzudenken. »Dadurch dass einige Einheiten, einschließlich der Ihren, ihre Posten verlassen haben, ist der Terranische Korridor verwundbar geworden. Ich brauche Ihnen wohl nicht zu erläutern, was das bedeutet. Daher möchte ich diese Gelegenheit benutzen, um Sie respektvoll aufzufordern, Ihre Leute, Mechs und MechKrieger-Ehre zusammenzupacken und gefälligst den Arsch zurück in diesen Krieg zu bewegen.« Die Nachricht endete jäh und ohne Abschied.

Major DuBois' Gesicht brannte vor Scham. Victor Steiner-Davion wusste, wie er sein Gegenüber treffen konnte. Aber was weit wichtiger war: Er hatte Recht. Ein innerer Feind war in jedem Fall wichtiger als ein äußerer, auch wenn DuBois seine Zweifel heruntergeschluckt hatte, solange Oberst Holsted den Befehl führte.

»Ihre Befehle, Major?«, fragte Harris und klang reichlich unsicher. Ohne Zweifel hatte ihm diese Nachricht auch gehörig zugesetzt.

DuBois griff zum Befehlston, um das Selbstvertrauen seines Untergebenen zu stärken. »Wir packen, Kapitän. Das war keine Bitte, das war ein Befehl des Ersten Prinzen. Informieren sie das 12. Deneb und laden Sie es ein, uns zu begleiten.« Er verzog kurz das Gesicht zu einer bitteren Grimasse. »Ich schätze, Buntari Akihito wird vorerst mit dem Leben davonkommen. Zur Hölle!«

Es war ein unerwartet schnelles Ende eines Bilderbuchangriffs. Gerald DuBois verstand, warum es notwendig war, den Feldzug abzubrechen, aber das hieß nicht, dass es ihm behagte. »Harris, sorgen Sie dafür, dass die Fahne der Urakhai weiter über der Basis weht. Die Dracs sollen wissen, dass wir noch nicht mit ihnen fertig sind. Und dann schicken Sie Bergungsteams zum Sherwood Forest und rufen Sie die Landungsschiffe. Wir fliegen heim und sehen nach, was Prinz Victor braucht.«

* * *

Culdprärie, Newtown Square
Melissia-Theater, Provinz Coventry,
Lyranische Allianz

Was Victor mehr als alles andere brauchte, war Zeit. Zeit, um sich zurückzuziehen und neu zu gruppieren. Zeit, die 39. Avalon-Husaren wieder als koordonierte Regimentskampfgruppe zu formieren, die zumindest eine Chance hatte, die 14. Donegal Guards zurückzuschlagen. Er behielt die langsam dem Horizont zuneigende Sonne sorgfältig im Blick und zählte die Minuten bis zum Einbruch der Nacht. Zu lange. Die Dawn

Chargers würden heute noch mindestens einen Angriff starten.

Er beschleunigte auf über fünfzig km/h und rannte mit seinem *Daishi*-OmniMech über die Culdprärie, um nach einer guten Verteidigungsstellung zu suchen. Langstreckenlaserfeuer und gelegentliche PPK-Blitze zuckten hinter ihm her, aber Adam Steiners LeitKompanie wollte sich noch nicht ernsthaft mit Victors überschwerer Einheit anlegen. Wie schon in den vergangenen Tagen und Wochen suchten beide Kommandeure nach einem taktischen Vorteil, aber bis jetzt hatte keiner von ihnen einen ernsthaften Fehler begangen. Zumindest nicht mehr, seit Victor erkannt hatte, dass die Avalon-Husaren über ganz Newtown Square verstreut waren und seine Truppen nicht rechtzeitig zusammengezogen hatte.

Das war vor drei Wochen gewesen.

Adam Steiner, ein entfernter Verwandter und zunächst eine Stütze des Vereinigten Commonwealth, war in Katherines Lager gewechselt, nachdem er ›Beweise‹ von Victors Rolle beim Tod Melissa Steiner-Davions erhalten hatte. Natürlich von Katherine. Eine Einladung, Victor vor dem Ausbruch des Bürgerkriegs auf Mogyorod zu besuchen, hatte er mit der Botschaft ›Nur mit einer RKG im Rücken‹ beantwortet. Der Schmerz über Melissas Tod saß tief in Adams Herzen und machte ihn empfänglich für Katherines Manipulationen.

Er musste bereits mit seiner ganzen RKG im System auf Victors Ankunft gewartet haben. Sie hatten den Planeten nur zehn Stunden nach der Landung des Prinzen in einer jener ›Attacken im Morgengrauen‹ überfallen, denen die 14. ihren Beinamen verdankten. Es war ein weiteres Beispiel der taktischen Brillanz, die Adam während der Clan-Invasion hinter den Jadefalken-Linien bewiesen hatte. Überrumpelt war Victor gezwungen gewesen, zwei Bataillone Mechs und Panzer in einem schnellen Rückzugsmanöver aus der planetaren Hauptstadt abzuziehen und seine bunte Landungsschiffsflotte aufzugeben. Aber zumindest hatte er den Bürgerkrieg vor einem plötzlichen Ende bewahrt, indem er sein Leben gerettet hatte.

Sein Vetter hatte ihm eine verdammt effektive Falle gestellt. Adam hatte seine RKG dazu benutzt, die über den Planeten verteilten Husaren zu binden, während er selbst Jagd auf Victor machte. Das Rückzugsgefecht hatte Victor bis auf die Culdprärie getrieben, und es war schon schwierig genug gewesen, Abstand zu den gnadenlos vorrückenden Guards zu halten. In der vergangen Woche hatten sie Kontakt mit einem Panzerbataillon an einem kleinen Manöverposten aufgenommen und ihn lange genug gehalten, um ihre Maschinen zu reparieren und die Fahrzeuge neu auszurüsten. Bei dieser Gelegenheit hatte Victor auch *Prometheus'* OmniMech-Konfiguration geändert und die normalen Laser und Ultra-Autokanonen gegen PPKs, eine schwere LB-X-Autokanone und vier 30mm-Kanonen der Ultraklasse ausgewechselt. Im offenen Gelände waren die leichten Ultra-AKs mit ihrer größeren Reichweite und dem geringeren Munitionsverbrauch günstiger.

Ein Unterschied, den Victor soeben selbst zu spüren bekam, als leichtes AK-Feuer sich in den Unterschenkel seines linken Mechbeins fraß wie ein Hund, der an seinem Lieblingsknochen nagte. Er antwortete mit zwei sengenden Blitzschlägen der Partikelkanonen, die eine *Krake*, einen der ClanMechs, die Adam von den Jadefalken erbeutet hatte, zurücktrieben. An der gesamten Flanke der 39. Husaren rückten die Dawn Chargers langsam vor und wechselten Schüsse mit seinen Truppen. »Jerry, Adam fühlt sich hier gerade stark. Wo steckst du?«

»Auf halbem Weg zur Hölle, Victor.« Die Verzweiflung in Jerrard Cranstons Stimme war auch über die Funkverbindung deutlich zu hören. »Bella und ich versuchen immer noch, uns mit der Scoutkompanie zu treffen, die Adams Guards nach Norden getrieben haben. Wir haben Kommkontakt, aber bis jetzt noch keine Sichtung.«

»Ich hoffe, ihr habt etwas gefunden.«

»Wir haben eine Menge Nichts gefunden, das haben wir. Wie weit reicht diese vermaledeite Prärie eigentlich?«

»Von Meeresstrand zu Meeresstrand«, antwortete Victor. »Oder zumindest beinahe.« Die Culdprärie erstreckte sich über etwa zwei Drittel des Hauptkontinents von Newtown Square. Genaugenommen handelte es sich um eine Savanne mit fahlem Schneidegras und fruchtbarem Boden. Es war ein Wunder, dass sich nicht mehr Agrarkonzerne hier angesiedelt hatten, um die lange Wachstumssaison auszunutzen. »Ich wäre schon mit ein paar Krüppelkiefern oder ein, zwei flachen Hügeln zufrieden.«

»Gut«, mischte sich General Bragg ein, die das Bataillon anführte, dem Cranston sich angeschlossen hatte. »Denn mehr werdet Ihr für die nächsten hundert Kilometer auch nicht finden. Wir haben Manöver… Achtung!«

Als die Verbindung jäh abriss, feuerte Victor die leichten Autokanonen ab, die für sich genommen schon mehr als die Hälfte der Feuerkraft der *Krake* aufwogen. Die Granaten hämmerten auf den hundert Tonnen schweren Kampfkoloss ein und versuchten, ein Loch zu schlagen, dann peitschte ein hoch aufgeladener Energieblitz über den schmalen Torso, als ein weiterer PPK-Schuss sein Ziel traf. Die *Krake* drehte ab und Adam Steiners *Donnerfalke* nahm ihren Platz ein. Angesichts der gewaltigen Zerstörungskraft, die in dessen drei Gaussgeschützen steckte, zog Victor *Prometheus* aus der unmittelbaren Gefahrenzone ab und rief Lanze Bravo zurück, die sich zu weit aus dem Schutz der restlichen Kompanie gewagt hatte.

»Jerry, was ist los?«, fragte er schließlich, als das Schweigen sich zu sehr dehnte.

»Tut mir Leid, Victor. Wir hatten es mal wieder mit dem 2. Somerset-Geschwader zu tun. Wir sind noch dabei, den Schaden aufzunehmen, aber es sieht so aus, dass wir minimal einen *Vollstrecker* verloren haben. Und die Jäger sind in Eure Richtung abgedreht, Ihr dürft sie also in etwa fünf Minuten erwarten.«

Dann beanspruchte der *Donnerfalke* wieder Victors Aufmerksamkeit, als die erste Gausskugel in seinen rechten Mecharm krachte, ihn am Schultergelenk nach hinten riss und eine ganze Tonne Schutzpanzerung zu nutzlosen Splittern zerschlug. Eine zweite Kugel grub sich in die weiche Erde und schleuderte eine Fontäne schwarzer Dreckklumpen auf, die auf das Kanzeldach des Omnis prasselten. Die dritte Kugel sauste überschallschnell in einem silbrigen Schemen vorbei, der den Kopf des OmniMechs um keine zwei Meter verfehlte.

Victor musste unwillkürlich schlucken, als ihm klar wurde, wie knapp er dem sicheren Tod entgangen war. Er packte den Steuerknüppel fester und riss *Prometheus'* Fadenkreuz auf Adams Kampfkoloss. Das Symbol leuchtete golden auf, er wählte eine Breitseite aller verfügbaren Waffensysteme aus und drückte ab. Partikelwerfer schleuderten künstliche Blitze, zersprengten Metallkeramik in winzige Splitter und glühende Schmelzklumpen. Der Granatenhagel der Ultra-Autokanonen riss Krater auf Torso und Beinen des *Donnerfalke* auf und gab Adam Steiner Stoff zum Nachdenken, als er sich wieder zurückzog, wenn auch nicht weit. Er war nie weit entfernt.

»In fünf Minuten habe ich ernstere Probleme als ein paar Donegal-Jagdflieger«, quetschte er durch die gefletschten Zähne. »So wie die Guards sich benehmen, scheinen sie Verstärkung im Anmarsch zu haben. Wahrscheinlich in unserer Flanke, um uns in die Zange zu nehmen. Sie machen sich für den nächsten Angriff bereit.«

Und dann erhellten plötzlich drei neue Sterne den schnell dunkler werdenden Himmel hinter den Linien der Donegal Guards – zu hell, um irgendetwas anderes sein zu können als die Triebwerksflammen anfliegender Landungsschiffe. Und zwar mit Alarmgeschwindigkeit anfliegender Schiffe, dachte Victor, als die weißen Flammenzungen schneller als gewohnt größer wurden und offensichtlich mit mehreren G Andruck abbremsten.

Das war nicht, was er erwartet hatte, und Victor fühlte neue Hoffnung in sich keimen.

»Landungsschiffe!«, rief einer seiner Krieger warnend. »Zwo… drei, in schnellem Anflug auf die Donegal-Linien.«

Cranston verlor keine Zeit. »Flieht, Victor. Lieutenant Parques, eskortieren Sie den Prinz da raus. Wir drehen in Ihre Richtung um, aber es wird mindestens dreißig Minuten dauern, bis wir eintreffen.«

Victor schüttelte den Kopf und spürte, wie seine Nackenmuskulatur nach Stunden im schweren Neurohelm über die Steuerknüppel gebeugt protestierte. »Befehl widerrufen, Parques. Aufschließen und neu formieren. Da kommen sie.« Die *Krake* führte einen Frontalangriff auf Victors Stellung an, nur wenige Meter vor Adam Steiner, als dessen Truppen in einer Attacke anstürmten, die eher aus Verzweiflung als aus Stärke geboren schien.

»Kämpfender Rückzug«, befahl Victor, drehte den *Daishi* herum und zog sich im Rückwärtsgang zurück, um die Dawn Chargers auf Distanz zu halten. Seine Geschütze blieben auf den Gegner gerichtet. Zwei Gausskugeln trafen den Omni in Brustpartie und linkes Bein, und über die Sensoren des Neurohelms half Victors natürlicher Gleichgewichtssinn dem Kreiselstabilisator, den Metallgiganten senkrecht zu halten. »Keine Sorge, Jerry, wir halten bis zum Eintreffen der Landungsschiffe durch. Zwei Minuten, Leute! Wir müssen ihnen die zwei Minuten verschaffen, die sie zum Aufsetzen brauchen.«

»Woher seid Ihr so sicher, dass sie auf unserer Seite stehen, Hoheit?« Die Frage kam von General Ella Bragg.

»Ganz einfach. Wir gehen lieber davon aus, dass sie auf unserer Seite sind, denn wenn sie Adams Verstärkung transportieren, sind wir ohnehin alle tot.«

»Das würde mir aber gar nicht gefallen, Hoheit«, mischte sich eine neue Stimme mit gezwungener Leichtigkeit in das Gespräch ein. »Dann wären wir den ganzen weiten Weg umsonst gekommen.«

Selbst durch die Verzerrung der Funkverbindung war die Stimme unverkennbar. Er konnte den Mann vor sich sehen, wie er durch zusammengebissene Zähne ins Mikro sprach, während die Landungsschiffe weiter mit hohem Andruck auf die Oberfläche des Planeten stürzten.

»Willkommen auf Newtown Square, Demi Schakow«, rief er, während seine PPKs eines der Munitionslager im linken Torso der *Krake* detonierten. Eine gewaltige Explosion schlug durch die Flanke des Mechs und zwang die Maschine auf ein Knie. Aber dank der modularen CASE-Lagerung wurde der größte Teil des Schadens durch die dafür vorgesehenen Sollschwachstellen ins Freie abgeleitet und der Kampfkoloss blieb einsatzfähig. Victor überließ es jemand anderem, ihn zu erledigen und konzentrierte sich auf den näherrückenden *Donnerfalke*. Eine Gausskugel prallte von der Schulter des *Daishi* ab und kostete ihn eine weitere Tonne Panzerschutz. »Sie wären uns noch willkommener, wenn Sie auf der richtigen Seite der Schlacht landen würden. Wir sind die Einheit im Westen, die kurz davor steht, überrannt zu werden.«

»Entschuldigung. Wir gingen davon aus, dass Ihr auf der Gewinnerseite steht. Unsere Piloten ändern bereits den Kurs.«

Adam Steiner schien zu erkennen, dass sich das Kriegsglück auf Newtown Square schnell gegen ihn wendete, und war entschlossen, ein letztes Mechduell zu erzwingen. Der *Donnerfalke* stürmte den Guards voran und ignorierte den Orkan aus konzentriertem Geschützfeuer, der ihm von Victors SturmKompanie entgegenschlug. Die drei Magnetkanonen des überschweren Mechs feuerten, so schnell sie konnten. Wieder schlugen zwei Gausskugeln in *Prometheus* ein, diesmal auf der Brustpartie. Sie zertrümmerten die letzte Panzerung und zwei Wärmetauscher. Eine dritte Kugel erwischte das rechte Bein oberhalb des Hüftgelenks und blockierte es in ausgestrecktem Zustand. Victor verstärkte das Bombardement mit seinen Partikelwerfern und jubelte mit dem Rest der Einheit, als der *Donnerfalke* unter der brutalen Gewalt des Beschusses endlich wankte und zu Boden krachte. Aber er versuchte sofort, sich wieder aufzurichten, oder zumindest soweit hoch zu hebeln, dass er weiterfeuern konnte.

»Wo ist Präzentor Irelon?«, fragte Victor, während er darauf wartete, dass die PPKs sich wieder aufluden.

»Genau da, wo er von Anfang an hätte sein sollen«, erklang Raymond Irelons tiefe, ruhige Stimme. »Bei Des Prinzen Mannen, unterwegs, um dem Prinzen zu Hilfe zu kommen.«

»Darüber wird Gavin Dow gar nicht glücklich sein«, stellte Cranston mit unüberhörbarer Erleichterung fest.

»Und es gibt kaum etwas, das mich weniger interessiert als Dows Gemütszustand«, erklärte Victor. Seine leichten Autokanonen bellten im Stakkatotakt und überschütteten den am Boden liegenden *Donnerfalke* mit Granaten, versuchten, ihm den Arm wegzuschlagen, auf den Adam Steiner sich stützte und versuchte, wieder in den Kampf einzugreifen. Victor hielt die Geschütze in langen Salven auf der Guards-Maschine, entschlossen, seinen Cousin auszuschalten und diese Schlacht zu beenden. Dreißig Sekunden noch – sechzig im Höchstfall –, dann würde alles vorbei sein.

In diesem Augenblick fühlte er sich unbesiegbar. Bis Adam Steiners *Donnerfalke* eine letzte Gausskugel abfeuerte, die auf *Prometheus'* Schulter schlug und aufwärts gegen den Kopf des *Daishi* prallte. Mit einem Donnerhall berstenden Metalls und in einem Orkan hochbeschleunigten Metalls barst sie durch die Cockpitpanzerung.

Dann fühlte Victor nichts mehr.

26

Mayettabunker, Iome, Mayetta
Mark Draconis,
Vereinigtes Commonwealth/Vereinigte Sonnen

1. Mai 3063

Auf der transparenten taktischen Karte, die Jason Yalos auf den Lichttisch gelegt hatte, konnte Tancred die jüngsten Bewegungen der Bremond- und Milligan-Miliz-RKGs nachvollziehen. Mit der rechten Hand massierte er seinen Nacken. Die ganze Muskulatur war steif und geprellt, seine Halswirbel schmerzten, und der Druck setzte sich durch die Schultern bis in den Rücken fort. Beide Hände waren nach Tagen am Steuerknüppel verkrampft, und seine Beine brannten von der Anstrengung, die Pedale des *Nachtstern* zu bedienen. Zu viele Stunden im Cockpit und zu wenig Schlaf.

»Sie scheinen endlich zu erkennen, dass ein Zweifrontenkrieg nicht funktioniert«, erklärte Yalos und rieb sich die rote Bürste seines frischen Haarschnitts. Der bleiche Bursche mit dem von Aknenarben übersäten Gesicht, der gute Chancen hatte, der Yalos-Sippe ein Baronat einzubringen, besaß noch weniger von einem General als von einem Adligen. Doch obwohl er erst siebenundzwanzig war, war er schon eingebildet genug für beides. »Wir halten sie auf.«

Tancred nickte mehr reflexartig denn zustimmend. Auch wenn General Yalos auf Lehrbuchfallen und Hinhaltetaktiken hereinfiel, waren die Verteidiger in jeder Materialschlacht im Vorteil. »Sie ziehen ihre Truppen zu einem gemeinsamen Angriff zusammen und ich würde vermuten, dass sie über diesen Pass kommen werden.« Tancred stieß den Finger auf die Karte. »Also verminen wir Teile des Hogan Valley, locken sie hinein und versperren den Ausgang mit Mechs und zusätzlichen Panzern. Infanterie und schwere Panzer platzieren wir auf den Bergkämmen, und mit der Artillerie schlagen wir ihnen die Tür zu.«

Jason Yalos klatschte laut in die Hände. »Und dann dezimieren wir sie.«

»Und dann halten wir sie fest, solange wir können«, korrigierte Tancred. »Zwei Regimentskampfgruppen kann man nicht in einer Schlacht dezimieren, es sei denn, sie sind beide dumm genug, als Zielscheiben stillzustehen und sich massakrieren zu lassen. Früher oder später werden sie ausbrechen, aber damit verschaffen wir uns möglicherweise eine zusätzliche Woche. Weniger, wenn sie ihre Panzer durch einen kleineren Pass in unsere Flanke bewegen.«

Yalos verzog das Gesicht. »Und dann was?«

Eine neue Stimme, leise, aber scharf, überraschte beide Männer, als sie sich aus ihrem Rücken in das Gespräch einmischte. »Ein Sieg nach dem anderen, Jason Yalos.« Jessica Sandoval-Gröll trat am Arm ihrer Enkelin näher. »Soviel weiß selbst Dorann hier.«

»Countess Sandoval«, begrüßte Jason sie hastig. Er verneigte sich halb über die Schulter. »Der Markfürst hat weder meinen Vater noch den örtlichen Baron informiert, dass er uns zusätzliche Unterstützung schickt. Aber sie ist hochwillkommen.«

Jessica lächelte dünn, ohne die Lippen zu öffnen. »Keine Unterstützung. Nur eine alte Frau.« Ihr dankendes Nicken wirkte beinahe königlich, ganz im Gegensatz zu ihrer bescheidenen Antwort. »Ich bin gekommen, um mich mit Tancred zu unterhalten.«

»Und während die beiden reden, General«, fragte Dorann Sandoval, »könnten Sie jemanden entbehren, der mir den *Cestus* zeigt, der vor dem Gebäude steht? Diesen Typ kenne ich noch gar nicht.«

Tancred war konsterniert, Mitglieder seiner Familie

hier auf Mayetta zu treffen, fasste sich aber schnell wieder. »Wie der Zufall es will, Dor, ist der *Cestus* da draußen Jasons Mech.« Er nickte einem in der Nähe stehenden Adjutanten zu und entließ ihn ebenfalls.

»Was für ein glückliches Zusammentreffen«, stellte Dorann unschuldig fest, löste sich von ihrer Großmutter und schob die Hand in Jason Yalos' Armbeuge. Er stolzierte förmlich aus dem Bunker, offensichtlich in Gedanken schon ein angeheirateter Sandoval. Kannte seine Einbildung überhaupt keine Grenzen?

»Eine Schande, dass Dorann keinerlei militärisches Talent besitzt«, bemerkte Jessica, während sie den beiden hinterher sah. »Aber sie hat Charme.«

Tancred musterte sie mit demselben Misstrauen wie bei einer Begegnung mit seinem Vater. Seine Tante unterwarf sich in Staatsangelegenheiten den Entscheidungen ihres Bruders, aber er wusste ganz genau, dass ihr Verstand jedem das Wasser reichen konnte. »Was tust du hier, Tante Jess?«

Die schiefergrauen Augen spießten Tancred auf. »Deinem Vater geht es gut, und die Mark hat vier wichtige draconische Systeme erobert. Deine Besorgnis ist lobenswert, Tancred.« Ihre ledrige Stimme verriet keine Spur von Missfallen oder Amüsiertheit. »Nein? Ohne Umschweife zum Geschäft? Von mir aus. Ich bin hier, um mich um Familienangelegenheiten zu kümmern.«

Er hatte erwartet, dass sie das neueste Angebot oder Ultimatum seines Vaters überbrachte. Das war beunruhigend. »Was soll das heißen?«, fragte er.

»Es soll heißen, es wird Zeit, dass du aufhörst, dich wie Victor Davion zu benehmen und wieder wie ein Sandoval zu denken lernst.«

Also das war es. Es lief erneut auf Tancreds Entscheidung hinaus, Victor den Vorzug vor Katherine zu geben. Er fühlte sein Gesicht warm werden, als die Wut in ihm aufstieg. »Was ist falsch daran, Victor nachzueifern?«

»Zum Beispiel hast du keinen Kai Allard-Liao im Rücken, der dich auffängt, wenn du dich übernimmst.«

»Das ist unfair«, schoss er zurück, zuckte aber unwillkürlich bei der Erinnerung an Victors Expedition nach Newtown Square zusammen, die nur durch das Eintreffen der 244. ComGuards an einer Katastrophe vorbeigeschliddert war. Von Victor selbst hatte Tancred noch nichts gehört, und inzwischen schlug Katherine in den Medien reichlich Profit aus ComStars Unfähigkeit, die eigenen Einheiten unter Kontrolle zu halten.

Jessica erkannte, dass sie einen wunden Punkt getroffen hatte, und gestattete sich, in ihrem Lächeln eine Spur guten Willens durchscheinen zu lassen. »Finde ich nicht. Übrigens war das keineswegs so beleidigend gemeint, wie du es aufgefasst hast, Tancred. Victors Freundschaften waren schon immer seine Stärke, oder zumindest eine seiner Hauptstärken. Man kann einen Mann danach beurteilen, mit welchen Freunden er sich umgibt, und einen Fürsten nach seinen Anhängern. In dieser Hinsicht aber schneidet Victor hervorragend ab.« Die Gräfin blickte zurück zur Tür, durch die Dorann mit Jason Yalos verschwunden war. »Ganz im Gegensatz zu dir.«

»Yalos' Familie kontrolliert die Mayetta-RKG, und sie haben sich auf Victors Seite gestellt. Hier findet der Kampf statt.«

»Und ist es ein Kampf, den man gewinnen kann?«

»Ja«, antwortete Tancred. Dann senkte er die Stimme, obwohl niemand sonst in der Nähe war. »Mit meiner Hilfe und den 3. Crucis-Lanciers kann nicht einmal Jason Yalos diesen Kampf verlieren.«

»Gesprochen wie ein echter Davion.« Jessica Sandoval-Gröll schnalzte tadelnd. »Immer bereit, für die gute Sache in die Schlacht zu ziehen. Und warum? Weil sie da ist. Beziehungsweise hier.«

»Du versuchst mir doch wohl nicht zu erzählen, ich soll mich nicht in Victors Kampf einmischen, oder? Das habe ich bereits mit Vater durchgekaut.«

»Und du bist genauso stur wie er, deshalb erwarte ich nicht von dir, dass du deine Meinung änderst. Möglicherweise bin ich sogar deiner Meinung. Aber du denkst immer noch nicht wie ein Sandoval. Tancred, was für einen Unterschied macht es, ob Mayetta Katherine oder Victor unterstützt?«

Tancred setzte zu einer Antwort an, dann schloss er wieder den Mund. Mit einer schnellen, leichtfertigen Antwort konnte er bei seiner Tante keine Punkte machen. Die Sandovals legten großen Wert auf Überlegung und Vorbereitung. »Ich hatte einen Plan«, erklärte er schließlich sehr zögernd. Seine Tante hatte seiner Entscheidung, Victor zu unterstützen, gerade zugestimmt, aber war das nur persönliche Sympathie gewesen oder ein Hilfsangebot? »Eine Serie von Schritten, um zu erreichen, was Victor wirklich braucht.«

»Robinson«, sprach sie es mit einer Spur von Verärgerung über ihn aus. »Tancred, wenn du dir wirklich einbildest, ich wüsste nicht, worum es dir geht, oder dass dein Vater nicht auch schon auf diesen Gedanken gekommen ist, bist du in noch traurigerer Verfassung, als ich geglaubt habe. Victor braucht die Mark Draconis. Sie wird das erste Schlachtfeld sein, wenn er das Vereinigte Commonwealth erreicht.«

»Na schön«, gab er zu. »Robinson. Aber ich kann meinen Vater nicht ohne jedes Mandat herausfordern, und Victor kann es mir nicht liefern. Er kann es sich nicht leisten, meinen Vater vor den Kopf zu stoßen und ihn vollends in Katherines Lager zu treiben. Und bist du bereit, dich unserem Markfürsten zu widersetzen? Öffentlich?« Er sah seine Tante schuldbewusst zusammenzucken und kannte ihre Antwort so gut wie seine eigene. »Also brauche ich zuerst eine Welle öffentlicher Unterstützung.«

»Und du bildest dir ein, die Yalos können dir diese Unterstützung hier verschaffen?«

»Sie sind ein Anfang, zusammen mit der Unterstützung durch die 3. Crucis-Lanciers auf Cassias. Gut, ich gebe zu, ich habe die Sache so angefangen, wie Victor es getan hätte, indem ich eine Art Volksbewegung geplant habe.« Er zögerte und kaute auf seiner Unterlippe, weil er wusste, was seine Tante von der Alternative halten würde. »Es gäbe noch einen anderen Weg«, gestand er schließlich ein, und traf seine Entscheidung, bevor sie Gelegenheit gehabt hatte, ihm ihren Plan schmackhaft zu machen. So sicher wie ein Lyraner einen Geschäftsvorschlag hatte, war Countess Jessica Sandoval-Gröll nicht über eine solche Distanz nach Mayetta gekommen, ohne ein politisches Ziel zu verfolgen.

»Allerdings gibt es den. Hol dir die Rangers. Bring sie nach Hause. Ich denke, du kannst das Regiment von Mai Fortuna bekommen, und wenn die Rangers hinter dir stehen, wird das Volk ihnen folgen. Wenn James sich dann gegen dich stellt, was ich nicht glaube, werde ich dich öffentlich unterstützen. Und er wird verlieren. So oder so wird Robinson dir gehören und die Zentralwelt der Mark wird sicher sein, wenn das Kombinat uns diesen Krieg zurück ins Haus trägt.«

Trotz ihrer moderaten Neigungen teilte auch seine Tante das typische Sandoval-Misstrauen gegenüber den Draconiern. »Irgendwelche Vergeltungen Haus Kuritas sind Vaters Problem«, sagte Tancred. »Er hat die Situation geschaffen, er muss damit fertigwerden. Ein Feind nach dem anderen, und im Augenblick ist Katherine wichtiger.«

»Du hörst nicht zu. Dein…« Es war deutlich, dass sie das Wort ›Feind‹ nicht benutzen wollte. »Dein erstes Ziel muss Robinson sein.«

»Aber der Schlüssel zu Robinson sind hier und jetzt die Kilbourne- und Milligan-PDZs. Die Agrarwelten stehen unter ernstem Druck, die Nachschubprobleme auszugleichen, die Katherine reichlich offensichtlich arrangiert hat. Das ist Robinsons größte Schwäche.«

Seiner Tante stockte fast der Atem vor Schreck. »Tancred! Du wärst bereit, Robinson auszuhungern? Eine derartige Taktik würde Victor niemals akzeptieren. Ebensowenig wie dein Vater, oder ich!«

»Das muss ich gar nicht«, stellte er locker fest. »Katherine wird das erledigen. Sie wird den Nachschubweg auf Woodbine abschneiden, und ich werde ihn wieder öffnen. Wenn sie erst deutlich gemacht hat, wie abhängig Robinson jetzt vom Woodbine-Operationsgebiet ist, werde ich mir derartig spektakuläre Manöver sparen können.«

Das machte sie nachdenklich. Seine Sicherheit schien sie dabei ebenso zu entnerven wie die Vorstellung als solche. »Weshalb bist du so sicher, dass Katherine Woodbine einnimmt?«

»Weil ich wie ein Sandoval denken soll, du erinnerst dich? Ich werde das System zu einem unwiderstehlichen Ziel für sie machen, und als Zentralwelt des randwärtigen Gefechtstheaters bietet Woodbine mir eine politische Plattform. Wenn ich Duke Rein und seine Familie auf meine Seite holen kann, bin ich in der Position, Vaters solideste Stütze abzusägen.« Ein Abgrund tat sich in Tancred auf, als er den Gedanken aussprach.

»Es könnte gelingen. Möglich wäre es«, stellte Jessica stirnrunzelnd fest. »Nur stehen auf Woodbine keine Loyalisteneinheiten Katherines.«

»Keine Bange.« Tancred lächelte ohne sonderlichen Humor. »Bis ich dort bin, wird sich das ändern.«

27

Befehlsposten der 39. Avalon-Husaren,
Market, Newtown Square
Melissia-Theater, Provinz Coventry,
Lyranische Allianz

13. Mai 3063

Dank des ärztlichen Verbots, sich zu überanstrengen, war Victor gezwungen, sich im Rollstuhl in den Befehlsposten der Husaren fahren zu lassen. Seine ganze rechte Körperseite war dick bandagiert, und jede Erschütterung sandte neue Schmerzwellen durch seinen Brustkorb. Jerrard Cranston löste den Pfleger an der Tür ab. Nachdem er dem Pfleger auf Victors entschiedenen Befehl die wuchtige Halskrause wieder mitgegeben hatte, brachte er Victor auf schnellstem Wege in die Befehlszentrale, wo mehrere Dutzend Krieger und Techs ihre Arbeit unterbrachen, um dem verwundeten Prinzen zu applaudieren und zuzujubeln.

Victor hätte sich am liebsten übergeben.

Die Fahrt aus dem Krankenhaus war schon anstrengend genug gewesen. Er fühlte sich ausgelaugt und litt unter hämmernden Kopfschmerzen. Nachwirkungen der Gehirnerschütterung hatten die Ärzte es genannt und ihn gewarnt, dass er mit Übelkeit, Blackouts und schädelspaltenden Migränen rechnen durfte. Der dumpfe Schmerz des gebrochenen Schulterbeins verblasste im Vergleich dazu. Allmählich bedauerte er, dass er sich keine längere Genesungspause gegönnt hatte, aber zugleich wusste er, dass jeder verlorene Tag verlorene Leben bedeuten konnte.

Er stand mühsam auf. Die meisten Anwesenden jubelten gleich noch einmal und kehrten zögernd an ihre Arbeit zurück, als er abwinkte. Damit stand er jetzt nur noch dem Kern seines Befehlsstabs gegenüber. Er erwiderte General Bella Braggs Salut und umarmte dann vorsichtig Präzentor Irelon und Demipräzentor Schakow.

»Ich kann gar nicht ausdrücken, wie dankbar ich euch bin«, stellte er fest und bemerkte, dass beide Männer das ComStar-Logo von ihren Mützen entfernt hatten.

Schakow lächelte und strich sich über den dunklen Kinnbart. »Hoheit, das tatet Ihr gerade.« Er trat zurück und prallte gegen Tiaret. Mit einem um Verzeihung bittenden Nicken drehte er sich zu ihr um, und die beiden unterhielten sich flüsternd, während Victor sich dankbar zurück in den Rollstuhl sinken ließ.

»Hat Gavin Dow euch schon gefunden?«, fragte er Präzentor Irelon.

»Vor zwei Tagen. Der Präzentor Martialum hat mich meines Befehls entbunden und Demipräzentor Hullinger an meiner Stelle befördert, verbunden mit dem Befehl, mich unter Arrest zu stellen und sofort nach Mogyorod zurückzukehren.«

»Wie hast du darauf reagiert?«

»Reagiert? Ich war meines Amtes enthoben, Hoheit. Es war nicht meine Sache, darauf zu reagieren. Ich habe den Befehl an Hullinger übergeben, der sich weigerte, Dows Order auszuführen und die Autorität über die Division an Schakow weitergab. Dann ging der Befehl an Demipräzentor Akhlaq weiter, an Chaps, etcetera. Als uns die Offiziere ausgingen, bekamen alle Krieger die freie Wahl. Drei Männer sind schließlich mit zwei Landungsschiffen und einem unserer Sprungschiffe zurück nach Mogyorod aufgebrochen. Ich gehe davon aus, dass sie die entsprechenden Berichte abliefern werden.«

Bragg runzelte die Stirn und musterte den Präzentor, als sähe sie ihn mit ganz neuen Augen. »Martialum Dow wird alle Schiffe und Ausrüstung zurückverlangen. Was dann?«

Irelon zupfte nachdenklich an seinem Pferdeschwanz und überlegte. Victor ließ sich kurz von seinen Gedanken treiben, kehrte aber schnell in die Gegenwart zurück, als er zwei Wachen den Mann in die Zentrale führen sah, auf den er gewartet hatte. Er sah dem Gefangenen in die Augen und bereitete sich geistig auf die bevorstehende Auseinandersetzung vor, noch während er Irelon zuhörte.

»Wir werden einen entsprechenden Befehl mit allem Respekt verweigern«, erklärte der Präzentor. »Bis hin zu bewaffneter Gegenwehr, sollte er versuchen, die Ausführung zu erzwingen. Wir können nicht zu ComStar zurück. Das wissen wir und wir haben es akzeptiert. Dow kann gerne haben, was an Ausrüstung noch übrig ist, nachdem wir Katherines Herrschaft ein Ende bereitet haben.« Er zuckte die Achseln. »Ehrlich gesagt mache ich mir mehr Sorgen darum, wie wir an neue Transportmöglichkeiten kommen. Ihre Truppen, General Bragg, haben nach den Clan-Kriegen noch gerade ein Sprungschiff übrig. Zusammen können wir etwas mehr als die Hälfte unserer Kräfte transportieren.«

»Das sollte kein Problem sein«, stellte Victor laut genug fest, um von den drei sich nähernden Männern gehört zu werden. Er stand wieder auf und bemühte sich, keinerlei Schwäche erkennen zu lassen. »Es befinden sich mehr als genug Schiffe im System, nicht wahr, Adam?«

Adam Steiner fuhr sich mit den Fingern durch das blonde Haar und hielt die Hand im Nacken, während er über Victors Andeutung nachdachte. Seines Ranges und seiner Verwandschaft mit Victor wegen hatte man ihm keine Fesseln angelegt. Aber Tiaret und Demipräzentor Schakow traten beide näher und beobachteten ihn misstrauisch.

Adam starrte seinen Vetter auf eine Weise an, die keinen echten Hass ausdrückte, aber deutlich mehr als reine Rivalität. »Falls du die Schiffe meiner Donegal Guards meinst, hast du vermutlich Recht, Victor. Warum nicht? Dir zu nehmen, was dir nicht gehört, hat sich ja zur Gewohnheit entwickelt.«

Victor blickte sich zu Cranston um, der andeutungsweise nickte. »Ich weiss, dass Jerry dich darüber informiert hat, was wir wissen und vermuten, Adam. Du kannst nicht ernsthaft glauben, dass Katherine ein Recht hat, noch länger auf dem Thron zu sitzen.«

»Beweise, Victor. Wo sind die Beweise? Cranston hat mir erzählt, dass du nicht hinter Melissas Ermordung gesteckt hast, aber dafür habe ich nur sein Wort. Das Äußerste, was er Katrina anhängen kann, ist, dass sie möglicherweise etwas vom Tod Galen Cox' wusste.«

Victor warf Jerrard einen schnellen Blick aus dem Augenwinkel zu und der Agent bewegte zur Verneinung die blauen Augen von einer Seite zur anderen. Er hatte Adam seine wahre Identität nicht aufgedeckt, aber offensichtlich hatte er das Wenige, das sie an Beweisen gegen Victors Schwester in der Hand hatten, eingesetzt.

»Aber Katherine glaubst du«, stellte Victor fest und betonte den Geburtsnamen seiner Schwester, nicht den, den sie ihrer Großmutter gestohlen hatte, »wenn sie mich beschuldigt, meine eigene Mutter ermordet zu haben.«

»Katrina hat Dokumente, aus denen hervorgeht, wie der Attentäter bezahlt wurde. Mit einem betrügerischen Immobiliengeschäft, das sich bis zur Regierung des Vereinigten Commonwealth zurückverfolgen lässt. Information ist Munition, Victor. Dein Staat hat für Melissas Tod bezahlt, und du warst in der besten Position, um das zu arrangieren.«

»Hat Katherine auch erwähnt, dass dieses Geschäft

von einem Konzern eingefädelt wurde, zu dem sie Beziehungen hat?«

Adam wurde unsicher. »Nein. Cranston hat mir eure Beweise gezeigt, und ich gebe zu, dass es eine Verbindung geben könnte. Obwohl jeder Konzern in diese Rolle hätte gelockt werden können, wenn alles von langer Hand vorbereitet war.« Er wurde wieder lebhafter. »Und sie sagte, du hättest gestanden, einen Attentäter angeheuert zu haben, der unseren Vetter Ryan Steiner ermordet hat.«

Die direkte Konfrontation mit dieser Beschuldigung vor allen Anwesenden traf Victor völlig unvorbereitet. Die Wochen im Krankenhaus, der Stress dieses Tages und Adams Angriffe kosteten ihn das bißchen Kraft, das er noch hatte. Victor brach praktisch in den Rollstuhl zusammen und starrte Adam stumm an.

»Dann stimmt es!« Adam sprang vor, nicht in Angriffshaltung, aber doch wütend. Tiaret stoppte ihn mit einer breiten Hand auf seinem Brustkorb. »Du brauchst es nicht zuzugeben, Victor. Ich sehe es in deinen Augen.«

»Du hast keine Ahnung, wovon du redest, Adam. Und selbst wenn du sie hättest, kannst du es nicht beurteilen.« Victor hörte die Müdigkeit in seiner Stimme und sah sich um, wie viele Menschen dem Wortwechsel folgten. Glücklicherweise war Adams Anschuldigung nicht über den engen Personenkreis hinaus gedrungen, der Victor umgab. Das waren immer noch mehr Personen, als ihm behagte, aber nachdem es einmal ausgesprochen war, schuldete er ihnen eine Erklärung.

»Der Durchschnittsbürger braucht keine Entscheidungen über Leben und Tod zu fällen und sollte dazu auch nie gezwungen sein. Konzernmanager… gut, sie stellen Leute ein und entlassen sie, und damit kontrollieren sie anderer Menschen Leben. Im Militär schießen Krieger auf unseren Befehl hin, aber was ist mit nichtmilitärischen Auseinandersetzungen? Du bist Kommandeur, Adam. Hast du jemals einen Mann aus der Truppe ausschließen müssen, ihm eine unehrenhafte Entlassung, möglicherweise noch eine Kerkerstrafe antun müssen, die ihn für den Rest seines Lebens verfolgt?«

Adam nickte knapp. »Natürlich, wenn es notwendig war. Da gab es einen Sergeanten, der beim Dealen erwischt wurde...« Er unterbrach sich, als er mehrere der Umstehenden nicken sah und plötzlich erkannte, worauf Victor hinauswollte.

»Jetzt multipliziere das um den Faktor Tausend, Adam, und du bekommst möglicherweise den Hauch einer Vorstellung davon, warum Ryan Steiner sterben musste. Und ich sage dir eines: Er ist mehr von eigener Hand als durch meine gestorben. Oder, um es genauer auszudrücken, von der Hand des Attentäters, den er selbst angeheuert hatte, um Melissa umzubringen, den ich aber gefangen genommen und zur Vergeltung auf meinen Cousin angesetzt habe. Auge um Auge.«

Adam war sichtlich ruhiger geworden, aber noch nicht bereit, sich geschlagen zu geben. »Beweise, Victor. Wo sind die Beweise?«

Victor seufzte schwer. »Meine Leute arbeiten daran, diese Informationen zu beschaffen. Sobald ich sie habe, wirst du alle Munition bekommen, die du willst.« Er machte eine Pause und gab seinem Vetter Zeit, die Bedeutung dieser Aussage zu verarbeiten. »Aber ich kann Katherine nicht bis dahin weiterregieren lassen.«

»Also wirst du meine Donegal Guards ausplündern, unsere Schiffe entführen und uns hier auf Newtown Square zurücklassen. So sieht deine Planung ja wohl aus, oder nicht?«

»Ich werde von deiner Einheit und aus den planetaren Lagern requirieren, was wir an Ausrüstung benötigen, ja. Aber ich werde dir etwa die Hälfte deiner Transportkapazitäten lassen. Nicht genügend, um mich mit ausreichend starken Kräften zu verfolgen, aber genug, um die Hälfte deiner Leute zurück nach Barcelona zu schaffen.«

Er sah die Zweifel in Adams Augen und wusste, dass er sich bei seinem eigensinnigen Cousin zumindest eine zeitweilige Verschiebung des Urteils erkauft hatte. »Das Allerletzte, was ich will, ist die Allianz schutzlos den Clans auszuliefern, Adam. Du darfst dich also gerne aus dem bedienen, was wir in den planetaren Nachschubdepots zurücklassen. Es wird zwar ein paar Monate dauern, deine RKG neu auszurüsten, aber du kannst sie wieder fast auf Sollstärke aufbauen. Darf ich mich darauf verlassen, dass du hier die Grenze bewachst? Newtown Square und Mogyorod werden auch eine Garnison brauchen.«

Die Unsicherheit des Moments zuvor verschwand, als Adam Steiners Gesicht sich in eine unbewegte Maske verwandelte, die keinen seiner Gedanken verriet. »Du kannst dich darauf verlassen, dass ich handeln werde, wie ich es zum Schutz der Allianz für geboten erachte, Victor. Das ist das Beste, was du an Versprechen von mir zu erwarten hast. Vorerst.«

28

Fuchsbau, Prinzenpalais, Avalon City, New Avalon
Mark Crucis,
Vereinigtes Commonwealth/Vereinigte Sonnen

9. Juli 3063

»Sie haben sich geirrt.« Katrina starrte Richard Dehaver wütend an und forderte ihn heraus, ihr zu widersprechen. Ihre Wangen glühten rot vor Zorn. Ihr Geheimdienstchef mit den Brackwasseraugen stand in unbeholfener Hab-Acht-Haltung vor ihr in der Gefechtszentrale, von der aus ihr Vater, Hanse Davion, den 4. Nachfolgekrieg geleitet hatte. Sie hatte Dehaver hierher verfolgt, nachdem sie seinen letzten Bericht gelesen hatte, und hatte ihn im Gespräch mit Simon Gallagher angetroffen, dem Marschall der Mark Crucis und ihrem ›Champion‹.

Sie hatte Dehavers Stab ohne Rücksicht auf die Beobachtung der nur zweihundert Kilometer östlich von Avalon City tobenden Feldschlacht fortgeschickt und kaum lange genug gewartet, bis sich sie Türe hinter dem letzten Agenten schloss, bevor sie ihn anfauchte.

Dehaver stand mehrere Sekunden lang schweigend vor ihr, dann nickte er. »Es stimmt. Ich habe ehrlich nicht geglaubt, dass die 7. Crucis Lanciers so schnell zu Victor überlaufen würden.«

»Kein Schuss! Nicht einmal eine Diskussion!« Insgeheim hatte Katrina gehofft, die Elitetruppen der 7. Lanciers würden sich für sie entscheiden und ihrem Bruder bei dessen Ankunft auf Winter ein Ende bereiten. »Sie haben eine Parade für ihn veranstaltet!«

Dieser verdammte Adam Steiner. Warum hatte er Victor nicht getötet? Auch das hatte im Bericht gestanden, zusammen mit einer Auflistung seiner Verletzungen. Seit er auf Luthien von einem Katana durchbohrt worden war, war Victor dem Tod nicht mehr so nahe gewesen, aber wieder war es nicht nahe genug. Wie der Unsterbliche Krieger aus der gleichnamigen Holoserie war Victor einfach nicht umzubringen. Doch sein Glück konnte nicht ewig halten. Nicht, wenn sie darüber mitzubestimmen hatte. Und da sie gerade in der entsprechenden Stimmung war, wünschte sie auch gleich den Attentäter zur Hölle, dem es nicht gelungen war, Omi Kurita zu ermorden. Wäre Omi tot, hätte Victor das Rückgrat für diese Rebellion nicht mehr gehabt.

»Was ist passiert?«, wollte sie wissen, und schloss auch Simon Gallagher mit einem anklagenden Blick als Adressat dieser Frage mit ein. »Was haben Sie zwei übersehen?«

»Im Rückblick, mehrere Faktoren«, stellte Dehaver fest. »Victors Erfolg auf Newtown Square. Seine Nähe zu Winter im Vergleich zu Eurer Entfernung. Die Tatsache, dass wir aus Arthurs Tod kein Kapital geschlagen haben… was zweifellos meine Schuld war«, fügte er schnell hinzu. »Und, verzeiht mir, Archon, aber auch Euer Befehl, an neutralen Einheiten ein Exempel zu statuieren.«

Die angedeutete Kritik ließ Katrinas Wut neu aufflammen. »Sie werden Ihre Fehler nicht mir anlasten, Dehaver.« Neutralität war nur die Methode von Feiglingen, die Rebellion zu unterstützen. Sie würde nichts dergleichen tolerieren.

»Und ich versuche es auch nicht, Hoheit. Aber letztlich glauben wir, dass die Lanciers sich auf Victors Seite geschlagen haben, weil ihr Kommandeur, Lieutenant General Jasper Zibler, bei den jüngsten Gefechten auf Kathil seinen Neffen im Kampf gegen Einheiten verloren hat, an deren lautstarker Loyalität zu Euch kein Zweifel bestehen kann.«

Gallagher nickte heftig, und mehrere Strähnen des

langen, dünnen Haars, das er über seine Glatze gekämmt hatte, fielen ihm auf die quadratische Brille. »Außerdem haben sich die Lanciers von je her durch eine fanatische Loyalität zu den Vereinigten Sonnen ausgezeichnet, die Euer Bruder zur Rechtfertigung seiner Rebellion wiederbelebt hat.«

Immer noch dieser vorsichtige Tanz um das Konzept des Bürgerkriegs, selbst nach sieben Monaten noch. Solange Katrina eine formelle Anerkennung der Beschwerden ihres Bruders verhindern konnte, hatten ihre Kommandeure mehr Spielraum, gegnerische Einheiten statt als ehrliche Soldaten als Verräter und Rebellen zu behandeln. Aber lange konnte das nicht mehr weitergehen. »Wo wird mein Bruder als Nächstes zuschlagen?«, fragte sie ein wenig ruhiger.

»Allmählich ist seine Strategie deutlich zu erkennen«, erklärte Dehaver, trat an eine Computerkonsole und rief eine Karte der Lyranischen Allianz auf. »Auf Newtown Square hat er die 39. Avalon-Husaren abgeholt. Auf Hood IV wollte er das 15. Lyranische Heer in seine Streitmacht locken und ist gescheitert. Dann Winter, wo er die 7. Lanciers rekrutiert hat.«

Newtown Square leuchtete Blau für Katrina, weil Victor Adam Steiner die Garnisonsaufgaben überlassen hatte, aber Winter glänzte im drohenden Rot offener Revolte.

»Victor hatte nicht genug Schiffe, um die Lanciers mitzunehmen. Sie sind unterwegs nach Inarcs, um die Produktionsanlagen dort für ihn zu sichern, während Victor unseren Berichten zufolge den Weg nach New Capetown und zur dortigen Militärakademie fortsetzt. Menschen und Material. Ich gehe davon aus, dass er dieses Schema weiterverfolgt.«

»Dann lautet sein nächstes Ziel nach New Capetown Coventry«, stellte Katrina fest und betrachtete die wichtige Industriewelt, die sie vorläufig nur durch

Waffengewalt kontrollierte. Bis es gelang, Herzog Bradford zu finden und als Verräter hinzurichten.

Gallagher zuckte die Achseln. »Wir sind uns nicht sicher, aber das System ist sicher Teil seiner Überlegungen.« Er bemerkte Katrinas düsteren Blick und steckte zurück. »Möglicherweise solltet Ihr Euch mit Eurer Tante Nondi auf Tharkad in Verbindung setzen. Sie könnte über neuere Daten verfügen, was das betrifft.«

»Und keine Neuigkeiten von Arc-Royal?«, fragte sie den Geheimdienstoffizier, ohne den starren Blick von Gallagher zu nehmen.

»Es ist alles ruhig«, antwortete Dehaver. »Morgan Kell scheint derzeit keine erkennbaren Schritte zu Victors Unterstützung zu unternehmen, abgesehen davon, dass er allen Einheiten, die sich für Euren Bruder erklären, Zuflucht gewährt. Die Reste der Argyle-Lanciers sind in diese Richtung abgezogen.«

»Da wir gerade beim Thema Abzug sind.« Katrinas Stimme wurde frostig. »Wo bleibt der versprochene Sieg über die 1. Davion Guards?«

Der konsternierte Gallagher stammelte einen Augenblick, bevor er sich wieder gefangen hatte. Er nahm die Brille ab und polierte sie heftig. »Es... äh... Der Kampf verläuft nicht so positiv, wie wir... äh... es uns gewünscht hätten. Aber die Guards sind nicht näher an Avalon City herangerückt. Sie befinden sich in einer Pattsituation und wir werden sie in Kürze zurückdrängen.«

»Sie haben auf New Avalon drei Regimenter zur Verfügung«, erinnerte Katrina ihn mit gifttriefender Stimme. »Die 1. Guards dürften von Rechts wegen überhaupt nicht mehr in der Lage sein zu kämpfen. Sobald Victors Aufruf zur Rebellion eintraf, habe ich Ihnen befohlen, sie in Gewahrsam zu nehmen oder zu vernichten. Stattdessen haben Sie zugelassen, dass sie durch die 3. Robinson Rangers brechen und sich in die Provinz Camelot in Sicherheit bringen.«

»Wir haben sie unter Kontrolle«, erklärte Gallagher erneut.

»Ich will sie nicht unter Kontrolle, ich will, dass Sie sie vernichten!« Katrina war nicht bereit, auf der Thronwelt des Commonwealth irgendeinen Widerstand zu dulden. Hier würde, hier musste sie uneingeschränkt herrschen. Alles andere wäre eine Einladung an Victor und dessen Anhänger gewesen, noch härter zu kämpfen. Verstand Gallagher das nicht?

Nun ja, um ehrlich zu sein, verstand er es wahrscheinlich wirklich nicht. Simon Gallaghers Talente lagen fast ausschließlich auf dem Gebiet der Organisation und Logistik. Beinahe bereute Katrina es, ihn zum Ersten Marschall und Chef des Regionalkommandos Mark Crucis ernannt zu haben. Und zu ihrem Champion, erinnerte sie sich, und musterte sein schmales, scharfkantiges Gesicht. Aber Gallagher war ebenso loyal wie willfährig, und das machte ihn leicht zu kontrollieren. Und als ›Champion der Prinzessin‹ bot er ihr die Möglichkeit, Jackson Davion zu umgehen, einen entfernten Verwandten, der als Katrinas Marshal of the Commonwealth Armies diente. Das war ein weiterer wichtiger Vorzug.

»Setzen Sie ein, was immer Sie benötigen, und erledigen Sie das, Simon. Wir brauchen hier im Commonwealth nur die Kontrolle aufrecht zu erhalten, bis ich zusätzliche Unterstützung aus der Allianz herbeordern kann.« In der Allianz war Katrinas Position stärker, deshalb musste sie auf New Avalon persönlich anwesend sein. »Aber wir müssen unsere absolute Kontrolle über die Zentralwelt und eine starke Präsenz in den Marken Capella und Draconis sichern.«

»Nun ja.« Dehaver verlagerte unbehaglich das Gewicht von einem Fuß auf den anderen und rieb sich die sommersprossige Nase. »Da gibt es neue Bewegungen.« Er stockte, und Katrina war klar, dass seine Neuigkeiten unerfreulich waren. »Tancred Sandoval ist von Mayetta geflohen und hat die Hälfte der Yalosgeführten Miliz überredet, ihm zu folgen.«

»Perfekt«, stellte Katrina fest. »Jetzt werden die beiden MDMs Mayetta mit Sicherheit erobern.« Dann erinnerte sie sich an sein Zögern. »Wohin ist er unterwegs?«

»Nach Woodbine«, antwortete Dehaver und nannte die Zentralwelt des mit dem randwärtigen Gefechtstheaters der Mark Draconis identischen Operationsgebiets. »Baron Sandoval hat bereits eine Erklärung abgegeben, in der er Woodbines Neutralität erklärt, um die Linien der Nahrungsversorgung Robinsons offen zu halten. Es hilft auch nicht gerade«, fügte er hinzu, »dass die Reins ihn darin vermutlich unterstützen werden. Sie haben traditionell gute Beziehungen zu den Sandovals und kein Interesse, in die Kämpfe verwickelt zu werden. Ich würde es hinnehmen, Hoheit.«

»Hinnehmen?« Katrinas Hände verkrampften sich zu Klauen, als wolle sie Dehaver die dunklen Augen auskratzen. »Tancred Sandoval ist möglicherweise einer der gefährlichsten Männer des Commonwealth. Ich denke nicht daran, ihm zu gestatten, mich über die Hauptwelt des Woodbine-Operationsgebiets herauszufordern. Welche Einheiten lassen sich schnell nach Woodbine verlegen?«

»Das 3. Lyranische Heer steht auf Pitkin«, erwiderte Dehaver. »Aber meines Wissens wollte Marshal Jackson Davion sie einsetzen, um die 1. Ceti-Husaren zu binden, die sich nachdrücklich auf die Seite Eures Bruders geschlagen haben.«

Katrina sah zu Gallagher. »Kümmern Sie sich darum«, befahl sie. »Das 3. hat auf Woodbine zu stehen, bevor Sandoval eintrifft.« Wie üblich bekämpfte sie ihre vorhergehende Unsicherheit durch improvisiertes Handeln. »Ich kümmere mich um die Reins, sobald wir das System militärisch kontrollieren.«

Sie studierte die Sternkarte der Allianz, die Dehaver aufgerufen hatte. Als ihr Bick auf Donegal fiel, erinnerte sie sich an etwas. »Wird nicht gerade ein neues Kriegsschiff zwischen Donegal und Tharkad getestet?«

Dehaver nickte. »Die *Angela Franks*. Sie soll in drei Monaten in Dienst gestellt werden.«

»Das war einmal. Sie heißt ab sofort *Arthur Steiner-Davion*, zu Ehren meines armen Bruders. Stellen Sie sie sofort in Dienst und setzen Sie sie zum Schutz Coventrys ein.«

Beide Männer wechselten besorgte Blicke. »Hoheit, Raumfahrer betrachten es als böses Omen, wenn man den Namen eines bereits getauften Schiffs ändert.« Dehaver verschränkte die Hände im Rücken. »Sicher kann das Schiff seine Aufgaben ebensogut als die *Angela*...«

»Nein, kann es nicht«, unterbrach Katrina ihn mit seidig weicher, honigsüßer Stimme. Auf dem Schirm schien Coventry vor ihren Augen heller zu leuchten, so, als verliehe seine Bedeutung dem System zusätzlichen Glanz. »Victor wird es schwerfallen, gegen ein Schiff zu kämpfen, das Arthurs Namen trägt. Und wir werden dafür sorgen, dass ihm keine andere Wahl bleibt. Es kann schon sein, dass Victor die Eiferer auf New Capetown auf seine Seite zieht, aber danach wird er nach Coventry fliegen. Er wird gar nicht anders können. Und sobald er dort ankommt«, erklärte sie, »wird er sterben.«

29

**Darrant, Herzogliche Güter Haus Reins, Woodbine
Mark Draconis,
Vereinigtes Commonwealth/Vereinigte Sonnen**

13. September 3063

Die beiden Mechbataillone standen sich an den Flussufern des Darrant gegenüber. Der flache, aber breite Strom wand sich mehrere Kilometer kurvenreich an der Nord- und Westgrenze der ausgedehnten herzöglichen Güter der Familie Rein entlang. Die künstlichen Blitzschläge der Partikelwerfer und juwelenbunten Lanzen der Laserkanonen spiegelten sich matt in den langsam vorbeiströmenden Fluten. Gelegentlich schoss das graue Wasser fontänenartig in die Höhe, wenn eine Artilleriegranate ihr Ziel verfehlte. Autokanonenfeuer hämmerte in Panzer und Flussufer. Die Splitter von Stahl und Metallkeramik vermischten sich auf dem schneebedeckten Sand. Raketen stiegen über das Wasser und ritten auf grauen Rauchbahnen durch den Himmel, bis sie auf die Stellungen hinabstürzten, die Tancred Sandovals Infanteristen hastig angelegt hatten.

Mehrere Kilometer hinter dem Fluss und vom 3. Lyranischen Heer vorläufig vor den Kämpfen geschützt, erstreckten sich die weitläufigen, blauen Gebäude des Guts auf der Flanke eines schneeverwehten Berges. Es war ein ungewöhnliches Gefängnis, aber es blieb ein Gefängnis. Das 3. Lyraner hielt dort den kompletten unabhängigen Adel Woodbines in ›Schutzhaft‹ – die wenigen, die nicht freiwillig oder gezwungenermaßen mit den Besatzern kollaborierten. Sieben adlige Landbesitzer, ein Dutzend weitere Träger von Ehren- oder Militärtiteln, und deren weitere Familien. Es war der größte Hausarrest, von dem Tancred je gehört hatte, und als erste militärische Aktion auf Woodbine plante er, ihn zu beenden.

Sofern er konnte.

Ein Schwarm von Raketen senkte sich auf den *Nachtstern* und schlug tiefe Krater in die dicke Panzerung. Er suchte nach einer freien Schusslinie und feuerte eine Gausskugel in den Torso eines lyranischen *Schleicher*. Die PPK des überschweren Mechs sank hinunter zum Darrant und feuerte auf einen der Schweber, mit denen das 3. Heer den Fluss beherrschte. Die bläulichweiße Entladung zerschnitt knapp hinter dem vorbeijagenden *Plainsman* die Luft und zerteilte sich in ein Dutzend über das Wasser peitschende Lichtbögen. Der Schweber beantwortete den Angriff mit seinen Kurzstreckenraketen. Eines der Geschosse detonierte auf dem Kopf des *Nachtstern* und ließ Tancreds Ohren klingeln. Er schüttelte ruckartig den Kopf, um gegen den Schock anzukämpfen, und lenkte den Kampfkoloss südwärts zu der heftig umkämpften Brücke.

Tancreds einziger Vorteil in diesem Kampf war die Tatsache, dass seine Streitmacht aus einer Kombination aller verfügbaren Waffengattungen bestand: Neben den Mechs kommandierte er Infanterie, Panzer und einen Doppelschwarm Luft/Raumjäger, die regelmäßig aus den schneeschweren grauen Wolkenmassen herabstießen und das gegenüberliegende Ufer beschossen. Der Rest seiner aus 3. Crucis-Lanciers und Mayetta-MDM zusammengekratzten Kräfte führte einen Ablenkungsangriff auf den Raumhafen durch, um die Mückenklatscher daran zu hindern, ihre Stellungen hier zu verstärken.

Aber das Lyranische Heer war sich seiner Stärken ebenfalls bewusst: Die Mückenklatscher verfügten über schnelle Maschinen und schwere Schweberunterstützung. Sie hielten ihre Abwehrlinie flexibel und ständig in Bewegung, bereit, jede Schwachstelle sofort zu verstärken. Tancred wusste, dass er ihre Verteidigung irgendwann würde durchbrechen können, aber je länger der Kampf dauerte, desto mehr Verluste würde er auf beiden Seiten fordern. Außerdem bestand die Gefahr, dass die Lyraner erneut Hubschrauber anforderten, um ihre Gefangenen abzutransportieren. Bei ihrem ersten derartigen Versuch waren die Maschinen zu hoch angeflogen und von Tancreds Jägerdeckung abgeschossen worden. Diesen Fehler würden sie nicht noch einmal begehen.

Stellte sich die Frage, konnte er sie zu einem neuen, teureren Fehler zwingen?

Die Brücke erhob sich an der in 50 Meter Entfernung vom Fluß gelegenen Straße und erschwerte auf beiden Seiten den Zugang. Tancred hatte zwei schwere Panzerlanzen abgestellt, um seine Seite zu sichern und einen Weg ans andere Ufer freizuschießen. Es war der beste Weg hinüber für die MechKrieger, die ihre Maschinen nur ungern durch den Strom steuerten, weil sie, durch das Wasser in der Bewegung behindert, wandelnde Zielscheiben darstellten, und für die Rad- und Kettenpanzer der einzige Übergang. Das wusste natürlich auch das 3. und hatte ihre Seite der Brücke mit einer schweren Mechlanze gesichert. Sie hatten sie überhaupt nur deswegen noch nicht gesprengt, weil die Brücke ihre beste Chance für einen Gegenangriff darstellte. Aber Tancred hatte keinen Zweifel daran, dass sie zu diesem Mittel greifen würden, falls sie die Kontrolle über die Brücke verloren.

Gerade blockierte ein brennender LSR-Werfer die Brücke, und zwei schwere *Brutus*-Panzer rollten an, um das Wrack über die Seite ins Wasser zu drücken. »BAT Eins und Zwo«, rief er die Brückenangriffsteams, die inzwischen noch aus sieben sichtlich zerbeulten schweren Panzern bestanden. »Vorrücken. In Zweierreihe, *Brutus*-Panzer setzen sich an die Spitze.«

Mit schmerzhaft zusammengebissenen Zähnen, weil er wusste, dass er die beiden vorderen Panzer soeben in den sicheren Tod geschickt hatte, steuerte er den *Nachtstern* ans Flussufer hinab, um den Angriff zu unterstützen. Zwei seiner Gausskugeln schossen als Silberstreifen über die Schultern eines feindlichen *Centurion* davon, der ihm mit seiner Autokanone eine Salve mitten in den Torso jagte. Ein *Brandstifter*-Omni-Mech und ein *Cestus* drängten sich neben Tancred und griffen ebenfalls in das Geschehen ein. Der *Brandstifter* konzentrierte sich dabei mehr auf die lyranischen Schweber, die zwischen den Brückenpfeilern umherhuschten, das Wasser in breiten, wandartigen Fontänen in die Höhe schleuderten und sich als wendig genug erwiesen, um den Lichtwerfern des Omnis auszuweichen. Der *Cestus* bohrte die Energielanzen beider schweren Laser in einen lyranischen *Paladin*, dessen Panzer in glutflüssigen Bächen auf die Brücke zulief.

Tancred watete vorwärts, bis der Fluss um die Knöchel des BattleMechs strömte, nicht hoch genug, um ihn ernsthaft zu behindern, aber ausreichend, um die 3. Lyraner in Versuchung zu führen, ebenfalls vorzurücken. Die Maschinen am Ufer blieben auf Distanz, doch auf der Brücke drangen zwei der lyranischen Mechs vor, nachdem ihr konzentrierter Beschuss einen *Brutus* aufgerissen und Megajoules tödlicher Energie in sein Magazin gepumpt hatte. Die dort eingelagerten Raketen detonierten in einer wabernden Feuerwand, brachen durch die Flanke des Fahrzeugs und schleuderten es wirbelnd von der Brücke und in den Fluss.

»BAT Eins, Halt!«, befahl Tancred sofort und versuchte eine andere Falle. »Position halten. BAT Zwo, zurückweichen. Ziehen Sie die Verteidiger näher.«

Dem vorderen *Brutus* stand eine gewaltige Tortur

bevor, aber Sandoval hoffte, dass er durchhielt. »Lancier-Jäger, in Position für einen Angriff auf den Fluss gehen.«

Nicht zum ersten Mal in diesem Feldzug dankte Tancred dem Himmel dafür, wie Woodbines Jahreszeiten in diesem Jahr fielen, und für den ständig zugezogenen Himmel, der ihm erlaubte, seine Luft/Raumjäger zu verlegen, ohne dass sie vom Boden aus zu sehen waren. Er leckte sich den Schweiß von der Oberlippe und steuerte den Mech noch sechs Schritte weiter in den Fluss, bis das Wasser dessen Knie erreichte.

Auf der Brücke zogen die fahrbaren LSR-Werfer sich zurück, während die drei noch intakten *Bruti* die Stellung hielten. Mit ihrer Geschützkombination aus schweren Lasern und Raketenlafetten, die sie jetzt ganz auf den angeschlagenen *Paladin* konzentrierten, zwangen sie den 60-Tonnen-Kampfkoloss in die Knie. Dann flog der vorderste *Brutus* in einem Feuerball auseinander, der seinen Geschützturm davonfliegen ließ und eine Säule aus öligschwarzem Qualm himmelwärts sandte. Die beiden hinteren schweren Lyranermechs stampften vor, um die Panzer zurückzudrängen. Zehn Meter vom Ufer. Zwanzig.

Das war der Augenblick, auf den Tancred gewartet hatte.

»BAT Eins, zurückweichen«, befahl er, und seine Stimme hallte laut durch das Innere des Neurohelms. »BAT Zwo, Donnerfeuer über die gegnerische Hälfte der Brücke, so weit wie möglich. Lancier-Jäger, Angriff.«

Als die beiden letzten *Brutus*-Panzer sich aus dem Gefecht zurückzogen, schleuderten die LSR-Werfer je sechzig Raketen in kurzen, steilen Bahnen aufwärts. Aber diesmal verschossen sie nicht ihre übliche Munition. Donner-LSR erzeugten um den Einschlagspunkt ein Minenfeld, und innerhalb von Sekunden hatten die drei fahrbaren Lafetten die Lyraner so eingeschlossen, dass sie die Vernichtung riskierten, gleichgültig, ob sie vor- oder zurückrückten. Also blieben sie, wo sie waren. Als der *Paladin* wieder auf die Beine kam, überschüttete die schwere Lanze die schweren Panzer mit Geschützfeuer und zerstörte einen weiteren *Brutus*.

Allerdings erst, als die LSR-Werfer ihr Feuer zu dem des *Nachtstern* und des *Cestus* hinzugefügt und den Torso eines *Orion* aufgebrochen hatten. Der Fusionsreaktor im Innern brach mit goldenem Feuer aus der Magnetflasche und schleuderte ungebremste Energiezungen in alle Richtungen, als der Mech im buchstäblichen Sinne aus allen Nähten platzte. Das ausgebrannte Wrack prallte gegen den lyranischen *Centurion* und stieß ihn ins Minenfeld. Die Explosionen der Donnersprengköpfe zerfetzten die Panzerung seiner Beine.

Er hätte sich immer noch aus der Falle retten und gemeinsam mit den beiden anderen Mechs einen Sprung ins Wasser riskieren können, wären in diesem Augenblick nicht die Luft/Raumjäger aus der Wolkendecke gestoßen und hätten die Metallriesen auf der Brücke mit gnadenlosem Geschützfeuer überschüttet. Tancred feuerte seine PPK auf die Stützpfeiler ab, wieder mit der Unterstützung durch den *Brandstifter* und den *Cestus*, während die verbliebenen Panzer auf der Brücke in das Jägerbombardement einstimmten. Innerhalb weniger Sekunden eines höllischen Infernos ging der *Centurion*, von Jäger-Autokanonen geköpft, endgültig zu Boden. Dann schwankte und bebte die Brücke, als ihre Träger unter der andauernden Misshandlung nachgaben. Wie Dominosteine stürzten die Brückenabschnitte hinab in die wartenden Fluten des Darrant.

Zwei feindliche Schweber, deren Besatzungen den Fluss immer noch mit ihrem Privatspielplatz verwechselten, fanden ein brutales Ende, als riesige Stahlbetonplatten auf sie herabstürzten und sie in ein nasses, kaltes Grab versenkten. Eine Lanze der schnellen Luftkissenpanzer saß flussabwärts fest, unfähig, durch die Trümmer zurückzufahren. Tancred beschleunigte und erreichte das gegenüberliegende Ufer nur Sekunden hinter dem *Brandstifter* und *Cestus* sowie zwei MDM-*Grashüpfern*, die den Fluss allesamt mit Hilfe ihrer Sprungdüsen überquert hatten.

Es war nicht nötig gewesen, den Befehl zu geben. Die anderen MechKrieger hatten die Gelegenheit instinktiv erkannt. Tancred brauchte das Manöver nur noch mit unterstützenden Befehlen zu vervollständigen. »Nach Süden, nach Süden«, befahl er, während er noch aus dem Darrant watete. »Wir haben einen Brückenkopf. Sammeln!«

Jetzt reagierte auch das 3. Heer, aber es war zu langsam und zu spät. Tancreds *Nachtstern* diente als Ankerpunkt einer soliden Gefechtsstellung und bewachte das östliche Flussufer, während zwei weitere überschwere Kampfkolosse herüber wuchteten, gefolgt von zwei sprungfähigen mittelschweren Maschinen. Jetzt vermochte der Gegner sie nicht mehr zurückzudrängen, erst recht nicht, nachdem die schweren Panzer entdeckt hatten, dass sie über die im Wasser liegenden Brückentrümmer einen Weg finden konnten. Dieser Kampf war vorbei. Das musste auch den Lyranern klar sein.

Und selbst wenn sie es noch nicht sahen, Tancred wusste es.

* * *

Royal New Capetown Military Academy,
Port St. Johns, New Capetown
Provinz Coventry, Lyranische Allianz

Victor betrachtete es als taktischen Sieg, dass es ihm gelungen war, den auf der Seite der Allianz stehenden Kommandeur der planetaren Militärakademie zu überreden, ihm die Türen zu öffnen und zu gestatten, zu den Dozenten und Kadetten der Einrichtung zu sprechen. Zugegebenermaßen hatte er sich diese Konzession erzwungen – durch die Drohung, die Victor durch zwei Gefechtsregimenter und ein neu eingetroffenes Kriegsschiff darstellte. Der Kreuzer der *Avalon*-Klasse *Melissa Davion* hatte fast sechs Monate gebraucht, um Victor zu finden, nachdem seine Besatzung aus Davion-Loyalisten sich für ihren Exilprinzen erklärt und das Schiff unerlaubt von seinem Einsatzposten über Kittery abgezogen hatten. Und Victor hatte keineswegs die Absicht, auf diese unverhoffte Trumpfkarte zu verzichten.

Jerry hatte ihm erklärt, dass Akademiekommandeur John Harrison loyal zum Amt des Archons stand, nicht zur Person Katherines, und der Kommandeur des Ausbildungsbataillons Alfred Vaughn ihn und seine Schwester gleichermaßen ablehnte. Das bot Möglichkeiten, die Victor zu nutzen hoffte.

»Dies ist kein Eroberungskrieg«, erklärte er der versammelten Menge jetzt in möglichst vernünftigem Ton. »Dies ist kein Krieg um Stolz oder Vorurteile. Dies ist ein Bürgerkrieg, der uns gegen unseren Willen aufgezwungen wurde, aber nichtsdestoweniger nötig ist, um zu entscheiden, welche Regierung über uns alle in Zukunft herrschen soll. Es geht um die Wahl zwischen Fairness und Gleichheit, gelenkt von Rechtsgrundsätzen, oder die schwere, blutige Hand einer machthungrigen Despotin, die das Recht verdreht, wie es ihren Bedürfnissen entspricht.«

Nichts. Keine Reaktion. Der Saal, der ihn bei seiner Ankunft noch respektvoll stehend begrüßt hatte, kehrte sich jetzt gegen ihn. Die Zuhörer füllten die kleine Aula bis zu den Schwingtüren und ein Meer hasserfüllter Blicke schlug ihm entgegen. Wenn das Neutralität war, musste Victor sich dringend mit Cranston über die anderen neutralen Einheiten unterhalten, die sie auf ihre Seite zu ziehen hofften. Ein Teil des Publikums wirkte wütend, andere waren so bleich, als habe sein Erscheinen auf der Bühne ihnen einen Schock versetzt.

Einzelne Zuhörer wirkten sogar bereit, auf der Stelle einen Nadler zu ziehen und Victor zu erschießen. Trotz der schusssicheren Weste unter seiner Uniform hätte er sich den Schutz eines Zugs Infanteristen an Stelle des kleinen Offizierskaders gewünscht, das sich als Zeichen der Solidarität hinter ihm aufgebaut hatte. Die drei höchsten Offiziere der 39. Avalon-Husaren und der 244. Division hatten sich links und rechts von Tiaret aufgebaut, die mit ihrer beeindruckenden Präsenz als Anker der Linie diente... ein überschwerer Mech inmitten von Kundschaftern.

»Diese Männer und Frauen«, fuhr er trotz allem fort, und drehte sich halb zu den Offizieren um, »haben dieser Sache bereits ihre Unterstützung zugesagt. Nicht zu meinem Ruhm oder um für sich Macht zu gewinnen, sondern um der gerechten Sache willen. Und letztlich ist es das, wonach wir alle streben. Gerechtigkeit.«

Victor bemerkte Cranston, der gerade aus der ComStar-Anlage zurück war, am Rand der Bühne hinter dem schweren schwarzen Samtvorhang. Victors Adjutant lugte durch einen Spalt zwischen Wand und Vorhang. Dann sah er herüber, und seine Miene zeigte dieselbe Verwirrung über die Reaktion des Publikums, beziehungsweise das Fehlen einer solchen, die Victor sich nach Kräften nicht zu zeigen bemühte. Er riss sich von Cranston los, bevor er zu lange schwieg und möglicherweise den Eindruck von Unsicherheit oder Schwäche erweckte.

»Wir sind in der Hoffnung – in dem Wunsch – hierher nach New Capetown gekommen, dass Sie sich uns bei diesem Bemühen anschließen. Dass Sie sich der Herausforderung an uns alle stellen, Studenten und Veteranen gemeinsam, und einer gerechten Sache zum Sieg verhelfen.« Trotz der mangelnden Reaktion erhob Victor zum Abschluss der Rede die Stimme, um doch noch zu seinen Zuhörern durchzudringen. »Dies ist eine jener Zeiten, in denen die menschliche Seele auf eine harte Probe gestellt wird, in denen sich Herzensmut beweist oder sein Fehlen schmerzhaft deutlich wird, in denen wir Gelegenheit erhalten, unseren Wert an einer Messlatte abzulesen, mit der nur wenige das Privileg haben, in Berührung zu kommen. Wir sind gekommen«, schloss er ab, »in der Hoffnung, Sie als Freunde, als Verbündete, als Patrioten zu begrüßen.«

Es hätte ein triumphales Ende werden sollen, dem lauter Jubel und ein Aufstand gegen Katherines Unrechtsherrschaft folgte, aber sein Appell traf auf taube Ohren. Victor verstand nicht, was los war, es sei denn, die Bevölkerung von New Capetown war von Natur aus so verschlossen, dass ein paar Tonnen Sprengstoff nötig gewesen wären, ihr eine Reaktion zu entlocken. Er brachte noch ein kurzes Nicken zustande, hinter dem kein Deut echter Siegesgewissheit lag, dann verließ er die Bühne, gefolgt von seinen Offizieren.

»Was, zum Teufel, ist da draußen vorgefallen?«, fragte er Cranston, kaum dass sie sich hinter der Bühne befanden.

Cranston schien regelrecht übel zu sein. »Schaffen

wir Euch erst einmal von hier weg. Unsere Wagen warten hinter dem Haus.« Er nickte in Richtung des Notausgangs, der von zwei Infanteristen der 244. Division bewacht wurde.

»Nicht gerade der Empfang, den ich mir erhofft hatte«, stellte Victor fest, als die gepanzerte Limousine auf dem Weg zum Raumhafen durch das Tor der Akademie glitt. Tiaret beanspruchte den größten Teil der ihnen gegenüberliegenden Rückbank. Präzentor Irelon hatte sich neben sie gequetscht.

»Dumm«, stieß Cranston aus und schüttelte den Kopf. Er mixte Victor einen Drink an der kleinen Bar des Wagens. »Wie konnte ich nur so dumm sein? Ich hätte mitkommen sollen, Victor. Ich habe ganze fünf Sekunden gebraucht, um zu erkennen, was wir bei der Planung Ihrer Rede übersehen haben.«

»Du wurdest auf der HPG-Station gebraucht, um die letzten Nachrichten abzuschicken«, widersprach Victor. »Du hast mich selbst gewarnt, dass du dich möglicherweise verspätest. Die Rede war gute Arbeit und ich hielt meinen Vortrag für durchaus gelungen.«

»Es war nicht der Vortrag, Victor. Wer stand hinter Euch?« Cranston beugte sich vor. »Wer hat Ihr Offizierskorps in der Mitte verankert?«

»Tiaret?« Victor schaute zu der dunkelhäutigen Elementarin hinüber, die den Blick ebenso verwirrt erwiderte. »Warum sollte sie einen derartigen Aufruhr auslösen? Oder um genauer zu sein, das genaue Gegenteil?«

»Victor, Ihr habt so viel Zeit mit ihr verbracht, dass Ihr es überhaupt nicht mehr wahrnehmt. Ich habe es selbst nicht wahrgenommen. Seht Ihr nicht, was sie ist?« Cranston schüttelte wieder den Kopf. »Victor, es ist offensichtlich. Sie ist Clan.«

Das stimmte. Offensichtlichere Clanner als die zum

Einsatz in den speziellen Clan-Gefechtspanzern genetisch auf ihre riesige Körpergroße und Kraft gezüchteten Elementare gab es nicht. »New Capetown war schon immer elitär«, gab Victor zu, »aber…«

»Rassistisch«, unterbrach Cranston, »und in den letzten sieben Jahren hat dieser Rassismus in den Clans ein neues äußeres Ziel gefunden. Harrison und Vaughn haben sich unverhohlen feindselig geäußert, als der Sternenbund beschloss, statt der Jadefalken die Nebelparder zu vernichten. Und wen bringen wir als einen unserer Anhänger mit? Eine Clan-Elementarin. Hättet Ihr sie in Ketten in den Saal gebracht, sie mit einer Neuropeitsche vor Euch hergetrieben, hätten sie sich die Kehle wund gebrüllt.« Cranston klang mindestens so wütend darüber, dass er das Problem nicht erkannt hatte, wie über New Capetowns Einstellung an sich.

Tiaret nickte in teilweisem Verständnis. »Wenn wir ihnen erklären, dass Sie mich nach Ihrem militärischen Sieg auf Diana als Leibeigene genommen haben, würde das helfen, frapos?«

Victor verzog das Gesicht. »Neg, Tiaret, das würde es nicht. Vorurteile lassen sich nicht mit einer einfachen Erklärung besiegen. Rassisten hassen ohne Logik oder Vernunft.« Er nippte an seinem Drink und wusch mit einem stark verwässerten Whiskey den üblen Geschmack herunter. »Denk daran, wie die Clans, dein Clan, die Innere Sphäre gesehen haben. Schwach. Ehrlos. Nur tiefster Verachtung würdig.«

In den Augen der Schwarzen leuchtete Verstehen auf. »Pos. Das verstehe ich. Aber Sie haben mich eines Besseren belehrt. Können Sie das hier nicht ebenfalls?«

»Bei allem Respekt, Tiaret, aber es war die Vernichtung deines Clans durch den Sternenbund nötig, eine Menge dieser Vorurteile zu widerlegen. Selbst wenn ich hier diese Möglichkeit hätte, besitze ich weder die Zeit, noch die Mittel, sie darauf zu verschwenden.« Er schüttelte den Kopf. »Wir hätten die zusätzlichen Truppen gebrauchen können, aber es fällt mir schwer zu glauben, dass wir ohne so engstirnige Verbündete nicht im Grunde besser dran sind.«

»Nicht, dass wir von denen nicht so schon genug hätten«, erinnerte ihn Präzentor Irelon. »Die beiden Lanzen, die von Kingstons Legionären zu uns gestoßen sind, streiten sich immer noch mit der Kompanie der 1. Regulanischen Husaren aus der Liga Freier Welten. Und das Bataillon, das wir aus den draconischen Freiwilligen zusammengestellt haben, will weder mit den einen, noch mit den anderen etwas zu tun haben.«

Auf die Auflistung der Probleme seiner ›Fremdenlegion‹ reagierte Victor mit einem lockeren Abwinken. »Nationalismus stört mich nicht, solange sie alle kampfbereit sind, wenn es Zeit wird, Katherines Truppen zu schlagen. Und daran habe ich keinen Zweifel.« Er nahm noch einen Schluck und genoss den rauchigen Geschmack des Glengarry Reserve. Dann gab er Cranston das Glas zurück. Er musste einen klaren Kopf bewahren.

»Unser nächstes Ziel wird uns allen genug zu tun geben«, versprach er.

»Dann geht es also nach Coventry?«, fragte Irelon. »Die Gerüchte, dass Katherine ein Kriegsschiff in das System verlegt hat, machen Euch keine Sorgen? Diese LAS *Arthur Steiner-Davion*?«

»Doch, es beunruhigt mich. Aber ich kann mich von der Drohung eines Kriegsschiffs nicht stoppen lassen. Coventry ist das wichtigste Ziel unserer zweiten Welle, nicht zuletzt wegen seiner Fabriken. Außerdem benötigte ich Herzog Bradfords Unterstützung. Wir brauchen dieses System, und ich habe vor, es einzunehmen.« *Fünfzehnter Oktober*, entschied er in Gedanken. *Gute vier Wochen Zeit für die Vorbereitungen und den Sprung nach Coventry.*

»Und vergesst nicht«, erinnerte er seine Begleiter. »Wir verfügen seit der Ankunft der *Melissa Davion* ebenfalls über ein Kriegsschiff. Wenn Katherine auf Symbole setzt, soll mir das recht sein. Ich habe unsere Mutter an meiner Seite.«

30

Korvette LAS *Arthur Steiner-Davion*, auf 1,4 AE-Orbit, Coventry-System Provinz Coventry, Lyranische Allianz

8. Oktober 3063

In der Umbra, dem planetaren Schatten Coventrys, pflügte das umgetaufte lyranische Kriegsschiff *Arthur Steiner-Davion* durchs Nichts. Zweihundertfünfunddreißigtausend Tonnen geballter Vernichtungskraft, bereit zum tödlichen Schlag. *Und verflucht*, erinnerte Admiral Jürgen Haas sich, und rückte die Schirmmütze auf seiner Glatze zurecht. *Nicht zu vergessen, verflucht.*

Nach Haas' Rechnung, und wenn man den Nachrichtendienstmeldungen glauben konnte, hatten sie noch sieben Tage, bis die Rebellen eintrafen. Er hatte jeden einzelnen davon bitter nötig, um den Fluch loszuwerden, der auf der *Arthur* lag, seit die ehemalige *Angela Franks* umbenannt worden war. Gefechtsdrills, Schadenskontrollübungen, Freizeit zum Kennenlernen der Bordeinrichtungen, alles nur, um der Besatzung zu helfen, ihren Aberglauben um den Dienst auf einem Schiff mit zwei im Widerstreit liegenden Seelen zu bekämpfen. Eine Standardwoche.

Und dann würden sie, bereit oder nicht, unter Order stehen, die VSS *Melissa Davion* zu vernichten, und Prinz Victor dazu.

»Kontakt«, meldete die Ortungsstation, ein junger Stabsfeldwebel namens Andrajew. Der Mann war hager und schlaksig, mit einer Stimme, die an Fingernägel auf einer Schieferplatte erinnerte, aber ein Könner beim Ablesen der komplexen Instrumente, die dem Schiff als Augen und Ohren dienten. »IR-Signatur, Kontakt erwartet an Romeo-sieben.« Infrarotsignaturen waren die einzige Vorwarnung bei der Ankunft eines sprungfähigen Raumschiffs, Händlern ebenso wie Kriegsschiffen. Die ganze Brückenbesatzung spannte sich unwillkürlich an und fragte sich, ob das Victor Steiner-Davion war, und sie würden kämpfen müssen. »Sehr schwach.«

Die Stationstriebwerke lieferten genug Schub für eine künstliche Schwerkraft von einem Drittel Terranorm, genug, dass Haas sich auch ohne Magnetschuhe mit Gleitschritten über die Brücke bewegen konnte.

»Es ist mir gleichgültig, wie schwach sie ist«, stellte er auf dem Weg zu seinem Kapitänssessel fest. Er schnallte sich an und drückte den Teebecher in die Halterung. »Wir erwarten Feindkontakt. Gefechtsstationen!«

Sieben Gongschläge ertönten über die Rundrufanlage des Schiffs, hallten durch die Stahlkorridore und rissen schlafende Besatzungsmitglieder aus den Kojen. Nach zwanzig Jahren Diensterfahrung sah Haas die achtlos zu Boden schwebenden Spielkarten und halbverzehrten Mahlzeiten vor sich, Männer und Frauen, die auf dem Weg zu ihren Stationen hastig die Uniformen überzogen, und hörte das Knallen der luftdichten Schotte, die das Schiff in eine Serie separater Abteilungen unterteilten. Es war ein Drill, der sich im Leben jedes Raumfahrers unzählige Male wiederholte, und jedes einzelne Mal mit demselben tödlichen Ernst.

»Sekundärkontakte!«, rief Feldwebel Andrajew, und seine schrille Stimme klang zugleich erregt und nervös. »Romeo-acht, neun… und zehn! Alle Infrarotsignaturen konsistent mit eintreffenden Schiffen. Positionen verteilt, aber alle in derselben generellen Richtung. Mittelwert Zwo-fünf-zwo bei minus Null-einsacht. Entfernung…« Er machte eine Pause und überprüfte die Daten. »Mittelwert ist rund einhundertsiebzig Kilometer.«

170 Kilometer. In Gefechtsreichweite! Und sie trafen an einem nicht standardmäßig benutzten Sprungpunkt tief in der Schwerkraftsenke des Systems ein, einem sogenannten »Piratensprungpunkt«, weil sie vor allem von Angreifern benutzt wurden, denen es darum ging, ihre Opfer zu überraschen. Haas spürte den ersten Hauch von Gefahr und ballte unwillkürlich die Fäuste.

»Steuermann, beidrehen mit Null komma fünf G. Ich will mehr Schwung. Armierung, bereithalten. Wenn Sie von New Capetown kommen, können wir sie in… Navigation?«

»Etwa eine Minute. Wenn Sie aus dem Coventry am nächsten gelegenen unbewohnten System Tertia-R12 einspringen, in zwanzig Sekunden«, stellte Leutnant Sarah Gespers fest.

Zwanzig Sekunden Warnung, mehr erwartete niemand. Dementsprechend fragte der 1O der Korvette, Kommodore Tarn Earhart, als er um Kontakt plus dreißig Sekunden auf der Brücke eintraf, sofort: »Händler?«, nämlich in der Annahme, dass sich der Alarm inzwischen schon als Irrtum herausgestellt hatte.

»Nur, wenn diese Händler mit einer ganzen Flotte kommen, und an einem Piratenpunkt keine zweihundert Klicks entfernt. Sieht aus, als wäre es soweit, Tarn.«

Rebellenprinz Victor, seine ComGuard-Renegaten, die 39. Avalon-Husaren und allen Berichten zufolge ein bunter Haufen fremder Truppen. Haas würde sie in eine Wolke treibender Atome zerblasen. Zumindest würde er es versuchen. Die Korvette der *Fox*-Klasse war einem Kreuzer wie der *Melissa Davion* nicht gewachsen, aber Haas verfügte auch noch über drei Landungsschiffe der *Overlord*-Klasse, die zu ›Schiffskillern‹ umgebaut waren. Die mit Schiffsklasse-Raketen vollgestopften Landungsschiffe verdoppelten seine effektive Feuerkraft. Er würde sie starten, sobald die Sensoren feindliche Schiffe identifiziert hatten.

Sechzig Sekunden. Neunzig. Zwei Minuten.

Der Steuermann drehte in eine weite Kreisbahn um den gemeldeten Eintrittskorridor, der die Breitseite des Schiffes auf die erwartete Ankunftsposition gerichtet hielt, ohne sich ihr zu weit zu nähern. Die Rematerialisierung eines interstellaren Raumschiffs konnte andere Schiffe in einem Umkreis von bis zu zweitausend Metern in Mitleidenschaft ziehen. Haas hatte kein Interesse, dem Fluch zuzuarbeiten.

Zwei Minuten und dreißig Sekunden.

»Ortung, was, zum Teufel, geht da vor? Neue Berechnung.«

Andrajew schüttelte den Kopf. »Schon gemacht. Wir sind jetzt bei Kontakt plus vierzig Sekunden. Bei einer maximalen Sprungweite von dreißig Lichtjahren könnte diese IR-Signatur einem Kreuzer der *Avalon*-Klasse entsprechen, aber keinem Sprungschiff außer einem *Monolith* oder vollbeladenen *Starlord*.«

Dem jungen SensorTech konnte Haas keinen Vorwurf machen. Die Landungsschiffskapazität eines Sprungschiffs stand in direktem Verhältnis zu dem von seinem Kearny-Fuchida-Antrieb erzeugten Transitionsfeld. Bei voller Kapazität ließ sich jedes Sprungschiff an einer einfachen Kurve platzieren, in der die zurückgelegte Entfernung und die Zeit von der Einleitung des Sprungs bis zum erfolgten Wiedereintritt in Korrelation miteinander gesetzt wurden. Warum der Sprung für das transitierende Schiff in Nullzeit ablief, während die IR-Signatur eine Warnzeit lieferte, die doppelt so lang war wie die außerhalb des Schiffes gemessene Sprungzeit, war bis heute ein ungeklärtes Rätsel, aber jeder Raumfahrer lernte bereits im ersten Jahr seiner Ausbildung, dass, um ein Standardbeispiel zu verwenden, an Bord eines Sprungschiffs der *Invasor*-Klasse bei einem Sprung über maximale Entfernung keine messbare Zeit verstrich, das Schiff für die Außenwelt jedoch erst fünfundvierzig Sekunden nach seinem Verschwinden wieder materialisierte. Die IR-Signatur erschien jedoch bereits neunzig Sekunden vor dem Eintreffen des Schiffes – also fünfundvierzig Sekunden, bevor das Sprungschiff sein K-F-Triebwerk aktivierte.

»Wir sind inzwischen bei Kontakt plus drei Minuten«, verkündete Kommodore Earhart mit Blick auf die Uhr. »Das ist das theoretische Maximum für einen Kreuzer der *Avalon*-Klasse.«

»IR-Signatur ist jetzt sehr stark«, stellte Andrejew fest. Seine schrille Stimme klang beinahe beleidigt. »Sie müssen jeden Augenblick eintreffen.«

»Auf den Schirm«, befahl Haas mit heftig arbeitenden Kaumuskeln. »Ich will mir das ansehen.« Der Hauptschirm füllte sich mit Tausenden winziger Lichtpunkte in unendlicher Leere. Eine von nichts unterbrochene Sternenlandschaft.

Vier Minuten.

»Noch dreißig Sekunden, bis wir das IR-Maximum für einen vollbeladenen *Monolith* erreichen«, erklärte Stabsfeldwebel Andrajew. Dann räusperte er sich zögernd. »Ich habe mir die Signaturen und Daten von HPG-Sendungen angesehen. Im Abklingen ähneln sie stark dem schwachen Bild bei unserem ersten Kontakt. Und Hyperpulssendungen können fünfzig Lichtjahre überbrücken. Könnte das NAIW verbesserte K-F-Triebwerke entwickelt haben, die bis zu diesem theoretischen Maximum funktionieren?«

Navigator Gespers schüttelte zweifelnd den Kopf. »Was, sie springen von Biuque an, nur um uns mehr Warnung zu geben?«

Haas spürte, wie ihm unter der Mütze der Schweiß

ausbrach. »Irgendeine Erklärung erwarte ich dafür«, knurrte er. »Wir sind nämlich gerade an viereinhalb Minuten vorbei.« Er klammerte sich an die Armstützen seines Sessels. »Andrajew, wie sähe Ihre beste Schätzung aus, falls die Künstler auf New Avalon Sprünge über 50 Lichtjahre möglich gemacht und uns nichts davon erzählt haben?«

»Siebeneinhalb Minuten Vorwarnzeit durch IR-Signatur«, erhielt er auf der Stelle die Antwort von der Ortungsstation.

Haas grunzte und nickte. »Alle Stationen Bereitschaft überprüfen. Armierung, volle Breitseite vorbereiten. Maschine, Schubtriebwerke auf einhundertzwanzig Prozent Leistung vorbereiten. Landungsschiffe abkoppeln. Wir müssen uns auf alles gefasst machten, Leute. Ausführung.«

Die Ziffern auf der digitalen Zeitanzeige wechselten mit erstaunlicher Lethargie. Jede Sekunde schien eine kleine Ewigkeit zu dauern. Haars gestattete sich einen Schluck Tee und zuckte zusammen, als er sich an der heißen Flüssigkeit die Zunge verbrannte. Verflucht. Er kommandierte ein zum Untergang verurteiltes Schiff.

»Sieben Minuten, dreißig Sekunden«, stellte er fest. »Das gibt es nicht! Ortung, was ist mit der IR-Signatur?«

»Herr Admiral«, antwortete Andrajew tonlos, »die ist vor zwei Minuten über das Ende der Messskala gewachsen. Ich kann auch nicht erklären, was hier vor sich geht. Ich habe schon zweimal eine Diagnose gefahren und alles funktioniert einwandfrei.«

»Fahren Sie eine Dritte!«

Aber Haas wusste bereits, dass das Diagnoseprogramm auch im dritten Anlauf keine Fehler finden würde. Hier hatten sie es mit etwas anderem zu tun. Etwas, an das niemand gedacht hatte und auf das sie nicht vorbereitet waren.

»Was für eine Art Schiff erzeugt eine IR-Signatur von über acht Minuten?«, fragte er seinen 1. Offizier leise.

»Es gibt, glaube ich, einen Typ Clan-Kriegsschiff, der dazu in der Lage ist«, antwortete Tarn Earhart mit besorgtem Gesicht. »Glauben Sie, die Wölfe auf Arc-Royal könnten etwas damit zu tun haben? Aber wenn sie aktiv geworden wären, hätten wir bestimmt etwas davon gehört.«

»Gehen Sie zur Hauptkontrolle. Sie sollen Notsprungprozeduren von den nächsten Piratenpunkten berechnen, und einen zusätzlichen Satz Berechnungen für unsere momentane Position... und zur Hölle mit der Schwerkraft.«

Earharts Augenbrauen stiegen bis an den dunklen Haaransatz. »Das wollen wir riskieren?« Er wischte sich den Schweiß vom Gesicht. »Jürgen, was, wenn das nur ein Trick Victors ist?«

»Das glaubst du ebensowenig wie ich.« Haas setzte eine unbewegte Maske auf, die seine eigene Angst verbarg. »Was auch immer da draußen auftaucht... falls überhaupt etwas auftaucht... wir werden es uns vornehmen. Die *Angela Franks* wird nicht kampflos untergehen.«

Sein Stellvertreter sah sich um, ob jemand außer ihm den Versprecher bemerkt hatte. »Sie meinen natürlich die *Arthur Steiner-Davion*, nicht wahr, Admiral?«

Haas nickte, ohne die Augen vom Hauptschirm zu nehmen. »Arthur, Angela, Victor, Katrina.« Er zuckte die Achseln. »Irgendwas ist da draußen, was uns alle holen will.«

* * *

Feldlager, Molson's Wash, Woodbine
Mark Draconis,
Vereinigtes Commonwealth/Vereinigte Sonnen

»Mein Vater kommt also. Was kümmert das mich?«

Tancred hatte die Nervosität im Feldbefehlswagen gespürt, kaum dass er durch die Tür getreten war – und sich auf eine Konfrontation vorbereitet, noch bevor Herzog Ferdinand Rein aus dem Drehsessel aufstand, in dem Tancred gewöhnlich saß. Es war ein Hinterhalt.

Ferdinand war selbst kein Militär, aber er hatte für seinen Besuch einige der besten Offiziere Tancreds zusammengezogen: Neben mehreren Repräsentanten der Mayetta-MDM und der frisch eingetroffenen 1. Crucis-Lanciers Bataillonsmajor Darrin Hespers von den 3. Lanciers und Baroness Monique Rein, Ferdinands Nichte und eine fähige MechKriegerin.

»Es sollte Sie kümmern«, stellte Ferdinand mit tiefer, sonorer Stimme fest. »Duke James Sandoval ist unser Markfürst.«

Hätte Tancred nicht die letzten sechsunddreißig Stunden im Feld verbracht gehabt und zwischen zwei Rückzugsgefechten im Cockpit seines Mechs schlafen müssen, wäre er möglicherweise empfänglicher für diese Diskussion gewesen. Aber müde, ausgedörrt, mit vor getrocknetem Schweiß juckender Haut und einem Muskelkater vom Hämmern der Geschütze gegen die Panzerung des *Nachtstern*, war er ganz und gar nicht in Stimmung für eine Debatte. Er rieb sich den verkrampften Nacken und spießte Ferdinand mit einem wütenden Blick auf.

»Ein Markfürst, der Sie im Stich gelassen hat und dem Drachen nachgehetzt ist, während Katherine sich Ihr Erblehen angeeignet hat«, erklärte er grob. »Muss ich Sie daran erinnern, dass Sie vor kurzem noch ihr

Gast waren? Genaugenommen steht Woodbine offiziell noch immer unter dem Befehl ihres Militärgouverneurs.«

»Eine Tatsache, die James Sandoval in Ordnung zu bringen versprochen hat. Ich würde es vorziehen, meine Welt auf dem Verhandlungsweg zurückzugewinnen, wenn ich die Wahl habe.«

»Und ich sage Ihnen, dass daraus nichts wird.« Tancred verschränkte die bloßen Arme vor der gepolsterten Kühlweste. »Sie haben sie in dem Augenblick verloren, als Katherine Ihnen das 3. Lyranische Heer auf den Hals geschickt hat. Genau wie sie es auf Kentares IV getan hat. Duke Eric Dresari könnte Ihnen in dieser Angelegenheit bestimmt ein paar gute Ratschläge geben, wäre er noch am Leben.«

Er sah den Herzog zusammenzucken und wusste, dass er einen Treffer erzielt hatte. Adlige hielten sich oft für unangreifbar, aber Katherines brutales Vorgehen auf Kentares IV hatte diese Illusion zerschlagen.

»Auf Mayetta haben wir dasselbe erlebt«, bestätigte Captain Paul Vencen von der Mayetta-MDM. Vencen war Jason Yalos' handverlesener Verbindungsoffizier für das Milizkontingent, und sein Ehrgeiz ließ Tancred insgeheim vermuten, dass er irgendwie mit der Yalos-Sippe verwandt war. In den Planungssitzungen redete er deutlich zu viel, nur um dem Klang seiner Stimme lauschen zu können. »Zugegebenermaßen war unsere Haltung Katrinas Tyrannei gegenüber etwas fester, aber welcher rechtschaffene Soldat hätte anders handeln können? Das Haus Yalos steht voll und ganz hinter Prinz Victor und Tancred Sandoval.« Er schenkte Tancred ein selbstgerechtes Nicken, ohne die abfälligen Mienen einiger der übrigen Offiziere zur Kenntnis zu nehmen oder möglicherweise auch nur zu bemerken.

Tancred wünschte sich, Vencen würde aufhören, ihm helfen zu wollen.

»Tancred«, ergriff Major Hespers das Wort. »Duke Rein spricht einen wichtigen Punkt an. General Zardetto ist Ihrem Aufruf für Prinz Victor gefolgt, aber teilweise, weil Ihr Vater die Lage zu ignorieren schien. Jetzt, da er das Problem endlich erkannt hat, wäre es da nicht besser, mit dem Markfürsten zusammenzuarbeiten und ihn möglicherweise auf unsere Seite zu ziehen?«

Nur dass Tancreds Vater niemals die Seite wechseln würde. Nicht, solange Katherine ihm in Form der Handelsstraßen durch die Mark Draconis das Messer auf die Brust setzte. Aber jetzt dachte er wieder wie Victor, und versuchte, seine Truppen für sich zu gewinnen, statt ihre Loyalität auszunutzen, um seine Ziele zu erreichen. *Denke wie ein Sandoval*, ermahnte er sich selbst. Es half ihm nichts, mit den Männern und Frauen zu debattieren, die bereits unter seinem Befehl standen.

»Major Hespers«, fuhr er den Soldaten mit der vollen Autorität an, die er aufbringen konnte. »General Zardetto hat Sie meinem direkten Befehl unterstellt. Hat er diesen Befehl irgendwann widerrufen?«

Hespers zögerte kurz, dann schüttelte er den Kopf.

Tancred legte einen härteren, anklagenderen Ton an. »Und funktioniert dieser Feldzug wie eine Demokratie?«

Der Mann versteifte sich. »Nein«, antwortete er knapp.

Tancred nickte. »Dann werden Sie jetzt zu Ihren Pflichten zurückkehren, Major Hespers. Gerade kommt ein völlig erschöpftes Bataillon im Lager an, das schnell ersetzt werden muss, wenn wir bis zum Ende der Woche durch den Trecklepass brechen wollen. Sie werden die Einheit befehligen, und in zwei Tagen werden die 1. Crucis-Lanciers Sie entsetzen.«

Hespers nahm Haltung an und verabschiedete sich mit einem militärischen Salut geradewegs aus dem Lehrbuch. Mit einem Blick zu dem zweiten Offizier der Einheit, der sich im Wagen aufhielt, zog er sich zurück. Der andere Mann folgte ihm. Tancred wartete, bis sie fort waren, dann befahl er: »Alle anderen, die nicht mit Duke Rein verwandt sind, wegtreten!«

Einen Augenblick lang glaubte er, selbst Monique Rein würde ihren Onkel, von seiner Argumentation überzeugt, im Stich lassen. Aber auf vielen Welten und in vielen Adelslinien wogen Familienbande immer noch schwerer als Befehle. Sie blieb, auch wenn der Blick ihrer dunkelgrünen Augen unsicher wurde.

»So ist es schon viel besser«, verkündete Tancred, sah sich in dem leeren Wagen um und ging zu einer Kühlbox, um sich etwas zu trinken zu holen. Der erste Schluck der Limonenlimonade wusch das klebrige Gefühl aus seinem Mund. Er blieb vor der Wand stehen, an der eine Karte des nördlichen Kontinents hing.

Sein Blick folgte den roten Pfeilen, die seinen Weg von den Gütern der Reins zur planetaren Hauptstadt Gastogne nachzeichneten. Es war nicht mehr weit. Wenn es ihm gelang, die unter seinem Befehl zusammengewürfelten Truppen noch einen Monat zusammenzuhalten, hatte er es geschafft. Gastogne, Woodbine, das randwärtige Gefechtstheater… alles mit einem Schlag.

»Wollten Sie noch etwas, Duke Rein?«, fragte er nach einem Augenblick der Stille.

Der andere Mann kicherte trocken, und Tancred hörte, wie er sich wieder setzte. »Das haben Sie sehr gut gehandhabt, Baron. Besser als ich erwartet hätte. Nicht dass das eine Rolle spielt. Wir wissen beide, dass es auf Sie und mich hinausläuft. Sie kontrollieren das Militär auf Woodbine, zumindest bis zur Ankunft Ihres Vaters. Ich erwarte, dass viele Ihrer Soldaten es genauso sehen und automatisch der höheren politischen Gewalt folgen werden... sprich: dem Markfürsten. In der Zwischenzeit regiere ich immer noch Woodbines nicht besetzte Gebiete. Ohne meine direkte Unterstützung und mein Mandat werden Sie kaum in der Lage sein, ihre bisherigen Gewinne zu halten, geschweige denn, weiter vorzurücken.« Seine Stimme wurde energischer. »Und das bedeutet: Ich habe darüber mitzusprechen, was Sie tun und wo Sie kämpfen.«

Zunächst den Gegner loben, dann das Fundament schwächen, auf dem er steht, und ihn dann erst angreifen. Eine alte Diskussionstaktik, an die Tancred sich aus seiner Ausbildung für das Sekretariat noch gut erinnerte. Sie erinnerte ihn auch an Arthur Steiner-Davion, und das stärkte seine Entschlossenheit.

»Das stimmt«, gab er zu, wenn auch nicht ganz in dem Sinne, wie Herzog Rein es annahm. »Ich würde ungern Truppen als Garnison für die hiesigen Städte verschwenden. Aber ich werde es trotzdem tun. Glauben Sie mir, Duke Rein, ich werde mir die Unterstützung sichern, die ich für diesen Kampf brauche, so oder so.« Er drehte sich zu dem Herzog um, sah, wie in dem Mann die Wut hochstieg, und entschied sich, an seiner Zuversicht zu sägen. »Ihr Problem ist, Sie verlassen sich zu sehr auf das Versprechen meines Vaters, herzukommen.«

»Er wird in vier Wochen hier sein«, erklärte Monique, die offensichtlich die Nachricht kannte, die zum Auslöser für diesen Besuch geworden war.

»Mein Vater *kann* in vier Wochen hier sein«, gestand Tancred ein. »Trotz des weitgehenden Zusammenbruchs im Raumverkehr durch den Bürgerkrieg ist es möglich. Nur hat er zur Zeit keinerlei Grund herzukommen. Er unterstützt zwar offiziell Katherine, aber er wird erst tatsächlich hierher fliegen, wenn es danach aussieht, dass wir diese Welt für Victor zurückerobern. Und das werden wir. Und *dann* wird er kommen. Und Sie werden vor einer sehr wichtigen Entscheidung stehen.«

»Sind Sie sicher, dass Sie Ihre Argumentation nicht von persönlichen Gefühlen leiten lassen, Tancred?« Herzog Reins Stimme klang gleichmäßig und gelassen, was noch unterstrich, dass Tancred etwas von seiner Verärgerung hatte durchklingen lassen.

»Ich sage Ihnen voraus«, versprach Tancred, ohne auf Reins Bemerkung einzugehen, »dass Sie in spätestens zwei Wochen die erste Mitteilung meines Vaters erhalten werden, in der er sich entschuldigt, dass er aufgehalten wurde. Und was dann, Ferdinand?«

»Eine Verzögerung wäre kein Beweis böser Absicht«, stellte der Herzog zurückhaltend fest.

»Ob böse Absicht oder Katherines Einmischung spielt keine Rolle, das Ergebnis bleibt dasselbe. Eine Woche später wird es zu einer weiteren Verzögerung kommen. Dann zu einer dritten. Erst wenn wir Rhinehold einnehmen, das letzte Ziel vor Gastogne, werden Sie die Mitteilung erhalten, dass er Robinson tatsächlich verlassen hat.«

Ferdinand Rein rieb sich das Gesicht. »Sie scheinen sich da sehr sicher zu sein«, sagte er. War das ein Hauch von Respekt in seiner Stimme? Der Herzog war zu geschickt, als dass es unbeabsichtigt sein konnte. Er hatte einen Grund dafür gehabt. »Was, wenn Sie sich irren?«

»Bestimmt nicht.« Ganz egal, ob er Recht hatte oder nicht, gerade hatte er sich zwei Wochen Aufschub verschafft. Mindestens. »Wenn doch, kann Monique es vor den anderen Offizieren für Sie bezeugen.

Dann darf sie gerne versuchen, mir den Befehl abzunehmen.«

Ferdinand nickte langsam und stand auf. »Ich werde mir Ihre Argumentation durch den Kopf gehen lassen«, versprach er. Ein tiefes Nicken, respektvoll, ohne unterwürfig zu sein, dann zogen die beiden Adligen sich mit derselben Gelassenheit zurück, als hätten sie das Gespräch für sich entschieden.

Und Tancred wusste, Ferdinand Rein würde abwarten. Er würde mindestens zwei Wochen abwarten. Das war die unausgesprochene Übereinkunft. Es beschützte den Herzog vor den Folgen einer förmlichen Vereinbarung und ließ ihm einen Ausweg, falls sich Tancreds Vorhersage bewahrheitete.

»Ich habe Recht«, sagte Tancred leise und setzte sich auf den Platz, den der Herzog von Woodbine gerade verlassen hatte. »Mir bleibt gar keine andere Wahl.« James Sandoval würde aus eigener Entscheidung oder auf Katherines Intervention hin seine Reise verschieben, oder Tancreds Tante Jessica würde es arrangieren. Tancred würde ihr sofort eine entsprechende Nachricht schicken. Vielleicht würde ein Problem in der planetaren Rüstungsproduktion auftauchen, die Verfügbarkeit eines Schiffes ungeklärt sein oder irgendetwas geschehen, was eine Ansprache nötig machte... Wann hatte sein Vater je auf eine Gelegenheit verzichtet, sich bei der Bevölkerung Robinsons beliebt zu machen? Es gab reichlich Mittel, den Herzog von Robinson am Verlassen seiner Zentralwelt zu hindern.

So oder so würde Tancred dafür sorgen, dass seine Vorhersage sich bewahrheitete. »Tut mir Leid, Vater«, flüsterte er im leeren Wagen. »Aber ich kann es mir nicht leisten, dass du hier auftauchst. Noch nicht.«

31

Die Dales, Coventry
Provinz Coventry, Lyranische Allianz

21. Oktober 3063

Alarmsirenen wetteiferten heulend um Victors Aufmerksamkeit und ein neuer Schwarm Langstreckenraketen stürzte auf *Prometheus* herab und raubte dem überschweren OmniMech wertvolle Panzerung. Leichtes AK-Feuer hämmerte auf seine Unterschenkel ein. Die ganze Maschine zitterte wie unter Gehirnlähmung. Victor überließ die Unsicherheit in der Bewegung des Kampfkolosses den Neurohelmschaltkreisen und dem gigantischen Kreiselstabilisator im unteren Rumpfbereich, deren Zusammenspiel die einhundert Tonnen bewegten Metalls aufrecht hielt und schräg entlang der vorderen Linien bewegte. Seine Laserkanonen stießen mit rubinroten Energielanzen nach Oberst Walkers Truppen, aber Victors Aufmerksamkeit war darauf konzentriert, die Manöver der verschiedenen auf Coventry kämpfenden Einheiten zu koordinieren.

In fünfhundert Metern Entfernung aufgebaut, zeichneten sich die kanariengelb lackierten Maschinen der 1. Coventry-Jäger deutlich vor der grünen Landschaft der Dales ab. Mechs und Panzer drängten sich in unsicheren Pulks und attackierten die tiefen Espenhaine, die den nahen Fluss flankierten. Erneut stießen Victors Luft/Raumjäger aus dem wolkenverhangenen Himmel, um die Jäger zu beschießen, eine Folter, der sie ausgesetzt waren, seit sie am ersten Tag des Angriffs die Luftüberlegenheit an Victors Truppen verloren hatten. Vor allem, wenn man den mysteriösen Tod des Kriegsschiffes *Arthur Steiner-Davion* hinzuzählte, aber momentan hatte Victor andere Sorgen.

Er wusste, dass die Jäger-Scouts ihrem Kommandeur in diesem Augenblick Feindkontakt am Flusslauf meldeten, als seine Auslandslegion sich über die trägen Wasser der Ridseine einen heftigen Schusswechsel mit ihnen lieferte. Im Süden von Braggs 39. Avalon-Husaren und im Norden von Teilen der 244. Division bedrängt, blieb Katherines Loyalisten nur eine Bewegungsmöglichkeit. Nach Osten, zum Meer. Aber wie jede gut ausgebildete Militäreinheit widersetzten sie sich dem Versuch, sie abzudrängen.

Victor schwenkte die leichteren Panzer nach hinten und verlagerte sie an den Flussrand. Damit hatte das Äquivalent eines einzelnen Mechbataillons nur noch eine schwere Panzerkompanie und etwas Infanterie als Unterstützung. Wenn die Jäger sich zu einem letzten Sturmangriff entschieden, würde er sie in diese Richtung locken. Aber mit ein wenig Glück würden sie die ihnen angebotene Route wählen.

»Ziehen sie am Fluss entlang und setzen Sie die Jäger-Scouts unter Druck«, befahl Victor Adept Brighton, dem ComGuardisten, der die Panzer aus einem seltenen, noch aus den Tagen des ersten Sternenbunds stammenden *Kanga* befehligte. »Lassen Sie sich nicht einkesseln. Es geht uns nur darum, sie vom Fluss abzudrängen.« Ein zweimaliges Schnalzen war die einzige Bestätigung, dann schoss der sprungfähige Schwebepanzer in die Höhe und flog an die Leitposition der sich schnell formierenden Kolonne. Alle Panzer unter sechzig Tonnen Masse nahmen Kurs auf die Ridseine.

»Wolkenbruch von Sturmwind«, drang Bella Braggs kehlige Stimme an Victors Ohr. »Wir drängen immer noch von Süden vor und nehmen wie befohlen unter dem Feuer ihrer Nachhut die Geschwindigkeit zurück. Wir können jederzeit durchbrechen«, fügte sie hinzu, als wäre es nötig, Victor daran zu erinnern.

Er knirschte mit den Zähnen und ignorierte die Generalin für den Augenblick. Auf der Kuppe eines der flachen Hügel angekommen, die der wogenden Landschaft der Dales ihren Charakter verliehen, zog er das Fadenkreuz über einen der gegnerischen Mechs, einen *Hauptmann*.

Smaragdgrüne Lichtbahnen schlugen aus beiden Mecharmen und trafen den *Hauptmann* in die bereits beschädigte Seite. Die gebündelte Lichtenergie schälte die Panzerung des Metallriesen ab und schleuderte große Brocken brennenden Kompositmaterials zu Boden.

»Abgelehnt, General«, antwortete er dann doch noch. »Halten Sie den Druck aufrecht, aber bleiben Sie in Formation. Und behalten Sie das 3. Bataillon als Sicherheitsreserve hinter den Linien.« Victor beschleunigte, um einer mittelschweren Einheit zu Hilfe zu kommen, die unter schwerem Beschuss durch die Panzer der Jäger lag. »Wenn es den Jägern gelingt, durch Ihre Linie zu brechen, sind sie wieder zurück im Richland Valley. Wir haben gerade drei Tage damit zugebracht, sie von dort zu vertreiben. Wenn sie es schaffen zurückzukehren, werden sie als Erstes die Fabriken endgültig außer Betrieb setzen.«

Wie seine Schwester gerade auf New Avalon bei dem Versuch erfahren musste, die 1. Davion Guards zu besiegen, ließ sich dieser Krieg nicht in einer Schlacht gewinnen. Nicht, bevor sie New Avalon erreicht hatten. Bis dahin stand ihm eine endlose Materialschlacht bevor. Die Kontrolle über wichtige Produktionsanlagen wie hier auf Coventry konnte sich als entscheidend erweisen. Auch so würden die größten Fabrikkomplexe dieser Welt durch die Sabotage der Jäger bereits für Wochen, wenn nicht Monate, ausfallen.

»Warum schwenken wir unsere Linien dann nicht etwas weiter auswärts und kesseln die Jäger ein. Was könnten sie gegen zwei Regimenter ausrichten?«

»Eines von ihnen aufreiben«, erwiderte Victor und

schnitt dem *Hauptmann* mit der nächsten Lasersalve einen Arm vom Rumpf. Wieder krachte eine Autokanonengranate in den Kopf seines Omnis, und unwillkürlich zuckte der Exilprinz zusammen. Die Erinnerung an Newtown Square war noch frisch, und er schluckte trocken. »Solange du keine überwältigende Übermacht hast, lass deinem Gegner immer einen Fluchtweg. Wenn Soldaten eine Möglichkeit sehen, dem Tod zu entkommen, kämpfen sie nicht, als hänge ihr Leben davon ab.« Auch wenn Victor Sun-Tzu Liao verachtete, hielt ihn das nicht davon ab, die Lehren des antiken terranischen Feldherrn anzunehmen, dessen Namen er trug.

»Es könnte sein, dass Ihr diese Wahl nicht habt, Prinz Victor«, mischte sich Herzog Bradford ein, der nach Victors Ankunft aus seinem Versteck aufgetaucht war und jetzt dessen strategische Reserve mehrere Kilometer hinter Des Prinzen Mannen befehligte. »Eure Schwester hat die Jäger davon überzeugt, dass Sie nach der Vernichtung der Coventry-Miliz von Euch keine Gnade zu erwarten haben.« Bradfords Tonfall ließ keinen Zweifel daran, dass er mit Katherine in diesem Punkt einer Meinung war.

»Um so mehr Grund, Gnade zu zeigen«, erklärte Victor gelassen. »Die Jäger haben die Söldnerunterstützung und einen Großteil ihrer Logistik bereits verloren. Sie werden bald soweit sein, ernsthaft über eine Kapitulation nachzudenken.« Er brach das Gespräch ab, als Oberst Walker diesen Augenblick dazu benutzte, einen Vorstoß geradewegs vor die Rohre der ComGuards-Division zu versuchen.

Zwei *Blitzschläge* lösten sich aus den Reihen der Jäger, flankiert von einem *Nachtfalke* und einem *Kommando* und mit Panzerunterstützung durch eine leichte Schweberlanze. Die Hauptstreitmacht der Jäger zog sich vom Waldrand zurück und formierte sich zu einem Keil, der geradewegs ins Herz der Division zeigte. Victor schickte dem Vorstoß eine Truppe entgegen und forderte einen Luftangriff an. »Herzog Bradford, bringen Sie die Reserven nach vorne, um die ComGuard-Stellungen zu verstärken, und sorgen Sie dafür, dass Ihre Ankunft unübersehbar wird.« Er musste Walker davon überzeugen, dass er sich besser nicht mit Des Prinzen Mannen anlegte. Heute nicht.

Aber genau das tat Jason Walker. Und er wusste sogar sehr genau, mit wem er sich anlegen wollte. Als die Schweber vorwärts schossen, um Victors Truppe anzugreifen, änderten die vier BattleMechs plötzlich den Kurs und warfen sich auf *Prometheus*.

Aus einem halben Kilometer Entfernung eröffnete der *Nachtfalke* mit seinen Lasern das Feuer auf den *Daishi*. Die beiden mittelschweren *Blitzschlag*-Mechs stellten die enorme Schnelligkeit unter Beweis, für die sie berühmt waren, und sprinteten mit über hundert Stundenkilometern auf Schussweite ihrer vernichtenden Ultra-Autokanonen heran. Mit seiner Kaliber-12cm-Kanone und Kühlrippen, die einen Schnellfeuereinsatz erlaubten, stellte der *Blitzschlag* einen Mechkiller dar. Die über das Cockpit nach vorne ragenden Geschütze spien lange Flammenzungen, und die mit Spitzen aus abgereichertem Uran verstärkten Granaten zogen wilde Einschlagsspuren über den Rumpf des Omnis. Sie bohrten sich tief in den rechten Arm des *Daishi*, trennten ihn am Ellbogengelenk ab und hinterließen einen nutzlos von der Schulter hängenden Stumpf. Eine zweite Salve schnitt durch Panzerung und Myomermuskulatur, um den linken Fußaktivator des Mechs zu zertrümmern und die riesenhafte Clan-Maschine zum Humpeln zu bringen.

Es war ein riskantes Manöver, diese mittelschweren und leichten Maschinen auf Victor anzusetzen, aber es zahlte sich beinahe aus, als der Exilprinz um die Herrschaft über seinen Omni kämpfen musste. Das verlorene Gleichgewicht einer hundert Tonnen schweren Kampfmaschine zurückzugewinnen war alles andere als ein Kinderspiel. Indem er den Mech rückwärts bewegte, raubte er dem Autokanonenfeuer etwas an Wucht, und es gelang ihm, die Seitenneigung auszugleichen, indem er den linken Mecharm zur Seite streckte. Kein elegantes Manöver, aber es gelang.

Mit einem Arm abgetrennt am Boden und beschädigtem Bein wären viele Mechtypen dem Feindangriff nahezu wehrlos ausgeliefert gewesen. Aber Victor hatte *Prometheus* von seinen Techs für Coventry wieder zurück in die Primärkonfiguration bringen lassen, und dadurch konnte der *Daishi* seine Angreifer mit einer Zehnersalve Langstreckenraketen auf Distanz halten, bis er die verbliebene Feuerkraft des linken Arms wieder einsetzen konnte und dessen Ultra-Autokanone abfeuerte. Jetzt schlug den Jäger-Mechs ein Orkan glühenden Metalls entgegen, der den vorderen *Blitzschlag* frontal erwischte und sich mühelos durch Panzerung und Titanskelett fraß. Smaragdgrüne Lichtbolzen aus den mittelschweren Impulslasern jagten den Granaten hinterher, zerfetzten die Abschirmung des Fusionsreaktors und rissen eine tödliche Wunde geradewegs über dem Reaktorherzen des BattleMechs auf.

Und all das, noch bevor die ComGuard-Maschinen hinter Victor ihre ganze Feuerkraft in die Schlacht warfen.

Zwei *Raijin* vergrößerten das Unglück des *Blitzschlag* noch mit je einer Partikelkanone und geißelten die Panzerung von seinen Beinen. Ein *Lancelot* wollte nicht zurückstehen und spießte den freigelegten Fusionsreaktor mit einem sauber platzierten Laserschuss auf, der sich geradewegs durch den mittelschweren Kampfkoloss bohrte. Der *Blitzschlag* kippte nach vorne, pflügte mit dem vorspringenden Kopf durch den weichen Boden und schleuderte eine Fontäne schwarzer Erdbrocken auf. Der Boden erzitterte unter dem Schlag, und einen Sekundenbruchteil später brach goldenes Fusionsfeuer aus dem Torso der gestürzten Maschine und stieg in einer Pilzwolke aus Feuer, Rauch und Plasma über dem Wrack auf.

Das reichte den Coventry-Jägern, deren Gebot sich als zu niedrig für Victors Preis erwiesen hatte. Der überlebende *Blitzschlag* hastete zurück in die Sicherheit der Schlachtreihe, gefolgt vom *Nachtfalke* und den drei noch verbliebenen Schwebern. Der *Kommando* schaffte es nicht mehr. In der Drehung erwischte ihn ein Gausstreffer, der das linke Bein glatt abriss und wirbelnd davonschleuderte, während die 25-Tonnen-Maschine unbeholfen zu Boden stürzte.

»Sie ziehen sich zurück«, rief General Bragg über das Kommsystem, und die Steuerschaltkreise dämpften automatisch die Lautstärke, um Victors Gehör zu schützen. »Ich hoffe, das war Walkers *Hauptmann*, den wir da in die Wolken haben steigen sehen.«

»Zu früh gefreut«, erwiderte Victor knochentrocken und beobachtete auf dem Sichtschirm, wie ebendieser *Hauptmann* Kurs nach Osten nahm. Ein anderer Mech desselben Typs, der, den Victor kurz zuvor beschädigt hatte, übernahm mit sieben anderen überschweren Maschinen die Rückendeckung und versprach allen einen schweren Kampf, die versuchten, aus diesem Rückzug Kapital zu schlagen. »Aber sie ziehen nach Osten ab, was bedeutet: Jetzt haben wir sie am Meer in der Falle.« Und *das* bedeutete, Victors Leute konnten sie an der Küste hinauf und hinab jagen und solange hetzen, bis Walker endlich kapitulierte.

»Wir setzen Ihnen nach, oder?«, fragte Bradford, dessen Entsatztruppen gerade am Rand von Victors Sichtprojektion auftauchten.

Victor zählte die Verluste dieses Tages und schüttelte den Kopf. Das schwere Gewicht des Neurohelms erinnerte ihn daran, dass er allein in der Pilotenkanzel saß. »Wir lassen sie laufen«, stellte er laut fest. »Sollen sie sich wundern und Sorgen machen, während wir uns ausruhen und die Maschinen instand setzen.«

»Aber wir könnten die Sache schnell zu Ende bringen«, wandte der Herzog ein. »Nach allem, was sie der PMC, der Militärakademie und Port Lawrence angetan haben, lassen wir sie einfach davonkommen?«

Victor sah den 1. Coventry-Jägern hinterher, als sie in einem flachen Talkessel verschwanden, und bemerkte General Braggs Husaren, die bei der Verfolgung der Nachhut über eine ferne Hügelkuppe kamen. Ihr Regiment, eine ComGuards-Division und zwei Bataillone der Auslandslegion gegen ein angeschlagenes Regiment Verbundtruppen. Es mochte ein schwerer Kampf werden, aber an seinem Ausgang war kein Zweifel möglich.

Wieder schüttelte er den Kopf. »Sie können nicht entkommen.«

32

Rhinehold, Woodbine
Mark Draconis,
Vereinigtes Commonwealth/Vereinigte Sonnen

28. November 3063

Schweiß strömte von seiner Stirn und Alarmsignale plärrten durch das Cockpit, als immer wieder feindliche Mechs hinter den Ziegelhäusern zum Vorschein kamen, um auf seine Marschkolonne zu feuern. Tancred Sandoval richtete die Arme des *Nachtstern* auf einen abziehenden *JägerMech* und brach ihm mit den Gaussgeschützen beide Beine. Der Kampfkoloss fiel mit lautem Krachen zu Boden und seine Panzerung schlug Funken, als sie auf den Beton der Straße prallte. Aber noch war er nicht besiegt. Er kroch über die Straße, offensichtlich mit der Absicht, eine seiner Autokanonen in Schussposition zu bringen. Tancred überschüttete Rücken und Seite des Rumpfs mit allen Energiewaffen, die ihm zur Verfügung standen, schnitt mit der PPK in das Gyroskopgehäuse und mit den Lichtwerfern in den als Stütze aufgepflanzten Arm.

Schließlich gab entweder der Mechpilot oder seine Maschine den Kampf auf. Der *JägerMech* sank zu Boden und regte sich nicht mehr. Ein *Tausendfuß*-Scoutwagen nahm Kurs auf das Cockpit, um den Gefangenen abzuholen, während ein einzelner *Brandstifter* sich aus der Marschformation löste, um ihm Deckung zu geben. Der größte Teil des Bataillons marschierte vorbei, ohne sich weiter um den besiegten Gegner zu kümmern, ganz darauf konzentriert, aus dem Straßenlabyrinth zu entkommen. Tancred gestattete sich einen kurzen Augenblick lang, um den Status seines beschädigten Reaktors zu überprüfen und sich zu vergewissern, dass die Bresche in der Abschirmung nicht größer geworden war. Dann öffnete er einen kurzen Moment die Cockpitluke, um frische Luft in die drückende, verschwitzte Atmosphäre der *Nachtstern*-Kanzel zu lassen, in der er sich vorkam wie im Innern eines Backofens. Zu mehr fehlte ihm die Zeit.

Zwei *Turmfalke*-Transporthubschrauber, die bereits mehrere Seitenstraßen vorher ihre Infanteriepassagiere abgesetzt hatten, damit sie Rhineholds Industriegelände sicherten, jagten links und rechts am *Nachtstern* vorüber. Sie glitten zwischen den beiden letzten Gebäuden hindurch und rasten im Tiefflug hinaus ins offene Gelände. Die Daten ihrer Sensoren strömten in die Computer der ihnen folgenden BattleMechs und bestätigten, was drei Tage nachrichtendienstlicher Anstrengungen und die Überwachung des Funkverkehrs bereits hatten vermuten lassen: Die Belagerung Rhineholds, des größten Industriezentrums auf Woodbine, war zur Schlacht um den Planeten geworden.

In einer Zangenbewegung zwischen Tancred Sandovals improvisiertem Regiment und den Überresten der 1. Crucis-Lanciers gefangen schien der Fall der Stadt sicher. Aber das war gewesen, bevor Katherines 3. Lyranisches Heer seine ganze Kraft daran gesetzt hatte, sie zu halten. Eine interessante Entscheidung, dass sie die Hauptstadt Gastogne verlassen hatten, um sich in Rhinehold ein Stellvertretergefecht zu liefern. Tancred war klar, dass er das den mit dem Feind kollaborierenden Verwandten Duke Reins zu verdanken hatte, die endlich erkannt hatten, dass die Entscheidungsschlacht bei einer dieser beiden Städte unvermeidlich war, und sich bemühten, Gastogne die damit verbundene Verwüstung zu ersparen.

Im Augenblick kämpften leichte Elemente der 1. Crucis-Lanciers und Mayetta-MDM mit schweren Panzertruppen, die entschlossen waren, den städtischen Raumhafen zu verteidigen. In Wahrheit ging es ihnen nur darum, die Panzer zu binden und sie daran zu hindern, zum Rest ihrer Einheit aufzuschließen. Derselbe Befehl galt für die Mechkompanie, die Tancred kurz zuvor losgeschickt hatte, um die lyranische Infanterie aufzuhalten, bevor sie einen Häuserkampf um jeden einzelnen Straßenzug der Stadt erzwingen konnte. Das war eine Schlacht, die zu führen Tancred nicht das geringste Bedürfnis verspürte.

Das hier, die sich vor ihm ausbreitende Schlacht, als er zwischen den letzten Häusern hervortrat, war der Grund, aus dem er gekommen war.

Im Zentrum Rhineholds breitete sich ein kilometerweiter Park aus, der die Stadt in zwei Hälften teilte, die nur von schmalen Gewerbegebieten am äußeren Rand verbunden waren. Das Gelände umfasste einen künstlichen See zwischen grasbepflanzten Ufern und sicherte den dringend benötigten Abstand zwischen der Schwerindustrie und den Verwaltungs- und Wohnbereichen der Stadt. Im Augenblick diente das leicht bewaldete Parkgelände als Schlachtfeld, auf dem Mechs und Panzer einander bekämpfen konnten, ohne ganze Häuserzüge in Schutt und Asche zu legen, auch wenn einige der in der Nähe stehenden Gebäude bereits von Fehlschüssen in Brand gesetzt oder zertrümmert waren. Dergleichen war in einem Stadtgefecht, so traurig das auch war, unvermeidlich, aber mit etwas Glück hatten die dort arbeitenden Angestellten schon Stunden oder sogar Tage zuvor das Weite gesucht.

Zwei Bataillone der Mückenklatscher verteidigten das Parkgelände gegen gemischte Panzer- und Mecheinheiten der New-Avalon-Lanciers. Die 1. Lanciers waren vorgeprescht und bezahlten jetzt den Preis für ihre verfrühte Ankunft mit Menschen und Material, denn in dem wilden Feuergefecht konnten sie nur mit Mühe die Stellung halten. Die azurblauen Energieentladungen der Partikelkanonen breiteten sich in einem Netz künstlicher Blitzschläge aus, das von einem Mech zum nächsten zu springen schien, und gelegentlich auch von einem Kampfkoloss aus in den Boden schlug. Autokanonengranaten zermalmten Panzer und Infanterie, während die Ketten und gigantischen Metallfüsse der schweren Kampfmaschinen Entsprechendes mit dem Boden des Erholungsgeländes taten.

Laserfeuer peitschte bunt funkelnd durch die Luft und bohrte sich in die sich duellierenden Maschinen wie die Lanzen hochtechnisierter Ritter, die um die Ehre Woodbines fochten. Ein Fächer grüner Lichtbolzen verfehlte sein Ziel und schälte Panzerung von der linken Schulter des *Nachtstern*. Tancred erwiderte die wenig freundliche Begrüßung mit zwei Gausskugeln… und warf den Mech in einen 50-km/h-Sprint, der ihn mitten in die Schlacht trug.

»Zwei Kampflinien bilden«, befahl er, während er darauf achtete, nicht an Baroness Monique Reins *Drachenfeuer* vorbeizupreschen. Für sie war dieses Gefecht ebenso wichtig wie für ihn – und er würde ihre Unterstützung noch brauchen. Auch im Gefecht gelang es ihm, ›wie ein Sandoval‹ zu denken. Als das Bataillon sich in zwei hintereinander aufgebaute Reihen formierte, senkten er und Baroness Rein gemeinsam das Fadenkreuz über die lyranischen Maschinen und feuerten, was die Waffen hergaben.

Zwei lyranische *Mahlströme* führten an der Spitze einer von Panzern unterstützten Kompanie, die durch eine dichte Ahornzeile anrückte, den Gegenangriff über eine der zwei Seebrücken an. Auf der anderen Seite des Sees löste sich ein ganzes Bataillon Panzer und Mechs von den angeschlagenen 1. Lanciers, um sich der neuen Bedrohung zu stellen. Durch den Heizeffekt der beschädigten Reaktorabschirmung genügten schon zwei Salven, um die Temperatur in Tancreds

Cockpit hoch in den gelben Warnbereich der Wärmeanzeige zu treiben, bis dicht vor die rote Gefahrenzone. Er rang nach Atem, als ihn ein neuer Schwall sengendheißer Luft traf, schaffte es aber noch, ins Mikro zu krächzen: »Captain Vencen, bluffen Sie die *Mahlströme.* Alle anderen vorrücken zum See.«

Der Kommandeur der Mark-Draconis-Miliz Mayettas aktivierte die Sprungdüsen seines *Grashüpfer* und segelte in der siebzig Tonnen schweren Kampfmaschine über die beiden lyranischen BattleMechs davon. Der Rest seiner sprungfähigen Lanze mit einem kombinierten Gewicht von einhundertsechzig Tonnen folgte ihm und schnitt nicht nur die zwei schweren Kampfkolosse vom Rest ihrer Kompanie ab, sondern auch einen *Challenger-X*-Kampfpanzer. Die *Mahlströme* und der *Challenger X* versuchten angesichts der Bedrohung durch eine feindliche Mechlanze in ihrem schwächer gepanzerten Rücken zu wenden.

Tancred, dem klar war, welcher Schlagkraft Vencen mit dem schweren Panzer und den lyranischen Mechs gegenüberstand, fühlte sich für die Situation verantwortlich, in die er die Milizionäre gebracht hatte. Er drehte den *Nachtstern* auf einem breiten Absatz um und kehrte der Hauptoffensive den Rücken. »Gute Jagd, Monique. Sie gehören Ihnen.«

»Lassen Sie sich nicht zu lange Zeit«, antwortete sie und ging im konstanten Geplapper des Gefechtsfunks fast unter.

›Lang‹ ist in der Schlacht ein relativer Begriff. Einerseits kann der Kampf stundenlang toben, andererseits können ein paar Minuten ausreichen, ein ganzes Bataillon zu verlieren. Häufig entscheiden Sekunden über die Existenz von Menschen und Maschinen. Wer feuert zuerst? Wer begeht den schwereren Fehler? In diesem Fall waren es die Lyraner.

Indem sie der Selbsterhaltung den Vorrang vor einem

koordinierten Angriff gaben und Tancreds Hauptoffensive den Rücken kehrten, machten sich die *Mahlstrom*-Piloten und der *Challenger X* zum Ziel eines mörderischen Vernichtungsschlages. Während Paulos Vencen die Hauptstreitmacht der angreifenden lyranischen Kompanie aufhielt, führte Tancred seine SturmLanze in die Schlacht. Er schaltete auf Gaussgeschütze und Laser und benutzte die schweren Geschosse der Magnetkanone, um die Schutzhülle des Kampfpanzers aufzubrechen. Seine Impulslaser schleuderten einen Schwarm smaragdgrüner Energiepfeile, die im Stakkato in das zertrümmerte Heck des Fahrzeugs schlugen und nach lebenswichtigen Bauteilen suchten, ohne sie zu finden. Noch nicht.

Ein *Mahlstrom* ging unter dem koordinierten Beschuss von Tancreds Lanzenkameraden zu Boden, und der *Challenger X* versuchte eine erneute Drehung, um sein verwundbares Heck zu schützen. Aber er war nicht schnell genug. Die höhere Wendigkeit eines BattleMechs gestattete Tancred, das Panzerheck im Schussfeld zu behalten und einen PPK-Treffer zu erzielen. Der silbern funkelnde Partikelstrom sprengte durch die letzten Überreste an Panzerung und füllte den Innenraum des lyranischen Fahrzeugs mit infernalischen Energien, die ein Munitionslager aufrissen und seinen Inhalt zur Explosion brachten. Mit einem lauten Knall flog der Geschützturm weg und wirbelte wie ein überdimensionaler Flaschenverschluss davon. Feuer schlug wie in einem Vulkanausbruch aus Ober- und Rückseite des Panzers, während der *Challenger X* zu einem harmlosen, schwarzverkohlten Wrack ausbrannte.

Captain Vencen hatte einen *Vollstrecker* verloren, und sein *Grashüpfer* hatte auch schon bessere Tage gesehen, als Tancreds *Nachtstern* und ein *Victor* die Mayetta-Lanze endlich entsetzten. Angesichts einer so schlagkräftigen Gegenwehr verlor der Angriff der Mückenklatscher an Schwung. Die Lyraner wurden langsamer und stoppten schließlich ganz, unsicher, ob sie weiter vorrücken oder sich in die Sicherheit der eigenen Linien zurückziehen sollten. Die Entscheidung wurde ihnen abgenommen, als eine schwere Panzerlanze der 1. Crucis-Lanciers ans entfernte Ende der Brücke rollte, über die sie gekommen waren.

Selbst der Untergang des *Mahlstrom*, als ein PPK-Glückstreffer durch das Kanzeldach schlug und das Cockpit ausbrannte, bot wenig Grund zur Freude. Im nächsten Augenblick mussten Tancred und sein Lanzenkamerad im *Victor* sich gegen einen lyranischen *Bushwacker* zusammentun. Ein Mayetta-*Paladin* verlor im Kampf mit zwei *Plainsman*-Schwebern einen Arm, machte den Verlust aber wett, als er mit einem wilden Tritt die Schürze eines der Luftkissenpanzer zerstörte und ihn damit bewegungsunfähig machte. Dann gelang Captain Vencen ein unwahrscheinlicher Erfolg, als er mit seinem schweren Laser eine Schwachstelle in der Brustpanzerung eines *Orion* entdeckte und dessen Kreiselstabilisator zu einem Schlackehaufen zerschmolz.

Obwohl der Verlust ihres einzigen überschweren Mechs das Kräfteverhältnis nur ausglich, reichte das den Lyranern. Die Panzer drehten zuerst ab. Die Schweber lenkten über das Ufer hinaus auf den See, um zur Hauptstreitmacht zurückzukehren – die Kettenfahrzeuge nahmen mit Höchstgeschwindigkeit Kurs auf die Sicherheit des Industriesektors, dichtauf gefolgt von den sieben noch intakten Mechs des 3. Heers. Dann waren es nur noch sechs Mechs, als Vencens unterzählige Lanze der flüchtenden Einheit stolpernd und humpelnd nachsetzte und einen bereits angeschlagenen *Totschläger* zur Strecke brachte. Dann nur noch fünf.

Tancred ließ sie ziehen, Lyraner und MDM, und führte die beiden Maschinen, die von seiner Sturm-Lanze noch übrig waren, über die Brücke. Ein Stück abwärts watete Monique Reins *Drachenfeuer* aus dem Wasser ans Nordufer. Zwei Lanzen hatten mit ihr den mühsamen Marsch durch den schmalen See gewagt, nachdem alle sprungfähigen Mechs vorausgeflogen waren und einen Brückenkopf gesichert hatten. Eine Kompanie Mechs mit größerer Reichweite hielt, wohl auf Reins Befehl, noch immer das andere Ufer und machte sich jetzt – eine Lanze nach der anderen – ebenfalls an die Überquerung.

Das 3. Lyranische Heer war inzwischen von zwei Seiten von den 1. Crucis-Lanciers und Tancreds Rumpfbataillon gemischter Truppen unter dem Befehl Monique Reins eingeschlossen und verlor unter deren Vormarsch schnell an Bewegungsspielraum. Die Lyraner sahen sich in eine unregelmäßige Schlachtlinie gepresst, unsicher, wohin sie feuern oder welchen Mech sie zuerst aufs Korn nehmen sollten. Ihre Taktik verkam schnell zu Einzelduellen, während sie darauf warteten, vernichtet zu werden.

Tancred tat ihnen den Gefallen.

Er ›borgte‹ sich die schwere Panzerlanze, mit der die New-Avalon-Lanciers die Brücke bewachten, und schob seine neue improvisierte Einheit in die Lücke zwischen den beiden schräg versetzt vorrückenden Fronten, um dann mit voller Geschwindigkeit vorzupreschen. Das Kreuzfeuer der Crucis-Lanciers und Truppen Moniques füllte die Kampfzone mit einem Netz von Energiebahnen, Granaten und Raketen, und ein Teil des Kollateralschadens traf auch Tancreds *Nachtstern* und die ihm folgenden Maschinen, während er mit seiner panzerunterstützten Lanze an der Linie des Gegners entlangraste, der erst sah, was auf ihn zukam, als es bereits zu spät war.

Der nächste Mech, der unter Tancreds Angriff zu Boden ging, war ein *Barghest*. Öliger Qualm schlug aus mehreren klaffenden Rissen in der Torsopanzerung. Der *Victor* und zwei der *Taifun*-Panzer machten ihm den Garaus, indem sie die letzten Reste seiner Panzerung wegschälten und die Reaktorabschirmung aufbrachen. Dämmfelder bauten sich rechtzeitig auf, um die völlige Vernichtung des vierbeinigen Kampfkolosses zu verhindern, aber als ernstzunehmender Gegner war er ausgeschaltet.

Tancred wich den nächsten gegnerischen Mechs mit besorgtem Blick auf die Wärmeskala aus, bis er einen fast unbeschädigten *Kanonenboot* erreichte, der das Zentrum des Felds beherrschte. Es schien ihm ein geeigneter Platz, um seinen Angriff abzuschließen. Der Kampf näherte sich ringsum erkennbar dem Ende. Seine nächste Salve leerte das vierte Gaussmunitionslager des *Nachtstern*, erzielte jedoch einen handfesten Treffer, als die von der Magnetkanone beschleunigte Nickeleisenkugel eines der Gaussgeschütze seines Gegners in einen verdrehten Klumpen Metall verwandelte.

Der Mech wankte, blieb aber erstaunlicherweise auf den Beinen und drehte sich zu dem *Nachtstern* um. Dann bemerkte Tancred die drei goldenen Streifen auf der Brustpartie der überschweren Maschine. Also hatte auch Generalleutnant Jessica Carson, die Kommandeurin des 3. Heers, bis jetzt überlebt. Sie ließ Tancred ganze zwei Sekunden Zeit, das zu verdauen, dann peitschte sengendes Antwortfeuer aus den vier mittelschweren Lasern des *Kanonenboot* über den Kampfkoloss, und die Panzerung des *Nachtstern* rann verflüssigt den Rumpf hinab. Ein rötlich glühender Bach zerschmolzener Metallkeramik brannte eine Rille über das Panzerglas des Kanzeldachs. Dann zertrümmerte eine Gausskugel die letzten Reste der rechten Seitenpanzerung und riss ein gefährliches Loch in den Schutz um den Fusionsreaktor.

»Sandoval, Sie stehen im Weg«, meldete sich Monique Rein, die endlich bemerkt hatte, dass er über die Brücke gekommen war. »Ziehen Sie sich zurück, Tancred. Das hier ist so gut wie erledigt.«

»Geht nicht«, antwortete er und bemühte sich, entschieden zu klingen. »Sie haben die letzten paar Wochen an meiner Seite durchgehalten, jetzt bleibe ich bis zum Ende.« *Wie immer das aussieht*, setzte er in Gedanken hinzu und stellte sich Carsons *Kanonenboot*.

Eine der beiden nächsten Gausskugeln des *Nachtstern* flog weit am Ziel vorbei und pflügte zwölf Meter weiter den Boden auf, aber die andere erwischte das *Kanonenboot* im rechten Knie. Das beschädigte Bein wurde ins Hüftgelenk getrieben und blockierte. Mit festgefressener Hüfte und beschädigtem Aktivator konnte der überschwere Kampfkoloss sich nur noch humpelnd fortbewegen – und eine weitere vernichtende Breitseite abfeuern, die Tancreds Panzerung und zwei Wärmetauscher zertrümmerte.

Eine Sekunde lang hoffte Tancred, Jessica Carson hätte seinen beschädigten Reaktor übersehen. Dann schlug die Hitze durch den Boden und die Klimaanlage, und die Wärmeskala schoss tief in den roten Bereich. Mit vor Hitze verschwimmender Sicht schlug Tancred gerade noch rechtzeitig auf den Vetoschalter, um eine Stillegung zu verhindern.

»Noch nicht«, versprach er, wenn auch gerade leise genug, um das Helmmikro nicht zu aktivieren. »So leicht nicht.« Er drehte den Steuerknüppel nach rechts und drehte von dem *Kanonenboot* ab, während er auf Gehgeschwindigkeit abbremste. Das kostete ihn eine weitere Lasersalve auf die linke Seite und den Rücken des BattleMechs, aber es verhinderte einen weiteren Reaktortreffer.

Dann drehte er wieder nach links, streckte den Mecharm aus und feuerte. Die Smaragdpfeile des Impulslasers hämmerten auf das *Kanonenboot* ein und schwächten die Panzerung über der linken Brustpartie, dann krachte die Gausskugel mit der ganzen Wucht ihrer Überschallgeschwindigkeit durch die Panzerung. Im Innern des Torsos zertrümmerte die schwere Kugel die Streben des Titanstahlskeletts und bohrte sich geradewegs in die Seite des wuchtigen VOX-Extraleicht-Reaktors. Goldenes atomares Feuer drang aus der Reaktorkammer und weitete den Riss aus. Dämpfungsfelder bauten sich auf und versuchten den Schaden zu begrenzen. Es gelang nicht.

Jessica Carson konnte sich noch mit dem Schleudersitz retten, unmittelbar bevor eine reaktionsplasmagespeiste Feuerfontäne durch das Cockpit schlug. Die Explosion traf Tancreds *Nachtstern* im Rücken und stieß ihn nach vorne. Indem er den Kopf in den Nacken warf, gelang es ihm, dem Kreiselstabilisator genug Gegenimpuls für den Ausgleich zu liefern. Er hielt den Mech mühsam auf den Beinen und lenkte ihn langsam in einer engen Drehung zurück zum Wrack des *Kanonenboot*.

Als hätte dessen Untergang das Zeichen zum Ende des Kampfes um Woodbine gegeben, kamen ringsum die BattleMechs zum Stehen, als das 3. Lyranische Heer kapitulierte und die Kampfmaschinen abschaltete. Nicht dass es nicht noch ein paar letzte Salven gegeben hätte, um die eine oder andere Rechnung zu begleichen, aber nicht genug, um die Schlacht in Gang zu halten.

Tancred drehte sich zu Monique Reins *Drachenfeuer* um, der langsam heranhumpelte und neben seinem Mech stehenblieb. Er schaute durch das Kanzeldach hinüber in ihr Cockpit und verbeugte sich übertrieben deutlich, damit sie es bemerkte.

»Jetzt ist es vorbei«, erklärte er für die Truppen unter seinem Befehl. Ihr fahriger Salut zeigte, dass sie ihm kein Wort glaubte.

In Wahrheit war der Kampf um Woodbine noch lange nicht ausgefochten.

33

Hannah's Ridge, Port Nichols, Coventry
Provinz Coventry, Lyranische Allianz

12. Dezember 3063

Obwohl er wusste, dass die wirbelnden Rotorblätter des *Cyrano* sich mehrere Meter über seinem Kopf drehten, duckte Victor Steiner-Davion sich unwillkürlich, als er aus dem Hubschrauber stieg. Jerrard Cranston und Tiarets Sicherheitsteam erwarteten ihn am Rande des Schlachtfelds. Der Boden glühte nicht mehr, wo die Laser das Gras in Brand gesetzt hatten, aber über den verkohlten Resten von Gebüsch, Bäumen und zerschossenen BattleMechs stiegen noch immer dünne Rauchfäden in den Himmel.

Cranston begrüßte Victor mit ausgestreckter Hand. Der dumpfe Schmerz in seinen sonst so leuchtend blauen Augen zeigte Victor, dass Jerrard allmählich die ganze Last des Bürgerkriegs bewusst wurde.

Oder vielleicht lag es auch nur an der letzten Schlacht, in der Cranston als Victors Mann bei den 39. Avalon-Husaren sein Teil beigetragen hatte. Eine aus dem nahen Küstengebirge herüberwehende leichte Brise trug Victor den beißenden Gestank verschmorten Myomers in die Nase. Er verzog das Gesicht und schluckte, um den öligen Geschmack im Rachen zu vertreiben. Dann musterte er das Schlachtfeld mit erfahrenem Blick und malte sich den letzten Kampf der Coventry-Jäger aus.

»Sie haben auf dem Kamm eine überschwere Kompanie aufgestellt«, eröffnete Victor das Gespräch und betrachtete den flachen Bergzug. Er erinnerte sich an Cranstons Bericht. »Mobile Segmente dort am Rand der Berge, und Panzer als Straßensperren.« Als er nach Süden schaute, konnte er eben den Taleingang erkennen, aus dem die Jäger auf diese schmale Ebene geströmt waren.

»Der erste Mech fiel noch im Tal«, erklärte Cranston. »Ein Glückstreffer der Artillerie. Danach stürmten die Jäger einfach auf uns los. Bragg verlor am ersten Windbrecher zwei Panzerlanzen, und die Lyraner brachen durch die Bäume. Aber das hat sie gebremst – und die vorderen Maschinen wurden ein leichtes Ziel für die Hammer-Kompanie. Die Raketen fielen so dicht, dass man den Gegner teilweise kaum sah.«

In einer unterbrochenen Linie von den Baumstümpfen des ersten Windbrechers bis zum Fuss des Ridge lagen zerstörte JägerMechs. »Sie haben nicht angehalten, um die ArtillerieMechs auszuschalten?«

»Nein, sie haben sich einfach wie besessen nach vorne geworfen. Wir setzten vom Kamm aus erst einzelne Schüsse, dann ganze Salven, als die Jäger näherkamen. General Bragg ging mit zerschossenem Gyroskop zu Boden. Sie ist angeschlagen, lebt aber noch. Mein *Destruktor* hat auch schon bessere Tage gesehen. Jason Walkers *Hauptmann* stürzte da drüben.« Er deutete auf ein qualmendes Wrack, das einmal einer der stärksten überschweren Kampfkolosse der Coventry-Jäger gewesen war und von dem jetzt nur noch rund siebzig Tonnen Altmetall übrig waren.

Victor schloss die Augen und schüttelte den Kopf. Die Sinnlosigkeit dieser Vernichtung lastete schwer auf seinem Gemüt. »Was für eine Verschwendung guter Männer.« Er schaute hinüber zu einem Häuflein Infanteristen, bewaffneten Posten, die eine kleinere Gruppe Krieger bewachten. »Gefangene?«

»Weniger als es sein sollten«, bemerkte Cranston und führte Victor hinüber zum Rest der Coventry-Jäger. »Sie hatten ihre Rettungsautomatiken abgeschaltet. Keine Schleudersitze. Keine automatische Stilllegung. Zwei ihrer Mechs sind durch vermeidbare Reaktorüberlastung einfach explodiert.«

Falls Coventry ein Indiz für den Gegner war, der sie erwartete, stand ihnen ein sehr weiter Weg bis New Avalon bevor. Der Exilprinz seufzte traurig. Insgeheim hatte er gehofft, die besseren Krieger der Jäger würden Katherine als Despotin erkennen und sich von ihr abwenden. Aber konnte er wirklich erwarten, dass sie das auf nichts weiter als sein Wort hin taten? Victor riss sich zusammen. Die Einsichtigen und Überläufer würden zunehmen, je deutlicher Katherine ihr wahres Gesicht zeigte.

Aber es würde weiter einen hohen Preis fordern.

Sechs Männer und Frauen waren nach einem letzten Gefecht von zwanzig Jäger-Maschinen, Panzer mitgerechnet, noch am Leben. »Acht Verwundete haben wir schon nach Port Nichols verlegt«, sagte Cranston.

»Und das war die einzige Möglichkeit für Sie, die Stadt zu erreichen«, stellte Victor laut genug fest, um von den Gefangenen gehört zu werden. »Das muss auch Oberst Walker gewusst haben. Verdammt nochmal, warum hat er nicht abgedreht? Ich habe ihm einen Fluchtweg gelassen.«

»Heute sterben oder morgen«, fauchte ein schmutziger Hauptmann in einer zerfetzten Kühlweste und starrte Victor wütend an. »Was soll das für eine Wahl sein?«

»Ich habe Jason Walker mehrmals wissen lassen, dass ich bereit war, seine Kapitulation anzunehmen«, antwortete er mit ruhiger Stimme. »Angesichts der gewaltigen Übermacht wäre es nicht einmal mit einem Ehrverlust verbunden gewesen.«

Der Mann trat stumm und mürrisch mit einem Fuß über den Boden. Aber niemand sonst machte Anstalten, den Mund aufzumachen, also sagte er schließlich: »Die Miliz…«

»Die Provinz-Miliz Coventry ist tot!«, bellte Victor laut. Tiaret trat schützend näher und Cranston legte ihm warnend die Hand auf den Arm. Victor schüttelte sie ab, ohne den Blick von dem Jäger-Hauptmann zu nehmen. »Meine Schwester hat sie zum Tode verurteilt, und Sie haben sie hingerichtet. Es gibt keine Möglichkeit, sie wieder zum Leben zu erwecken, aber Ihre Kapitulation hätte verhindern können, dass noch mehr gute Krieger fallen.« Er beruhigte sich und verschränkte die Arme vor der Brust. »Jetzt habe ich Ihre Kapitulation doch, oder? Hilft das der Miliz?«

Nackter Hass stand in den Augen des Mannes, aber er antwortete nicht. Einen Augenblick lang dachte Victor, er sei zu ihm durchgedrungen. Er hoffte es, denn es wäre ein Zeichen gewesen, dass Katherines Griff sich lockerte. Der Hauptmann starrte einen Moment zu Boden, dann hob er den Kopf und spuckte Victor ins Gesicht.

Obwohl sie weiter entfernt war, schob Tiaret sich als Erste zwischen Victor und die jubelnden Überlebenden der Coventry-Jäger. Cranston zog ihn mehrere Schritte zurück, bevor sein Freund ihn wieder abschüttelte. Er fühlte die warme Spucke langsam über seine Wange laufen, weigerte sich aber, sie abzuwischen. Er sah dem Hauptmann in die Augen und nahm seinen Hass in sich auf, als könne er dem Mann das Gift aus der Seele saugen. »Ein sehr langer Weg«, flüsterte er.

Dann wischte er sich das Gesicht ab und drehte sich zurück zum *Cyrano*. Hier konnte er nichts mehr ausrichten. Cranston würde sich um die Bergungsarbeiten und die Gefangenen kümmern. Bragg würde ihm einen Bericht über den Zustand ihrer Einheit abliefern, und Herzog Bradford sein Lehen wieder übernehmen und es in Victors Namen regieren. Victor musste sich jetzt der nächsten Etappe auf dem Weg nach New Avalon widmen.

Er hatte noch immer einen Krieg zu gewinnen.

* * *

Gastogne, Woodbine
Mark Draconis,
Vereinigtes Commonwealth/Vereinigte Sonnen

Tancred stand auf, als sein Vater den Raum betrat, begleitet von Marquesa Isabelle Rein, die ihn von Robinson hierher begleitet hatte. Auch die meisten von Isabelles planetaren Verwandten waren zum Empfang des Markfürsten erschienen und erhoben sich auf Tancreds Vorbild hin. Herzog James Sandoval entging dieses deutliche Zeichen der Unterstützung für seinen Sohn nicht, und ihre gelben Augen trafen sich in einem Wettstreit des Willens. Tancred bemerkte, dass sein Vater die versammelten Würdenträger Woodbines kaum beachtete und die Loyalität der Reins offenbar als selbstverständlich betrachtete.

Das war ein Fehler, der ihm schon bald klar werden würde.

»Duke Sandoval«, unterbrach Ferdinand Rein das unbehagliche Schweigen in formellem Ton. »Willkommen auf Woodbine. Ich glaube, die meisten meiner Verwandten hier kennen Sie, und ich möchte mich bei Ihnen dafür bedanken, dass Sie meine Schwester sicher durch das zunehmende Chaos in der Mark Draconis heimgeleitet haben. Ich bin nicht sicher, ob Sie Major Hespers von den 3. Crucis-Lanciers oder Marshal Mordecai Rand-Davion von den 1. schon einmal begegnet sind.« Major Hespers verbeugte sich unsicher, Rand-Davion nickte ihm wie einem Gleichgestellten zu. »Und natürlich«, fuhr Ferdinand fort, »kennen Sie den Befreier Woodbines.«

Er und Tancred hatten sich auf diesen weitgehend hohlen Titel geeinigt. Ein Zeichen der Unterstützung, das sich leicht vergessen ließ, falls es Tancred nicht gelang, sich gegen seinen Vater durchzusetzen.

Wie erwartet reagierte Herzog Sandoval spöttisch. »Befreier? Nennt man so den Widerstand gegen unsere rechtmäßige Herrscherin? Wie versprochen, bringe ich Katrinas Bestätigung, die Sie von allen grundlosen Anschuldigungen des Verrats freispricht und als Herrscher über Woodbine und das Woodbine-Operationsgebiet bestätigt.« Er sah sich zu Isabelle Rein, Ferdinands jüngerer Schwester, um, die ein Verigraphdokument in die Höhe hielt und nickte.

Herzog Rein nahm den Compblock aus der Hand seiner Schwester entgegen und presste den Daumen auf die Sensorplatte. Das Gerät überprüfte seine DNS und öffnete die Datei. »Vor zwei Monaten ausgestellt«, stellte er fest, und schaute dann hinüber zu Tancred. »Aber offiziell an Sie abgeschickt erst am 1. Dezember, nach dem Fall Rhineholds.«

»ComStar ist im Augenblick ein wenig unzuverlässig. Wie man ja auch erwarten durfte.«

»Ich glaube mich zu erinnern«, bemerkte Tancred, und mischte sich zum ersten Mal in das Gespräch ein, »dass die Archon-Prinzessin ComStar erst vor kurzem öffentlich zur Zuverlässigkeit der Kommunikationsverbindungen – trotz einer Reihe hochrangiger Abgänge aus den Reihen des Ordens – gratuliert hat.«

»Ein notwendiges Zugeständnis an das fragile Selbstwertgefühl des Ordens«, stellte sein Vater mit gepresster Stimme fest. »Ich persönlich habe den Eindruck, dass in den HPG-Stationen eine Art passiver Widerstand grassiert.« Seine Augen wurden schmal. »A propos passiver Widerstand, Tancred, deine Anwesenheit hier auf Woodbine verwundert mich. Soweit ich mich entsinne, bist du von deinem militärischen Kommando zurückgetreten.«

»Nein, ich bin aus deinem militärischen Kommando zurückgetreten. Dieses Kommando und dieses System unterstützen Victor Steiner-Davion.«

Falls sein Vater eine so direkte Unabhängigkeitserklärung erwartet hatte, versteckte er es gut hinter einer Maske gespielter Überraschung. »Tatsächlich? Und Sie, Duke Rein... stimmen Sie dem zu?«

Ferdinand Rein wog den Compblock in einer Hand, als wolle er den Wert seines Inhalts abschätzen, und blickte die Marquesa Isabelle fragend an. Sie unterstützte offensichtlich den Duke of Robinson, und es war für Tancred schwer abzuschätzen, wer von den beiden Geschwistern mehr unter der Entscheidung des anderen litt. »Möglicherweise«, gab er schließlich zu. »Sie sind verspätet, Duke Sandoval. Wir hatten Sie weit früher erwartet.«

»Die Lage auf Robinson hat mir eine frühere Abreise nicht gestattet.«

Tancred nickte Mordecai Rand-Davion zu, einem entfernten Verwandten Victors, der seine Familienverbindungen nie ausgenutzt hatte, zumindest nicht, bis Tancred ihn unter Druck gesetzt hatte zu bestätigen, was er vermutete. »Sie wollen sagen, Katherine Steiner-Davion hat sie nicht gestattet«, erklärte er jetzt mit sanfter, aber lauter Stimme. »Ich habe die direkte Bestätigung von Jackson Davion, Marshal of the Armies, dass Sie Befehl hatten, sich zuerst um Unruhen auf Dahar IV, Benet III und Allerton zu kümmern.«

»Vermutlich, weil Katherine hoffte, das 3. Lyranische Heer könne Woodbine halten und Verhandlungen unnötig machen«, kommentierte Tancred.

James Sandoval versteifte sich bei der Andeutung, er könnte bewusst ein ihm unterstelltes System seinem

Schicksal überlassen oder auch nur vernachlässigen. Einen Augenblick lang tat sein Vater Tancred Leid. Er wusste ganz genau, dass der große Herzog von Robinson und Fürst der Mark Draconis sich in seiner gesamten Amtszeit noch nie so unter Druck gefühlt hatte wie in diesem Moment. »So wichtig Woodbine auch sein mag, Ferdinand, ich bin gezwungen, mich um die ganze Mark zu kümmern«, stellte der Herzog jetzt fest. »Das siehst du sicher ein.«

»Selbstverständlich, James.« Der Wechsel zum Vornamen beunruhigte Tancred etwas. Doch nach einer kurzen Pause hatte Ferdinand Rein sich entschieden. »Aber für mich ist keine andere Welt so wichtig wie Woodbine. Sicher siehst du das ebenfalls ein. Nicht einmal New Avalon – ganz gleich, wer dort auf dem Thron sitzt.«

Tancred beobachtete Isabelle Rein genau. Sie konnte möglicherweise alles, was er bei Ferdinand Rein erreicht hatte, zerstören. »Möglicherweise sieht nicht jeder in der Familie die Dinge so wie du, Bruder«, antwortete sie. Ein paar Adlige nickten, und in der Anwesenheit des Markfürsten zeigten sich vereinzelte Risse in dem Zusammenhalt, der durch den Sieg in Rhinehold erreicht worden war.

Glücklicherweise war Ferdinand Rein niemand, der sich leicht von einem einmal eingeschlagenen Kurs abbringen ließ. Traurig antwortete er: »Das mag sein, Isabelle. Das ist eine Entscheidung, die jeder für sich selbst treffen muss.« Und verließ den Saal, ohne sich auch nur von seinem Markfürsten zu verabschieden. Monique Rein war die Erste, die ihm folgte, und gratulierte Tancred mit einem kurzen Salut zu seinem Sieg. Über die Hälfte der versammelten Adligen und Offiziere gingen ebenfalls und ließen Tancred allein mit den wenigen Anhängern Duke Robinsons zurück.

»Die vierte Stütze jedes Sieges ist Zielgerichtetheit«,

erklärte Tancred leise. »Und das Ziel ist New Avalon, nicht das Kombinat.« Er hatte das Mienenspiel seines Vaters die ganze Zeit über beobachtet, den Schmerz und Zorn gesehen, die bei jeder Desertion durch seine Augen zuckten. Es hatte eine Zeit gegeben, in der James Sandoval in der Mark Draconis nahezu gottgleichen Respekt genossen hatte. Der Sturz aus diesem Olymp traf ihn schwer. Und dass er ihn von der Hand seines eigenen Sohnes traf, zehrte an beiden, an Tancred ebenso wie an seinem Vater.

Aber heute war nicht der Tag für Mitgefühl oder Versöhnung. Heute ging es um die Wahl der Seiten – und sein Vater würde Victor niemals unterstützen. Das verhinderten sein Stolz und zu viele Jahrzehnte des Misstrauens. »Wenn du glaubst, ich gebe Woodbine – oder irgendeine andere Welt – so einfach auf, begehst du einen tragischen Fehler«, teilte er seinem Sohn mit. »Die Mark Draconis ist immer noch mein Reich und ich werde sie gegen jede Herausforderung verteidigen.«

»Ich habe nicht weniger erwartet«, stellte Tancred fest, bevor er schweren Schritts zur Tür trat. »Flieg zurück nach Robinson, Vater.«

»Bilde dir nicht ein, du könntest mir befehlen, Junge.« James Sandoval packte Tancred am Arm und hielt ihn wie in einem Schraubstock fest. Wut und Scham standen ihm deutlich ins gerötete Gesicht geschrieben. »Wir werden uns über diese Sache unterhalten.«

»Einverstanden«, versprach Tancred düster, drehte sich aus dem Griff seines Vaters und wandte sich wieder zur Tür. »Ich werde bald genug auch dort sein.«

EPILOG

Tableau Rond, New Avalon
Mark Crucis,
Vereinigtes Commonwealth/Vereinigte Sonnen

20. Dezember 3063

Armstrong-1' Rotorblätter wirbelten über dem umgebauten *Nachtschatten*-Helikopter und verliehen dem leuchtend blauen Himmel einen Graustich, als der Hubschrauber über New Avalons Tableau Rond kreiste. In Katrinas schallisolierter Luxuskabine bemerkte sie kaum etwas vom Pulsieren des Motors. Sie beugte sich nach links und schaute aus einem großen, kupfergetönten Fenster hinunter auf die malerische Wüste und die Szenerie der Vernichtung. Ein Geschenk, gerade rechtzeitig für die Feiertage.

Ein Jahr. Zwölf Monate waren seit der Kriegserklärung ihres Bruders vergangen. Es gab Augenblicke, in denen konnte sie es kaum glauben. Sie hatte gedacht, dieser Revolte schnell ein Ende bereiten zu können. Zwölf Monate der Kämpfe auf hundert verschiedenen Welten. Tausende von Toten und Verwundeten. Dutzende Regimenter zerschlagen.

»Aber New Avalon ist mein«, flüsterte Katrina und zählte die Mechwracks, die unter ihr die Wüste übersäten.

Seit der ersten Besiedlung des Planeten war der Tableau Rond ein Nationalpark. Die geschwächten 1. Davion Guards hatten versucht, hier eine Zuflucht zu finden, und gehofft, die Rangers würden ihnen nicht bis hierher folgen – oder falls doch, versuchen, sie auszuhungern. Die Rangers hatten tatsächlich gewartet, aber nur lange genug, um die 10. Leichte Deneb-Kavallerie und die örtliche Mark-Crucis-Miliz-RKG zu rufen.

Den Berichten nach war es die Kavallerie gewesen, die die Guards gefunden und gestellt hatte, während die Rangers und MCM an deren Flanken in Stellung gingen. Obwohl sie nach der langen Jagd auf die Davion Guards durch schwere Verluste geschwächt waren, hatte der Ausgang des letzten Gefechts dreier Regimente gegen ein Einziges festgestanden. Sieg. Katrinas Vater hatte dieses militärische Grundprinzip im 4. Nachfolgekrieg unter Beweis gestellt, und ihr Bruder Victor hatte auf Coventry ebenfalls von diesem Ungleichgewicht profitiert. Jetzt war Katrina an der Reihe, und ihr Gewinn war weit wichtiger als capellanische Systeme oder lyranische Fabriken.

Der Privathubschrauber hielt an und hing über einem weiten Bereich versteinerter Dünen, an deren Hängen sich bunte Schichten aus Ocker, Sienna und Rost abwechselten. Laserfeuer und schweres Artilleriebombardement hatten die einstmals unberührte Landschaft verwüstet. Katrina nahm sich vor, eine großzügige Summe für die Restauration des Parks zu stiften, während sie zusah, wie Bergungsteams abgetrennte Metallgliedmaßen und rußgeschwärzte Rumpfteile abtransportierten, alles, was von den gigantischen Kampfkolossen noch geblieben war, die dort unten gefochten hatten.

Verräter allesamt, verurteilte sie das zerstörte Garderegiment. Seine Insignien würden außer Dienst gestellt und die Einheit aus der Aufstellung der VCS gestrichen werden. Überlebende Offiziere würden in schnellen, klaren Kriegsgerichtsverfahren abgeurteilt werden. Viele würden es nicht sein. Ihre selbstverständlich durch Simon Gallagher erteilten Befehle waren in diesem Punkt sehr deutlich gewesen. Öffentlich unterstützte Katrina inzwischen vielleicht die tolerante Politik Marshal Jackson Davions, aber hier auf New Avalon war kein Platz für Gnade, konnte kein Platz dafür sein. Dies war ihre Welt, wertvoller als jede andere mit Ausnahme Tharkads. Sie würde keine von beiden ihrem Bruder überlassen, und daran durfte bei Victors Truppen kein Zweifel bestehen.

Und solange beide Zentralwelten sicher in ihrer Hand waren, war der idiotische Bürgerkrieg ihres Bruders zum Scheitern verurteilt. Katrina würde ihn aushungern, seine Heere wenn nötig in einem Materialkrieg verschleißen. Aber sie bezweifelte, dass es soweit kommen würde. Früher oder später würde die Lyranische Allianz sich um ihre Fahne scharen und Victor ins Vereinigte Commonwealth treiben. Und dann würde sie ihn, gestützt von der Mehrheit der Systeme beider interstellaren Reiche, mit überwältigender Übermacht zermalmen.

Genauso würde es kommen. Wie hier auf New Avalon.

Katrina schaltete die Sprechanlage zur Pilotenkabine ein. »Zurück zum Palast«, befahl sie. Sie warf einen langen letzten Blick auf das Schlachtfeld und lächelte mit grimmigem Humor.

Es weihnachtete.

* * *

In Dunkelheit
An einem unbekannten Ort

Er erwachte in Dunkelheit und wusste nicht, wo er war. Sein Geist war erfüllt von verschwommenen Bildern einstürzender Mauern und rauchverhangener Korridore, mit der Erinnerung an Schmerzen, Schwäche und Angst.

Er musste gestorben sein, insistierte sein Verstand.

Aber wie konnte er dann noch denken? Sein Gefühl sagte ihm, dass er blinzelte, aber kein Licht drang an seine Augen. War das die Hölle, eine Ewigkeit in absoluter Dunkelheit? Es schien, dass seine Muskeln reagierten, als er versuchte, Arme und Beine zu bewegen, doch er verspürte weder eine Berührung noch eine wirkliche Bewegung. Es war, als würde er in Samt schwimmen, von einer unsichtbaren Kraft festgehalten, und dieses Gefühl der Hilflosigkeit nagte an seinem Geist.

Wo war er? Er wollte die Frage aussprechen, versuchte es, hoffte, Aufmerksamkeit zu erregen oder sich zumindest mit dem Klang seiner Stimme trösten zu können, aber kein Laut drang an seine Ohren.

Ein unendliches Nichts verzehrte ihn, schlich in Minuten oder Stunden vorbei. Vielleicht sogar in Tagen, als der Unterschied zwischen Wachen und Schlafen sich ohne jeden Referenzpunkt hoffnungslos verwischte. Er durchlief Wutanfälle und Phasen reiner Panik, bis er sich schließlich in eine Art Taubheit flüchtete, die an seinem Verstand zehrte.

»Bald.«

Das Flüstern hallte trübe durch seinen Geist, und er sah einen schwachen Lichtschein in weiter Entfernung. Wie das Licht einer Taschenlampe weit entfernt in einem dichten Wald in den Augen eines verirrten Wanderers, erregte und ängstigte es ihn zugleich. Wer war da draußen? Was war da draußen? Die Stimme… würde sie wiederkommen? Er versuchte zu treten und um Hilfe zu rufen, aber die Anstrengung erschöpfte ihn nur.

Er hatte es sich eingebildet. Das war die einzige Erklärung. Aber dann sah er es wieder. Ein schwacher Lichtblitz, gerade genug, um seine Augen zu kitzeln und ihn auf mehr hoffen zu lassen – und diese ruhige, kalte Stimme.

»Bald, Arthur.«

GLOSSAR

244. COMGUARD-DIVISION: Nach Ernennung Victor Steiner-Davions zum neuen Präzentor Martialum kam es in den Reihen der 244. ComGuards-Division (›Die Getarnten IV-psi‹) zu einem blutigen Kampf zwischen ComStartreuen Kräften unter dem Befehl Demipräzentor Raymond Irelons und Kräften unter dem Befehl des damaligen Divisionskommandeurs, die zu Blakes Wort desertieren wollten. Um nach dem Sieg über die Deserteure ihre Loyalität zum neuen Präzentor Martialum zu unterstreichen, veränderte die 244. Division ihren Beinamen zu ›Des Prinzen Mannen IV-psi‹. Die offiziellen Insignien der Division zeigen eine von einem Schwert aufgespießte Krone, aber Teile der Einheit führen auch das Sonnenschwertwappen der alten Vereinigten Sonnen.

ALACORN: Ein fusionsgetriebener Kettenpanzer von 95 Tonnen Masse und einer Höchstgeschwindigkeit von 54 km/h. Er ist bestückt mit drei Gaussgeschützen in einem Geschützturm.

ARROW-IV-RAKETENARTILLERIESYSTEM: Das Arrow IV ist ein autarkes Lafettensystem, das darauf ausgelegt ist, Raketensalven zur Unterstützung konventioneller Artilleriegeschütze wie *Long Tom, Sniper* und *Klopfer* abzufeuern. Der Hauptvorteil des Arrow IV ist sein relativ geringes Gewicht, verglichen mit anderen Artilleriesystemen. Allerdings ist seine Munition äußerst teuer. Dies gilt besonders für die Clan-Version dieser Waffe, die noch kostspieliger ist als die der Freien Inneren Sphäre.

Das Arrow-IV-System benutzt zwei Grundtypen von Raketen. Die häufigere und (etwas) billigere Version ist die Standard-Arealeffektrakete, die nicht auf ein bestimmtes Ziel abgefeuert wird, sondern auf ein Zielgebiet, in dem sie jedem Objekt in einem Umkreis von 45 Metern um den Explosionspunkt massiven Schaden zufügt. Der zweite Raketentyp ist die zielsuchende Rakete, die sich auf ein spezifisches Zielobjekt richtet, das von einer auf dem Schlachtfeld befindlichen vorgeschobenen Beobachtereinheit mit Zielerfassungssystem markiert wird. Zielsuchende Raketen richten außer bei ihrem Zielobjekt kaum Schaden an.

ARTEMIS-IV-FEUERLEITSYSTEM: Das Artemis-IV-Feuerleitsystem erhöht die Treffsicherheit normaler Raketenlafetten. Das in einer seitlich an der Lafette montierten Kuppel untergebrachte Artemis-FLS erfasst ein Ziel, markiert es mit einem Infrarotstrahl und feuert eine Raketensalve ab. Entsprechend den durch die Infrarotmarkierung errechneten Daten wird der Flug der Raketen konstant über eine Mikrowellenstrahlverbindung korrigiert, sodass eine größere Anzahl von Raketen das Ziel trifft.

AUTOKANONE: Eine automatische Schnellfeuerkanone. Leichte Fahrzeugkanonen haben Kaliber zwischen 30 und 90 mm, während eine schwere Mechautokanone ein Kaliber von 80 bis 120 mm oder mehr besitzen kann. Die Waffe feuert in schneller Folge Panzer brechende Hochexplosivgranaten ab.

***AVALON*-KLASSE:** Eine Kriegsschiffklasse des Vereinigten Commonwealth. Die Kreuzer der *Avalon*-Klasse haben eine Länge von 812 Metern und eine Masse von 770.000 Tonnen, bei einer Besatzung von 274 Mann. Sie sind mit Lithiumfusionsbatterien und Lamellar-Ferrokarbitpanzerung ausgerüstet und können 12 Luft/Raumjäger und 6 Landungsschiffe transportieren. Sie verfügen über 78 Geschütze.

BARGHEST: Ein nicht sprungfähiger, vierbeiniger schwerer BattleMech von 70 Tonnen Masse und einer Höchstgeschwindigkeit von 86 km/h. Er ist bestückt mit zwei schweren Extremreichweiten-Lasern am linken und einer überschweren LB-X-Autokanone am rechten Torso. Der *Barghest* wurde auf Initiative Archon Katrina Steiner-Davions für die Lyranischen Allianzstreitkräfte entwickelt und wird zur Zeit nur von LAS-Einheiten eingesetzt.

BATAILLON: Ein Bataillon ist eine militärische Organisationseinheit der Inneren Sphäre, die in der Regel aus drei Kompanien besteht.

BATTLEMECH: BattleMechs sind die gewaltigsten Kriegsmaschinen, die je von Menschen erbaut wurden. Diese riesigen humanoiden Panzerfahrzeuge wurden ursprünglich vor über 500 Jahren von terranischen Wissenschaftlern und Technikern entwickelt. Sie sind schneller und manövrierfähiger in jedem Gelände, besser gepanzert und schwerer bewaffnet als jeder Panzer des 20. Jahrhunderts. Sie ragen zehn bis zwölf Meter hoch auf und sind bestückt mit Partikelprojektorkanonen, Lasergeschützen, Schnellfeuer-Autokanonen und Raketenlafetten. Ihre Feuerkraft reicht aus, jeden Gegner mit Ausnahme eines anderen BattleMechs niederzumachen. Ein kleiner Fusionsreaktor liefert ihnen nahezu unbegrenzt Energie. BattleMechs können auf Umweltbedingungen so verschieden wie glühende Wüstenei und arktische Eiswüste eingestellt werden.

BEAGLE-SONDE: Die Beagle-Sonde ist eine wertvolle Systemerweiterung für Scouteinheiten, da sie es ermöglicht, selbst abgeschaltete und getarnte Einheiten auf weit größere Entfernung zu entdecken und zu identifizieren, als dies mit herkömmlichen elektronischen Spürgeräten möglich ist.

BLAKES WORT/COMSTAR: Das interstellare Kommunikationsnetz ComStar wurde von Jerome Blake entwickelt, der in den letzten Jahren des Sternenbunds das Amt des Kommunikationsministers innehatte. Nach dem Zusammenbruch des Bundes eroberte Blake Terra und organisierte die Überreste des Sternenbund-Kommunikationsnetzes in eine Privatorganisation um, die ihre Dienste mit Profit an die fünf Häuser weiterverkaufte. Seitdem hat sich ComStar zu einem mächtigen Geheimbund entwickelt, der sich jahrhundertelang in Mystizismus und Rituale gehüllt hat, bis es nach der Entscheidungsschlacht gegen die Clans auf Tukayyid unter Prima Sharilar Mori und Präzentor Martialum Anastasius Focht zur Reformation des Ordens und Abspaltung der erzkonservativen Organisation Blakes Wort kam.

BLITZ-KURZSTRECKENRAKETEN: Blitz-KSR enthalten Zielsuchgeräte, die ein Abfeuern erst gestatten, wenn die in die Lafette geladenen Raketen ein Ziel erfasst haben. Ist dies einmal geschehen, treffen die Raketen das Ziel automatisch.

BLITZSCHLAG: Ein nicht sprungfähiger mittelschwerer BattleMech von 50 Tonnen Masse und einer Höchstgeschwindigkeit von 119 km/h. Er ist bestückt mit einer überschweren Ultra-Autokanone im Torso. Der *Blitzschlag* wird ausschließlich auf Coventry für die Lyranische Allianz und die an seiner Entwicklung beteiligte Liga Freier Welten hergestellt.

BRUTUS: Ein fusionsgetriebener Kettenpanzer von 75 Tonnen Masse und einer Höchstgeschwindigkeit von 54 km/h. Er ist bestückt mit zwei schweren Lasern und einer überschweren LSR-Lafette im Geschützturm und zwei schweren und einer leichten KSR-Lafette im Bug.

CASE (ZELLULARES MUNITIONSLAGER): Das zellulare CASE-Munitionslager ist eine Schadenskontrollvorrichtung, mit deren Hilfe die Druck- und Hitzewellen interner Munitionsexplosionen durch speziell verstärkte Seiten- und absprengbare Rückpaneele aus dem Innern des Mechs geleitet und der Schaden dadurch begrenzt wird.

CHALLENGER X: Ein fusionsgetriebener Kettenpanzer von 90 Tonnen Masse und einer Höchstgeschwindigkeit von 54 km/h. Er ist bestückt mit einem Gaussgeschütz, einer LB-X-Autokanone und einer mittelschweren LSR-Lafette mit Artemis-IV-Feuerleitsystem im Hauptgeschützturm, einem Raketenabwehrsystem im Sekundärgeschützturm, zwei mittelschweren Impulslasern im Bug, je einer zweirohrigen Blitz-KSR-Lafette an den Seiten und einem leichten Impulslaser im Heck.

CLANS: Beim Zerfall des Sternenbundes führte General Aleksandr Kerensky, der Oberkommandierende der Regulären Armee des Sternenbundes, seine Truppen beim sogenannten Exodus aus der Inneren Sphäre in die Tiefen des Alls. Weit jenseits der Peripherie, mehr als 1300 Lichtjahre von Terra entfernt, ließen Kerensky und seine Leute sich auf fünf wenig lebensfreundlichen Welten nahe eines Kugelsternhaufens nieder, der sie vor einer Entdeckung durch die Innere Sphäre schützte. Innerhalb von fünfzehn Jahren brach unter ihnen jedoch ein Bürgerkrieg aus, der drohte, alles das zu vernichten, für dessen Aufbau sie so hart gearbeitet hatten.

In einem zweiten Exodus führte Nicholas Kerensky, der Sohn Aleksandrs, seine Gefolgsleute auf eine der Welten im Innern des Kugelsternhaufens, um dem Krieg zu entfliehen. Dort, auf Strana Metschty, entwarf und organisierte Nicholas Kerensky die faschistoide Kastengesellschaft der Clans.

COVENTRY: Der dritte Planet einer Sonne der Spektralklasse F4 V und Zentralwelt der Provinz Coventry der Lyranischen Allianz. Coventry ist eine erdähnliche Welt mit großen Ozeanen und kaum ausgeprägten Jahreszeiten, deren angenehmes Klima sie schnell zu einem Agrarzentrum des lyranischen Raums machte. Durch die Entdeckung großer Vorkommen seltener Metalle entwickelte sich später eine bedeutende Industrie, zu der auch der Mechfabrikant Coventry Metal Works gehört.

CROCKETT: Ein überschwerer humanoider BattleMech von 85 Tonnen Masse mit einer Höchstgeschwindigkeit von 54 km/h und einer Sprungreichweite von 90 Metern. Er ist bestückt mit je einem schweren Extremreichweiten-Laser und einem leichten Laser in beiden Armen sowie zwei schweren KSR-Lafetten und einer LB-X-Autokanone im Torso.

DAISHI: Ein nicht sprungfähiger überschwerer OmniMech von 100 Tonnen Masse mit einer Höchstgeschwindigkeit von 54 km/h. Er ist in der Primärkonfiguration bestückt mit je zwei schweren Extremreichweiten-Lasern, zwei mittelschweren Impulslasern und einer mittelschweren Ultra-Autokanone in beiden Armen sowie einer zehnrohrigen LSR-Lafette im linken Torso. Die Munitionsvorräte sind durch CASE gesichert.

DIVISION: Eine von der Mechkampfstärke in etwa dem Regiment entsprechende, aber Truppen verschiedener Waffengattungen umfassende Einheit der ComGuards, des militärischen Arms ComStars, und der BlakeGuards, des militärischen Arms von Blakes Wort.

DONNERFALKE: Ein nicht sprungfähiger überschwerer BattleMech von 100 Tonnen Masse und einer Höchstgeschwindigkeit von 54 km/h. Er ist bestückt mit einem Gaussgeschütz und einem mittelschweren Laser im rechten Arm, zwei mittelschweren Lasern im linken Arm, zwei Gaussgeschützen im Torso und einem mittelschweren Laser am Kopf.

DONNER-LANGSTRECKENRAKETEN: Donner-LSR erzeugen Streuminenfelder. Die ›Donner‹-Kennzeichnung ist die in der Freien Inneren Sphäre gebräuchliche Bezeichnung für FA- (Feldartillerie-)Streuminen-Gefechtsköpfe. Die Clans benutzen praktisch identische Gefechtsköpfe.

DOPPELTER WÄRMETAUSCHER: Doppelte Wärmetauscher leiten Wärme durch eine spezielle Kühltechnik doppelt so schnell ab wie Standardwärmetauscher und kühlen einen BattleMech erheblich effektiver ab. Sie haben dasselbe Gewicht wie Standardwärmetauscher, sind aber erheblich wuchtiger gebaut und beanspruchen dadurch mehr Platz im Innern eines BattleMechs. Auf Grund dieser sperrigen Bauweise können doppelte Wärmetauscher nicht wie Standardwärmetauscher in den Beinen eines Mechs montiert werden.

DRACHENFEUER: Ein nicht sprungfähiger schwerer BattleMech von 75 Tonnen Masse und einer Höchstgeschwindigkeit von 65 km/h. Er ist bestückt mit einem Gaussgeschütz im linken Arm, einer LB-X-Autokanone im rechten Arm, einem mittelschweren Impulslaser im Kopf sowie einem schweren Laser und einem mittelschweren Impulslaser im Torso. Er verfügt über eine Wächter-ECM-Phalanx und die Munitionsvorräte sind durch CASE gesichert.

ELEMENTARE: Die mit Kampfanzügen ausgerüstete Eliteinfanterie der Clans. Diese Männer und Frauen sind wahre Riesen, die speziell für den Einsatz der von den Clans entwickelten Rüstungen gezüchtet werden.

EXTREMREICHWEITEN-LASER: Bei diesen Waffen handelt es sich um verbesserte Versionen des herkömmlichen Lasers, mit überlegenen Fokussier- und Zielerfassungsmechanismen. In der Clan-Ausführung haben diese Waffen eine deutlich größere Reichweite als normale Laser und erzielen einen etwas höheren Schaden. Allerdings verursachen sie dabei eine um 50% höhere Abwärme. In der Freien Inneren Sphäre befindet sich die ER-Lasertechnologie noch im Entwicklungsstadium. Bisher machen Umfang und Größe der benötigten Ausrüstung eine Anwendung nur bei schweren Lasern möglich. Zudem erreicht der schwere ER-Laser der Freien Inneren Sphäre zwar eine größere Reichweite als ein schwerer Normallaser, der Reichweitengewinn ist jedoch geringer als bei entsprechenden Clan-Waffen, und die Schadenswirkung fällt nicht höher aus als bei einem normalen S-Laser. Die Wärmeentwicklung ist jedoch ebenso groß wie bei einem schweren Clan-ER-Laser.

EXTREMREICHWEITEN-PPK: Ebenso wie bei den Laserwaffen haben die Clans auch eine erheblich verbesserte Version der Partikelprojektorkanone entwickelt. Diese Extremreichweiten-PPK ist kleiner, leichter und leistungsfähiger als die Normalversion, mit größerer Reichweite und höherer Durchschlagskraft. Allerdings ist auch die Wärmeentwicklung erheblich größer, was beim Einsatz dieser Waffe zu einem Problem werden kann. Die Freie Innere Sphäre besitzt ebenfalls eine ER-Version der PPK, diese Waffe ist jedoch weniger hoch entwickelt. Größe und Gewicht entsprechen denen einer Normal-PPK, ebenso wie die Schadenswirkung, während Reichweite und Abwärme in etwa denen der Clan-Version entsprechen.

FERROFIBRIT: Ferrofibritpanzerung ist eine verbesserte Version der herkömmlichen BattleMech-/Fahrzeugpanzerung, die aus verwobenen Ferrostahl- und Ferrotitanfasern gefertigt wird. Ebenso wie für Endostahlskelette gilt jedoch, dass Ferrofibrit sperriger ist als Standardpanzerung desselben Gewichts.

***FOX*-KLASSE:** Eine Kriegsschiffklasse des Vereinigten Commonwealth und der Lyranischen Allianz. Die Korvetten der *Fox*-Klasse haben eine Länge von 440 Metern und eine Masse von 235.000 Tonnen, bei einer Besatzung von 80 Mann. Sie sind mit Lithiumfusionsbatterien und Aluminiumfibritpanzerung ausgerüstet und können 12 Luft/ Raumjäger und 5 Landungsschiffe transportieren. Sie verfügen über 54 Geschütze.

GAUSSGESCHÜTZ: Ein Gaussgeschütz benutzt eine Reihe von Elektromagneten, um ein Projektil durch den Geschützlauf zu beschleunigen. Obwohl sein Einsatz mit enormem Energieaufwand verbunden ist, erzeugt das Gaussgeschütz nur sehr wenig Abwärme, und die erreichbare Mündungsgeschwindigkeit liegt doppelt so hoch wie bei einer konventionellen Kanone.

HAUPTMANN: Ein in der Primärkonfiguration nicht sprungfähiger überschwerer OmniMech der Lyranischen Allianzstreitkräfte von 95 Tonnen Masse und einer Höchstgeschwindigkeit von 54 km/h. Er ist in dieser Konfiguration bestückt mit je einem schweren Extremreichweiten-Laser und einem mittelschweren Impulslaser in den Armen, einer überschweren LB-X-Autokanone, zwei doppelrohrigen Blitz-KSR-Lafetten und einer Wächer-ECM-Phalanx im Torso und einem leichten Extremreichweiten-Laser im Kopf. Die Munitionsvorräte sind durch CASE gesichert.

HIGHLANDER: Ein humanoider überschwerer Mech von 90 Tonnen Masse und einer Höchstgeschwindigkeit von 54 km/h sowie einer Sprungreichweite von 90 Metern. Er ist bestückt mit einem Gaussgeschütz im rechten Arm, einer schweren KSR-Lafette im linken Arm, zwei mittelschweren Lasern im rechten Torso und einer überschweren LSR-Lafette im rechten Torso. Die Munitionsvorräte sind durch CASE gesichert.

IMPULSLASER: Ein Impulslaser verwendet einen Hochfrequenz-Hochenergiepuls zur Erzeugung gepulster Laserstrahlen. Der Effekt ist vergleichbar mit MG-Feuer. Diese Konstruktion erhöht die Trefferwahrscheinlichkeit des Laserangriffs und erzeugt einen größeren Schaden pro Treffer, allerdings unter Inkaufnahme erhöhter Hitzeentwicklung und verringerter Reichweite.

INNERE SPHÄRE: Mit dem Begriff ›Innere Sphäre‹ wurden ursprünglich die Sternenreiche bezeichnet, die sich im 26. Jahrhundert zum ersten Sternenbund zusammenschlossen. Derzeit bezeichnet er den von Menschen besiedelten Weltraum innerhalb der Peripherie. Der nicht von den Clans besetzte Teil der Inneren Sphäre wird auch als ›Freie Innere Sphäre‹ bezeichnet.

K³-COMPUTER: Das K³-Computersystem (Kommando/Kontrolle/Kommunikation) steht nur Einheiten der Freien Inneren Sphäre zur Verfügung. Es ist für den Einbau in Befehls- oder Scout-Mechs bzw. -Fahrzeuge vorgesehen und soll den Einheitskommandeur bei der Koordination von Aktivitäten auf Lanzen- und Kompanieebene unterstützen, indem es angeschlossenen Einheiten gestattet, das Zielerfassungssystem einer beliebigen anderen Einheit des K³-Netzwerks zu benutzen.

KOMPANIE: Eine Kompanie ist eine militärische Organisationseinheit der Inneren Sphäre, die aus drei BattleMech-Lanzen oder bei Infanteriekompanien aus drei Zügen mit insgesamt 50 bis 100 Mann besteht.

KRÖTEN: Die in der freien Inneren Sphäre übliche Bezeichnung für mit Kampfanzügen ausgerüstete Eliteinfanterie, eine zuerst bei den Clans entwickelte Waffengattung. Deren sogenannten Elementare sind wahre Riesen, die speziell für den Einsatz der von den Clans entwickelten Rüstungen gezüchtet werden. Die freie Innere Sphäre ist bei der Entwicklung ähnlicher Gefechtsanzüge deutlich im Hintertreffen, nicht zuletzt, da als Träger dieser Anzüge nur gewöhnliche Menschen zur Verfügung stehen.

KSR: Abkürzung für ›Kurzstreckenrakete‹. Es handelt sich um ungelenkte Raketen mit hochexplosiven oder Panzer brechenden Sprengköpfen. KSR-Lafetten sind in Ausführungen mit 2, 4 und 6 Abschussrohren verfügbar.

LANDUNGSSCHIFFE: Da Sprungschiffe die inneren Bereiche eines Sonnensystems generell meiden müssen und sich dadurch in erheblicher Entfernung von den bewohnten Planeten einer Sonne aufhalten, werden für interplanetare Flüge Landungsschiffe eingesetzt. Diese werden während des Sprungs an die Antriebsspindel des Sprungschiffes angekoppelt. Landungsschiffe besitzen selbst keinen Überlichtantrieb, sind jedoch sehr beweglich, gut bewaffnet und aerodynamisch genug, um auf Planeten mit einer Atmosphäre aufzusetzen bzw. von dort aus zu starten. Die Reise vom Sprungpunkt zu den bewohnten Planeten eines Systems erfordert je nach Spektralklasse der Sonne eine Reise von mehreren Tagen oder Wochen.

LANZE: Eine Lanze ist eine militärische Organisationseinheit der Inneren Sphäre, die in der Regel aus vier BattleMechs besteht.

LASER: Ein Akronym für ›Light Amplification through Stimulated Emission of Radiation‹ oder Lichtverstärkung durch stimulierte Strahlungsemission. Als Waffe funktioniert ein Laser, indem er extreme Hitze auf einen minimalen Bereich konzentriert. BattleMechlaser gibt es in drei Größenklassen: leicht, mittelschwer und schwer. Laser sind auch als tragbare Infanteriewaffen verfügbar, die über einen als Tornister getragenen Energiespeicher betrieben werden. Manche Entfernungsmessgeräte und Zielerfassungssensoren bedienen sich ebenfalls schwacher Laserstrahlen.

LB-X AUTOKANONE: Die LB-X (Large Bore-Extended, Großkaliber-erweiterte Reichweite) Autokanone ist eine verbesserte Version der gewöhnlichen Autokanone, bei der durch den Einsatz leichter, wärmeableitender Legierungen Gewicht und Wärmeentwicklung reduziert worden sind. Die eingesetzten Materialien machen die Waffe teurer als eine gewöhnliche Autokanone, doch die Vorteile wiegen die höheren Kosten auf. Die LB-X kann Bündelmunition abfeuern, die mit Schrotmunition im BattleMechformat vergleichbar ist. Nach Verlassen des Laufs zerfällt eine Bündelgranate in kleinere Geschosse. Dadurch wird die Chance auf einen Glückstreffer erhöht, gleichzeitig jedoch der erzielte Schaden über das gesamte Zielgebiet verteilt statt auf einen Punkt konzentriert. Bündelmunition kann nur in LB-X Autokanonen eingesetzt werden.

LSR: Abkürzung für ›Langstreckenrakete‹, zum indirekten Beschuss entwickelte Raketen mit hochexplosiven Gefechtsköpfen. LSR-Lafetten sind in Ausführungen mit 5, 10, 15 und 20 Abschussrohren verfügbar.

MOGYOROD: Mogyorod ist der fünfte Planet einer Sonne der Spektralklasse A7 V in der Provinz Coventry der Lyranischen Allianz und eine klimatisch gemäßigte Agrarwelt mit niedrigen Gebirgsketten und tiefen, dunklen Ozeanen.

NACHTFALKE: Ein nicht sprungfähiger leichter BattleMech von 35 Tonnen Masse und einer Höchstgeschwindigkeit von 97 km/h. Er ist bestückt mit einem mittelschweren Impulslaser im linken Arm, einem schweren Extremreichweiten-Laser im rechten Arm und einem schweren Laser im Torso.

NACHTSTERN: Ein nicht sprungfähiger überschwerer BattleMech von 95 Tonnen Masse und einer Höchstgeschwindigkeit von 54 km/h. Er ist bestückt mit je einem Gaussgeschütz und einem mittelschweren Impulslaser im linken und rechten Arm, einer Extremreichweiten-PPK im rechten Torso und einem leichten Laser am Kopf.

NARC-RAKETENBOJE: Das NARC-Raketenbojensystem, kurz auch einfach als NARC-Boje bezeichnet, ist eine weitgehend umgebaute Raketenlafette, die spezielle, als NARC-Module bezeichnete Raketen abfeuert. Diese verfügen über eine hinter einem Magnetkopf untergebrachte leistungsstarke Funkbake. Trifft die Rakete ihr Ziel, beginnt diese Bake ein Peilsignal für Raketen auszustrahlen, die auf das NARC-Signal eingepegelt sind. Wie das Artemis-IV-System erhöht auch die NARC-Boje die potentielle Zahl von Raketentreffern. Das NARC-System ist dem Artemis IV insofern überlegen, als eine einmal erfasste Zielpeilung nicht mehr verlorengehen kann. Die Peilbake sitzt am Ziel fest und kann nicht zerstört werden.

PERIPHERIE: Jenseits der Grenzen der Inneren Sphäre liegt die Peripherie, das weite Reich bekannter und unbekannter Systeme, das sich bis in die interstellare Nacht erstreckt. Die einstigen terranischen Kolonien in der Peripherie wurden durch den Zerfall des Sternenbundes technologisch, wirtschaftlich und politisch verwüstet. Derzeit existieren in der Peripherie drei größere Nationalstaaten, die an der Grenze zwischen dem Draconis-Kombinat und dem Vereinigten Commonwealth gelegene Außenweltallianz Haus Avellars, das zwischen dem Vereinigten Commonwealth und der Konföderation Capella gelegene Tauruskonkordat und das zwischen der Konföderation Capella und der Liga Freier Welten gelegene Magistrat Canopus Haus Centrellas. Der Rest der Peripherie ist größtenteils Zufluchtsort für Banditenkönige, Raumpiraten und Ausgestoßene.

PPK: Abkürzung für ›Partikelprojektorkanone‹, einen magnetischen Teilchenbeschleuniger in Waffenform, der hochenergiegeladene Protonen- oder Ionenblitze verschießt, die durch Aufschlagskraft und hohe Temperatur Schaden anrichten. PPKs gehören zu den effektivsten Waffen eines BattleMechs.

RAKETENABWEHRSYSTEM: Ein Raketenabwehrsystem ist ein Schnellfeuerflak-MG, das anfliegende Raketen selbsttätig verfolgt, unter Beschuss nimmt und vernichtet. Der Hauptnachteil dieses sehr effektiven Defensivsystems ist sein hoher Munitionsverbrauch. Dies gilt für Clan-Anlagen ebenso wie für solche der Freien Inneren Sphäre, allerdings benutzen die Clans Schrapnellmunition, was die Anzahl der Salven pro Tonne Munition verdoppelt.

REGIMENT: Ein Regiment ist eine militärische Organisationseinheit der Inneren Sphäre und besteht aus zwei bis vier Bataillonen von jeweils drei oder vier Kompanien.

ROBINSON: Der dritte Planet einer Sonne der Spektralklasse G5 IV und Zentralwelt der Mark Draconis des Vereinigten Commonwealth, Robinson, ist eine große Welt mit gemäßigten Temperaturen, deren fruchtbare schwarze Erde schon früh Kolonisten anlockte, deren Landfläche im Verlauf der Jahrhunderte jedoch weitgehend durch Erztagebau verlorenging. Im 1. Nachfolgekrieg wurde die Industriekapazität des Planeten so nachhaltig verwüstet, dass sie erst seit wenigen Jahren die Leistungsfähigkeit der Zeiten des ersten Sternenbunds wiedererlangt hat.

SBVS: Die Sternenbund-Verteidigungsstreitkräfte SBVS waren der größte Militärapparat aller Zeiten. Zur Hochzeit des alten Sternenbunds umfasste die Reguläre Armee fast

15.000 Regimenter, die Raumflotte ebenso viele Kriegsschiffe und Transporter. Die SBVS waren die unangefochtene Macht hinter den Gesetzen des Sternenbunds. Mit Neugründung des Sternenbunds 3058 wurden – hauptsächlich für den Kampf gegen die Clans – auch die SBVS wieder gegründet, allerdings bestehen sie in ihrer neuen Inkarnation nur über Einheiten, die von den Mitgliedsstaaten auf Verlangen des Hohen Rats und/oder des Ersten Lords an den Sternenbund abgestellt werden.

SCHWARM-LANGSTRECKENRAKETEN: Schwarm-LSR sind Raketen mit Ziel suchenden Mehrfachsprengköpfen, die sowohl das anvisierte Primärziel als auch in dessen Nähe befindliche Einheiten angreifen.

SEKTION: Eine ComGuard- oder BlakeGuard-Einheit aus sechs Truppen, die von der Kampfstärke her etwa einem Bataillon entspricht.

SPRUNGSCHIFFE: Interstellare Reisen erfolgen mittels sogenannter Sprungschiffe, deren Antrieb im 22. Jahrhundert entwickelt wurde. Der Name dieser Schiffe rührt von ihrer Fähigkeit her, ohne Zeitverlust in ein weit entferntes Sonnensystem zu ›springen‹. Es handelt sich um ziemlich unbewegliche Raumfahrzeuge aus einer langen, schlanken Antriebsspindel und einem enormen Solarsegel, das an einen gigantischen Sonnenschirm erinnert. Das gewaltige Segel besteht aus einem Spezialmaterial, das gewaltige Mengen elektromagnetischer Energie aus dem Sonnenwind des jeweiligen Zentralgestirns zieht und langsam an den Antriebskern abgibt, der daraus ein Kraftfeld aufbaut, durch das ein Riss im Raum-Zeit-Gefüge entsteht. Nach einem Sprung kann das Schiff erst weiterreisen, wenn es durch Aufnahme von Sonnenenergie seinen Antrieb wieder aufgeladen hat.

Sprungschiffe reisen mit Hilfe ihres Kearny-Fuchida-Antriebs in Nullzeit über riesige interstellare Entfernungen. Das K-F-Triebwerk baut ein Raum-Zeit-Feld um das Sprungschiff auf und öffnet ein Loch in den Hyperraum. Einen Sekundenbruchteil später materialisiert das Schiff am Zielsprungpunkt, der bis zu 30 Lichtjahre weit entfernt sein kann.

Sprungschiffe landen niemals auf einem Planeten und reisen nur sehr selten in die inneren Bereiche eines Systems.

Interplanetarische Flüge werden von Landungsschiffen ausgeführt, Raumschiffen, die bis zum Erreichen des Zielpunktes an das Sprungschiff gekoppelt bleiben.

STERNENBUND: Im Jahre 2571 wurde der Sternenbund gegründet, um die wichtigsten nach dem Aufbruch ins All von Menschen besiedelten Systeme zu vereinen. Der Sternenbund existierte annähernd 200 Jahre, bis 2751 ein Bürgerkrieg ausbrach. Als das Regierungsgremium des Sternenbunds, der Hohe Rat, sich in einem Machtkampf auflöste, bedeutete dies das Ende des Bundes. Jeder der Hausfürsten rief sich zum neuen Ersten Lord des Sternenbunds aus, und innerhalb weniger Monate befand sich die gesamte Innere Sphäre im Kriegszustand. Dieser Konflikt hielt drei Jahrhunderte, bis zum Überfall durch die Clans, an. Die Jahrhunderte nahtlos ineinander übergehender Kriege werden in toto als die ›Nachfolgekriege‹ bezeichnet. Erst die Gefahr durch die Clan-Invasion führte 3058 bei der ersten Whitting-Konferenz auf Tharkad zur Neugründung des Sternenbunds und zur – auf vier Jahre befristeten – Wahl des capellanischen Kanzlers Sun-Tzu Liao zum neuen Ersten Lord. Sein Nachfolger in diesem Amt wurde 3062 auf der zweiten Whitting-Konferenz der draconische Koordinator Theodore Kurita.

TRUPPE: Eine ComGuard- oder BlakeGuard-Einheit der Stufe II aus sechs Einheiten der Stufe I (einzelne BattleMechs, Luft/Raumjäger, Fahrzeuge, Infanteriezüge oder Artilleriegeschütze), die in Feuerkraft etwa einer Kompanie entspricht.

ULTRA-AUTOKANONE: Mit einem kurzen, glatten Lauf, einem modifizierten Kammermechanismus, einer Schnellladevorrichtung und spezieller Munition ist die ursprünglich von den Clans entwickelte und erst seit kurzem auch in der Freien Inneren Sphäre eingeführte Ultra-Autokanone eine weit vielseitigere Waffe als die üblichere normale AK. Die Clans besitzen Ultra-Autokanonen in allen Standardgrößen, die alle in Gewicht und Hitzeentwicklung den Standardmodellen entsprechen, aber ein verbessertes Leistungsprofil besitzen, das zu reduzierter Minimal- und erhöhter Maximalreichweite führt und das Feuern mit normaler oder doppelter Feuergeschwindigkeit gestattet. Die Ultra-AK-Modelle der Nachfolgerstaaten sind weit effizienter als eine Standard-AK, aber technisch bei weitem nicht so fortgeschritten wie die Clan-Waffen.

VOLLSTRECKER III: Ein mittelschwerer humanoider BattleMech von 50 Tonnen Masse und einer Höchstgeschwindigkeit von 87 km/h sowie einer Sprungreichweite von 150 Metern. Er ist bestückt mit einem schweren Extremreichweiten-Laser im linken und einer schweren Ultra-Autokanone im rechten Arm sowie einem leichten Extremreichweiten-Laser im linken Torso.

WÄCHTER-ECM-STÖRSENDER: Der Wächter-ECM-Störsender ist eine Breitband-Stör- und ECM-(Electronic Countermeasure) Phalanx, die darauf ausgerichtet ist, die Wirkung gegnerischer Langstreckenortungs- und -überwachungsapparaturen zu reduzieren.

WEGWERFLAFETTEN: Gelegentlich sind Fahrzeuge und BattleMechs mit Wegwerfversionen einer Standardraketenlafette ausgerüstet. Solche Lafetten benötigen keinen Munitionsvorrat, da sie bereits fertig geladen montiert werden und keinen Nachlademechanismus besitzen. Sie entsprechen in allen sonstigen Leistungsmerkmalen normalen Systemen der betreffenden Version und Munition.

XL-(EXTRALEICHT-)REAKTOR: Fortschritte in der Abschirmungstechnologie für Fusionsreaktoren haben es möglich gemacht, Standardreaktoren nachträglich mit neuen, leichteren Abschirmungen zu versehen, die das Reaktorgewicht erheblich verringern. Allerdings fallen diese extraleichten Reaktoren weit sperriger aus als die kompakter gebauten Standardmodelle und sind dadurch bei einem Bruch der Torsopanzerung anfälliger für Beschädigungen. Die Clan-Versionen der XL-Reaktoren sind jedoch deutlich kleiner als die bisher in der Freien Inneren Sphäre entwickelten Maschinen.

ZUG: Ein Zug ist eine militärische Organisationseinheit der Inneren Sphäre, die typischerweise aus etwa achtundzwanzig Mann besteht. Ein Zug kann in zwei Abteilungen aufgeteilt werden.

Deutsch-Englische Namensliste

Da im neuesten Spiel der auf dem BattleTech-Universum aufbauenden MechWarrior-Computerspielreihe sowie in den neueren im Verlag Fantasy Productions zum BattleTech-Universum erscheinenden Spielen und Spielhilfen in Abkehr von der früheren Praxis durchgängig die englischen Typennamen erscheinen, folgt als Verständnishilfe eine Liste der entsprechenden deutschen und englischen Typenbezeichnungen aller uns derzeit bekannten Maschinen.

BattleMechs der Freien Inneren Sphäre

ADL-2M Adler	EGL-2M Eagle
AKU-1X Akuma	AKU-1X Akuma
ALB-3U Albatros	ALB-3U Albatross
ALI-1A Alliance	ALI-1A Alliance
AMB-3M Amboss	ANV-3M Anvil
SA-AS Ansturm	SA-OS Onslaught
APL-1M Apollo	APL-1M Apollo
AS7-D/-K Atlas	AS7-D/-K Atlas
ATN-21/-23 Attentäter	ASN-21/-23 Assassin
AV1-O Avatar	AV1-O Avatar
BLT-5N/-7M Ballista	TBT-9E/-7M Trebuchet
BNDR-01A Bandersnatch	BNDR-01A Bandersnatch
BNC-3E/-5S Banshee	BNC-3E/-5S Banshee
BGS-1T Barghest	BGS-1T Barghest
BEO-12 Beowulf	BEO-12 Beowulf
BRZ-A3 Berserker	BRZ-A3 Berserker
BSN-3K Bishamon	BSN-3K Bishamon
BKW-7R Black Watch	BKW-7R Black Watch
BTZ-3F Blitzschlag	BTZ-3F Blitzkrieg
BBD-010 Bombarde	BMB-010 Bombard
BMB-12T Bombast	BMD-12D Bombardier
BRS-3Z Brandschatzer	PLG-3Z Pillager
BD9-R/-S/-O Brandstifter	FS9-H/-S/-O Firestarter
BSW-X1 Bushwacker	BSW-X1 Bushwacker

CES-3R Caesar	CES-3R Caesar
CTF-1X/-3D Cataphract	CTF-1X/-3D Cataphract
CN9-A/-D Centurion	CN9-A/-D Centurion
CR-V2 Cerberus	MR-V2 Cerberus
CTS-6Y Cestus	CTS-6Y Cestus
CGR-SB Challenger	CGR-SB Challenger
CLN-7V Chamäleon	CLN-7V Chameleon
CHP-1N Champion	CHP-1N Champion
CDA-2A/-3M Cicada	CDA-2A/-3M Cicada
CLNT-2-3T/-3U Clint	CLNT-2-3T/-3U Clint
CL-P3 Colossus	CL-P3 Colossus
CRK 5003-1/-2 Crockett (auch: Katana)	CRK 5003-1/-2 Katana (Crockett)
DAD-3C Daedalus	DAD-3C Daedalus
DAI-01 Daikyu	DAI-01 Daikyu
DMO-1K Daimyo	DMO-1K Daimyo
DW-6M/-7D Derwisch	DV-6M/-7D Dervish
DST-2 Destruktor	DVS-2 Devastator
DON-1L Donner	THR-1L Thunder
DNR-1A Donnerfalke	SCR-1A Screaming Hawk
DNR-5S/-7MD Donnerkeil	TDR-5S/-7MD Thunderbolt
DOR-N Dorn	THE-N Thorn
DGR-3F Drachenfeuer	DGR-3F Dragon Fire
DRC-1N Dracon	DRG-1N Dragon
D9-G9 Duan Gung	D9-G9 Duan Gung
DKF-2L/-5M Dunkelfalke	SHD-2H/-5M Shadow Hawk
END-6Q Enfield	END-6Q Enfield
Epimetheus	Epimetheus
EXC-B1 Excalibur	EXC-B1 Excalibur
EXT-4D Exterminator	EXT-4D Exterminator
FNR-5 Fafnir	FNR-5 Fafnir
FLK-4E/-4P Falke	FLC-4N/-4P Falcon
FKN-8R Falkner	FLC-8R Falconer
FLB-3L/-5M Fallbeil	GLT-3N/-5M Guillotine
FNG-5W Fang	TLN-5W Talon
FNG-1 Fangeisen	WFT-1 Wolf Trap
FBL-7D Feuerball	ALM-7D Fireball
FBZ-P2 Feuerblitz	FLS-P2 Flashfire
FFK-1/-3M Feuerfalke	PXH-1/-3M Phoenix Hawk
FUR-FK2 Feuerfalken-FLUM	PHX-HK2 Phoenix Hawk LAM
P1-FS Feuersturm	P1-WF Wildfire
FRT-8L Feuerteufel	FLS-8K Flashman
FLO-4/-17 Floh	FLE-4/-17 Flea

FBT-3R Freibeuter	BCN-3R Buccaneer
GAL-1GLS Gallowglas	GAL-1GLS Gallowglas
GRM-01A Garm	GRM-01A Garm
GFT-9K Giftzahn	SDR-9K Venom
GFZ-2G/-3E Giftzwerg	IMP-2E/-3E Imp
GLD-3R Gladiator	GLD-3R Gladiator
GOL-1H/-3M Goliath	GOL-1H/-3M Goliath
GHR-5H/-5J Grashüpfer	GHR-5H/-5J Grasshopper
GRF-1N/-3M Greif	GRF-1N/-3M Griffin
GRM-S-TR29 Grimmer Schnitter	GRM-R-PR29 Grim Reaper
DRC-5K Großdracon	DRG-5K Grand Dragon
GRS-S-01-KRZR-T Großkreuzritter	GRN-D-01-CRSD-R Grand Crusader
T-IT-N10M Großtitan	T-IT-N10M Grand Titan
HBFK-9K Habichtsfalke	FNHK-9K Falcon Hawk
HMR-3M Hammer	HMR-3M Hammer
HTM-27T Hatamoto-Chi	HTM-27T Hatamoto-Chi
HA1-O Hauptmann	HA1-O Hauptmann
HS-1 Heckenschütze	HM-1 Hitman
HEL-3D Helios	HEL-3D Helios
HRK-LS-9000 Herkules	HRC-LS-9000 Hercules
HER-1S Hermes	HER-1S Hermes
HER-2S/-5S Hermes II	HER-2S/-5S Hermes II
HSC-1K/-3M Heuschreck	LCT-1V/-3M Locust
HGN-732 Highlander	HGN-732 Highlander
HOL-N3 Holländer	BZK-F3 Hollander
HOP-4C/-4D Hoplit	HOP-4C/-4D Hoplite
HRN-3S/-5M Hornisse	STG-3R/-5M Stinger
HRN-F5 Hornissen-FLUM	STG-A5 Stinger LAM
HML-151/-171 Hummel	HNT-151/-171 Hornet
HUR-O4L Hurone	HUR-WO-R4L Huron Warrior
HSR 200-D Husar	HSR 200-D Hussar
MPR-6A Imperator	EMP-6A Emperor
INI-02 Initiat	INI-02 Initiate
JM6-S/-DD JägerMech	JM6-S/-DD JagerMech
JM6-D3 JägerMech III	JM6-D3 JagerMech III
JR7-D/-K Jenner	JR7-D/-K Jenner
JN-G8A Jinggau	JN-G8A Jinggau
SA-JG Juggernaut	SA-JG Juggernaut
KBO-7A Kabuto	KBO-7A Kabuto
KM-K305 Kampffalke	BH-K305 Battle Hawk
KP-HD-02FC Kampfhund	WR-DG-02FC War Dog
KMS-3Z/-5M Kampfschütze	RFL-3N/-5M Rifleman

KMT-1N/-3M Kampftitan	BLR-1G/-3M BattleMaster
KNB-1OOT Kanonenboot	GUN-1ERD Gunslinger
KPLT-C1 Katapult	CLPT-C1 Catapult
KLE-1B Keule	CDG-1B Cudgel
KTO-19/-20 Kintaro	KTO-19/-20 Kintaro
KOM-2D/-5S Kommando	COM-2D/-5S Commando
KMO-2 Komodo	KIM-2 Komodo
KBE-02 Königskobra	CBR-02 Cobra
KGK-000 Königskrabbe	KGC-000 King Crab
K-SK1 Kosak	C-SK1 Cossak
KT-P2 Koto	KT-P2 Koto
KRB-27 Krabbe	CRB-27 Crab
KRZ-3R/-5M Kreuzritter	CRD-3R/-5M Crusader
KGB-1N Kriegsbeil	AXM-1N Axman
KHM-6R/-7M Kriegshammer	WHM-6R/-7M Warhammer
KPR-KP-002 Kupferkopf	CPR-HD-002 Copperhead
LNC 25-01 Lancelot	LNC 25-01 Lancelot
LR1-O Läufer	SR1-O Strider
LTB-4D Lichtbringer	PTR-4D Penetrator
LND-5M Lindwurm	WVE-5N Wyvern
LGB-8C/-OW Longbow	LGB-8C/-OW Longbow
LUC-5S Luchs	LYN-5X Lynx
MSK-6S Mackie	MSK-6S Mackie
MTR-5K Mahlstrom	MTR-5K Maelstrom
SA-MN Mantis	SA-MN Mantis
MAR-3D/-5D Marodeur	MAD-3R/-5D Marauder
MAR-4A/-5A Marodeur II	MAD-4A/-5A Marauder II
MHL-X1 Marshal	MHL-X1 Marshal
MER-2S Merkur	Mercury (Hermes-II-Variante)
MRS-97/-99 Merkurius	MCY-97/-99 Mercury
MLN-1A Merlin	MLN-1A Merlin
MR-P1 Morpheus	MR-P1 Morpheus
MUN-66 Mungo	MON-66 Mongoose
NTF-2Q Nachtfalke	NTK-2Q Night Hawk
NTS-4S Nachtschatten	NGS-4S Nightsky
NSR-9J Nachtstern	NSR-9J Nightstar
NG-C3A Naginata	NG-C3A Naginata
SLT-1R Nainokami (gelegentlich: Schlagetot)	MAL-1R Mauler
NXS-1A Nexus	NXS-1A Nexus
NDA-1K No-Dachi	NDA-1K No-Dachi
KW1-NP2 No-Pasaran	KW1-LH2 Lineholder
OBK-M10 O-Bakemono	OBK-M10 O-Bakemono

MS1-O Men Shen	MS1-O Men Shen
ON1-K/-M Orion	ON1-K/-M Orion
OSR-2C/-2D Ostroc	OSR-2C/-2D Ostroc
OTT-7J/-7K Ostscout	OTT-7J/-7K Ostscout
OTL-4D/-5M Ostsol	OTL-4D/-5M Ostsol
OW-1 Owens	OW-1 Owens
PLD-4N/-5M Paladin	QKD-4G/-5M Quickdraw
PNT-9R/-10K Panther	PNT-9R/-10K Panther
P1 Perseus	P1 Perseus
PFL-3S Pfeil	DRT-3S Dart
PRS-3F/-5M Pirscher	STK-3F/-5M Stalker
PF1 Polarfuchs	AF1 Arctic Fox
PST-04 Posten	SNT-04 Sentry
Prometheus	Prometheus
QSM-4D/-5M Quasimodo	HBK-4G/-5M Hunchback
RAB-1X/-3L Rabe	RVN-1X/-3L Raven
RJN 101-A Raijin	RJN 101-A Raijin
RAK-1A Rakshasa	MDG-1A Rakshasa
RBV1-O Raubvogel	RTX1-O Raptor
RTS-M2 Rittersmann	PAL-2A Paladin
RD-1R Roadrunner	RD-1R Roadrunner
SA-RN Ronin	SA-RN Ronin
SLM-5S Salamander	PPR-5S Salamander
SQS-TH-001 Sasquatch	SQS-TH-001 Sasquatch
SH-KL-1532 Schakal	JA-KL-1532 Jackal
SRC-3C Schirokko	SRC-3C Sirocco
SLG-11E Schläger	THG-11E Thug
SCL-1E Schlange	SNK-1V Snake
SLC-1D Schleicher	STH-1D Stealth
SHT-2Z/-4M Schütze	ARC-2R/-4M Archer
SW6-RTR Schwarzer Ritter	BL6-KNT Black Knight
SFKU-O Schwarzfalke-Ku	BHKU-O Black Hawk-Ku
SHG-2E/-2F Shogun	SHG-2E/-2F Shogun
ST-8A Shootist	ST-8A Shootist
SJA-7D Shugenja	SJA-7D Shugenja
SGR-2A Sieger	VQR-2A Vanquisher
SKB-9A Skarabäus	SCB-9A Scarabus
SKP-1N/-10 Skorpion	SCP-1N/-10 Scorpion
SP1-O Spalter	SD1-O Sunder
SPT-N1 Spartaner	SPT-N1 Spartan
SPR-10R/-10P Speerschleuder	JVN-10N/-10P Javelin
SPR-5F Spector	SPR-5F Spector
SPN-5V/-7M Spinne	SDR-5V/-7M Spider

SP1 Spuk	TR1 Wraith
ST-K60/-K63 Stadtkoloss	UM-R60/-R63 UrbanMech
STP-6W/-7D Steppenwolf	WVR-6R/-7D Wolverine
STY-3C Sternenkiller	STY-3C Starslayer
STL-4A Stilett	STO-4A Stiletto
STX-7T Streitaxt	BTX-7K Battleax
STR-1R1/-3K Streitross	CGR-1A1/-3K Charger
STR-3M Sturm	TMP-3M Tempest
STF-7X Sturmfalke	TDK-7X Thunder Hawk
STW-2C Sturmwind	STC-2C Striker
TSH-7S Tai-Sho	TSH-7S Tai-Sho
TRN-1L Tarantel	ZPH-1A Tarantula
TLR1-0 Templer	TLR1-0 Templar
TSN-1C Tessen	TSN-1C Tessen
TL-1 Teufel	TZ-1 Devil
TSG-9H Ti Ts'ang	TSG-9H Ti Ts'ang
TDS-8T/-9M Todesbote	AWS-8Q/-9M Awesome
TMH-3F/-5S Tomahawk	HCT-3F/-5S Hatchetman
TG-1/-2/TG2-O Totschläger	BJ-1/-2/BJ2-O Blackjack
TYM-1A Toyama	TYM-1A Toyama
TRP-1 Trooper	TRP-1 Trooper
TS-P1 Tsunami	TS-P1 Tsunami
VLK-QA/-QD Valkyrie	VLK-QA/-QD Valkyrie
VRN-1R/-2A Vernichter	ANH-1A/-2A Annihilator
VTD-1R/-3L Verteidiger	VND-1R/-3L Vindicator
VTR 9B/-9K Victor	VTR 9B/-9K Victor
VOL-4R/-5D Vollstrecker	ENF-4R/-5D Enforcer
VOL-6M Vollstrecker III	ENF-6M Enforcer III
VL 2-T/VL-5M Vulkan	VL 2-T/VT-5M Vulcan
WCH-4M Wachmann	WTC-4M Watchman
WCT-3R/-3M Wächter	STN-3L/-3M Sentinel
WTS-1B Weitschuss	LNG-1B Longshot
WRW-LF-004 Werwolf	WRW-LF-004 Werewolf
WSP-1A/-3M Wespe	WSP-1A/-3M Wasp
WSP-105 Wespen-FLUM	WSP-105 Wasp LAM
WTH-1/-2 Whitworth	WTH-1/-2 Whitworth
WKG-2F Wikinger	VKG-2F Viking
WLF-1/-2 Wolfshund	WLF-1/-2 Wolfhound
YMN-6Y Yeoman	YMN-6Y Yeoman
Y-H9G Yu Huang	Y-H9G Yu Huang
ZCK-4A/-4B Zecke	FFL-4A/-4B Firefly
ZEU-6S/-9S Zeus	ZEU-6S/-9S Zeus
ZP 10-C/11-A Zyklop	CP 10-Z/11-A Cyclops

Clan-Mechs

Zur leichteren Auffindung sind Mechs mit einem separaten FIS-Codenamen sowohl unter ihrer Clanbezeichnung als auch unter diesem Codenamen aufgeführt, wobei der jeweils andere Name in einfachen (Clan) bzw. eckigen [FIS] Klammern folgt.

Armbrust	Crossbow
Blutaspis	Blood Asp
Bluthund (Geier)	Mad Dog (Vulture)
Blutmilan	Blood Kite
Canis	Canis
Corvis	Corvis
Daishi [Höhlenwolf]	Daishi [Dire Wolf]
Donnerross	Thunder Stallion
Drescher	Thresher
Dunstadler (Habicht)	Mist Hawk (Goshawk)
Eismarder (Fenris)	Ice Ferret (Fenris)
Eissturm	Icestorm
Eisteufel	Hellion
Eisvogel	Kingfisher
Feldeggsfalke	Black Lanner
Felsrhino (Koloss)	Stone Rhino (Behemoth)
Fenris [Eismarder]	Fenris [Ice Ferret]
Feuerfalke	Fire Falcon
Feuerskorpion	Fire Scorpion
Feuervogel (Sprinter)	Fire Moth (Dasher)
Frostfalke [Uhu]	Peregrine [Owl]
Füchsin [Incubus]	Vixen [Incubus]
Galahad [Glasspinne]	Galahad [Glass Spider]
Galeere [Gargoyle]	Man O'War [Gargoyle]
Gargoyle (Galeere)	Gargoyle (Man O'War)
Geierfalk	Night Gyr
Geier [Bluthund]	Vulture [Mad Dog]
Gladiator [Henker]	Gladiator [Executioner]
Glasspinne (Galahad)	Glass Spider (Galahad)
Gletscherfuchs	Snow Fox
Grauluchs (Koshi)	Mist Lynx (Koshi)
Grendel	Grendel
Grizzly	Grizzly
Ha Otoko	Ha Otoko
Habicht [Dunstadler]	Goshawk [Mist Hawk]

Hankyu	Hankyu
Henker (Gladiator)	Executioner (Gladiator)
Heuler (Pavian)	Howler (Baboon)
Höhlenwolf (Daishi)	Dire Wolf (Daishi)
Höllenbote (Loki)	Hellbringer (Loki)
Höllenfeuer	Hellfire
Höllenhund [Magicker]	Hellhound [Conjurer]
Incubus (Füchsin)	Incubus (Vixen)
Jagdspinne	Stalking Spider
Kampfdämon	Cauldron-Born
Kampfkobra	Battle Cobra
Katamaran [Waldwolf]	Mad Cat [Timber Wolf]
Kobra [Schwarzpython]	Viper [Black Python]
Kodiak	Kodiak
Koloss [Felsrhino]	Behemoth [Stone Rhino]
Koshi [Grauluchs]	Koshi [Mist Lynx]
Krake [Ruin]	Kraken [Bane]
Kriegsfalke (Masakari)	Warhawk (Masakari)
Libelle [Viper]	Dragonfly [Viper]
Loki [Höllenbote]	Loki [Hellbringer]
Magicker (Höllenhund)	Conjurer (Hellhound)
Mandrill	Mandrill
Masakari [Kriegsfalke]	Masakari [Warhawk]
Matador	Matador
Naga	Naga
Natter (Puma)	Adder (Puma)
Nemesis (Thor)	Summoner (Thor)
Nobori-Nin	Nobori-Nin
Nova (Schwarzfalke)	Nova (Blackhawk)
Novakatze	Nova Cat
Pavian [Heuler]	Baboon [Howler]
Phantom	Phantom
Piranha	Piranha
Polarwolf	Arctic Wolf
Puma [Natter]	Puma [Adder]
Raubkojote	Savage Coyote
Raubtier	Predator
Rotfuchs (Uller)	Kit Fox (Uller)
Rudeljäger	Pack Hunter
Ruin (Krake)	Bane (Kraken)
Ryoken [Sturmkrähe]	Ryoken [Stormcrow]
Schattenkatze	Shadow Cat
Schwarzfalke [Nova]	Blackhawk [Nova]

Schwarzpython (Kobra)	Black Python (Viper)
Schwergewicht	Linebacker
Silberlöwe	Cougar
Springteufel	Pouncer
Sprinter [Feuervogel]	Dasher [Fire Moth]
Sturmkrähe (Ryoken)	Stormcrow (Ryoken)
Sturzfalke	Stooping Hawk
Supernova	Supernova
Teufelsdrache	Great Wyrm
Thor [Nemesis]	Thor [Summoner]
Turkina	Turkina
Uhu (Frostfalke)	Owl (Peregrine)
Uller [Rotfuchs]	Uller [Kit Fox]
Ursus	Ursus
Viper (Libelle)	Viper (Dragonfly)
Waldwolf (Katamaran)	Timber Wolf (Mad Cat)

Clan ProtoMechs

Gorgo	Gorgon
Harpyie	Harpy
Hydra	Hydra
Minotaurus	Minotaur
Rok	Roc
Satyr	Satyr
Sirene	Siren
Zentaur	Centaur

Luft/Raumjäger

AHB-443 Ahab	AHB-443 Ahab
AD-11 Adler	Eagle
Avar	Avar
Bashkir	Bashkir
Batu	Batu
CHP-W5 Chippewa	CHP-W5 Chippewa
DRZ-4K Dreizack	TRN-3T Trident
DR-7 Drossel	TR-7 Thrush

DRV-G4 Donnervogel	Thunderbird
Dschengis	Jengiz
ESN-BS1 Eisenbeiß	IRN-SD1 Ironsides
FRC-63 Francesca	THK-63 Tomahawk
F-10 Gepard	F-10 Cheetah
GTHA-500 Gotha	GTHA-500 Gotha
HMR-HI Hammerhai	HMR-HD Hammerhead
HL-C6 Hellcat	Hellcat
HCT-213B Hellcat II	HCT-213B Hellcat II
Jagatai	Jagatai
KL-15 Killer	SL-15 Slayer
Kirghiz	Kirghiz
KSR-V12 Korsar	CSR-V12 Corsair
LGT-G4 Lightning	Lightning
LZF-R15 Luzifer	LCF-R15 Lucifer
MSG-606 Mauersegler	SWF-606 Swift
MT-13 Missetäter	TR-13 Transgressor
OP-9 Optio	Centurion
RPR-100 Rapier	RPR-100 Rapier
SB-30 Sabre	Sabre
Sabutai	Sabutai
F-500 Schnitter	F-100 Riever
Scytha	Scytha
SYD-21 Seydlitz	SYD-21 Seydlitz
SL-17 Shilone	SL-17 Shilone
SL-21 Sholagar	SL-21 Sholagar
SPD-502 Spad	SPD-502 Spad
SPR-B5 Sperber	SPR-H5 Sparrowhawk
F-90 Stingray	F-90 Stingray
STR-133E Streuner	RGU-133E Rogue
STU-K5 Stuka	STU-K5 Stuka
Sulla	Sulla
TR-10 Transit	TR-10 Transit
Turk	Turk
V12M Wüstenfalke	Sand Hawk
Vandal	Vandal
Visigoth	Visigoth
ZRO-114 Zero	ZRO-114 Zero

Landungsschiffsklassen

Achilles	Achilles
Breitschwert	Broadsword
Claymore	Claymore
Excalibur	Excalibur
Festung	Fortress
Freibeuter	Buccaneer
Gazelle	Gazelle
Hamilcar	Hamilcar
Hannibal	Hannibal
Herkules	Hercules
Kondor	Condor
Konföderation	Confederate
Kuan Ti	Kuan Ti
Leopard	Leopard
Leopard JT (Jägertender)	Leopard CV (Carrier Vessel)
Leviathan	Behemoth
Löwe	Lion
Lung Wang	Lung Wang
Mammut	Mammoth
Maultier	Mule
Miraborg	Miraborg
Modell 97 ›Oktopus‹	Model 97 ›Octopus‹
Monarch	Monarch
Nagumo	Nagumo
Noruff	Noruff
Okinawa	Okinawa
Overlord	Overlord
Overlord-C	Overlord-C
Rächer	Avenger
Rose	Rose
Sassanid	Sassanid
Störenfried	Intruder
Sucher	Seeker
Titan	Titan
Träger	Carrier
Triumph	Triumph
Union	Union
Union-C	Union-C
Vergeltung	Vengeance
Zorn	Fury

Sprungschiffsklassen

Aar	Eagle
Ægis	Aegis
Agamemnon	Agamemnon
Befreier	Liberator
BEM	Bug-Eye
Cameron	Cameron
Chimeisho	Chimeisho
Comitatus	Comitatus
Eroberer	Conqueror
Dante	Dante
Essex	Essex
Fox	Fox
Feng Huang	Feng Huang
Fredasa	Fredasa
Gigantic	Leviathan
Händler	Merchant
Impavido	Impavido
Inazuma	Inazuma
Invasor	Invader
Jäger	Hunter
Kirishima	Kirishima
Kongress	Congress
Kyushu	Kyushu
Lola	Lola
Magellan	Magellan
McKenna	McKenna
Monolith	Monolith
Nightlord	Nightlord
Odyssee	Odyssey
Potemkin	Potemkin
Schwarzer Löwe	Black Lion
Scout	Scout
Sowjetski Sojus	Sovetskii Soyuz
Starlord	Star Lord
Suffren	Suffren
Tatsumaki	Tatsumaki
Texas	Texas
Thera	Thera
Tramp	Tramp
Vincent	Vincent
Wirbelwind	Whirlwind

Wolga	Volga
York	York
Zechetinu	Zechetinu

Gefechtsfahrzeuge der Freien Inneren Sphäre

Alacorn (Schwerer Panzer)	Alacorn
Bandit (Schwerer Schwebepanzer)	Bandit
Beagle (Leichter Scoutschweber)	Beagle
Behemoth (Schwerer Panzer)	Behemoth
Beschützer (Abfangjäger)	Guardian
Blizzard (Schwebetransporter)	Blizzard
Brutus (Sturmpanzer)	Brutus
Bulldog (Panzer)	Bulldog
Bumerang (Spähflugzeug)	Boomerang
Burke (Schwerer Panzer)	Burke
Cavalry (Kampfhubschrauber)	Cavalry
Challenger X (Kampfpanzer)	Challenger X
Chaparral (Artillerieraketenpanzer)	Chaparral
Chevalier (Leichter Panzer)	Chevalier
Cyrano (Kampfhubschrauber)	Cyrano
Dachs (Truppentransporter)	Badger
Dämon (Panzer)	Demon
Drillson (Schwerer Schwebepanzer)	Drillson
Frettchen (Leichter Flugscout)	Ferret
Fulcrum (Schwerer Schwebepanzer)	Fulcrum
Fury (Schwerer Panzer)	Fury
Gabriel (Leichter Scoutschweber)	Gabriel
Galleon (Leichter Panzer)	Galleon
Gladius (Panzer)	Gladius
Goblin (Schwerer Schützenpanzer)	Goblin
Habichtsmotte (Kampfhubschrauber)	Hawk Moth
Harasser (Fahrbare Raketenlafette)	Harasser
Hetzer (Sturmgeschütz)	Hetzer
Hi-Scout (Drohnenträger)	Hi-Scout
Horndämon (Panzer)	Horned Demon
Hunter (Raketenpanzer)	Hunter
J. Edgar (Leichter Schwebepanzer)	J. Edgar
Kampfrichter (Schwebepanzer)	Regulator
Kanga (Schwerer Sprungpanzer)	Kanga

Karnow (Transporthubschrauber)	Karnov
Klopfer (Artillerie)	Thumper
Kondor (Schwerer Schwebepanzer)	Condor
Kröte (Panzerspähwagen)	Skulker
Landhecht (Sturmgeschütz)	Pike
Leguan (Spähflugzeug)	Chameleon
Lightning (Schwebepanzer)	Lightning
Long Tom (Mobile Artillerie)	Long Tom
Mantikor (Schwerer Panzer)	Manticore
Mantis (Leichter Kampfhubschrauber)	Mantis
Maultier (Truppentransporter)	Maultier
Maxim (Schwerer Truppentransporter)	Maxim
MechKiller (Kampfflugzeug)	MechBuster
Melchior (Schwerer Schützenpanzer)	Magi
Monitor (Patrouillenboot)	Monitor
Myrmidon (Panzer)	Myrmidon
Nachtschatten (Gefechtsscouthelikopter)	Nightshade
Neptun (U-Boot)	Neptune
Ontos (Schwerer Panzer)	Ontos
Packratte (Langstreckenspähwagen)	Packrat
Padilla (Schwerer Artilleriepanzer)	Padilla
Partisan (Schwerer Flakpanzer)	Partisan
Patton (Panzer)	Patton
Pegasus (Scoutschwebepanzer)	Pegasus
Pilum (Schwerer Panzer)	Pilum
Pinto (Kampfhubschrauber)	Pinto
Plainsman (Schwebepanzer)	Plainsman
Planetlifter (Transportflugzeug)	Planetlifter
Po (Schwerer Panzer)	Po
Puma (Schwerer Panzer)	Puma
Rhino (Schwerer Panzer)	Rhino
Ripper (Truppentransporthubschrauber)	Ripper
Rommel (Panzer)	Rommel
Rotunda (Scoutwagen)	Rotunda
Saladin (Gefechtsschwebepanzer)	Saladin
Saracen (Schwebepanzer)	Saracen
Savannah Master (Luftkissenboot, auch: Savannenkönig)	Savannah Master
Scimitar (Schwebepanzer)	Scimitar
Sea Skimmer (Tragflügelboot)	Sea Skimmer
Schiltron (Artilleriepanzer)	Schiltron
Schreck (PPK-Sturmgeschütz)	Schrek
Schukow (Schwerer Panzer)	Zhukov

Scorpio (Leichter Panzer)	Scorpion
Sniper (Artillerie)	Sniper
Sprint (Scouthubschrauber)	Sprint
Stechinsekt (Kampfhubschrauber)	Yellowjacket
Striker (Leichter Panzer)	Striker
SturmFeuer (Schwerer Panzer)	SturmFeur
Taru (Fahrbare Artillerielafette)	Marksman
Tausendfuß (Scoutwagen)	Centipede
Thor (Fahrbare Artillerielafette)	Thor
Tokugawa (Schwerer Panzer)	Tokugawa
Turmfalke (Transporthubschrauber)	Kestrel
Taifun (Straßenkampfpanzer)	Typhoon
Vedette (Panzer)	Vedette
Von Luckner (Schwerer Panzer)	Von Luckner
Wanderfalke (Kampfhubschrauber)	Peregrine
Warrior (Kampfhubschrauber)	Warrior
Wieselflink (Scoutwagen)	Swift Wind
Zephyr (Schwerer Schwebepanzer)	Zephyr
Zerstörer (Schwerer Panzer)	Demolisher

Gefechtsfahrzeuge der Clans

Anhur (Transportflugzeug)	Anhur
Ares (Panzer)	Ares
Asshur (Artilleriescout)	Asshur
Athena (Scharfschützenpaner)	Athena
Donar (Kampfhubschrauber)	Donar
Epona (Jagdpanzer)	Epona
Hachiman (Artilleriepanzer)	Hachiman
Huitzlopochtli (Sturmpanzer)	Huitzilopochtli
Indra (Truppentransporter)	Indra
Ishtar (Schwerer Artilleriepanzer)	Ishtar
Ku (Radsturmpanzer)	Ku
Mars (Sturmpanzer)	Mars
Mithras (Leichter Panzer)	Mithras
Odin (Scoutpanzer)	Odin
Oro (Schwerer Panzer)	Oro
Shamash (Erkundungsfahrzeug)	Shamash
Swantowit (Schützenpanzer)	Svantovit
Zorya (Leichter Panzer)	Zorya

Gepanzerte Infanterie (Elementare/Kröten)

Achiläus	Achileus
Fa Shih	Fa Shih
Fenris	Fenrir
Faultier	Sloth
Gnom	Gnome
Grenzgänger	Infiltrator
Kage	Kage
Kanazuchi	Kanazuchi
Läuterer	Purifier
Longinus	Longinus
Nighthawk	Nighthawk
Raiden	Raiden
Salamander	Salamander
Sylphe	Sylph
Undine	Undine

BATTLETECH®

Vom Battletech®-Zyklus erschienen in der Reihe
HEYNE SCIENCE FICTION & FANTASY

DIE GRAY DEATH-TRILOGIE:

William H. Keith jr.: Entscheidung am Thunder Rift · 06/4628
William H. Keith jr.: Der Söldnerstern · 06/4629
William H. Keith jr.: Der Preis des Ruhms · 06/4630

Ardath Mayhar: Das Schwert und der Dolch · 06/4686

DIE WARRIOR-TRILOGIE:

Michael A. Stackpole: En Garde · 06/4687
Michael A. Stackpole: Riposte · 06/4688
Michael A. Stackpole: Coupé · 06/4689

Robert N. Charrette: Wölfe an der Grenze · 06/4794
Robert N. Charrette: Ein Erbe für den Drachen · 06/4829

DAS BLUT DER KERENSKY-TRILOGIE:

Michael A. Stackpole: Tödliches Erbe · 06/4870
Michael A. Stackpole: Blutiges Vermächtnis · 06/4871
Michael A. Stackpole: Dunkles Schicksal · 06/4872

DIE LEGENDE VOM JADEPHÖNIX-TRILOGIE:

Robert Thurston: Clankrieger · 06/4931
Robert Thurston: Blutrecht · 06/4932
Robert Thurston: Falkenwacht · 06/4933

Robert N. Charrette: Wolfsrudel · 06/5058
Michael A. Stackpole: Natürliche Auslese · 06/5078
Chris Kubasik: Das Antlitz des Krieges · 06/5097
James D. Long: Stahlgladiatoren · 06/5116
J. Andrew Keith: Die Stunde der Helden · 06/5128

BATTLETECH®

Michael A. Stackpole: Kalkuliertes Risiko · 06/5148
Peter Rice: Fernes Land · 06/5168
James D. Long: Black Thorn Blues · 06/5290
Victor Milan: Auge um Auge · 06/5272
Michael A. Stackpole: Die Kriegerkaste · 06/5195
Robert Thurston: Ich bin Jadefalke · 06/5314
Blaine Pardoe: Highlander Gambit · 06/5335
Don Philips: Ritter ohne Furcht und Tadel · 06/5358
William H. Keith jr.: Pflichtübung · 06/5374
Michael A. Stackpole: Abgefeimte Pläne · 06/5391
Victor Milan: Im Herzen des Chaos · 06/5392
William H. Keith jr.: Operation Excalibur · 06/5492
Victor Milan: Der schwarze Drache · 06/5493
Blaine Pardoe: Der Vater der Dinge · 06/5636
Nigel Findley: Höhenflug · 06/5655
Loren Coleman: Blindpartie · 06/5886
Loren Coleman: Loyal zu Liao · 06/5893
Blaine Pardoe: Exodus · 06/6238
Michael Stackpole: Heimatwelten · 06/6239
Thomas Gressman: Die Jäger · 06/6240
Robert Thurston: Freigeburt · 06/6241
Thomas Gressman: Feuer und Schwert · 06/6242
Thomas Gressman: Schatten der Vernichtung · 06/6299
Michael Stackpole: Der Kriegerprinz · 06/6243
Robert Thurston: Falke im Aufwind · 06/6244

Die Capellanische Lösung:

Loren Coleman: Gefährlicher Ehrgeiz · 06/6245
Loren Coleman: Die Natur des Krieges · 06/6246

Thomas Gressman: Die Spitze des Dolches · 06/6247
Loren Coleman: Trügerische Siege · 06/6248
Loren Coleman: Gezeiten der Macht · 06/6249

Perry Rhodan
Das größte Weltraumabenteuer aller Zeiten. Faszinierende Romane an den Grenzen unseres Universums.
Perry Rhodan
Erstauflage
Verkünder des Imperators
1. Auflage. Jede Woche neu am Kiosk.
Perry Rhodan
Perry Rhodan
3. und 5. Auflage. Erscheint alle 14 Tage neu.
Psychoterror
Kundschafter für Halut
⇒ Internet: www.Perry-Rhodan.net ⇒ Infoline: 0190-190136 1,21 DM/Min.
⇒ Infomaterial: Perry Rhodan • Postfach 2352 • 76413 Rastatt